MIRA®

Der Preis dieses Bandes versteht sich einschließlich
der gesetzlichen Mehrwertsteuer.

Umwelthinweis:
Dieses Buch wurde auf chlor- und säurefreiem Papier gedruckt.

Sara Bennett

Im Bann der Rebellin

Roman

Aus dem Amerikanischen von
Traudi Perlinger

MIRA®

MIRA® TASCHENBUCH
Band 25163
1. Auflage: Dezember 2005

MIRA® TASCHENBÜCHER
erscheinen in der Cora Verlag GmbH & Co. KG,
Axel-Springer-Platz 1, 20350 Hamburg
Deutsche Taschenbucherstausgabe

Titel der Originalausgabe:
The Lily and the Sword

erschienen bei: Avon Books, New York
By arrangement with HarperCollins Publishers, Inc.

Konzeption/Reihengestaltung: fredeboldpartner.network, Köln
Umschlaggestaltung: pecher und soiron, Köln
Redaktion: Claudia Wuttke
Titelabbildung: „Sharon Spiak" bei Thomas Schlueck GmbH
Satz: Buch-Werkstatt GmbH, Bad Aibling
Druck und Bindearbeiten: Ebner & Spiegel, Ulm
Printed in Germany
ISBN 3-89941-202-8

www.mira-taschenbuch.de

PROLOG

Northumbria, im Norden von England
1070

„Ich habe ihn gesehen“, krächzte Rona. „Wo?“ Lily rückte näher zum Feuer, wo ihre alte Dienerin die wässrige Wurzelsuppe im dampfenden Kessel langsam umrührte.

„Vorsicht, Mylady!“ Die weißhaarige Frau bedachte ihren Schützling mit einem liebevoll besorgten Blick. „Ja, ich habe ihn und seine Männer gesehen. Sie ritten auf Hews Spuren durch den Wald und machten Rast am Bach, um die Pferde zu tränken. Ich habe die Krieger aus meinem Versteck hinter einem Gebüsch beobachtet.“

„Wie sieht er aus?“ flüsterte Lily bang. Radulf war ihr Todfeind, der Mann, der ihr nach dem Leben trachtete, der sie vernichten wollte.

„Groß. Kraftvoll. Wuchtig. Ein Mann zum Fürchten.“ Rona musterte das junge Mädchen scharf aus schrägen grünen Augen.

Lily wich dem durchdringenden Blick der Alten aus. Sie fröstelte. „Ich muss fliehen.“

„Ja, noch heute Nacht.“ Die Schatten in der rauchigen Holzhütte wurden dunkler und länger, die Nacht brach rasch herein. „Euer Gatte Vorgen ist tot, Euer Vetter Hew ist in den Norden geflohen, und dieser Radulf hat es auf Euch abgesehen. Man sagt ihm nach, dass er sein Ziel niemals aufgibt. Ihr wisst, was geschieht, wenn er Euch findet.“

„Wenn ich mich ergebe, wird er mich König William ausliefern – und der wird mich zerquetschen wie eine Laus.“ Lily erschauderte. Sie hatte gesehen, was Williams Soldaten auf ihren

Raubzügen im Norden angerichtet hatten. Dieses blutige Gemetzel dauerte nun schon vier Jahre.

„Ihr müsst Hew über die Grenze nach Schottland folgen; dort findet Ihr Zuflucht."

„Ich soll davonlaufen wie ein Hase?" fragte Lily bitter.

„Hew ist davongelaufen."

„Ich bin nicht Hew."

Nein, dachte Rona, der bist du nicht. Die sanftmütige Lily hatte stets nach Frieden getrachtet, während ihr Vater Olwayn, ihr Gemahl Vorgen und ihr Vetter Hew nichts als Krieg im Sinn hatten. Nun waren Olwayn und Vorgen tot, Hew war auf der Flucht, und Lily war dem Zorn von William, dem Normannen, schutzlos ausgeliefert.

Und William hatte seinen Gefolgsmann Radulf ausgeschickt, um sie zu finden.

„Mylady", fuhr Rona mit fester Stimme fort, „wir können die Vergangenheit nicht ändern, aber die Zukunft können wir beeinflussen."

„Mir ist, als gäbe es keine Zukunft für mich."

Lily schloss die Augen. Ihre langen dunklen Wimpern beschatteten ihre bleichen Wangen. Ihr silberblondes Haar war unter der Kapuze ihres grünen Umhangs verborgen, nur an den Schläfen stahlen sich widerspenstige Löckchen hervor.

Sie war erschöpft und einsam.

Radulf – ein Name, bei dessen Klang sich die Herzen aller Angelsachsen vor Grauen zusammenzogen. Man nannte ihn *King's Sword,* das Schwert des Königs, denn er war die Verlängerung von Williams mächtigem Arm. Welche Anmaßung! Dabei war er nichts als ein dahergelaufener habgieriger Söldner, ein niedrig geborener Normanne, dem ein blutrünstiger Ruf vorauseilte, der England ausplünderte, die rechtmäßigen Herren des Landes enteignete, in die Flucht trieb oder ermordete. Lilys Vater war ein angelsächsischer Feudalherr gewesen und ihre Mutter die Tochter eines Königs der Wikinger. Lily würde sich niemals vor Radulf in den Staub werfen.

Lily öffnete die Augen, die in einem zarten Grau schimmerten. „Wenn ich England verlasse, kehre ich vielleicht nie wieder zurück."

Wenn sie aber blieb, würde sie sterben, und ihr Tod wäre eine bedeutungslose Episode in einer Welt, in der die Männer im Blutrausch den Verstand verloren hatten. Es war vernünftiger, am Leben zu bleiben, um ihrem Volk beizustehen.

„Wenn ich nur ein Mann wäre", seufzte Lily, „würde ich bleiben und mich Radulf im Kampf stellen."

„Auch eine Frau hat Waffen, die zuweilen tödlicher sind als jedes Schwert", sagte Rona.

Lily furchte verständnislos die Stirn.

„Ihr müsst gehen", drängte Rona. „Rasch, bevor es zu spät ist. Radulf ist uns möglicherweise schon auf der Spur. Er ist ein sehr mächtiger, ein Furcht erregender Feind."

Lily legte die Hand auf Ronas gebeugte, knochige Schulter. „Ja, es ist Zeit zu gehen. Leb wohl, Rona."

„Lebt wohl, Mylady. Gott segne und beschütze Euch."

Nachdem Lilys schlanke Gestalt im dunklen Wald verschwunden war, rührte Rona wieder die Suppe im Kessel um. Ja, sie hatte Radulf und seine Männer gesehen, das *Schwert des Königs* hatte abseits von seinen Leuten gestanden, ein Hüne, der alle überragte. Ängstlich und dennoch gebannt hatte Rona sich näher geschlichen, um sein Gesicht besser erkennen zu können. Dabei war sie versehentlich auf einen dürren Zweig getreten, der leise geknackt hatte.

Radulf hatte sich umgedreht.

Dunkle, zu schmalen Schlitzen verengte Augen in einem markant geschnittenen Gesicht hatten lange in ihre Richtung gespäht, und Rona hatte starr vor Entsetzen den Atem angehalten. Erst, als Radulf sich schließlich abwandte, hatte sie wieder zu atmen gewagt, schwindelig und benommen vor Angst. Nachdem die Normannen wieder aufgesessen und weitergeritten waren, hatte sie sich zur Hütte geschlichen.

Rona konnte nur beten, dass Lily die Flucht gelang – denn das *Schwert des Königs* würde keine Gnade kennen, wenn er ihrer habhaft werden würde.

1. KAPITEL

Lily stand reglos da und horchte. Sie war seit Tagen unterwegs, hatte einen weiten Bogen um einsam gelegene Gehöfte und Dörfer gemacht, hatte atemlos Deckung im Wald gesucht, als ein Trupp Bewaffneter vorbeigeritten war. Es gab keinen sicheren Weg nach Norden, und sie war gezwungen, das Land auf Schleichwegen im Zickzack zu durchqueren, bis die Erschöpfung sie zu übermannen drohte.

Grimswade lag direkt vor ihr, und Lily hatte das Gefühl, als habe die Bestimmung sie hierher geführt. In dieser Kirche lag ihr Vater an der Seite ihrer Mutter begraben. Sollte Lily für immer aus England vertrieben werden, war dies ihre letzte Gelegenheit, Abschied von den geliebten Toten zu nehmen. Mit energischen Schritten näherte sie sich der Kirchentür im Westen.

Vor ihr ragte der vertraute schlichte Kirchturm auf, in den Rundbogenfenstern nahm sie einen schwachen Kerzenschein wahr. Würde sie Vater Luc in der Kirche antreffen? Der Priester von Grimswade sympathisierte mit den Rebellen und verabscheute die blinde Zerstörungswut des Königs. Vater Luc würde sie verstecken … würde ihr helfen.

Vom Dorf hinter der Anhöhe wehte der würzige Rauch von Holzfeuern herauf, ein Hund schlug an. Lilys verängstigter Blick schweifte den schmalen Weg entlang, der sich zwischen steinigen Feldern schlängelte, wo nur noch vereinzelt das Getreide stand, der Rest war niedergetrampelt von Schlachtrössern und Fußsoldaten. Ihre Stute hatte sie hinter einer Baumgruppe versteckt, unweit der Kirche angebunden.

Die Tür gab unter dem Druck ihrer Hände nach.

Im Inneren der Kirche brannten ein paar Talgkerzen und verbreiteten einen schwachen Schein. Lily verharrte und erwartete beinahe, Vater Luc würde ihr entgegeneilen. Der Saum ihres Umhangs streifte über die Streu auf dem Lehmboden, der ein schwacher Duft von Rosmarin entströmte. Lilys Kleider waren staubbedeckt; das Futter ihres Umhangs war zerrissen. Um das linke Schienbein gegürtet trug sie einen kleinen, mit Juwelen besetzten Dolch unter dem roten wollenen Gewand und Leinenhemd. Das Bündel mit ihren wenigen Habseligkeiten war am Sattel der Stute festgemacht – mehr war ihr von ihrem früheren Leben nicht geblieben.

Lily trat einen weiteren Schritt in das Kirchenschiff und spürte die leere Stille um sich herum. Sie war allein. Ihre schmalen Schultern sackten nach vorn. Der Priester war nicht hier. Ihre Hoffnung auf eine herzliche Begrüßung war vergeblich gewesen, es gab keine Hoffnung auf Zuflucht, keinen Austausch von Erinnerungen an längst vergangene Tage, als das Leben noch heiter und unbeschwert war … bevor das Licht in ihrer heilen Welt erloschen war.

Die Enttäuschung sammelte sich zu einem würgenden Knoten in Lilys Kehle, gegen den sie heftig anschluckte. Sie durfte den Mut nicht verlieren. Sie war einsam. Was war schon dabei? Sie war früher auch allein gewesen. Sie war müde, na und? Sie war früher auch müde gewesen. Wenn sie die Grenze zu Schottland hinter sich gelassen hatte, konnte sie sich ausruhen. Mittlerweile sah Lily ein, dass sie gleich nach Vorgens Tod hätte fliehen sollen. Sie hätte schon damals begreifen müssen, dass alles verloren war, dass ihre Ländereien ihr nicht mehr gehörten. Aber sie hatte gehofft, mit ihrem Bleiben in England würde sich eine Chance ergeben, die Untaten ihres Ehemanns wieder gutzumachen. Sie hatte gehofft, König William ihre Treue und Gefolgschaft durch die Vermittlung von Radulf erweisen zu können, dass er ihrem Bericht über den Hergang des Verrats Glauben schenken würde. Vorgen hatte den König hintergangen, sodann ihren Vater getötet, um an ihren Landbesitz zu gelangen. Sie hatte gehofft, er würde sie danach in Ruhe lassen, damit sie ihr Land in Frieden regieren könnte.

Wie dumm von ihr!

Wie war sie nur auf den Gedanken verfallen, Radulf könne sich von Vorgen oder Hew unterscheiden? Radulf würde ihr niemals zu ihrem Recht verhelfen! Und er würde niemals glauben, dass sie fähig wäre, den Frieden im Norden zu bewahren. Sie war eine Frau, ein Geschöpf, das man benutzte und kaum besser behandelte als ein Stück Vieh. Radulf hatte ihr den Krieg erklärt, ihrem Land und ihrem Volk.

Lily blieb vor dem Altar stehen, wo ihre Eltern begraben lagen. Sie hatte vorgehabt, ihnen ein Grabmal zu errichten, dessen Inschrift ihre Tugenden preisen sollte, doch Vorgen hatte seine Einwilligung verweigert, daher bedeckte nur ein blanker Stein die Grabstätte. Ein weiterer Grund, Vorgen zu hassen.

Lily verdrängte ihre bitteren Gedanken und konzentrierte sich auf ihr Gebet. Sie faltete die Hände und senkte den Kopf, als vor der Kirche Pferdegetrappel, Klirren von Rüstungen und Waffen zu hören waren.

Radulf?

Mit schreckensweiten Augen huschte Lily an eines der Bogenfenster, stellte sich auf Zehenspitzen und spähte in die Finsternis. Ein Schatten galoppierte vorbei. Dann ein zweiter. Dahinter rannte ein Bursche mit einer brennenden Fackel. Im Lichtschein bot sich Lily eine Szene wie aus einem Albtraum: Normannische Fußsoldaten und Berittene, deren Kettenhemden, Schilde und Waffen blitzten.

Lily wich zurück, das Blut rauschte ihr in den Ohren. Radulf! Sie saß in der Falle! Sie hatte furchtbare Geschichten über ihn gehört. Er war ein Riese mit einem abscheulich hässlichen Gesicht, von dessen Schwert das Blut tropfte. Kinder schrien vor Angst, wenn sie nur seinen Namen hörten. Er war schlimmer als Vorgen, viel schlimmer! Ein Monster in Menschengestalt …

Lily versuchte sich zu beruhigen. Ihre Hände krallten sich in den wollenen Umhang. Aber warum sollte ausgerechnet Radulf hier sein? Es gab viele Normannen in Northumbria, die in kleinen Banden plündernd und brandschatzend durchs Land streiften. Sie musste tapfer und listig sein. Woher sollten diese Männer wissen, dass sie Vorgens Gemahlin war? Lily konnte sich als irgendeine Frau ausgeben. Eine normannische Edelfrau vielleicht, die vor den Angelsachsen auf der Flucht war.

Die Rolle einer normannischen Edelfrau würde ihr nicht schwer fallen. Immerhin war sie zwei Jahre mit Vorgen verheiratet gewesen. Sie hatte an einer normannischen Tafel gesessen und beobachtet, wie sie aßen, wie sie lebten und dachten. Sie sprach französisch. Diese Männer würden nicht erraten, dass sie die Frau war, hinter der sie her waren.

Die Kirchentür wurde aufgerissen und schlug laut gegen die Mauer.

Lily huschte seitlich an der Wand entlang aus dem Lichtschein der verräterischen Kerzen und suchte Schutz hinter einer Säule. Wenn sie Glück hatte, würde man sie nicht entdecken. Und wenn? Auch eine normannische Edelfrau auf der Flucht würde sich vor einem Trupp Bewaffneter verstecken.

Ein Fußsoldat rannte mit schweren Schritten und keuchendem Atem das Kirchenschiff entlang. Hinter ihm lief ein zweiter mit einer Fackel in der Hand, deren Flamme ein junges glattes Gesicht und kurz geschorenes braunes Haar erhellte. Ein normannisches Gesicht. Ein Knabengesicht.

Lily drückte sich, starr vor Angst, gegen die kalte Steinsäule, wie ein in die Enge getriebenes wildes Tier. Als der Knabe mit lauter Stimme rief, zuckte Lily erschrocken zusammen, zog den Umhang eng um sich, als wolle sie sich darin verkriechen. Ihre Augen brannten vor Müdigkeit. Sie hatte zu viele Nächte wach gelegen.

„Priester! Wo seid Ihr?" Die Stimme des Halbwüchsigen schlug krächzend um, er war dem Stimmbruch noch nicht entwachsen. „Priester, mein Herr wünscht Euch zu sprechen."

Lily blinzelte.

Die Kälte kroch durch ihren dicken Wollumhang, legte sich klamm um sie, nur ihre Sinne waren geschärft wie Nadelspitzen. Wo war nur Vater Luc? Vielleicht hatte er gewusst, dass die Soldaten im Anmarsch waren. Vater Luc mochte zwar ein Mann Gottes sein, der Respekt verdiente, aber die Normannen waren ein respektloser Haufen. Lily konnte verstehen, dass der sanftmütige Priester nicht den Wunsch hatte, in einen Streit hineingezogen zu werden. Im Übrigen hätte er Lily versehentlich verraten können – es war also besser, wenn er gar nicht auftauchte.

Der Soldat und der Knabe mit der Fackel standen nun vor dem Altar. Der rötliche Schein der Flamme flackerte an den Wänden des Chors empor, erhellte schwach die alten Fresken. Der Knabe drehte sich um und rief zur Kirchentür: „Mylord, er ist geflohen!" Seine Stimme hallte von den hohen Mauern wider.

Angstvoll, um ihr Versteck nicht preiszugeben, schob Lily sich langsam an der Säule entlang, reckte den Hals und spähte zum Eingang. Eine dunkle Männergestalt füllte den bogenförmigen Rahmen, dahinter erhellten Fackeln die Nacht. Die reglose Silhouette wirkte bedrohlich und bannend zugleich.

Der Knabe eilte das Kirchenschiff wieder zurück. Der Schein der Fackel in seiner erhobenen Hand erfasste die Männergestalt. Lily bekam große runde Augen.

Ein Riese mit breitem Brustkorb und Schultern wie ein Bär. Ronas Bezeichnung *wuchtig* schoss Lily durch den Kopf. Ein matt silbern funkelndes Kettenhemd bedeckte seinen kraftvollen Körper vom Hals bis zu den Knien. Auf dem Kopf trug er einen konischen Helm mit einem breiten Nasenschutz. Sein Gesicht war hinter Metall und Schatten verborgen, nur die helle Linie des Mundes und das Kinn waren zu sehen.

„Er ist fort, Mylord", wiederholte der Knabe nun dumpf und enttäuscht.

„Weit kommt er nicht", entgegnete der Hüne mit dunkler, heiserer Stimme, die seinen Groll verriet. Er zuckte mit den Schultern und sog dabei die Luft scharf ein.

„Seid Ihr verletzt, Mylord?"

Der Ritter schüttelte unwirsch den Kopf. „Bring mein Pferd. Wir reiten ohne den Priester nach Norden."

„Vielleicht ist er nur vorausgeritten", wagte der Knabe einzuwerfen, „um Vorgens Gemahlin zu überreden, sich uns zu ergeben. Vielleicht hat sie endlich genug von all dem Blutvergießen, Mylord."

Ein tiefes höhnisches Lachen war die Antwort. „Diese Angelsachsen sind ziemlich begriffsstutzig", knurrte der Hüne. „Man muss ihnen ihre Fehler deutlich vor Augen führen. Nun hol mein Pferd, Knappe."

„Jawohl, Lord Radulf."

Lily entfuhr ein Schreckenslaut; ihre schlimmsten Befürchtungen hatten sich bewahrheitet. Der Mann und der Knabe bemerkten sie nicht, aber der Köter hörte sie, der Lily erst jetzt auffiel. Ein riesiger Wolfshund schnürte geduckt und knurrend in ihre Richtung, gefolgt von dem Soldaten. Lily versuchte, sich in Sicherheit zu bringen, doch der Hund baute sich drohend vor ihr auf, fletschte die Zähne und kläffte aufgeregt.

„Hier, Sir!“ schrie der Soldat. „Hier versteckt sich der Priester!“

Der Knappe rannte herbei und hielt Lily die Fackel vors Gesicht. Lily blinzelte in die Hitze und das grelle Licht, dann wurde sie grob am Arm gepackt, durchs Kirchenschiff gezerrt und vor die Füße ihres Feindes geworfen.

Der Hund beschnüffelte sie knurrend, bis der Soldat ihn nach draußen brachte. Lily lag zusammengekrümmt auf den Steinfliesen und wartete bang. Das Herz schlug ihr bis zum Hals.

Das Schweigen schien sich endlos in die Länge zu ziehen.

„Seit wann tragen die Priester in Northumbria denn Weiberröcke?“

Die heisere Stimme klingt erheitert, stellte Lily verdutzt fest.

„Nein, Mylord.“ Dem eilfertigen Burschen entging die Belustigung, er nahm die Worte seines Herrn für bare Münze. „Das ist wirklich eine Frau.“

Radulf achtete nicht auf ihn und wandte sich stattdessen an Lily, die immer noch zu seinen Füßen kauerte. „Heb den Kopf, Frau. Ich will dein Gesicht sehen.“

Er sprach im Befehlston. Lily war zwar sanftmütig, aber sie war kein Feigling und hatte den normannischen Eroberern noch nie ihre Angst gezeigt, die ihre Zurückhaltung als frostigen Hochmut auslegten.

Lily straffte ihre schmalen Schultern und hob langsam den Kopf.

Der muskulöse, breitschultrige Hüne türmte sich über ihr auf. Ihr Blick wanderte von den Eisensporen an den Absätzen seiner Lederstiefel über dunklen Beinlingen, von kreuzweise geschnürten Lederriemen gehalten. Seine rechte kraftvolle Hand umspannte das Heft seines Schwertes. Lily bemerkte eine helle Narbe, die sich quer über die Fingerknöchel zog. Sein knielanges

Kettenhemd war dreckverschmiert und blutbespritzt. An der linken Schulter klaffte ein Riss in den Eisenringen.

Unter dem konischen Helm konnte Lily nur das glatt geschabte Kinn und seinen Mund erkennen, volle Lippen, obgleich sie aufeinander gepresst waren. Zu ihrer Bestürzung vermochte sie den Blick kaum von diesem Mund zu lösen und dem Mann in die Augen zu schauen, die dunkel zu beiden Seiten des Nasenschutzes funkelten. Augen, deren Blick sich tief in die ihren senkte und deren wache Klugheit sie in Erstaunen versetzte.

Etwas von ihren Gedanken schien ihr ins Gesicht geschrieben zu sein, denn das Funkeln erlosch plötzlich, die dunklen Augen verengten sich argwöhnisch, und Radulf erkundigte sich barsch: „Wer bist du?“

Lily schlug die Augen nieder, suchte Zeit zu gewinnen, um sich eine glaubhafte Geschichte auszudenken. Sie hatte die Finger unter dem Umhang ineinander verschlungen und spürte Metall an ihrem Daumen. Der Ring.

Der goldene Ring ihres Vaters! Ein Geschenk von Lilys Mutter an ihren Gemahl, den Vorgen ihm vom kalten Finger gezogen hatte, der wiederum von Vorgens Finger gestreift worden war, nachdem er in der Schlacht gefallen war. Seither trug Lily den Ring, ihren rechtmäßigen Besitz. Ein Ring wie kein anderer, ein Symbol der Führerschaft. Der Wappenvogel ihres Vaters, ein Habicht, war als schwarze Gravierung in Gold geprägt, das Auge des Greifvogels schmückte ein blutroter Rubin. Um die Darstellung war eine Inschrift eingeritzt: „Ich schenke dir mein Herz.“

Vorgen, der den Wert von Symbolen zu schätzen wusste, hatte sich den Habicht als Wappenvogel angeeignet. Nachdem er Lilys Vater gemeuchelt hatte, zierte der Greifvogel seine Flaggen und Banner, die seinen Truppen auf den Schlachtfeldern vorausflatterten.

Radulf würde das Symbol erkennen.

Lily hob den Blick, fixierte Radulf, wusste immer noch nicht, was sie sagen sollte, ahnte nur, dass ihr Leben von ihren nächsten Worten abhing. Unter dem Umhang nestelte sie mit bebenden Fingern an dem Ring, der ihr Geheimnis verraten würde. Und dann begann sie atemlos und gehetzt zu sprechen.

„Mylord, ich hielt mich bei meinen Vettern und Basen über der Grenze in Schottland auf während des Aufstands in Northumbria. Als wir erfuhren, dass Vorgen gefallen war, wurde ich mit einem Trupp Bewaffneter heimgeschickt. Mein Vater, Edwin of Rennoc, ist ein Vasall des Earl of Morcar und wohnt zehn Wegstunden südlich von Grimswade. Wir ritten durch den Wald nördlich von hier und wurden von Banditen überfallen. Mir gelang die Flucht. Ich weiß aber nicht, wie es den Männern ergangen ist."

Der angelsächsische Earl of Morcar hatte König William die Treue gehalten und sich geweigert, sich Vorgens Rebellion anzuschließen. Ein Vasall von Morcar war demnach auch Williams Gefolgsmann. Und Lily wusste überdies, das Rennocs Tochter blond und etwa in ihrem Alter war.

„Ich war müde und voller Angst und flüchtete mich in diese Kirche, in der Hoffnung, hier Unterschlupf zu finden. Der ganze Norden wird von kriegerischen Auseinandersetzungen heimgesucht, und ich weiß nicht, wer Freund oder Feind ist."

„Richtig, es ist manchmal schwer, den einen vom anderen zu unterscheiden", bestätigte Radulf mit leiser Stimme. *Wieder dieser Anflug von Humor?* Lily blieb keine Zeit, um über Radulfs seltsame Art nachzudenken. Seine Stimme nahm plötzlich einen scharfen Ton. „Wisst Ihr, wer ich bin, Lady?"

Sie nickte. Unter dem Umhang löste sich der Ring endlich vom Daumen und wäre beinahe ihren zitternden Fingern entglitten.

„Dann wisst Ihr, dass ich ein Gefolgsmann des Königs bin. Wenn Ihr tatsächlich die Frau seid, die Ihr behauptet zu sein, habt Ihr nichts von mir zu befürchten."

„Ja, Mylord."

Ließ er sich tatsächlich so rasch überzeugen? Lily hielt den Ring in ihrer feuchten Handfläche umklammert, als Radulf sich über sie beugte. In seinen dunklen Augen spiegelte sich die flackernde Fackel des Knappen. Mit zitternden Fingern ließ Lily den Habichtsring vorsichtig durch den Riss ins Futter ihres Umhangs gleiten.

Und es war nicht zu früh. Radulf streckte ihr seine flache Hand entgegen. Beklommen, mit einem Gefühl, als würde sie ihren Kopf in einen Wolfsrachen stecken, gab Lily ihm ihre bebenden Finger. Seine Haut war warm und schwielig vom Schwertgriff. Während er ihr auf die Füße half, wanderte sein Blick über ihr Gesicht, als wolle er sich jede Kontur genau einprägen.

Ihre weit auseinander stehenden grauen Augen waren von dichten, dunklen Wimpern umrahmt, darüber spannten sich die Bogen ihrer fein geschwungenen, dunklen Brauen. Ein ovales Gesicht mit hohen Wangenknochen, eine gerade Nase, vielleicht eine Spur zu lang, ein eigenwilliges Kinn. Haut wie Perlmutt, die sich unter seiner eindringlichen Musterung rosig überzog. Einmal hatte ein Barde auf der Burg ihres Vaters ihre Schönheit besungen in einem schwärmerischen Lied. Seine Verse sprachen von seinem Wunsch, ihr Herz zum Schmelzen zu bringen. Lily war eine kühle Schönheit, und Fremde glaubten, dass auch ihr Herz kalt sei.

Lily wünschte, es wäre so. In Wahrheit hatte sie ein weiches, empfindsames Herz, das sie gewissenhaft hüten musste, um zu verhindern, dass es zerbrach. Mit der Zeit hatte sie gelernt, sich so sehr zu schützen, dass sie die Fähigkeit verloren hatte, ihr Herz zu öffnen.

Behutsam, als fürchte er, sie zu erschrecken, schob Radulf ihr die Kapuze in den Nacken. Die von Rona vor Tagen geflochtenen Zöpfe hatten sich unterdessen zu einer zerzausten silberblonden Lockenmähne gelöst. Radulfs dunkle Augen funkelten plötzlich und sagten Lily mehr als alle Worte.

„Der Mond ist vom Himmel gestiegen, um uns den Weg zu erhellen“, murmelte er. „Was meinst du dazu, Stephen?“

Der Knappe lachte verlegen.

Radulf griff nach einer Locke und ließ das seidige Haar behutsam durch seine gebräunten, von Kämpfen vernarbten Finger gleiten. Lily stockte der Atem, Hitze stieg ihr in die Wangen. Seine Geste berührte sie auf seltsame Weise, die sie nicht erklären konnte. Dieser normannische Hüne, ermahnte sie sich, ist der Mann, der Jagd auf mich macht, der mich vernichten will.

Radulf wölbte die Hand um ihre Wange, seine rauen Fingerkuppen, die über ihre glatte Haut strichen, lösten ein Prickeln in ihr aus, das ihr bis in die Brustspitzen rieselte. Hitze schoss ihr wie ein Pfeil in den Leib. Der Normanne gab einen knurrenden Laut von sich. Lily wagte nicht, den Blick zu heben, befangen von ihren befremdlichen Empfindungen. Sie kam sich vor wie eine Kerze, und er war die Flamme, die sie entzündete. Nun brannte sie. Brannte langsam und sehnsuchtsvoll.

„Ihr habt mir Euren Namen nicht genannt“, drängte er mit tiefer sanfter Stimme, hob ihr den Kopf und zwang sie, ihn anzusehen. Lily erkannte in den dunklen Tiefen seiner Augen, dass er sie küssen wollte. Und sie sehnte sich danach. Schwindel ergriff sie, als ihr Blick erneut von seinen sinnlichen Lippen angezogen wurde. Seine Mundwinkel zogen sich beinahe unmerklich nach oben.

„Euer Name?“ raunte er.

„Ich heiße Lily.“ Am liebsten hätte sie sich auf die Zunge

gebissen wegen dieser Unachtsamkeit. Doch dann erinnerte sie sich, dass Vorgens Gemahlin bei den Normannen als Wilfreda bekannt war. Nur ihr Vater hatte sie Lily genannt – *meine kühle schöne Lilie.*

„Lily“, wiederholte der Normanne bedächtig, ließ sich den Namen auf der Zunge zergehen. „Ja, er passt zu Eurer kühlen Schönheit.“

Sein Daumen glitt über ihr Kinn. Lilys Atem entwich ihren leicht geöffneten Lippen wie ein Seufzer, dann strich sein Daumen kühn über ihre volle Unterlippe. Sie fühlte sich von einem Strudel wilder Empfindungen erfasst, plötzlich war ihr sein Mund so nah, dass sie seinen warmen Atem spürte, sein männlicher Duft stieg ihr in die Nase.

Erst jetzt begriff sie, dass sie nicht träumte. Er wollte sie tatsächlich küssen, hier in der Kirche von Grimswade. Doch wenn er sie küsste, würde sie schmelzen, würde ihm willenlos zu Füßen sinken.

Lily wich mit einem erschrockenen Satz zurück wie eine scheuende Stute.

Der Knappe knurrte einen Fluch, als sie ihm den Ellbogen in die Rippen stieß, und entschuldigte sich gleich darauf murmelnd bei seinem Herrn. Lily spürte, wie ihre Wangen glühten. Nie zuvor hatte sie sich solch lüsternen Empfindungen hingegeben!

Radulf war einen Schritt nach hinten getreten. Er lächelte kalt. Lilys Angst vor seinem Kuss hatte den seltsamen Bann zwischen ihnen gebrochen, und er erinnerte sich daran, wer er war. Als er wieder sprach, klang seine Stimme leise drohend.

„Ja, ich bin ein Furcht einflößender Mann, vergesst das nicht. Ihr behauptet, König William ergeben zu sein, aber warum sollte ich Euch glauben? Es wäre doch denkbar, dass Ihr Vorgen oder seinem Teufelsweib die Treue geschworen habt.“

Lily schüttelte heftig den Kopf und bemühte sich, ihren rasenden Herzschlag zu beruhigen. *Teufelsweib!* Er wagte es, sie zu schmähen, obgleich ihr stets das Wohl ihrer Untertanen am Herzen lag! Aber woher sollte dieser Krieger oder der König wissen, wer sie wirklich war? Vorgen hatte die Herrschaft über ihr Land an sich gerissen und blutige Aufstände in ihrem Namen angeführt.

„Mylord“, antwortete sie mit fester Stimme. „Seid versichert, ich bin kein ‚Teufelsweib‘.“

Aber sein Blick, der sich eben noch glutvoll in ihre Augen gesenkt hatte, blieb kalt und verschlossen; sein Mund, eben noch verheißungsvoll nah, war zum schmalen Strich geworden. Die Veränderung in ihm war erschreckend, zugleich aber auch erleichternd. Genau so hatte sie sich Radulf immer vorgestellt, nicht diesen anderen Mann mit den schmelzenden, schwarzen Augen und den verlockenden Lippen. Ja, diesen Mann konnte sie hassen.

Radulf hatte sich abgewandt und sprach mit seinem Knappen Stephen, als existiere Lily nicht mehr. „Bring die Lady in mein Zelt und lass sie bewachen. Nach meiner Rückkehr von Vorgens Burg werde ich weitere Fragen an sie stellen.“

Lily entfuhr ein Laut der Entrüstung über seine Willkür. Natürlich hatte sie damit gerechnet, dass er ihre Geschichte mit Argwohn aufnehmen würde, hatte aber gehofft, er würde sich zu ihren Gunsten entscheiden und sie laufen lassen. Andererseits hätte sie sich denken können, dass ein Mann wie Radulf übertrieben misstrauisch war. Wie sonst hätte dieser allseits verhasste Mann es geschafft, noch am Leben zu sein?

Er beobachtete sie wieder aufmerksam, rieb sich zerstreut die Schulter an der Stelle, wo das Kettenhemd zerschnitten war. Lily sah verkrustetes Blut in der Farbe von Rost, das durch das Wams gesickert war.

Ihr Herz schlug hart gegen die Rippen.

„Ihr seid verwundet, Lord Radulf."

Die Worte entschlüpften ihr unwillkürlich. Als Vorgens Gemahlin hatte Lily gelernt, sich zu verstellen, eine Rolle zu spielen, die ihr nicht angeboren war – nur um zu überleben. Doch diesmal kam ihr der Gedanke, es könne sich als vorteilhaft für sie erweisen, weibliche Fürsorge an den Tag zu legen, erst nachdem die Worte ausgesprochen waren.

„Nicht der Rede wert." Schroff und abweisend tat Radulf ihre Besorgnis ab.

„Es ist der Rede wert, wenn Ihr verletzt seid, Mylord."

Er richtete seine zu Schlitzen verengten Augen auf sie. Lily spürte seinen Argwohn, der sich wie ein Wall zwischen ihr und ihm auftürmte. „Und was würdet Ihr dagegen tun, Lady Lily?"

Lily schluckte. Sein durchdringender Blick machte sie befangen. „Ich…ich würde Euch gesund pflegen, Mylord."

„Aha, mich pflegen", murmelte er. Er entspannte sich, seine Mundwinkel zuckten. „Haltet Ihr das für klug, Lady?"

Lily furchte die Stirn. „Mylord?"

Radulf trat näher, und Lily spannte sich an, kämpfte gegen das plötzliche Verlangen an, sich in seine Arme zu schmiegen. „Ich könnte von Euch verlangen, nicht nur meine Schulter zu pflegen", raunte er, und sein Atem streifte ihre Wange.

Lilys gehetzter Blick schweifte zu seinen Augen. Radulf begehrte sie … so wie Vorgen sie begehrt hatte. Angst kroch ihr wie kalte Spinnenbeine über den Rücken, eine Angst, die nicht der Feind Radulf auslöste. Es war eine Angst, die Vorgen ihr eingepflanzt hatte, ein dunkles Knäuel des Grauens, durchsetzt von einem Gewirr aus Zweifeln und Beschämung.

„Lady?"

Lily blinzelte erschrocken. Die Gegenwart nahm wieder feste

Formen an. Sie stand mit Radulf in der Kirche von Grimswade, und mit einem Mal fühlte sie sich erleichtert. Lily zog den Umhang enger um die Schultern und rang um Fassung.

Radulf seufzte, er wirkte enttäuscht. Lily erkannte, dass er ihre Angst gespürt hatte und auf seine Person bezog. „Bring sie ins Lager“, befahl er Stephen. „Sofort!“ Er machte auf dem Absatz kehrt und tauchte mit langen Schritten in die Nacht ein.

Stephen nahm sie mit festem Griff am Arm. „Kommt, Mylady“, sagte er munter im krächzenden Stimmbruch. „Lord Radulf hat gesprochen.“

Draußen färbte ein Lichtstreif den Himmel im Osten grau. Die kalte Morgenluft war erfüllt vom Rauch der Fackeln und dem beißenden Geruch schweißbedeckter Rösser. Die meisten Soldaten waren bereits weitergezogen, querfeldein in nördliche Richtung auf Vorgens Festung zu.

Ihr Ziel war Lilys Heim, zwei Wegstunden entfernt.

In ihren Augen glitzerten Tränen. Sie würden nichts finden, nur eine ausgebrannte, rußgeschwärzte Ruine. Nachdem Lily geflohen war, hatten ihre Leute die Gebäude in Brand gesetzt, um zu verhindern, dass die Normannen je wieder Soldaten auf dieser Burg unterbringen würden.

Stephen festigte seinen Griff um ihren Arm und zog sie mit sich. Lily schüttelte ihn unwirsch ab. Der Bann, in den Radulfs Gegenwart sie eingesponnen und der ihren Willen geschwächt hatte, wich allmählich von ihr.

„Ich habe meine Stute dort hinten angebunden“, sagte sie und wies auf eine Baumgruppe. „Wenn ich sie zurücklasse, wird sie gestohlen.“

Stephen beäugte sie argwöhnisch, schien ihren Worten dann aber Glauben zu schenken und schickte einen Knecht los, um das Pferd zu holen.

„Warum reitet Radulf zu Vorgens Burg?“ fragte Lily, eigentlich mehr an sich selbst als an den Knappen gerichtet.

Stephen zögerte, doch seine Jugend und die Aufregung lösten ihm die Zunge. „Er glaubt, Vorgens Gemahlin hält sich dort versteckt. Er wird sie festnehmen und dem König ausliefern.“

Und dann? Lily verschloss ihre Gedanken und Gefühle hinter einer Maske eisiger Verachtung. Eine Vorsichtsmaßnahme, die ihr mittlerweile zur zweiten Natur geworden war, so notwendig wie das Atmen, um am Leben zu bleiben.

Ein Soldat folgte ihnen in einigem Abstand, und Lily begriff, dass er zu ihrer Bewachung abgestellt worden war. Fürchtete Radulf, die „Tochter von Edwin of Rennoc“ könne fliehen? Vermutlich hätte sie einen Fluchtversuch gewagt, wäre sie nicht so müde gewesen. Aber selbst wenn ihr die Flucht gelang, wohin sollte sie sich wenden? So seltsam es auch erscheinen mochte, Radulfs Zelt war vorläufig wohl das beste Versteck für sie. Niemand würde das *Teufelsweib* dort suchen.

„Ich bin erschöpft“, verkündete sie schließlich. „Es war eine lange und gefahrvolle Nacht. Liegt das Zelt deines Herrn weit weg … Stephen heißt du, nicht wahr?“

Stephen warf ihr ein scheues Lächeln zu. „Ja, Stephen. Ich bin Lord Radulfs Schildknappe. Das Zelt ist nicht weit entfernt. Unsere Armee lagert gleich hinter dem Dorf Grimswade.“

Lily nickte und zog die Kapuze ihres Umhangs tiefer in die Stirn und verbarg ihr Gesicht. Wenn sie im Lager der Normannen blieb, würde sie keinem Dorfbewohner begegnen, aber sie durfte kein Risiko eingehen.

Ihr Leben stand auf dem Spiel.

2. KAPITEL

Radulf achtete nicht auf den Schmerz in seiner Schulter, genauso wenig wie auf den Nieselregen, der stetig aus den bleigrauen Wolken fiel und ihn bis auf die Haut durchnässte. Er wünschte sich an einen anderen Ort, vorzugsweise in Lady Lilys Bett. Bei der Erinnerung an ihre bleiche Schönheit in der düsteren Kirche, an ihr mondhelles Haar, das seidig durch seine Finger glitt, durchfuhr ihn ein heißer schmerzhafter Stich, der nichts mit seiner Schulterwunde zu tun hatte.

Er versuchte sich an die letzte Frau in seinem Bett zu erinnern. Da war diese dralle, willfährige Kaufmannsfrau in York gewesen und vor ihr …? Seine Lippen wurden schmal. Das war ziemlich lange her. Und sehr viel länger noch, dass er eine Frau heiß begehrt hatte. Radulf verlagerte unbehaglich das Gewicht im Sattel und versuchte seine Gedanken auf einen Punkt oberhalb der Gürtellinie zu richten.

Das kalte Morgengrauen wich einem trüben regnerischen Tag, als Radulf seine Männer nach Norden zu Vorgens Festung führte. Er hatte an der Kirche nur Halt gemacht, weil er hoffte, der Priester würde sich bereit erklären, mit Lady Wilfreda zu sprechen, um sie zur Einsicht zu bewegen. Die Frau kämpfte auf verlorenem Posten, sie konnte nicht gewinnen. Wenn Radulf ihr Versteck nicht aufbrach wie die Dolchspitze eine Austernschale, dann würde William es tun. Vorgens Weib war dem Untergang geweiht.

An den grünen wogenden Hügeln vor ihm waberten weiße Nebelschleier. Auf der höchsten Erhebung ragte eine schwarze Ruine in den grauen Himmel. Der hölzerne Burgturm hatte auf einem künstlich aufgeschütteten Hügel aus Erde und Steinen gestanden, von einem Graben umgeben, einem Schutzwall aus Palisaden überragt, über dem sich der Kerkerturm aus Holz erhoben hatte.

Von wem immer die Anlage in Brand gesetzt worden war, er hatte ganze Arbeit geleistet.

Radulf furchte die Stirn. Ein ähnlicher Anblick hatte sich ihm wohl hundert Male geboten an zahllosen anderen Orten hier im Norden. In diesen rußgeschwärzten Ruinen hauste kein Mensch mehr, gewiss nicht eine hochgeborene Hexe wie Lady Wilfreda.

Radulf stieß den Atem mit einem gereizten Zischlaut aus. Er und seine Männer waren vor vielen Monaten aus seinem Landbesitz im Süden aufgebrochen, um gegen die Aufständischen im Norden zu kämpfen, und nun hatte Radulf nur noch einen Wunsch, heimzukehren.

Er war verdrossen und kriegsmüde.

Dieses Gefühl verstärkte sich zusehends, machte es ihm immer schwieriger, die Befehle des Königs mit der früheren Begeisterung auszuführen. Dennoch war er gehorsam kreuz und quer durch England geritten, hatte Aufstände niedergeschlagen, die Errichtung weiterer Garnisonen und Festungen befohlen und überwacht, hatte den Gesetzen des Königs Geltung verschafft. Einst hatte Radulf das Schwert mit Inbrunst und eiserner Faust geschwungen. Mittlerweile aber dachte er immer öfter an Crevitch und die Burg aus Stein, die er auf seinem Land errichten, an die Felder, die er bestellen wollte. Er träumte davon, seinen Kettenpanzer abzulegen und über sein eigenes Land zu reiten mit der Sonne im Gesicht. Er träumte davon, den Geruch des heranreifenden Weizens und der saftigen Wiesen tief einzuatmen.

„Wie ein alter Hengst auf der Weide“, murmelte er verdrossen vor sich hin.

Aber es stimmte. Er hatte die Nase voll von Blutvergießen und Sterben.

Verärgert versetzte er sein Streitross in eine schnellere Gangart. Die großen Hufe des mächtigen Tieres schleuderten nasse Erdklumpen hoch. Seine Männer hatten Mühe, mit ihm Schritt zu halten. Vermutlich dachten die Dummköpfe, er könne es kaum erwarten, möglichst viele Männer, Frauen und Kinder mit seinem Schwert aufzuspießen. Die Legende hatte längst die Wirklichkeit verblassen lassen. Ihm eilte ein so schauerlicher Ruf voraus, dass es gelegentlich genügte, wenn er an der Spitze seiner Armee auftauchte, um Aufständische in die Flucht zu schlagen. Und wenn er an einem verrammelten Burgtor seinen Namen nannte, wurde ihm unterwürfig Einlass gewährt.

Alles schön und gut, aber es gab auch die Kehrseite der Medaille. Wenn er sich von seiner gutmütigen Seite zeigte, wenn er freundlich mit den Leuten redete, hielten sie sein Verhalten für eine List, mit der er sich ihr Vertrauen erschleichen wollte, um im nächsten Augenblick brutal zuzuschlagen. Nur die Menschen, die ihn wirklich gut kannten, sahen Radulf so, wie er wirklich war, und davon gab es nur wenige.

Das Gesicht der Frau in der Kirche schlich sich erneut in seine Gedanken, und seine Miene verfinsterte sich. Als Jüngling hatte er sich geschworen, nie eine Frau zu lieben, weder eine aus dem einfachen Volk noch eine hochgestellte Edelfrau. Das bittere Schicksal seines Vaters stand ihm zeit seines Lebens als mahnende Abschreckung vor Augen. Und als erwachsener Mann erkannte Radulf bald, dass es wohl keine Frau gab, die das Schwert des Königs, den grausamen Krieger, lieben könnte, selbst wenn er den Wunsch danach verspürt hätte.

Aber warum sehnte er sich in letzter Zeit nach Liebe und danach, geliebt zu werden? Er hatte nie in trügerischen Traumvorstellungen geschwelgt. Ein Mann seiner Herkunft sollte sich damit zufrieden geben zu kämpfen und zu töten, seinen Reichtum und seine Macht zu mehren und seinem König die Treue zu halten. Und damit hatte er sich auch zufrieden gegeben, bis vor kurzem. Aber je weniger ihm der Sinn nach Krieg und Blutvergießen stand, desto stärker wuchs dieses neue Verlangen. Möglicherweise aber war es schon immer in ihm gewesen, hatte tief in ihm rumort und ließ sich nur nicht länger unter Verschluss halten.

Wieder rutschte Radulf unbehaglich im Sattel hin und her. Glich er trotz aller Vorsätze seinem Vater? Sehnte auch der Sohn sich nach dieser verzehrenden Leidenschaft, nach diesem Wahnsinn, dem der alte Mann verfallen war, der ihn blind gemacht hatte, um die Wahrheit über seine zweite Ehefrau zu erkennen? War auch Radulf dazu verdammt, von seiner eigenen Schwäche in den Untergang getrieben zu werden?

Radulfs Gesichtszüge verfinsterten sich noch mehr. Frauen waren Geschöpfe, die man benutzte und beiseite schob, denen man unter keinen Umständen vertrauen durfte. Wie gut, dass sein Ruf allen Frauen Angst einjagte. Er wusste genau, warum er König Williams wiederholte Forderungen, sich endlich eine Frau zu nehmen und einen Erben für seine riesigen Ländereien in die Welt zu setzen, stets abgelehnt hatte. Eine Ehefrau war wie ein Mühlstein um den Hals eines Mannes. Der Gedanke, eine Frau würde das Regiment auf Crevitch führen, versetzte ihm einen scharfen Stich zwischen die Schulterblätter.

Nein, davon wollte er tunlichst die Finger lassen.

„Mylord!"

Radulf wurde aus seinen Grübeleien gerissen und zügelte sein Pferd. Er hatte die Stelle der Burganlage erreicht, wo sich einst das äußere Tor befunden hatte. Vor ihm erhob sich das schwarze Skelett der Ruine. Seine Männer umringten ihn mit geröteten, schweißbedeckten Gesichtern, die dampfenden Pferde blähten schnaubend die Nüstern. Es roch nach nasser Asche und Verwüstung.

„Mylord?“ Sein Hauptmann Jervois beäugte ihn wachsam. „Hier hält sich niemand mehr auf.“

Radulf nickte. „Ja. Sollte Vorgens Weib sich dennoch hier verkrochen haben, finden wir sie. Wer führt den Suchtrupp an?“

Es meldete sich eine Hand voll Freiwilliger. Vor nicht allzu langer Zeit hätte auch er mit Begeisterung sein Leben riskiert, um eine ehrenvolle Aufgabe zu übernehmen. Mittlerweile aber war ihm der Kampf zur langweiligen Alltagspflicht geworden, er konnte jeden Tag sterben, und wofür? Eines Tages würde er sterben und seine Legende würde weiterleben. War das ein Segen oder ein Fluch?

Radulf beobachtete, wie seine Männer die Pferde im Schritt den steilen Pfad in den Graben führten, auf der anderen Seite die Böschung erklommen, wie sie vorsichtig den Burghof und die Ruinen durchsuchten. Wo war sie bloß, dieses Teufelsweib, das ihn hier im wilden Norden festhielt?

War sie nach Schottland geflohen, um Zuflucht bei dem verschlagenen Malcolm zu suchen? Oder war sie schon wieder im Begriff, neue Truppen zu sammeln, um William vom Thron zu stürzen? Begriff sie denn nicht, wie sinnlos ihr Widerstand war? William hatte Aufstände unterdrückt, Ernten vernichtet, das Land verwüstet. Wenn die Bevölkerung nicht schon in diesem Winter verhungerte, so gingen die meisten Bewohner gewiss im nächsten Jahr elend zu Grunde.

Was für ein Satansweib!

William konnte nicht dulden, dass diese gefährliche Hexe weiterhin ihr Unwesen im Norden trieb. Er wollte sie vernichten, wollte sie tot sehen. Radulf konnte seinen König verstehen. Anfangs war William geneigt gewesen, Nachsicht walten zu lassen, hatte sich bereit erklärt, einigen angelsächsischen Feudalherren ihre Besitztümer zu lassen. Doch zu viele hatten sich als Heuchler und Verräter erwiesen, besonders die Herren im Norden. Nun sah er sich gezwungen, sich ihre Gefolgschaft durch Gewalt zu sichern, statt durch diplomatisches Geschick.

Was bedeutete schon das Leben einer Frau, wenn es um den Frieden eines ganzen Reiches ging?

Radulf hatte Vorgen kennen gelernt, als die Normannen England eroberten; er hatte gemeinsam mit ihm bei Hastings gekämpft. Vorgen war ein tapferer, seinem Feldherrn treu ergebener Krieger gewesen mit weißem Haar und zerfurchten Gesichtszügen. Radulf war der festen Überzeugung, dass der Vorgen, dem er damals begegnet war, niemals die Aufstände hier im Norden angezettelt hatte.

Es war Vorgens Eheweib, das ihn beschwatzt hatte, sich gegen William zu erheben. Es hieß, sie sei die Enkelin des norwegischen Königs Harald Hardrada, eine Wikinger-Verführerin. Sie hatte den treuen Vorgen mit falscher Zunge in einen Verräter verhext. Manche Frauen hatten den Teufel im Leib, und all ihr schönes Getue und ihr Liebreiz und ihre süßen Küsse waren nichts als Verlockungen, um einen Mann zu vernichten.

Genau wie Anna.

Doch das Mädchen in der Kirche war anders! Ihre bleiche feenhafte Schönheit, ihre großen grauen Augen, das sanfte Beben ihrer vollen Lippen hatten es ihm angetan. Bei ihrem Anblick hatte Radulf ein Pfeil der Lust durchbohrt, und gleichzeitig hatte er das Bedürfnis verspürt, sie zu beschützen, den Wunsch, sie vor Leid und Angst zu bewahren. Und als sie begriffen hatte, wer er war, hatte sie wieder gezittert, diesmal aus Angst vor ihm! Radulf war gereizt gewesen und hatte sich enttäuscht von ihr abgewandt.

Musste das immer so sein? Musste sein ganzes Leben von dem blutrünstigen Ruf überschattet sein, der ihm vorauseilte?

Radulf entsann sich der Geschichte, die sie ihm erzählt hatte, von ihrer Reise aus Schottland und ihrer Flucht vor unbekannten Banditen. Er kannte den Earl of Morcar und hatte von Edwin of Rennoc gehört: Beide waren dem König treu ergebene Lehnsherren – zumindest bislang.

Es gab keine Veranlassung, ihr nicht zu glauben, obschon der Argwohn ein ihm angeborener Wesenszug war. Aber da war etwas anderes ... Auf dem Rückweg wollte er ein paar Männer losschicken, um einen Abstecher in den Wald zu machen, von dem Lady Lily gesprochen hatte. Wenn ihre Geschichte von dem Kampf ihrer bewaffneten Eskorte und den Banditen stimmte, musste das Geplänkel Spuren hinterlassen haben.

Ein ganzer Tag war verstrichen, seit Stephen sie ins Lager des Normannen gebracht hatte, ein Tag, an dem Lily rastlos und besorgt im Zelt auf und ab gewandert war. Hier mochte sie zwar in Sicherheit sein, doch dieser Zustand konnte nicht lange anhalten. Sie musste so schnell wie möglich fliehen oder Radulf überreden, sie laufen zu lassen.

Als das Tageslicht zu schwinden begann, warf Lily sich schließlich völlig erschöpft auf das Feldbett. Den Wolldecken und Tierhäuten entströmte Radulfs Geruch, und Lily musste sich zwingen, liegen zu bleiben. Ich darf keine Angst vor ihm haben, ermahnte sie sich streng, er ist nur ein Mann wie Vorgen oder Hew.

Ist er das, spottete ihre innere Stimme. Lily fragte sich bang, wie ein Mann mit solch sinnlichen Lippen und warmen Augen so grausam sein konnte. Sie war immer stolz auf ihre Menschenkenntnis gewesen, konnte Gedanken und Wesenszüge eines Menschen an seinem Mienenspiel ablesen – auch diese Fähigkeit hatte ihr geholfen zu überleben –, doch Radulf war ihr ein Rätsel. Der Mann, der sie in der Kirche von Grimswade berührt hatte, war ein anderer als der, dessen Name Furcht und Schrecken verbreitete. Sie hatte gespürt, dass er sie begehrte, und zu ihrer Verblüffung hatte auch sie ihn begehrt. Natürlich übte ein Hüne wie er auf jede Frau eine gewisse Anziehungskraft aus. Der Grund ihrer Verblüffung lag nicht an seiner Anziehungskraft, sondern an dem, was Vorgen ihr eingeredet hatte.

Zwischen Lily und ihrem Ehemann hatte es keine Liebe gegeben. Im Gegenteil: Lily hatte ihn gehasst, und Vorgen hatte sich durch die Verbindung mit ihr Chancen ausgerechnet, seine Herrschaft im Norden zu festigen – daraus hatte er nie einen Hehl gemacht. Wie hätte Lily den Mann lieben können, der ihren Vater ermordet und ihr behütetes Leben in eine wahre Hölle verwandelt hatte?

Zu Beginn ihrer Ehe hatte Vorgen wiederholte Male versucht, den ehelichen Akt mit ihr zu vollziehen. Er hatte sie beinahe unter sich zerquetscht und sie jedes Mal mit Fäusten bearbeitet, wenn er versagte. Im Lauf der Zeit wurden seine Versuche seltener, aber nicht weniger gewalttätig und Furcht einflößend. Lily hatte seine Unfähigkeit, den Akt zu vollziehen, seinen Jahren zugeschrieben, da er beinahe so alt war wie ihr Vater. Doch mit jedem Versagen wuchs Vorgens Sehnsucht nach einem Erben. Er brüllte sie an, es sei alles nur ihre Schuld, sie sei ein Eisklotz, nur wegen ihrer Kälte sei er unfähig, sie zu nehmen.

„Darüber bin ich aber froh. Sehr froh!“ hatte sie ihn wütend angeschrien und sich ein blaues Auge eingehandelt. Aber sie war sehr erleichtert, dass er sich nicht nehmen konnte, was sie ihm nicht freiwillig geben wollte. Dennoch hatten seine grausamen Worte sie ebenso schmerzhaft getroffen wie seine Prügel. Und er wiederholte seine Vorwürfe fortan so häufig und mit solchem Hass, dass Lily ihm schließlich glaubte.

Gelegentlich drohte Vorgen ihr mit anderen Männern, sagte, er würde sie zwingen, das Bett mit anderen zu teilen, denn er brauchte dringend einen Stammhalter, um seine Macht zu festigen. Seine Untertanen sahen in ihm einen Fremdländer, aber einem anglonormannischen Sohn würden sie später Gefolgschaft leisten, davon war Vorgen überzeugt.

Gottlob war es bei den Drohungen geblieben. Und dann war Vorgen tot. Lily war plötzlich seine Witwe, ohne je seine Frau gewesen zu sein.

Ihr hatte vor jeder hereinbrechenden Nacht gegraut, da sie fürchtete, er würde sie in ihrer Kammer aufsuchen. Vermutlich hätte mir nicht vor diesen Nächten gegraut, wenn Radulf mein Ehemann gewesen wäre, schoss es ihr durch den Sinn. Aber Vorgen hatte Zweifel in ihr gesät. Würde auch Radulf sie für kalt und abstoßend halten? Würde sein leidenschaftlicher Kuss durch sie erkalten und sein Verlangen schrumpfen?

Er ist mein Feind, schalt ihr müder Verstand. Und das verwirrte sie noch mehr. Ihr war, als würden ihr Geist und ihr Körper in heftigem Widerstreit miteinander liegen.

Radulfs Bett war weich und warm, Lily fühlte sich behaglich und beschützt. Die letzten Wochen, ja, die letzten Jahre hatte sie wie auf des Messers Schneide gelebt. Sie konnte sich kaum erinnern, wann sie sich so geborgen und heimelig gefühlt hatte.

Schließlich gab sie sich ihrer Erschöpfung hin.

Sie schlief tief und fest, ohne den Lärm der Soldaten zu hören, die sich im Lager zur Nachtruhe begaben, ohne mitzubekommen, wie Stephen das Zelt betrat und die Kerzen entzündete, ohne vom Käuzchen geweckt zu werden, das im nahen Wald schrie. Sie schlief tief und traumlos.

„Mylord?“

Die letzte schläfrige Benommenheit wich, Lily hielt den

Atem an. Stephens gedämpfte Stimme drang vom Zelteingang an ihr Ohr, aber es war nicht Stephen, der sie geweckt hatte.

Es war jemand, der über ihr stand. Sie spürte seine Nähe, sie roch seine Nähe – eine Mischung aus feuchter Wolle und Männerschweiß.

Radulf.

Unter den Falten ihres Gewandes ballte Lily die Hand zur Faust, bis die Fingernägel sich in ihr weiches Fleisch gruben.

„Mylord?“ wiederholte Stephen.

Nun waren Lilys Sinne hellwach und angespannt. Sie spürte eine Bewegung, schwerer Wollstoff streifte ihre Wange. Lilys Wimpern zuckten, doch Radulf hatte sich bereits abgewandt, seine Schritte entfernten sich. Sehr vorsichtig blinzelte Lily durch den Vorhang ihrer Wimpern.

Ihr Feind stand mit dem Rücken zu ihr, den Kopf in den Nacken gelegt, und trank. Stephan stand abwartend vor ihm, bis Radulf den Becher geleert hatte, und füllte ihn aus einem verbeulten Zinnkrug nach.

Radulf hatte Kettenhemd und Helm abgelegt und trug ein grünes ärmelloses Wams über einem weißen Leinenhemd und dunkelbraunen Kniehosen. Über einer Schulter hing ihm ein dunkler Wollumhang. Auch ohne das Kettenhemd waren Schultern und Rücken breit, muskelbepackt wie die eines mächtigen Kampfstiers. *Wuchtig.*

„Lord Radulf“, meldete Stephen sich wieder zu Wort. „Soll ich Eure Wunden versorgen?“

Radulf setzte den Becher wieder an. Sein Haar war sehr dunkel und kurz geschoren, kürzer noch als die Normannen es zu tragen pflegten.

„Nein“, antwortete er. „Sie hat sich erboten, mich zu behandeln.“ Er nickte in Lilys Richtung.

Am liebsten wäre sie unter die Decke gekrochen. Die Wunden eines Ritters zu versorgen gehörte zu den Aufgaben einer Frau, doch Lily scheute sich, seine warme Haut zu berühren.

„Habt Ihr Vorgens Festung durchsucht?"

„Ja. Sie war verlassen."

„Es hat also keinen Kampf gegeben?" Stephen klang sehr enttäuscht.

Radulf schnaubte verächtlich. „Nein."

„Dann ist das Teufelsweib immer noch auf freiem Fuß?"

„Leider ja. Wenn sie zur Vernunft käme, statt wieder Komplotte zu schmieden, hätte das Blutvergießen endlich ein Ende. Aber sei's drum. Ich fange sie früher oder später."

Lily biss sich auf die Unterlippe. Kalte Angst kroch ihr über den Rücken. Was geschah, wenn er herausfand, dass die Frau, der er Schutz in seinem Zelt bot, genau die war, die er suchte? Würde er sie töten?

„Frauen sind schwache Geschöpfe, die sich um Haus und Herd zu kümmern haben", stellte Stephen altklug fest und plapperte damit gewiss die Worte nach, die er von den Soldaten aufgeschnappt hatte. „Es ist nicht recht, ihnen zu gestatten, Männer in den Krieg zu führen. Es ist eine Schande, dass ein Weib das Land in solchen Aufruhr versetzt!"

„Ruhig Blut, Junge."

Radulf lachte gutmütig. Wie konnte dieser blutrünstige Krieger, der zahllose Aufstände gnadenlos niedergeschlagen hatte, darüber lachen? Die Männer, die Lily in ihrem Leben kennen gelernt hatte, lachten nicht oft, und wenn sie lachten, dann über derbe Scherze. Dieser Radulf war ihr ein Rätsel. Sie hielt es nicht länger aus, still liegen zu bleiben, öffnete die Augen und setzte sich auf.

Stephen nahm die Bewegung aus den Augenwinkeln wahr und

warf seinem Herrn einen raschen Blick zu. Radulf drehte sich mit dem Becher in der Hand zu ihr um. In seinen Augen erlosch das Lachen. Lily sog den Atem scharf durch halb geöffnete Lippen ein.

Bei ihrer ersten Begegnung in der dämmrigen Kirche hatte sie zwar einen ersten Eindruck seiner wuchtigen Körpergröße und Kraft gewonnen, seiner gefährlich schwarzen Augen und seines sinnlichen Mundes, aber nun sah Lily Radulfs Gesicht zum ersten Mal, und ihr Herz setzte einen Schlag aus.

Was war so faszinierend an diesem kantigen Männergesicht? Es war keineswegs schön im herkömmlichen Sinne. Ihm fehlte gänzlich Hews helle Ebenmäßigkeit. Radulfs Nase war gebrochen und ein wenig krumm. An seiner linken Wange zog sich eine breite Narbe dicht am Auge vorbei bis in den Haaransatz. Es war das markante, harte Gesicht eines Mannes, der viel erlebt hatte. Seine dunklen, tief liegenden Augen leuchteten wachsam. Und sein Mund … Lily wurde schwach bei der Vorstellung, diesen Mund auf ihren Lippen zu spüren.

Verwirrt suchte sie Radulfs Blick und fragte sich bang, ob er ihre abwegigen Gedanken lesen konnte, ob er ahnte, was in ihr vorging. Dieser Mann konnte sich gewiss kaum der vielen begehrlichen Frauenblicke erwehren. Mit einer Mischung aus beklommener Faszination und banger Erwartung beobachtete Lily, wie Radulf sich dem Feldbett näherte.

Ein zorniger Funke glühte in seinen Augen, und in seinen leicht hochgezogenen Mundwinkeln lag eine Spur Grausamkeit. Er wirkte verärgert. Hatte er die Wahrheit bereits herausgefunden? Nein, wenn er sie kennen würde, wäre er rasend vor Zorn. Lily hielt den Atem an, als Radulf neben ihr stehen blieb.

„Ihr tut gut daran, mich zu fürchten“, sagte er mit tiefer, drohender Stimme. „Ihr seid das Lamm, und ich bin der Wolf. Ich könnte Euch die Kehle durchbeißen.“

Lily war von seinem eindringlichen Blick gefangen. Ja, dies war ihr gefürchteter Feind, genau so hatte sie ihn sich vorgestellt. Der Schrecken des Nordens, das blutige Schwert des Königs! Ein Angstschauer lief ihr den Rücken hinunter, dann fasste sie wieder Mut. Lilys gelähmter Verstand begann wieder zu arbeiten. Wenn Radulf so gefährlich, sein Gesicht so hart und kalt wie sein Schwert war, wieso lag dann dieser seltsam müde, wehmütige Ausdruck in seinen Augen? Als sei ihm sein schändlicher Ruf eine Last?

„Ich habe keine Angst vor Euch“, entgegnete Lily mit fester Stimme.

In den dunklen Tiefen seiner Augen flackerte Erstaunen. Der grausame Zug um seinen Mund wich einem dünnen Lächeln. „Nein, Lady?“ Er versuchte ein Schulterzucken, verzog schmerzlich das Gesicht, und seine tiefe Stimme senkte sich zu einem heiseren Raunen. „Dann seid Ihr sehr töricht. *Jeder* hat Angst vor mir.“ Sein Blick hielt sie noch einen Herzschlag lang gefangen, bevor Radulf sich abwandte. Seine nächsten Worte klangen leichthin, gleichgültig. „Aber wenn Ihr die Wahrheit sagt und den Mut dazu aufbringt, könnt Ihr meine Wunden versorgen. Das ist eigentlich Stephens Aufgabe, doch er stellt sich nicht sonderlich geschickt an.“

Radulf warf ihr einen Blick über die Schulter zu, während Stephen beschämt von einem Fuß auf den anderen trat.

Lily erhob sich zögernd und strich ihr rotes Gewand glatt. Dabei entging ihr nicht, dass Radulf mit den Augen ihren Bewegungen folgte. Sein Gesichtsausdruck erinnerte sie an einen hungrigen Wolf beim Anblick eines wehrlosen Lamms; sein unmissverständliches Verlangen alarmierte ihren Selbstschutz, der ihr einschärfte zu fliehen, und dennoch …

Lily hob das Kinn.

Er beobachtete sie wachsam, forschend, und ihre stolze Geste brachte ihn zum Lächeln.

Was belustigte ihn an ihr? Sie bezwang den Zorn, der in ihr aufwallte; solche Empfindungen konnte sie sich nicht leisten.

„Ihr macht mir keine Angst“, wiederholte sie trotzig, „obwohl Ihr es offenbar darauf anlegt. Außerdem stehe ich in Eurer Schuld.“

„In meiner Schuld?“

„Ihr gewährt mir Euren Schutz.“

„Eine Dame in Not“, murmelte er, und erneut blitzte Belustigung in seinen Augen auf. Lily wartete geduldig, während er sie aufmerksam musterte. Sie war beileibe nicht so gelassen, wie sie vorgab zu sein, und fragte sich im Stillen, was sie erwartete, wenn sie seine Herausforderung annahm. Sein Vertrauen? Oder gab es einen geheimnisvollen Grund, der ihr Herz zum Flattern brachte und ihr die Knie weich werden ließ? Vielleicht wollte sie seine Wunden nur säubern, um einen Vorwand zu haben, seinen muskelgestählten Körper zu berühren und ihren unerfüllbaren Träumen nachzuhängen.

Als Radulf nickte, wusste Lily nicht, ob sie froh oder besorgt sein sollte.

„Nun gut. Stephen, bring Verbandszeug und Wasser und etwas zu essen! Ich bin hungrig. Die Lady wird mit mir essen, bevor du sie in Gudrens Zelt bringst.“

Als Stephen sich eilfertig entfernt hatte, wagte Lily eine Frage zu stellen. „Seid Ihr heute verletzt worden?“

Radulf bedachte sie mit seinem unergründlichen Blick. „Nein, gestern, als wir gegen die Reste von Vorgens Armee kämpften. Ein Pfeil durchdrang mein Kettenhemd. Es ist nur ein Kratzer. Wenn nötig, könnte ich morgen wieder in den Kampf reiten.“

Daran hatte Lily keinen Zweifel. Ein Mann wie er schien unbesiegbar zu sein – auch darauf gründete sich Radulfs legendärer Ruf. Doch so ganz glaubte Lily nicht mehr daran.

Stephen brachte eine Schüssel warmes Wasser, saubere Tücher und in Streifen gerissenes Leinen zum Verbinden. Aus einer Holzkiste in einer Ecke holte er einen irdenen Topf mit Salbe und stellte ihn auf einen Klapptisch zu den anderen Dingen. Auf den Wink seines Herrn verbeugte sich Stephen und huschte schnell aus dem Zelt.

Radulf setzte sich auf einen Hocker und bedachte Lily mit einem spöttischen Lächeln. „Nun beweist mir, dass Ihr keine Angst vor mir habt."

Mit einem Achselzucken gab Lily sich den Anschein von Gelassenheit. Er drehte ihr seinen breiten Rücken zu. Aber sie spürte seine Anspannung. In Northumbria wandte nur ein wahrlich mutiger Mann einem Fremden den Rücken zu. Der Normanne stellte sie auf die Probe. Lily trat zögernd einen Schritt näher, dann einen zweiten, bis sie dicht hinter ihm stand.

Sein wuchtiger Körper strahlte eine Wärme aus, die sie unwiderstehlich anzog. Ihre innere Stimme warnte sie, doch Lily achtete nicht darauf. Etwas höchst Merkwürdiges ging in ihr vor. Ihre Finger bebten leicht, als sie die Hände zaghaft auf seine breiten Schultern legte und spürte, wie seine Muskeln sich spannten.

„Habt Ihr Schmerzen, Mylord?"

Er lachte trocken. „Ja, große Schmerzen." Er warf ihr einen Blick über die Schulter zu und seufzte über ihr verständnisloses Gesicht. „Es war ein Scherz. Nun fangt schon an, Lily."

Sorgsam begann sie, ihm Wams und Unterhemd auszuziehen. Radulf hob bereitwillig die Arme, um ihr behilflich zu sein, die Sachen über den Kopf zu streifen. Lily faltete die fein gewebten Kleidungsstücke sorgfältig und legte sie beiseite, bevor sie sich ihm wieder zuwandte.

Sie biss sich auf die Unterlippe.

Ihre Mutter hatte der kleinen Lily wundersame Geschichten von Walhall erzählt, dem Himmel der altnordischen Völker, in dem die Götter wohnten. Odin, Thor und Freia. Lilys Lieblingsgott war Thor. Mit großer körperlicher Kraft ausgezeichnet, fiel ihm die Aufgabe zu, die Welt der Götter und Menschen gegen Riesen und Ungeheuer zu verteidigen. Er war ein schützender, helfender Gott von großer männlicher Schönheit, der jede Jungfrau in seinen Bann zog. Lily hatte den Geschichten ihrer Mutter andachtsvoll und mit großen Augen gelauscht und davon geträumt, eines Tages einem Mann von der Schönheit Thors zu begegnen.

Nun schien dieser Augenblick gekommen zu sein.

Lily verspürte den Wunsch, ihre flachen Hände über die glatten Muskelstränge seines breiten, gebräunten Rückens gleiten zu lassen. Und erst seine Oberarme! Sie hätte den Umfang seines Arms nicht mit beiden Händen umspannen können! Hew war schlank und hellhäutig, Vorgen war alt und knochig gewesen. Einen solchen Männerkörper hatte sie noch nie gesehen.

Hör auf damit. Verlierst du den Verstand? Denk daran, wer er ist und was er dir antun kann.

Die Wunde – darum sollte sie sich kümmern.

An seiner rechten Schulter klaffte eine Fleischwunde. Der Pfeil war nicht bis auf den Knochen gedrungen. Aus der blutverkrusteten Öffnung trat wässrige Flüssigkeit aus, die Umgebung war gerötet und leicht geschwollen.

Sie legte die Fingerkuppen mit sanftem Druck an die Wundränder, um zu prüfen, ob sich Wundbrand gebildet hatte. „Tut das weh?“ Lily hatte erlebt, wie Männer von scheinbar harmlosen Verletzungen am Wundfieber jämmerlich dahingesiecht und unter großen Schmerzen gestorben waren.

„Nein“, antwortete er mit tiefer, rauer Stimme. „Ihr habt sanfte Hände. Es ist schon lange her, seit mich eine Frau so zart berührt hat.“

Schweigend machte Lily sich daran, das verkrustete Blut abzuwaschen. Radulf saß reglos wie eine Statue, ohne zu zucken oder aufzuschreien, wie Vorgen es immer getan hatte. Unterdessen brachte Stephen Essen und einen Krug Wein und zog sich wieder zurück. Nachdem die Wunde gesäubert war, nahm Lily das irdene Gefäß zur Hand, öffnete den Deckel und schnupperte daran.

Radulf schaute ihr dabei zu. „Wollt Ihr mich damit einreiben oder die Salbe essen?“ fragte er belustigt.

Sie achtete nicht auf seine Bemerkung. „Ringelblumensalbe“, murmelte sie. „Sie eignet sich sehr gut, um solche Wunden zu heilen.“

„Seid Ihr eine Heilerin?“ erkundigte er sich scharf.

Lily lachte. „Nein, Mylord. Ich kenne mich nur ein wenig in der Heilkunst aus.“ Es gab keinen Grund, ihm zu viel zu erzählen. Sie durfte und wollte ihm ihre Geheimnisse nicht anvertrauen.

Radulf nickte zufrieden und überließ sich wieder geduldig ihren pflegenden Händen. Er war gewiss hungrig, und das Essen auf dem Tisch wurde kalt. Dennoch trieb er sie nicht unwirsch zur Eile an, wie Vorgen es getan hätte.

Ein seltsamer Normanne.

„Soll ich auch Eure Hand verbinden?“ fragte sie ein wenig außer Atem.

Radulf guckte verdutzt auf seine Hand, als bemerke er den Schnitt jetzt erst. Hatte er die Verletzung gar nicht gespürt? Machten ihm körperliche Schmerzen gar nichts mehr aus? Während Lily darüber nachdachte, nahm sie sein vom Schweiß feuchtes Hemd zur Hand.

„Wie Ihr wünscht, Mylady“, sagte er und beobachtete sie neugierig.

Um sich abzulenken, schnalzte Lily mit der Zunge und ermahnte ihn: „Ihr solltet dafür Sorge tragen, dass Euer Knappe trockene Kleidung für Euch bereithält, wenn Ihr verschwitzt von draußen kommt. Hier im Norden Englands kriecht Euch die Kälte bis auf die Knochen. Ihr werdet krank, wenn Ihr nasse Kleidung nicht wechselt.“

Er lachte vergnügt. „Genug der Fürsorge. Erst wollen wir essen, dann könnt Ihr mich ganz ausziehen und mich trockenreiben.“ Er zog viel sagend eine Braue hoch. „Wenn Euch der Sinn danach steht.“

Lily spürte, wie ihr die Hitze in die Wangen stieg. „Mylord!“ wies sie ihn entrüstet zurecht. Doch die Vorstellung setzte sich in ihr fest, so lebhaft, als sei es bereits geschehen. Sie war unfähig, den Blick von seinen Augen zu wenden, und ihm schien es ähnlich zu ergehen.

„Ihr müsst hungrig sein, Mylord“, brachte sie schließlich mit belegter Stimme hervor.

Radulf legte seine flache Hand an ihre Wange, strich mit dem Daumen ihre Unterlippe entlang wie bei der ersten Begegnung in der Dorfkirche. Lily war, als bebe die Erde unter ihren Füßen, oder waren es nur ihre Knie, die zitterten? Radulf legte den anderen Arm um ihre Mitte und zog sie an sich.

Lily schaute ihm unverwandt in die Augen. „Mylord? Was tut Ihr?“

„Ich tue das, was ich vom ersten Moment an tun wollte, als ich Euch sah“, raunte er, grub seine Finger in ihr langes seidiges Haar, schlang sich eine Strähne um die Finger und zog ihr Gesicht langsam zu sich herab. Ihre Wangen glühten, ihre feuchten Lippen waren halb geöffnet, die Lider senkten sich halb über ihre grauen Augen. Lily spürte seinen warmen Atem an ihrer Haut.

Sie war nicht verwundert, als Radulf sie küsste. Was sie in Erstaunen versetzte, waren die Empfindungen, die sein Kuss in ihr auslöste. Ihre Brüste kribbelten, zwischen ihren Schenkeln setzte ein befremdliches Pochen ein. Radulfs Zungenspitze folgte den Konturen ihrer Lippen, die sich ihm breitwillig öffneten. Lily war unfähig, ihm zu widerstehen. Im nächsten Moment wäre sie verloren gewesen …

Beim Räuspern vom Zelteingang her wich sie erschrocken zurück und fuhr herum.

„Mylord?"

Stephens Stimme und seine stampfenden Schritte klangen betont laut. Er vermied es krampfhaft, das ertappte Paar anzugucken. Lilys Hand flog an den Mund, als wolle sie den Beweis des Kusses verstecken.

„Was gibt es?" Radulf hörte sich gereizt an. Lily spürte seinen Blick im Rücken, wollte sich aber nicht umdrehen. Sie war verwirrt und beschämt. Wie hätte Vorgen gelacht! In Radulfs Armen war sie keineswegs kalt und gefühllos gewesen. Hatte sie den Verstand verloren, ihrem Feind eine solche Macht über sie zu geben?

Stephens nächste Worte aber löschten alle Selbstvorwürfe und sinnlichen Gedanken in ihr aus.

„Wir haben den Priester gefunden, Mylord!"

3. KAPITEL

Der Priester! Lilys Herzschlag setzte aus. Vater Luc! Den sie seit jeher kannte und gern hatte. Ausgerechnet von ihm drohte ihr nun höchste Gefahr. Sie schickte ein inständiges Stoßgebet zum Himmel, er möge die Situation geistesgegenwärtig durchschauen und sie nicht verraten.

„Muss das jetzt sein?“ Radulf wirkte gereizt und müde.

„Ihr habt ihn suchen lassen, Mylord. Wollt Ihr nicht mit ihm sprechen?“ fragte Stephen verdutzt.

Lily beobachtete in lähmendem Entsetzen, wie Radulf nach seinem Hemd griff.

„Nun gut“, knurrte er. „Aber er soll sich beeilen. Ich habe Hunger.“

Stephen streifte Lily mit einem flüchtigen Blick, drehte sich um und winkte jemandem vor dem Zelt zu. „Kommt!“ Sein Befehlston büßte durch seinen Stimmbruch erheblich an Wirkung ein. „Mein Herr erweist Euch die Ehre einer Unterredung.“

„Aha, er erweist mir also die Ehre.“

Lily zog sich Schritt um Schritt in den Schatten des Zeltes zurück und blieb reglos stehen, als Vater Luc watschelnd in den Lichtkreis der Kerze trat, ein untersetzter rundlicher Mann in einer groben braunen Mönchskutte. Sein Gesicht unter dem kahlen Schädel war vor Zorn gerötet, seine blauen Augen blitzten ungehalten. Vor der Eroberung der Normannen hatte Vater Luc eine Familie gehabt, da die Angelsachsen es nicht verwerflich fanden, wenn Priester heirateten. Vater Luc hatte Frau und Kinder rechtzeitig in Sicherheit gebracht, bevor er sich in sein Einsiedlerdasein schickte, das den normannischen Vorstellungen eines frommen Gottesmannes entsprach.

„Mylord“, schnaubte er nun, „Eure Männer behandeln mich

respektlos und grob. Was beabsichtigt Ihr mit diesem Verhalten?“

„Und du, was beabsichtigst du?“ knurrte Radulf unbeeindruckt. Er streckte seine langen Beine von sich, ohne Anstalten zu machen, sich zur Begrüßung zu erheben. „Du hast dich gut versteckt, Priester. Ich suche seit Tagen nach dir.“

„Seit Ihr in den Norden gekommen seid, suchen viele Menschen nach mir, Mylord“, entgegnete Vater Luc scharf. „Pflüge und Ackergeräte wurden zerstört, das Getreide auf den Feldern verbrannt, das Vieh abgeschlachtet. Die hungernden Menschen kommen alle zu mir und zu Gott, und ich versuche Ihnen zu helfen und Trost zu spenden.“

„Auch ich brauche deine Hilfe, Priester.“

Vater Luc furchte die Stirn und guckte Radulf forschend an. „Wie könnte ich Euch helfen, Mylord?“

„Ich bin auf der Suche nach Vorgens Gemahlin. Kennst du sie?“

Der Priester nickte bedächtig, ohne den Blick von Radulf zu wenden, wobei Lily den deutlichen Eindruck hatte, dass er sich ihrer Anwesenheit sehr wohl bewusst war. „Ihr sucht nach Lady Wilfreda?“

„Hast du sie in letzter Zeit gesehen?“

„Sie ist geflohen, Lord Radulf, als sie hörte, das *Schwert des Königs* habe einen Rachefeldzug in den Norden unternommen. Euer Name verbreitet Angst und Schrecken. Nur ein Narr würde Euch die Stirn bieten und sich Euch im Kampf stellen.“

Radulf schnaubte verächtlich. „Vorgen kämpfte gegen mich.“

„Ja, Mylord, und er war ein Narr.“

„Und du? Hältst du mich zum Narren, alter Mann?“ Radulf beugte sich drohend vor. „Ich habe Gerüchte gehört, denen zufolge Lady Wilfreda sich noch in Northumbria aufhält. Ich glaube nicht, dass sie nach Schottland geflohen ist."

Vater Luc zuckte gleichmütig mit den Achseln.

„Vielleicht kann ich dich überreden, mir mehr zu verraten, Priester", schnarrte Radulf. „Die Männer Gottes, die ich kenne, haben stets großen Bedarf an Goldmünzen."

Vater Lucs gutmütiges pausbäckiges Gesicht legte sich in tiefe Kummerfalten. „Sie ist geflohen. Überlasst sie ihrem Schicksal, kehrt in Eure Heimat zurück, Mylord, und nehmt Euer schönes Gold wieder mit."

Wie tapfer er ist, dachte Lily, und gleichzeitig so töricht, Radulf gegen sich einzunehmen. Sie warf dem Normannen einen flüchtigen Blick zu, fürchtete, seinen Zorn zu sehen, doch Radulf schien wegen der Worte des Priesters nicht verärgert zu sein.

„Wenn ich Wilfreda gefunden habe, kehre ich heim", antwortete er milde. „Vorher aber bringe ich sie zur Strecke."

Der Priester schürzte missbilligend die Lippen, doch er wandte den Blick nicht ab.

„Vielleicht kannst du mir in einer anderen Angelegenheit helfen", fuhr Radulf fort und drehte sich zu Lily um. „Diese Dame versteckte sich in deiner Kirche. Sie behauptet, Edwin of Rennocs Tochter zu sein. Kennst du sie?"

Vater Luc schaute kurz zu Lily hin, deren Herz sich zusammenkrampfte. Er hatte sie zweifellos schon beim Betreten des Zeltes erkannt, ohne sich etwas anmerken zu lassen. „Ich kenne Edwin of Rennocs Tochter nicht, Mylord."

„Aber den Dorfbewohnern ist sie bekannt."

„Nun ja, das mag sein. Ich weiß, dass er eine ansehnliche Tochter mit blondem Haar hat, aber ich bin ihr nie begegnet. Ist sie das?" Der Priester nickte in Lilys Richtung. „Sie wirkt erschöpft. Habt Ihr der Dame etwas angetan?" fragte er bekümmert. „Ihr

Vater ist ein Vasall des Earl of Morcar, und Morcar ist ein Gefolgsmann des Königs. Der König wäre gewiss erzürnt, wenn sein Schwert gegen Freund und Feind gleichermaßen losschlägt."

Radulf straffte die Schultern, und Lily hielt den Atem an. Mit seinem kaum verhohlenen Vorwurf zweifelte Pater Luc an der Rechtschaffenheit des Normannen. Hätte er diese Anschuldigungen gegen Vorgen erhoben, wäre der Priester des Todes gewesen. Warum sollte sich Radulf anders verhalten? Bevor Lily aber zulassen würde, dass dem tapferen kleinen Mann ein Leid geschah, würde sie die Wahrheit sagen. Kein anderer sollte an ihrer Stelle büßen. Es hatte genug Leid gegeben.

Zu ihrer Erleichterung lehnte Radulf sich entspannt zurück; seine Stirn glättete sich. Seltsamerweise verstärkte diese Gelassenheit die Macht und Kraft nur noch, die von ihm ausging. Und Lily ahnte, dass ein Mann wie Radulf es nicht nötig hatte, Menschen zu töten, die es wagten, ihn zu kritisieren, nur um sein Ansehen zu erhöhen. In ihre Erleichterung mischte sich Bewunderung.

„Du bist ein mutiger Mann, Priester, aber du solltest deine Zunge hüten." Seine Mundwinkel verzogen sich belustigt, doch in seinen dunklen Augen lag eine Warnung.

Der Priester lächelte unschuldig.

„Knappe!" Stephen eilte herbei; seine großen Augen flogen zwischen dem Priester und seinem Herrn hin und her. „Lass ihn gehen, er ist mir nicht von Nutzen."

„Ergebenen Dank, Mylord." Vater Luc klopfte den Staub von seiner Kutte und strich die Ärmel glatt. Mit unbewegtem Gesicht wandte er sich an Lily, nur seine blauen Augen blitzten freundlich. „Seid guten Mutes, Mylady of Rennoc", meinte er milde. „Bald werdet Ihr unter Freunden sein."

Er verbeugte sich und ging. Lily guckte ihm nach und fragte

sich, ob er sie lediglich trösten wollte oder ob hinter seinen Worten ein tieferer Sinn lag.

„Ein Priester, der nicht käuflich oder bestechlich ist", verkündete Radulf kopfschüttelnd. „Welch eine Seltenheit."

Lily trat zögernd aus dem Schatten, bis sie ihm vor dem Tisch mit dem Essen gegenüberstand. „Ihr seid ein Spötter, Mylord."

„Dazu hat das Leben mich gemacht, Lily." Wieder bemerkte sie eine Art Wehmut in seinen Augen, als verberge sich hinter dem kampfgestählten Krieger eine verwundete Seele.

„Vielleicht liegt es an den Menschen, mit denen Ihr Euch umgebt."

Radulf lachte trocken. „Mag sein. Setzt Euch, Mylady. Wir wollen essen. Und diesmal dulde ich keine Unterbrechung."

Seine Augen versprachen mehr als nur eine Einladung zum Essen, Lily aber wich seinem Blick unstet aus. „Ich bin müde und habe keinen Hunger, Mylord. Ich möchte lieber schlafen."

Ein lastendes Schweigen breitete sich nun zwischen ihnen aus, Lily weigerte sich, ihn anzusehen. Dann hörte sie Radulf seufzen.

„Nun gut. Stephen bringt Euch in Gudrens Zelt."

Lily entspannte sich kurzzeitig, gleichzeitig aber stieg eine verräterische Enttäuschung in ihr hoch. Sie hatte Gefallen an Radulfs Kuss gefunden und hätte keine Einwände gegen einen zweiten Kuss gehabt. Doch Küsse würden zu weiteren Vertraulichkeiten führen, und Lily wusste nicht, ob sie die Kraft haben würde, diesen Verlockungen zu widerstehen. Der normannische Ritter war zwar ihr Feind, dennoch übte er eine unwiderstehliche Anziehungskraft auf sie aus.

Radulf kaute lustlos an einem Brocken Hammelfleisch und spülte ihn mit reichlich Rotwein hinunter, als könne der säuerliche

Wein das Feuer löschen, das Lily in ihm entfacht hatte. Er zwang sich zu essen, biss in das harte dunkle Brot und überlegte gereizt, ob er seinen Knappen losschicken sollte, um ihm eine der Huren zu bringen, die sich am Rande des Feldlagers niedergelassen hatten. Aber er wollte keine Hure.

Er wollte Lily.

Er wollte sie, seit er sie schlafend auf seinem Feldbett vorgefunden hatte, ihr hellblondes Haar wie ein seidenes Gespinst auf den Decken ausgebreitet, ihr Mund von einem geheimnisvollen Lächeln umspielt. Wäre Stephen nicht in seiner Begleitung gewesen, hätte er der Versuchung wohl kaum widerstanden, sie mit sanften Küssen zu wecken, bis sie vergaß, wer und was er war.

Stattdessen hatte er ihr befohlen, seine Wunde zu säubern und zu verbinden, hatte lustvolle Qualen ausgestanden, als ihr weiblicher Duft ihm in die Nase gestiegen war. Und jede zarte Berührung ihrer Finger auf seiner Haut gab den Flammen seines Verlangens weitere Nahrung.

Radulf seufzte ungeduldig. Er war ein Narr. Er hatte das Entsetzen beim Erwachen in ihren grauen Augen gesehen. Welche Frau hätte keine Angst vor ihm? Und dennoch hatte sie seine Wunde versorgt und ihm direkt in die Augen geschaut, wenn sie mit ihm sprach. Sie war eine mutige Frau. Vielleicht könnte ihre Dankbarkeit ihre Angst so lange besiegen, bis er sie vergessen ließ, dass er das *Schwert des Königs* war.

Er dachte an den köstlichen Moment, als sein Mund auf dem ihren gelegen hatte, an die Hitze, die ihn durchströmt hatte, als sie ihre Lippen seiner Zunge geöffnet hatte, und er biss stöhnend die Zähne aufeinander. Sie hatte weich und anschmiegsam in seinen Armen gelegen. Er sah den Kranz ihrer dichten dunklen Wimpern an ihrer hellen Haut, ihr langes silbriges Haar, das ihr in wilden Locken weit über den Rücken fiel. Ihre schwellenden

Brüste unter dem roten Gewand hatten sich mit jedem erregten Atemzug an ihn gedrängt.

Radulf schob das Essen von sich.

Es wäre seine Pflicht gewesen, ihr weitere Fragen über Morcar und Rennoc zu stellen. Über ihre Reise von der schottischen Grenze. Über den Überfall im Wald, und wie es ihr gelungen war, als Einzige zu entkommen. Und warum drei seiner Männer, die er in diesen Wald geschickt hatte, keinerlei Kampfspuren gefunden hatten.

War sie eine Lügnerin?

Er scherte sich nicht darum.

Er konnte an nichts anderes denken als daran, sein Verlangen an ihr zu stillen.

Radulf wusste nicht, wie lange er ins Leere starrte, bevor die Geräusche von draußen in sein Bewusstsein drangen.

Das Klirren von Schwertern, die Rufe der Männer, der unverkennbare Lärm eines Kampfes.

Der auffrischende Wind trug die Rauchschwaden der Lagerfeuer in Gudrens geräumiges Zelt. Nachdem Lily sich an die Dunkelheit und den beißenden Rauch gewöhnt hatte, fühlte sie sich in dem warmen Zelt wohl. Ungeachtet ihrer Proteste, setzte Gudren ihr ein reichhaltiges Mahl aus Ziegenkäse und dunklem Brot vor, dazu einen Krug Bier.

Gudren war eine dralle Frau in mittleren Jahren, deren helle wachsame Augen in einem Kranz feiner Fältchen lagen. Lily versuchte mehrmals mit ihr zu sprechen, erhielt aber nur ein lächelndes Nicken zur Antwort.

Nachdem Lily sich satt gegessen hatte, machte sie sich daran, ihr zerzaustes Haar mit einem Kamm aus Geweihsprossen zu glätten, und flocht es zu einem dicken Nackenzopf. Gudren schien mit halb geschlossenen Augen zu dösen. Der fahle Schein der flackernden Talgkerze glättete die Altersspuren in ihrem Gesicht und bleichte das Grau aus ihrem Haar. Sie gaben ein friedliches Bild ab ... zwei Frauen, die sich nach einem langen arbeitsreichen Tag ausruhten.

Auch im Lager der Normannen war es still geworden. Die Soldaten hatten sich in Tierhäute vor den Lagerfeuern zum Schlafen eingerollt oder in Zelte zurückgezogen. Lily fühlte sich seltsam geborgen, wie damals als Kind in der großen Halle der Burg ihres Vaters. Sie glaubte beinahe, seine Stimme hören zu können.

In deinen Adern fließt das Blut tapferer Krieger und Könige, Lily. Aber möglicherweise wirst du eines Tages gezwungen sein, deine Knie vor geringeren Männern zu beugen zum Wohle deines Landes und deiner Untertanen. Sei stolz und bedenke, dass deine Menschenliebe und deine Fähigkeit, dich unterzuordnen und Zugeständnisse zu machen, keine Zeichen von Schwäche sind, sondern deine Persönlichkeit stärken.

Hatte ihr Vater damals bereits gewusst, dass ein Krieg unvermeidlich war? Hatte ihm der kalte Wind vom Ärmelkanal her zugeraunt, dass die Normannen die Absicht hatten, sein Land zu überfallen? Vielleicht hatte er am Tor seiner Burg gestanden, um die Eroberer zu begrüßen, und die Habgier in Vorgens Augen bemerkt. Was würde er von Radulf halten? Würde er in ihm nur einen normannischen Feldherrn sehen? Oder würde er hinter seinem kriegerischen Gebaren den Menschen erkennen, den Lily in ihm zu ahnen begann?

Ein Rascheln vor dem Zelt brachte Lily in die Gegenwart zurück. Sie spähte in das rauchgeschwängerte Zwielicht und nahm die Umrisse eines Soldaten wahr, der vor dem Zelteingang Wache stand. Er trat von einem Fuß auf den anderen, sein Schwert klirrte leise gegen seinen Kettenpanzer.

Sie war Radulfs Gefangene. Wie hatte sie das nur einen Moment vergessen können!

Lily schloss die Augen, um sich erneut in die Geborgenheit zurückzuversetzen, doch die warme Zufriedenheit wollte sich nicht wieder einstellen.

„Bist du müde, mein Täubchen?"

„Ja, ein wenig, Mutter."

Lily hatte geantwortet, ohne über ihre Worte nachzudenken. Erschrocken öffnete sie die Augen und richtete sich auf. Gudren hatte sie in ihrer nordischen Muttersprache angesprochen, und Lily hatte ihr in der gleichen Sprache geantwortet.

Gudren lächelte, und ihre Augen funkelten listig. Und Lily begriff, dass Gudren nicht absichtlich geschwiegen hatte, sie beherrschte die französische Sprache nur nicht. Kein Wunder, dass sie sich freute. Es gab gewiss nicht viele Damen, mit denen sie sich unterhalten konnte.

Gudren rückte näher, begleitet vom würzigen Geruch nach Kräutern und Ziege. „Es ist lange her, dass ich die heimatlichen Klänge von anderen Menschen als meinem Mann gehört habe. Stammt Ihr aus Norwegen, Lady?"

Lily schüttelte den Kopf. Es wäre sinnlos gewesen, ihr etwas vorzuschwindeln. „Nein, meine Heimat ist Northumbria. Was hat dich nach Grimswade verschlagen?"

Gudren seufzte. „Ich begleite meinen Mann Olaf. Er kam als Söldner mit William nach England und steht nun als Rüstungsschmied in Diensten von Lord Radulf."

Lilys graue Augen weiteten sich. „Das ist gewiss eine große Aufgabe!"

Gudren lachte herzhaft. „Ganz recht, es ist nicht gerade leicht, einen so kräftigen Mann in eine Rüstung zu zwängen, aber Lord Radulf entlohnt seinen Schmied sehr gut. Olaf schmiedet auch Schwerter, die den angelsächsischen Waffen in nichts nachstehen. Schwerter, die dem Krieger in der Hand liegen, als seien sie nur für ihn gemacht. Schwerter, die vor Freude singen, wenn sie durch die Luft sausen und in Fleisch und Knochen fahren wie in weiche Butter."

Lily durchfuhr ein Frösteln. Sie war beileibe nicht zimperlich, hatte oft genug die Schrecken des Krieges erlebt. Aber sie war Blutvergießen, Tod und Verderben leid und sehnte sich sehr nach Frieden.

„Kommst du aus dem Süden von Radulfs Landbesitz?" fragte Lily, um die ältere Frau auf andere Gedanken zu bringen.

Gudren nickte. „Ja, aus Crevitch. Wir sind nun schon viele Monate fort. Es ist ein warmes Land", fuhr sie wehmütig fort. „Sanfte Hügel und Täler, saftige Weiden und flaches Sumpfland. Radulf würde gerne wieder in seine Heimat zurückkehren." Sie lächelte wissend. „Aber das würde er niemals zugeben."

Lily hatte Mühe, sich Radulfs Sehnsucht nach der Heimat vorzustellen. Der Radulf der Legende liebte nichts mehr, als seine Feinde abzuschlachten, ein herzhaftes Mahl zu sich zu nehmen und anschließend wieder in den Kampf zu ziehen. Nie hatte sie bisher davon gehört, dass er sich wünschte, in die Heimat zurückzukehren.

Gudren goss Bier aus dem Krug in ihren Becher. „Du scheinst neugierig zu sein und mehr über Lord Radulf erfahren zu wollen. Ich erzähle dir die Geschichte seines Lebens", verkündete sie und lehnte sich bequem zurück.

Vor dem Zelt wurden wieder Geräusche laut, gefolgt von einem Schrei, dann stürmte ein Mann groß wie ein Bär an dem Wachposten vorbei in das verrauchte Zelt.

Lily schrie beim Anblick des Riesen auf. Sein sonnenverbranntes Gesicht mit blitzend blauen Augen wurde von schlohweißem Haar umwallt, seine Faust umklammerte eine tödlich scharfe Axt.

„Olaf?“ In Gudrens Stimme schwang ein leichter Vorwurf. „Warum erschreckst du die Dame?“

Olaf warf ihr einen finsteren Blick zu. „Wir werden angegriffen, Weib! Hörst du den Lärm nicht vom Hügel her? Pah, vor lauter Tratschen hörst du nichts! Kommt!“ Er hielt Lily seine fleischige Hand hin. „Ich soll Euch ins Zelt meines Herrn bringen. Dort seid Ihr in Sicherheit.“

Nun, da ihr Pulsschlag nicht mehr so laut in ihren Ohren dröhnte, konnte Lily den Lärm hören. Dumpfe Schläge, Schwerterklirren, Schlachtrufe der Soldaten, Schreie der Verwundeten. Die Normannen wurden angegriffen, aber von wem? Feinde der Normannen waren vermutlich Lilys Freunde.

Der Gedanke an Flucht schoss ihr durch den Sinn. Sollte sie Olaf beiseite stoßen und wegrennen?

Aber der Waffenschmied würde sie einholen, ins Zelt seines Anführers schleppen, und sie müsste ihren Fluchtversuch erklären. Seufzend gab Lily dem Riesen ihre Hand.

„Sie spricht unsere Sprache“, berichtete Gudren freudig erregt, als sei nichts geschehen.

Olaf behielt seine finstere Miene bei, doch die unerschütterliche Ruhe seiner Frau ließ seine Augen anerkennend aufleuchten. „Bleib hier, Gudren. Die Frauenzelte werden bewacht. Ich möchte nicht, dass dir etwas zustößt.“

Gudren lächelte heiter. „Ich weiß, Mann.“

Die Liebe zwischen dem Ehepaar war deutlich zu spüren, und Lily wurde ganz wehmütig ums Herz. Sie dachte an ihre unglückliche Ehe mit Vorgen und an den Verrat ihrer Jugendliebe Hew. Wieso war ihr eine solche Liebe nicht vergönnt? Warum kannte sie nur Angst, Demütigung und Einsamkeit?

„Kommt!“ befahl Olaf.

Der Vollmond vor dem Zelt leuchtete heller als die glimmenden Lagerfeuer. Der Lärm des Kampfgeschehens hinter den Pferdezäunen in den Hügeln wurde vom Nachtwind herübergetragen. Olaf hielt Lilys Handgelenk umspannt und zog sie durch die Nacht. Der Lärm der klirrenden Schwerter und Schilde bereitete ihr Kopfschmerzen.

Olaf knurrte. „Wir schlachten alle ab.“

Lily schluckte schwer, bevor sie ihre Stimme wiederfand. „Wer sind die Angreifer?“ Sie raffte die Röcke höher, um nicht zu stolpern. Olaf gab sich keine Mühe, seine langen Schritte den ihren anzupassen.

„Der Rest von Vorgens Aufständischen. Sie haben uns beobachtet und sich zu nahe an unser Lager herangewagt. Ich glaube kaum, dass sie die Absicht hatten, uns zu überfallen. Aber unsere Kundschafter haben sie entdeckt. Nun werden alle sterben.“

Waren diese bedauernswerten Männer die „Freunde“, von denen Vater Luc gesprochen hatte? Lily wollte nicht, dass ihretwegen jemand in einem längst verlorenen Krieg starb. Wenn sie nur mit ihren Leuten reden und ihnen begreiflich machen könnte, dass jede weitere Auflehnung nur noch größeres Leid brachte, dass schließlich die einzige Hoffnung darin bestand, dass Lily sich bei William Gehör verschaffte, um mit dem König Frieden zu schließen.

Und mit Radulf.

Olaf stieß sie grob in Radulfs Zelt. „Rührt Euch nicht von der Stelle“, knurrte er unhöflich und war bereits wieder fort. Lily stand keuchend und verwirrt an dem Ort, dem sie vor kurzem erleichtert entkommen war.

Stephen empfing sie mit vor Aufregung runden Augen, er wirkte plötzlich kindlich. „Mein Herr wies mich an, bis zu seiner Rückkehr bei Euch zu bleiben. Wünscht Ihr zu trinken? Ich habe einen Krug Wein geholt."

Offensichtlich brauchte er eine Beschäftigung. Lily nickte, und er schenkte ihr einen Becher ein. Allmählich wurde der Kampflärm leiser und verstummte schließlich; die Gegner waren entweder abgeschlachtet oder geflohen. Lily erschauerte und verschüttete beim Ansetzen des Bechers ein paar Tropfen. Der Wein wärmte sie und machte ihr Mut. Sie suchte verzweifelt nach einem Hoffnungsschimmer in ihrer ausweglosen Situation. Der einzige Mensch, der eine völlige Zerstörung von Northumbria abwenden konnte, war sie, diese Überzeugung verfestigte sich immer mehr in Lilys Kopf.

Plötzlich wurden ihr die Knie weich bei dem Gedanken an die Verantwortung, die auf ihr lastete. Lily sank auf einen Hocker, den Becher immer noch in den klammen Fingern.

„Mylady, seid Ihr krank?" fragte Stephen besorgt vom Zelteingang her.

Lily schüttelte den Kopf. Und beide schwiegen lange.

Dann näherten sich schwere Stiefelschritte.

Lily hob horchend den Kopf. Stimmen wurden laut. Sie hörte Radulfs gedämpfte Anweisungen, ohne den Wortlaut zu verstehen. Andere antworteten ihm. Ein Pferd schnaubte und stampfte mit den Hufen. Ein Mann lachte – Olaf? Und dann ging Stephen eilig in Hab-Acht-Stellung wie ein Soldat, und Radulf betrat das Zelt.

4. KAPITEL

Seine wuchtige Gestalt in Kettenhemd und Helm versetzte Lily einen prickelnden Schock. Wie in der Kirche von Grimswade bei der ersten Begegnung mit dem Fremden.

Nun war er für sie kein Fremder mehr.

Diese Feststellung erstaunte Lily, denn er war ihr Feind, den sie von ihrem Standpunkt überzeugen musste, wenn sie ihr Land und ihre Untertanen retten wollte.

Radulf nahm den Helm ab. Seine dunklen Augen fixierten sie, und plötzlich war ihr nichts mehr wichtig, nur seine Nähe. Der magische Moment endete, als Stephen Radulf half, Schwert und Rüstung abzulegen, und sie mühsam in eine Ecke des Zeltes schleppte.

Radulf setzte sich in Hemd und Kniehosen auf einen Hocker, fuhr sich mit der Hand durchs kurz geschorene, schwarze Haar, bewegte die Schulterblätter und nahm einen tiefen Schluck Wein. Er schien nicht verletzt zu sein. Nur die verschorfte Wunde an der Hand war wieder aufgeplatzt und blutete. Lily bemühte sich um ein sachliches Urteil: Die Männer der Gegenseite, die erbärmlichen Überreste von Vorgens Rebellenarmee, verdienten ihr Mitgefühl, nicht Radulf der Normanne.

Aber ihr Herz war ein Verräter.

Endlich wagte sie zu sprechen. „Habt Ihr Gefangene gemacht?"

Radulf schüttelte den Kopf. „Der Anführer und die Hälfte der Bande flohen, bevor meine Männer sie in die Enge treiben konnten. Der Rest stellte sich dem Kampf. Keiner ergab sich, sie kämpften bis zum letzten Blutstropfen. Tapfere Leute, wenn auch fehlgeleitet."

„Wer waren sie?"

Radulf zuckte mit den Achseln und verzog das Gesicht, als der Schmerz ihm in die Schulter fuhr. „Vorgens Leute. Banditen. Vielleicht beides."

Stephen schenkte seinem Herrn Wein nach und fragte ihn, ob er hungrig sei.

„Nein", erwiderte Radulf, „leg dich schlafen, Junge. Ich bringe die Dame selber in Gudrens Zelt."

Als der Knappe gegangen war, leerte Radulf den Becher in einem Zug. Draußen im Lager war wieder Ruhe eingekehrt. Der Angriff war abgewehrt, Radulf war unversehrt geblieben und wieder allein mit *ihr.*

Die Erschöpfung machte ihn leicht benommen, wie stets nach einem Gefecht. In diesem Zustand befiel ihn zuweilen eine befremdliche Todessehnsucht. Diesmal aber nicht. Auch die vertraute Lust nach einer Frau, nach irgendeiner Frau, stellte sich nicht ein … Nein, diesmal war es anders.

Warum hatte er sie eigentlich in sein Zelt bringen lassen? Bei Gudren wäre sie in Sicherheit gewesen; dafür hätte Olaf gesorgt. Den flüchtigen Verdacht, zwischen ihrer Anwesenheit im Lager und dem Angriff der Rebellen könne ein Zusammenhang bestehen, hatte er rasch verworfen. Nein, ihm war nur daran gelegen, sie in seiner Nähe zu wissen, sie zu beschützen.

Diese Erkenntnis verursachte ihm Schmerzen in der Brust, Erinnerungen an seinen Vater drängten sich ihm auf. Sein ausgemergeltes Gesicht, von namenlosen Qualen gezeichnet, tauchte vor Radulfs innerem Auge auf. Es hatte geheißen, er sei an gebrochenem Herzen gestorben. Und mit dem Tod seines Vaters war im Sohn ebenfalls etwas gestorben.

Damals hatte er sich geschworen, niemals zuzulassen, dass eine Frau sich Zutritt in sein wundes Herz verschaffte. Liebe war etwas für ausgemachte Narren.

Nun suchte er verzweifelt nach vertrauten Argumenten, die ihm in den seltenen Momenten nützlich gewesen waren, in denen er seine Vorsätze zu vergessen gedroht hatte.

Aber sie schienen aus seinem Gedächtnis gelöscht.

All das zählte plötzlich nicht mehr. Er fühlte sich verloren, an einem fremden Ort ausgesetzt, einsam, verwirrt und furchtsam. Einem Ort, den er schon einmal betreten hatte – mit katastrophalen Folgen.

Langsam setzte Radulf den Becher ab, sein Blick ruhte auf Lily.

Er zwang sich, klar und nüchtern zu denken. Sie war nur eine Frau ... *nur eine Frau ...*

Sie stand mit verschränkten Händen an der Zeltwand, ihr silbriges Haar war zu einem Zopf geflochten. Wie alt mochte sie sein? Jedenfalls alt genug. Sein Blick wanderte über ihre prallen Brüste, die sich gegen das rote Wollkleid drängten. Ihre schmale Mitte könnte er mit den Händen umspannen. Ihre Hüften rundeten sich verlockend. Unter dem Stoff zeichneten sich lange schlanke Schenkel ab. Und bevor er sich dagegen wehren konnte, schoss ihm die Frage durch den Kopf, ob das lockige Vlies zwischen ihren Beinen ebenso silbrig glänzte wie ihr Haar oder ob es dunkel war wie ihre Brauen und Wimpern.

Sie war nur eine Frau.

Schweißperlen bildeten sich auf seiner hohen Stirn. Langsam hob er den Blick zu Lilys Augen; die mühsam beherrschte Glut wuchs zur lodernden Flamme der Begierde. Jetzt wird sie fliehen, dachte er, und schreiend aus dem Zelt laufen.

„Mylord?“ brachte Lily mit kehliger Stimme hervor.

War es möglich, dass sie ähnlich empfand? Eines war jedoch gewiss: Sie lief nicht vor ihm davon, und wenn sie es nicht bald tun würde, gehörte sie ihm. Sie war nur eine Frau und er das

Schwert des Königs. Hatte er nicht das Recht, sich zu nehmen, was er begehrte?

„Ihr seid sehr schön, Lady Lily“, raunte er mit tiefer melodischer Stimme. Ihre Wimpern flatterten, ihr Atem beschleunigte sich. Loderte etwa auch in ihr die Hitze der Leidenschaft?

Dieser Gedanke verlieh ihm die Kraft, seine machtvolle Gier zu beherrschen. Er wollte nicht über sie herfallen wie ein wildes Tier. Er wollte sie umwerben, ihre Bereitschaft in Hingabe verwandeln. Er wollte, dass sie ihn begehrte. Sie zu nehmen und hinterher nichts als Angst und Abscheu in ihren Gesichtszügen zu lesen, wäre schlimmer als der Tod.

„Komm zu mir, Lily.“

Er streckte ihr die Hand entgegen, auf der ihr starrer Blick ruhte, als begreife sie nichts.

„Bitte“, krächzte er heiser und schnippte leise mit den Fingern. Der große Radulf sprach eine Bitte aus! Aber in diesem Moment war er nur ein Mann und sie eine Frau.

Seine Bitte erweichte Lily. Zögernd gab sie ihm ihre Finger. Unendlich behutsam zog Radulf sie näher, bis sie zwischen seinen Knien stand. Lilys Lider senkten sich halb über ihre grauen Augen. Ihr Atem beschleunigte sich.

Aber sie wich nicht zurück.

Radulf beugte sich vor und hob die andere Hand, auch diesmal so langsam, dass Lily genügend Zeit gehabt hätte, Nein zu sagen oder fortzulaufen. Seine Hand zitterte. Wieder wartete sie. Ihr Busen hob und senkte sich, als habe sie Mühe zu atmen. Endlich strichen seine Finger unendlich zart über ihre Lippen, glitten ihre Kehle nach unten und umfingen ihre linke Brust.

Lily entfuhr ein Schreckenslaut, sie versteifte sich, eine befremdliche, nie gekannte Hitze stieg in ihr auf, berauschte sie. Seine Berührung war wie ein Zauber. Ihre Brust schien in seiner gewölbten Hand zu schwellen. Die Knospe versteifte sich prickelnd unter der Berührung seines Daumens, erneut wurde Lily von einer heißen Welle durchspült.

Mit einem lustvollen Stöhnen schwang Radulf sie hoch und setzte sie auf seinen Schoß. Seine Arme umfingen sie in einem warmen Mantel der Geborgenheit. Lily aber wusste, dass dieses wohlige Gefühl trügerisch war.

Halbherzig stemmte sie die Handflächen gegen seinen Brustkorb, ohne eigentlich Widerstand zu leisten. Doch Radulf verharrte in einem Moment keuchender Stille. Dann hob er ihr das Kinn und erforschte die Tiefen ihrer Augen. Sein Gesicht war angespannt vor Verlangen, sein Mund ein schmaler Strich.

„Lily?“ Seine Stimme war ein heiseres Krächzen.

Lily seufzte matt. Sie war von schmelzender Wärme erfüllt, erwachte zu unbekannten und erregenden Gefühlen, nahm die Wirklichkeit nur noch benommen wahr. Was immer später geschehen würde, zählte nicht, sie wollte nur diesen köstlichen Moment genießen, er durfte nicht enden.

Er las die Antwort in ihren Augen, die alle seine Bedenken auslöschte. Er neigte den Kopf und nahm ihren Mund in einem tiefen leidenschaftlichen Kuss in Besitz. Lily hörte sich stöhnen, wie aus weiter Ferne.

Ihre Hände tasteten blind über sein Gesicht. Ihre Finger folgten der Spur seiner Narbe an der Wange, gruben sich in sein Haar, zogen ihn näher. An ihren Schenkeln spannten sich seine Muskeln, seine harte Männlichkeit presste sich an ihre Hüfte.

Und sein Kuss vertiefte sich, als wolle er nie enden.

Lily öffnete sich seiner drängenden Zunge, er trank von ihrem Mund, als trinke er köstlichen Wein. Seine Zunge schlang sich um die ihre in einem wilden sinnlichen Tanz.

Als er sich von ihr löste, wirkte er benommen, genauso berauscht wie sie. „Es ist zu spät, um wegzulaufen. Du gehörst mir“, raunte er an ihrer Kehle. Seine Lippen hauchten federleichte Küsse auf ihren Hals, suchten das zarte Fleisch am Ausschnitt ihres Hemdes, während seine Hand sich um ihren Busen wölbte. Als sein heißer Mund ihre Brustknospe umfing, geriet Lily in einen Strudel erregender Empfindungen, die ihr den Atem raubten. Nie hätte sie solche Köstlichkeit für möglich gehalten. Sie kannte nur Vorgens grobe, ungeduldige Zudringlichkeiten und Hews schüchterne Knabenküsse. Woher hätte sie wissen sollen, dass derlei Sinnesstürme überhaupt möglich waren? Radulf löste Gefühle in ihr aus, von denen sie nicht gewusst hatte, dass sie existierten.

Das machte ihr Angst. Wenn Radulf sie so mühelos in eine leidenschaftliche Frau verwandeln konnte, wie sollte sie ihm widerstehen? Wie könnte sie ihn dann noch verlassen?

Lily stemmte sich gegen ihn, doch als er den Mund von ihrer Brust löste und den Kopf hob, fühlte sie sich verlassen. Wieder ruhte sein forschender Blick auf ihr. Was suchte er nur?

Besorgt und ängstlich rutschte Lily von seinem Schoß, stand mit zitternden Knien vor ihm und wies ihn tadelnd zurecht. „Nein, Radulf. Ist das die Art, wie ein Ritter eine Dame unter seinem Schutz behandelt?“

Radulf lächelte entwaffnend. Auch er stand auf und folgte ihr, als sie zurückwich. „Wenn die Dame willig ist, ja.“

„Und wenn die Dame verheiratet ist?“ platzte sie heraus.

Das brachte ihn zur Vernunft. Er verharrte lauernd, jeden Muskel angespannt. „Bist du verheiratet, Lily?“

Sie war gezwungen, die Wahrheit zu sagen. „Nein. Nicht mehr. Mein Mann ist tot.“

Er lächelte wie ein Sieger. „Dann komm zu mir, Herzchen“, murmelte er und zog sie an sich. Lily stockte der Atem, als seine Hände über ihren Rücken zu den Hüften strichen, seine Finger sich in ihre Gesäßbacken gruben und sie an seine harte, pochende Männlichkeit pressten. Verbotene Bilder tauchten in ihrem erhitzten Gemüt auf, als sie ihn berührte, ihn umfing, sich ihm öffnete. Fieberndes Verlangen sammelte sich in ihrer Leibesmitte, das alle Bedenken im Keim erstickte. Es gab kein Zurück.

„Radulf“, keuchte Lily.

Er schälte sie aus dem roten Gewand und dem Hemd, seine schwieligen Hände kratzten auf ihrer glatten Haut. Sie stand halb nackt vor ihm. Ein spitzer Schrei entfuhr ihr, als seine Hände sich um ihre Brüste wölbten und das pralle warme Fleisch zärtlich zu kneten begannen. Mit einem kehligen Laut beugte er sich über sie, und dann saugte sein Mund an ihrer steifen Brustspitze.

Lily legte den Kopf in den Nacken, bog den Rücken durch. Ihr langer Zopf hing bis zum Boden. Nur Radulfs starker Arm um ihre Mitte verhinderte ihren Fall, sie war völlig kraftlos, schmolz unter seiner Liebkosung. Ihre Hände nestelten an seinem Hemd, glitten über seine harten Muskeln. Ihre Fingerkuppen streichelten seinen vernarbten Brustkorb, als könne ihre Berührung alle alten Wunden heilen.

Vielleicht, fuhr es ihr durch den benommenen Sinn, können wir einander heilen.

Radulf widmete sich ihrer anderen Brust. Lily wölbte sich seinen Händen und Lippen entgegen. Doch das genügte ihr nicht. Als spüre er ihren Hunger, hob Radulf sie hoch und legte sie behutsam aufs Bett. Lily öffnete den Mund, um zu protestieren, doch kein Laut kam ihr über die Lippen.

Ihre Augen verdunkelten sich, als Radulf sich hastig die Kleider vom Leib riss. Scheu und ehrfürchtig wanderte ihr Blick über seine breite Brust zu seinem flachen Bauch, den schmalen Hüften und seiner hoch aufgerichteten Männlichkeit. Vorgens war nie so groß … so fest gewesen.

Fast hätte sie die Hände nach ihm ausgestreckt, als Vorgens Worte in ihr widerhallten. Er hatte sie als kalt und gefühllos beschimpft und behauptet, ihr Fleisch scheide ein Gift aus, das ihm die Manneskraft raube. Er hatte mit seinen Eroberungen anderer Frauen geprahlt und geschworen, seine Impotenz sei einzig und allein Lilys Schuld.

Radulf hatte ihre Bewegung und ihren Rückzug bemerkt und hielt ihn für mädchenhafte Schamhaftigkeit. Nun streifte er ihr die Kleider von den Hüften, warf sie zu Boden und verschlang ihre Nacktheit mit gierigen Blicken.

„Silberblond wie dein Haar", raunte er und grub die Finger in das Vlies zwischen ihren Schenkeln. Sein Blick erfasste den juwelenbesetzten Dolch, der an ihren Oberschenkel gegürtet war. Seine Fingerkuppen strichen über ihr perlmutthelles Fleisch, über den Lederriemen und verweilten an dem mit grünen und roten Edelsteinen besetzten Heft des Dolches.

„Was haben wir denn da?" Seine Stimme war ein heiser gedehntes Raunen. „Eine Lilie mit Dornen?"

„Zu … meinem Schutz."

Ihre Blicke kreuzten sich, und Lily glaubte beinahe, er wolle sich zurückziehen. Doch dann lachte er verwegen, löste den Lederriemen, warf den Dolch achtlos zu Boden und barg sein Gesicht in den silbrig hellen Löckchen zwischen ihren Schenkeln.

Lily hauchte seinen Namen und krallte die Finger in sein Haar, als seine Zunge ihren feuchten Schoß fand. Nie hätte sie sich so etwas träumen lassen … ein Beben erschütterte ihren Körper, fieberndes Verlangen stieg in ihr hoch. Sie bäumte sich auf, schloss die Augen, als sie von einer Flutwelle der Lust erfasst und hochgetragen wurde. Doch als sie glaubte, einen nie gekannten köstlichen Gipfel zu erreichen, ließ Radulf von ihr ab.

Lily schluchzte vor Enttäuschung, und dann weiteten sich

ihre Augen, als er sich auf sie legte, sein muskulöser sehniger Körper sie bedeckte. Sein Blick senkte sich tief in ihre Augen, verschmolz mit dem ihren, während seine Hand sich zwischen ihre Beine schob, seine Finger in ihre nasse Hitze tauchten. Lily reckte ihm ihren Schoß entgegen, und er lächelte zufrieden. Sanft spreizte er ihr die Schenkel, brachte sich in Position und seufzte, als habe er sich lange nach diesem Augenblick gesehnt.

„Bist du bereit für mich?" Seine Stimme versengte sie und löste Verwirrung in ihr aus.

Was meinte er damit? Sie hatte nicht gewusst, dass auch Frauen zur Paarung vorbereitet wurden. Sie war der Meinung, es sei die Pflicht der Frau, den Akt zu ertragen, so wie sie Vorgen ertragen hatte. Nun aber, da ihr Körper vor Verlangen fieberte, wurde sie eines Besseren belehrt.

Stöhnend reckte sie sich ihm entgegen und gab ihm mit ihrem Körper die ersehnte Antwort.

Er senkte sich mit einem einzigen kräftigen Stoß in sie, das hatte sich bei seiner enormen Größe stets als beste Methode erwiesen. Hatte er sich erst einmal in den Schoß einer Frau getrieben, blieb immer noch Zeit abzuwarten und ihr Zeit zu geben, sich an seine Größe zu gewöhnen. Durch den Nebel seiner Wollust hörte er ihren spitzen Schrei, spürte, wie sie sich verkrampfte. Sie fühlte sich beinahe an, als sei sie unberührt. Vielleicht war er zu hastig gewesen. Sie war sehr jung. Er hatte sich nicht klargemacht, dass sie lange keinen Mann gehabt hatte.

Lily aber war mehr als bereit für ihn. Der anfänglich brennende Schmerz flaute ab. Ihr Inneres weitete sich, um ihn zu empfangen und ganz in sich aufzunehmen. Radulfs Mund umfing den ihren, seine Zunge drängte sich in ihre Mundhöhle. Seine Haut unter ihren Händen brannte heiß wie im Fieber.

„Bist du bereit für mich?" fragte er erneut. Sein Atem an ihrem Ohr jagte einen Schauer durch sie, und diesmal verstand sie, was er meinte.

„Ja, ich bin schon bereit.“ Sie stöhnte, als er sich zu bewegen begann.

Seine anfänglich langsamen Stöße wurden schneller, kraftvoller. Er wies sie mit Händen und Körper an, sich seinem Rhythmus anzupassen. Lily lernte schnell, sich ihm anzugleichen und damit ihre Lust zu steigern.

Und dann drohte Radulf die Beherrschung zu verlieren, seine Arme begannen zu zittern, sein Mund saugte wieder an ihren Brüsten, er stöhnte ihren Namen.

In einem entfernten Winkel seines Denkens erinnerte er sich daran, Lily Vergnügen zu bereiten. Wieder schob sich seine Hand zwischen ihre schweißnassen Körper, seine Finger umkreisten die harte Perle ihrer Wollust. Lilys Körper spannte sich. Ihre Augen weiteten sich verwundert. Und dann wurde sie von entfesselten Zuckungen geschüttelt, sie schrie ihre Erlösung hinaus, als habe sie nie zuvor einen Höhepunkt erreicht. Sie keuchte noch immer, krallte sich an Radulf fest, als er sich noch einmal tief in sie versenkte, einmal, zweimal, und ihr dann mit einem tiefen animalischen Schrei über den Gipfel folgte.

Lily war, als habe ihre Seele ihren Körper verlassen und schwebe in lichter Höhe über ihr. Sie lag wohlig in Radulfs Armen, die Wange an seine Brust geschmiegt, die Hüfte an seinen flachen Bauch gepresst. Was zwischen ihnen geschehen war, hätte sie nicht in Worte zu fassen vermocht. Sie wusste nur, dass sie eine wundersame Entdeckung gemacht hatte, eine beseligende Erfahrung, die sie mit Radulf so bald und so oft wie nur möglich wiederholen wollte.

Selig lächelnd schlug Lily die Augen auf und schaute in Radulfs markantes Gesicht, in seine wachsamen Augen. Wieder machte sein durchdringender Blick sie befangen, doch dann hob sie die Hand und strich mit sanften Fingerkuppen die Narbe an seiner Wange entlang.

„Wo hast du dir diese Narbe zugezogen?“ flüsterte sie.

Er zuckte eine Winzigkeit zusammen, als bereite ihm die Berührung Schmerzen, doch als Lily erschrocken zurückweichen wollte, nahm er ihre Hand und küsste jeden einzelnen Finger. „In einem Kampf mit einem tapferen Mann“, antwortete er leise. „Ich habe verdient, was er mir zugefügt hat, und noch viel mehr.“ Er küsste die Innenseite ihrer Hand.

Lily beobachtete ihn mit angehaltenem Atem. Radulf, ihr Todfeind, der Mann, vor dem sie floh. Radulf, der Schrecken des Nordens. Er gehörte ihr.

Eine große Erleichterung erfüllte sie und zugleich eine unendliche Zärtlichkeit. Er gehörte ihr, und Lily hatte gelernt, das, was ihr gehörte, grimmig zu verteidigen.

Sie stützte sich auf einen Ellbogen und hob sich seinen Lippen entgegen. Radulfs Zunge tauchte in ihren Mund. Er führte ihre Hand nach unten an seine Schenkel. Lily versteifte sich, versuchte, sich ihm zu entwinden, er aber lachte und festigte seinen Griff. Seine Männlichkeit reckte sich bereits wieder zu stolzer Größe. „Mylord“, hauchte sie, als er sie auf den Rücken rollte und ihre Hände über ihrem Kopf festhielt. Sie war hilflos, konnte sich nicht gegen seine Küsse wehren, selbst wenn sie den Wunsch danach verspürt hätte.

„Ich fühle mich belagert“, flüsterte sie.

Er lachte verwegen. „Die Burgen, die ich belagere, leisten nicht lange Widerstand und öffnen mir ihre Tore.“ Er spreizte ihr die Schenkel mit den Knien. „Und ergeben sich.“ Die glühende Rundung seines Schaftes pochte an ihre Öffnung. „Öffnest du mir deine Tore?“ scherzte er heiser. „Ergibst du dich meinem Ansturm?“

Lily fieberte bereits wieder nach ihm und hauchte ihre Zustimmung.

Erst als sich ihre keuchenden Atemzüge wieder beruhigt hatten, zog Radulf die Decken über ihre schweißnassen Körper. Und dann spürte Lily, wie er sich anspannte, seine Zärtlichkeit wich frostiger Kälte. Zorn funkelte in seinen schwarzen Augen.

„Du hast mich belogen." Seine leise Stimme klang bedrohlich.

Lily sah ihn aus großen grauen Augen an, fragte sich bang, was er entdeckt haben mochte.

„Du hast behauptet, du seiest verheiratet und dein Mann sei tot."

„Ich habe dich nicht belogen", brachte sie mühsam hervor, die Kehle war ihr wie ausgetrocknet.

Radulf hob die Hand. Im fahlen Schein der rauchenden Kerzen sah Lily seine blutverschmierten Finger. „Du warst noch Jungfrau", stellte er gereizt fest.

Lily hielt seinem Blick stand. „Ja, das stimmt", antwortete sie mit belegter Stimme. Ein Knoten schnürte ihr die Kehle zu. „Mein Ehemann war … unfähig. Ich war nur dem Namen nach seine Frau."

Radulf musterte sie weiterhin durchdringend, als wolle er bis in die tiefsten Winkel ihrer Seele schauen. „Warum hast du dir nach seinem Tod keinen anderen genommen?" wollte er wissen. „Warum hast du so lange gewartet?"

Lily blieb ihm die Antwort schuldig. Doch dann ertrug sie seinen Blick nicht länger und barg die Wange an seiner Brust, dort wo sein Herz stark und regelmäßig schlug.

„Ich habe auf dich gewartet", flüsterte sie, und während sie sprach, wurde ihr klar, dass sie die Wahrheit sagte.

Radulf lachte ungläubig.

Lily berührte mit zitternden Fingern seine Haut, erkundete

das drahtige Haar an seiner Brust. Er bewegte sich nicht, sie spürte seine Zurückhaltung, seinen Widerstand. Er glaubte ihr nicht und misstraute ihr mehr denn je.

Aber er stieß sie nicht von sich. Lily fuhr fort, ihn zu liebkosen. Ihre Fingerkuppen strichen über seine Brust, sie bedeckte die kleine Perle mit dem Mund, so wie er es bei ihr gemacht hatte. Radulf holte stoßweise Atem, seine Hände umfingen ihren Hinterkopf und hielten ihn fest. „Erzähle mir noch einmal, wie du in die Kirche von Grimswade gekommen bist."

Lily lächelte an seiner Brust. „Ich suchte Zuflucht", flüsterte sie, „und habe sie gefunden."

Er hob ihr den Kopf und zwang sie, ihm in die Augen zu gucken. „Ich habe meine Männer in den Wald geschickt, in dem du angeblich überfallen worden bist", erwiderte er schroff. „Sie haben nach Kampfspuren gesucht und keine gefunden. Nichts."

Schweigend schaute Lily ihm in die Augen. Dann leckte sie sich mit der Zunge über die ausgetrockneten Lippen.

Radulf stöhnte tief, grub die Finger in ihr Haar und presste sein Gesicht in die seidige Fülle. „Ach Lily", brummte er. „Herzchen, du bist eine Närrin, wenn du denkst, dein Geschenk stimmt mich milder, falls du lügst."

Seine zärtliche Geste machte Lily wieder Mut. Sie presste ihre Handflächen gegen seine Schultern, zwang ihn, sich auf den Rücken zu legen, und beugte sich über ihn. Ihre Brüste streiften seinen Brustkorb. Ihr Haar hüllte ihre beiden Gesichter ein wie ein seidiger Vorhang.

„Dieses Risiko gehe ich ein", raunte sie. „Ich glaube nicht, dass du mir wehtust."

Radulf zögerte einen Moment, als wolle er sie zurückweisen, doch dann zog er sie zu sich herab, um von ihrem Mund zu trinken, und alle Zweifel waren vergessen.

5. KAPITEL

Im Morgengrauen, als Stephen sich im Zelt zu schaffen machte, aufräumte und das Frühmahl bereitstellte, sorgsam darauf bedacht, seinen Herrn nicht zu stören, erwachte Lily und blieb still liegen, bis der Knappe gegangen war, um dann vorsichtig ihr Haar unter dem Gewicht von Radulfs Arm zu befreien und sich aufzusetzen.

Waren tatsächlich erst zwei Nächte vergangen, seit sie die Dorfkirche betreten hatte? Vor zwei Tagen noch war sie verängstigt und einsam, am Ende ihrer Kraft gewesen. Nun fühlte sie sich wie verwandelt. Nicht nur körperlich, obgleich ihre Gliedmaßen schmerzten und ihr Mund von Radulfs Küssen geschwollen war. Auch in ihrem Herzen und ihrem Geist hatte sich eine Verwandlung vollzogen.

Die dunklen, leidvollen Erinnerungen an ihre Zeit mit Vorgen waren ausgelöscht. Radulf hatte sich nicht von ihr abgestoßen gefühlt. Bedeutete das etwa, dass Vorgen Unrecht hatte? Dass ihre Berührung einem Mann nicht die Kraft seiner Lenden nahm, wie Vorgen ihr immer vorgehalten hatte?

Hoffnung keimte in Lilys Herzen auf, und sie wünschte, die Geschichte, die sie Radulf erzählt hatte, würde der Wahrheit entsprechen. Alles wäre leichter, wenn sie tatsächlich Edwin of Rennocs Tochter wäre! Sollte sie Radulf wecken und ihm sagen, wer sie wirklich war? Ihm erklären …

Eine angstvolle Stimme in ihrem Innern warnte sie, sich zu keiner Unbesonnenheit hinreißen zu lassen. Radulf war ein normannischer Lord, und sie wusste, wie viel den Normannen Ehre und Königstreue bedeuteten. In seiner Habgier hatte Vorgen beides vergessen. Instinktiv ahnte Lily, dass Radulf nicht der Mann war, der Verrat an seiner Ehre oder seinem König beging. Wenn sie sich ihm als Lady Wilfreda zu erkennen gab, würde er keine Gnade kennen und sie an König William ausliefern.

Du bist eine Närrin, wenn du denkst, dein Geschenk stimmt mich milder, falls du lügst.

Radulfs Worte hallten in ihrem Kopf nach, und Lily fröstelte in der Kühle des frühen Morgens. Es gab keinen Ausweg: Sie war verdammt, wenn sie log – und sie war verdammt, wenn sie die Wahrheit sagte.

Das Hochgefühl der letzten Nacht war gewichen; tief beunruhigt und betrübt betrachtete Lily den schlafenden Mann neben sich und hätte sich nicht gewundert, wenn er sich in einen Teufel mit Hörnern auf der Stirn verwandelt hätte.

Er lag lang gestreckt auf den Felldecken, atemberaubend schön in seiner kraftvollen Männlichkeit. Sein kurzes, schwarzes Haar vom Schlaf und den wilden Zärtlichkeiten der Nacht zerzaust, seine Gesichtszüge entspannt, die Fältchen um seine Augen geglättet, der sinnliche Mund leicht geöffnet. Lily sehnte sich danach, die Narbe an seiner Wange zu liebkosen und ihn wach zu küssen.

Aber sie hielt sich zurück.

Er hatte sie in leidenschaftlicher Glut genommen und dennoch auf ihre Wünsche geachtet. Hitze stieg ihr erneut in die Wangen bei dem Gedanken, wie er sie immer wieder zum Höhepunkt getragen hatte, bevor er an seine eigene Lustbefriedigung gedacht hatte.

Hätte Vorgen sie je so zärtlich liebkost, sie zu solchen Höhen der Lust getragen? Vorausgesetzt, er wäre dazu in der Lage gewesen! Lily fröstelte bei dem Gedanken, Radulf mit Vorgen zu vergleichen. Vorgen unterschied sich von Radulf wie Regen von der Sonne. Und Hew – was war mit Hew? Einmal, vor langer Zeit, hatte Hew sie angefleht, nachts heimlich zu ihr kommen zu dürfen, und Lily, jung und unerfahren, hatte sich geschmeichelt gefühlt und ihm ihre Zustimmung gegeben. Gottlob hatte ihr Vater Verdacht geschöpft und seine geliebte Tochter vor einem Fehltritt bewahrt.

Damals hatte Lily bittere Tränen des Bedauerns und der Scham vergossen. Sie war verwöhnt und eigenwillig – als einziges Kind und ohne Mutter aufgewachsen. Unterdessen war sie froh und dankbar, dass ihr Vater Hew daran gehindert hatte, ihr die Unschuld zu nehmen.

Radulf ist also ein guter Liebhaber. Lilys innere Stimme riss sie aus ihren Träumen. *Wird er dich auch noch mit seinen Küssen beglücken, wenn er die Wahrheit erfährt?*

Nein, natürlich nicht! Radulf empfand nichts für sie – wie sollte er auch? Er wusste nichts von ihr, hielt sie für eine verwitwete normannische Edelfrau, die ihm für seinen Schutz dankbar war.

Ich glaube nicht, dass du mir wehtust.

Lily hatte diese Worte in der prickelnden Wärme von Radulfs Umarmung gesprochen, doch nun … Angst drückte ihr mit kalten Fingern die Kehle zu, beschleunigte ihren Atem.

Lily hatte eine wunderbare Liebesnacht erlebt, die sie nie vergessen würde. Doch nun musste sie gehen, ohne zu wissen, wohin. Aber das Grauen vor den Folgen, wenn Radulf die Wahrheit entdeckte, spornte sie an, schaltete ihr Denkvermögen aus.

Vorsichtig kroch sie aus dem Bett, suchte schlotternd vor Kälte nach ihren Kleidern und zog sich hastig an. Sie bückte sich nach dem juwelenbesetzten Dolch und gürtete ihn um ihren Schenkel. Atemlos griff sie nach ihrem Umhang, beobachtete den schlafenden Radulf aus den Augenwinkeln und tastete nach dem Ring im Futter. Der breite Reif war in einen Abnäher gerollt und stecken geblieben. Dort ist er am sichersten, dachte sie. Wo sonst sollte sie ihn verstecken?

Als Lily lautlos durchs Zelt huschte, bemerkte sie, dass Stephen neben kaltem Braten eine Schüssel Wasser, ein Stück Seife und ein Tuch zum Trocknen bereitgelegt hatte. Hastig steckte sie Seife und Tuch in die Tasche des Umhangs, drehte ihr zerzaustes Haar zu einem Strang und zog die Kapuze tief ins Gesicht.

Radulf schlief tief, seine muskulöse, gebräunte Gestalt auf den Pelzdecken ausgestreckt, sein dunkles Gesicht von ihr abgewandt. Lily schluckte ihre aufsteigenden Tränen hinunter. Zu einer anderen Zeit, an einem anderen Ort hätten Radulf und sie einander lieben können.

Sie hob das Kinn, straffte die Schultern und spähte durch den Spalt der Zeltklappe in die bleigraue Morgendämmerung. Über dem Lager hingen Rauchschwaden, einige Soldaten waren bereits wach und machten sich für den Tag bereit. Eine Frau lachte, Pferde schnaubten, Stimmen redeten halblaut. Und direkt vor Radulfs Zelt standen zwei Wachen in Kettenhemden.

Lily fuhr zurück, wie von einer Schlange gebissen.

Natürlich wurde sein Zelt bewacht – und ob die Soldaten anderen den Zutritt verwehrten oder sie an der Flucht hinderten, war einerlei.

Sie war eine Gefangene.

An diesem Morgen war nicht an Flucht zu denken.

Irgendwo in einem verborgenen Winkel ihres Herzens kam so etwas wie Erleichterung auf, stellte sie verdutzt fest. Bei Gott, sie musste zur Vernunft kommen!

„Ist er wach, Stephen?“ hörte sie eine Stimme von draußen.

Lily guckte wieder durch den Schlitz der Zeltklappe, vorsichtiger diesmal. Ein kraftvoller Mann mittlerer Körpergröße näherte sich dem Zelt, seine selbstbewusste Haltung, seine glänzende Rüstung und der juwelenbesetzte Griff seines Schwertes wiesen ihn als Ritter aus. Der Schildknappe lief ihm eilig entgegen wie ein ungestümer junger Hund.

„Nein!“ rief Stephen. „Er ist noch nicht wach, Lord Henry. Soll ich ihn wecken? Er will heute aufbrechen, um die Gegend im Süden zu durchkämmen. Seine Männer sind schon auf. Aber vielleicht wird er wütend, wenn ich ihn wecke.“

Der Ritter lachte und strich sich eine kastanienbraune Locke aus der Stirn. Er sah gut aus, beinahe so gut wie Hew. „Wenn du ihn schlafen lässt, wird er noch wütender sein. Lass nur, ich wecke ihn. Ich bin an seine schlechte Laune gewöhnt.“

Hastig wich Lily ins Zeltinnere zurück und stieß gegen einen sehnigen warmen … und nackten Körper. Sie erstarrte. Radulf! Gottlob hatte sie noch keinen Schritt in die Freiheit gewagt. Er hätte sie mühelos eingeholt.

„Pass doch auf, Mädchen.“ Seine Stimme klang tief und verschlafen. Er neigte den Kopf und nagte an ihrer zarten Haut zwischen Ohr und Nacken.

„Mylord!“ keuchte Lily, und prickelnde Erregung durchrieselte sie. „Ihr bekommt Besuch!“

In diesem Augenblick schlug der Ritter die Zeltplane zurück. Radulf legte die Hände mit festem Griff auf ihre Schultern. Erschrocken drehte sie sich um. Radulf blinzelte in die aufgehende Sonne. Und dann lächelte er breit, sein markantes Gesicht hellte sich auf, er wirkte plötzlich beinahe knabenhaft jung.

„Henry!“ rief er erfreut und schob Lily schwungvoll hinter sich. Sie stand verdutzt im Schatten seines großen Körpers. Schämte er sich ihrer? War ihm ihre Anwesenheit peinlich? Nein, Radulf war zu selbstbewusst, um sich darüber Gedanken zu machen, was andere von ihm hielten.

„Dein Knappe sagte mir, du reitest nach Süden?“ Henry reckte den Hals, um einen Blick auf Lily zu erhaschen, doch Radulf versperrte ihm die Sicht. Seine Nacktheit schien ihn weniger zu stören, als Lily den musternden Blicken des Freundes preiszugeben.

„Ich habe Vorgens Weib, diese Hexe, immer noch nicht erwischt."

„Wie schade. Obwohl jetzt Frieden im Norden herrscht, kannst du ihretwegen immer noch nicht zurück nach Crevitch."

Radulf zuckte gleichmütig die Schultern. „Ich habe genügend Bewaffnete zurückgelassen, um meinen Besitz vor habgierigen Dieben zu schützen. Mehr kann ich nicht tun. Der König braucht mich hier, und deshalb bleibe ich."

„Und was ist mit ihr, mein Freund?" Henry wies mit dem Kinn auf die Frau hinter Radulfs breitem Rücken. „Versüßt sie dir die Tage im Exil?"

Radulf warf Henry einen finsteren Blick zu. „Alle Mädchen erliegen deinem unwiderstehlichen Reiz, Henry. Die hier gehört mir." Dann rief er: „Stephen!"

Lily erstarrte. Erhob er tatsächlich Besitzansprüche auf sie? Versteckte er sie deshalb?

„Mag sein, dass alle Frauen sich in mich verlieben. Aber dich sehen sie an, als habe sie der Blitz getroffen. Wenn du endlich lernen würdest, deine schlechte Laune nicht an allen Menschen auszulassen und stattdessen öfter lächeln würdest, hättest du reiche Auswahl."

Henry grinste breit, seine blauen Augen lagen in einem Faltenkranz. Und dann erfasste sein Blick Lily, und Henry wurde wieder ernst.

Radulf drehte sich brummend um und zog Lily in die Arme. Mit einem irritierten Stirnrunzeln schob er ihr die Kapuze in den Nacken und befreite ihr langes Haar, dem ein Duft von Blumen und Frühlingsregen entströmte. Unter Henrys unverfrorenem Blick schoss Lily das Blut in die Wangen.

„Vielleicht kann die Dame meine Worte bestätigen“, sagte er mit weicher Stimme. „Was meint Ihr, Lady? Ist Lord Radulf ein ansehnlicher Mann?“

Lily spürte, wie Radulfs Arme bei Henrys scherzhafter Frage sich um sie festigten, und überlegte fieberhaft, was sie entgegnen sollte. In ihrem Leben an Vorgens Seite war sie ständig verhöhnt und gedemütigt worden; sie hatte verlernt, auf scherzhafte Bemerkungen zu reagieren.

„Er ist mehr als das, Mylord“, antwortete sie schließlich mit leiser, dunkler Stimme. „Er ist ein Gott.“

Henry bekam große Augen, sein Gesicht rötete sich, er schien Mühe zu haben, sich das Lachen zu verkneifen. Radulf stieß zischend den Atem aus, lachte leise in sich hinein und drückte sie enger an sich. Sein Atem streifte ihre Wange; Radulf hob Lilys Kinn an und zwang sie, ihm in die dunklen Augen zu schauen.

Wieder fiel ihr dieser wachsame Ausdruck auf. Ein sonderbares Funkeln lag in seinem Blick, und sie spürte, dass ihm ihr Lob gefiel, doch seine nächsten Worte trafen sie wie ein kalter Guss. „Die Dame nimmt es mit der Wahrheit nicht sonderlich genau. Warum sollte ich ihr glauben?“

Lily öffnete den Mund zu einer entrüsteten Antwort, als Stephen angelaufen kam. „Mylord, verzeiht die Verspätung …“

Radulf wollte sich keine Entschuldigungen anhören. „Bring die Lady in Gudrens Zelt“, befahl er mürrisch. „Jetzt gleich.“

Er übergab sie ohne ein weiteres Wort in die Obhut des Knappen. Sie eilte an Henry vorbei, der ihr mit bewundernden Blicken nachschaute.

Die Morgenluft schlug ihr nach der Wärme in Radulfs Armen kalt entgegen, sie blinzelte in die ersten Strahlen der aufgehenden Sonne.

Über den grauen Zelten in der Talmulde lag ein Rauchschleier. Frauen versammelten sich um einen Karren, von dem der Bäcker aus Grimswade frisches Brot verkaufte. Auf einem freien Platz in der Nähe machten ein paar Soldaten Fechtübungen, um ihre steifen Gelenke zu lockern. Radulfs hochbeiniges schwarzes Schlachtross wurde aufgezäumt und gesattelt.

Lily fragte sich bang, wie lange Radulf fortbleiben würde und ob sie in seiner Abwesenheit geschützt wäre. Und dann lächelte sie. Wenn seine eifersüchtige Geste vorhin etwas zu bedeuten hatte, so hatte sie wohl kaum etwas zu befürchten.

Ihr Lächeln erstarb.

In Radulfs Abwesenheit konnte sie fliehen. Ja, damit bot sich ihr eine günstige Gelegenheit zur Flucht.

„Kommt, Lady." Stephen bedachte sie mit einem ungeduldigen Blick über die Schulter und schlug einen zerfurchten aufgeweichten Pfad ein. Lily folgte ihm. Der Geruch nach Pferdedung, Holzrauch und frischem Brot stieg ihr in die Nase und machte sie hungrig. Hoffentlich hatte Gudren etwas zu essen für sie.

Sollte sich heute endlich die Gelegenheit zur Flucht ergeben, wollte sie sich nicht mit leerem Magen in das gefährliche Abenteuer stürzen.

Radulf stieg in frische Hosen und streifte ein sauberes Hemd über, während Henry sich an den Tisch setzte und herzhaft zulangte. Radulf beobachtete ihn mit nachsichtigem Groll, er ärgerte sich darüber, dass Henry sein Verhalten Lily gegenüber belustigt hatte. Aber als er den bewundernden und begehrlichen Blick des Freundes bemerkt hatte, war ihm ein Stich der Eifersucht in die Magengrube gefahren.

„Die Dame steht also unter deinem Schutz", stellte Henry fest, nachdem Radulf ihm in knappen Worten die Umstände von Lilys Anwesenheit erklärt hatte. „Sie scheint dir ja sehr zu gefallen. Hast du etwa die Gelegenheit bereits genutzt und dich … äh … mit ihr vergnügt?“

Radulf schwappte sich mit beiden Händen Wasser ins Gesicht und über den Kopf und trocknete sich ab. Er glaubte, Lilys Duft in dem Tuch wahrzunehmen, und Verlangen fuhr ihm zwischen die Schenkel.

Ihre Worte klangen ihm noch im Ohr. Obgleich sie damit nur auf Henrys scherzhafte Frage eingegangen war, hatte sie die Antwort mit großem Ernst gegeben.

Radulf lief ein Schauer über den Rücken.

Frauen waren bekanntlich Lügnerinnen. Anna hatte ihn unentwegt belogen. Es war ratsam, keiner Frau zu trauen und sich mit keiner näher einzulassen, auch wenn es ihn noch so sehr danach drängte.

„Radulf? Schläfst du noch? Oder ist dein Geist verwirrt?“

„Sie hatte sich in der Kirche versteckt“, erklärte Radulf hastig und wich Henrys forschendem Blick aus. „Ich habe ihre Geschichte überprüft.“

„Aha, du hast ihre Geschichte überprüft“, äffte Henry ihn nach und nickte ernsthaft. Radulf überhörte seinen Spott, setzte sich, füllte Haferbrei in eine Holzschale und goss sich einen Humpen Bier ein. „Sie ist die Tochter von Edwin of Rennoc, einem Vasallen des Earl of Morcar. Sie hielt sich in Schottland auf, und als man dort erfuhr, dass Vorgens Aufstand niedergeschlagen war, schickte man sie mit einer Eskorte Bewaffneter nach Hause. Im Wald nördlich von Grimswade wurde der Trupp überfallen, sie konnte entkommen und suchte Zuflucht in der Dorfkirche. Dort habe ich sie dann gefunden. Diese Geschichte erzählte sie mir jedenfalls.“

Henry beobachtete Radulf, nachdenklich kauend. „Das klingt, als zweifeltest du an ihrer Geschichte.“

„Ja, ich zweifle daran. Deshalb schickte ich ein paar Männer los, um den Wald zu durchsuchen, aber sie fanden nichts."

„Ist der Wald groß?"

„Nicht besonders. Sie hätten irgendwelche Spuren finden müssen, doch das war nicht der Fall. Ich finde Lilys Geschichte nicht sehr glaubhaft. Wo sind die Gefallenen, wo die Spuren des Kampfes? Wurden die Leichen vergraben und aus welchem Grund?"

„Aus Angst vor deiner Vergeltung", entgegnete Henry prompt. „Abgesehen davon, könnte sie die Tochter eines Vasallen sein, glaubst du nicht? Hör mal, Radulf, du besitzt doch eine gute Menschenkenntnis! Was siehst du, wenn du das Mädchen anschaust?"

Radulf zögerte. Wenn er Lily anguckte, schossen ihm erotische Bilder durch den Kopf, sein Denkvermögen war ausgeschaltet. Wie sollte er Henry erklären, welche Verzückungen er letzte Nacht in Lilys Armen erlebt hatte? Dieses unendlich tiefe Glücksgefühl, das ihn bei der Vereinigung mit ihr erfüllt hatte? Als er ihr Zittern gespürt, ihre entfesselten Lustschreie gehört hatte ...

Radulf schüttelte unwirsch den Kopf. Henry hatte Recht – sein Geist war verwirrt. Höchste Zeit, endlich wieder klar und nüchtern zu denken! Zu viele Menschen hingen von ihm und seinen Entscheidungen ab.

„Sie ist eine Dame", sagte er. „Wohlerzogen. Allerdings habe ich gelernt, dem äußeren Schein zu misstrauen. Etwas an dieser Frau scheint mir verdächtig zu sein."

„Was denn? Nun komm schon, vertrau es mir an."

Wieder zögerte Radulf. Er hatte eine Rastlosigkeit an Lily wahrgenommen, eine angstvolle Unruhe, die sie zu verbergen suchte. Allerdings könnte ihre Angst sich auch auf seine Person beziehen. Die meisten Menschen fürchteten ihn; daran war er gewöhnt. Wieso nicht auch sie? Und dennoch ...

„Für die Tochter eines Vasallen ist sie sehr hochmütig“, fuhr er schließlich fort. „Aber ich habe viele stolze Frauen kennen gelernt, deren Hochmut durch nichts begründet war.“

Henry lachte.

„Ich habe ein paar Dorfbewohner in Grimswade befragt. Sie berichteten, Edwin of Rennoc habe eine blonde, hübsche Tochter.“

„Aha. Da haben wir's! Dann kann sie es nicht sein! Dieses Mädchen ist nicht hübsch, sie ist eine Schönheit!“

Radulf achtete nicht auf seine Zwischenbemerkung. „Aber keiner hat auch nur mit einer Silbe erwähnt, dass Rennocs Tochter verheiratet war. Lily aber behauptet, ihr Ehemann sei tot. Nun ja, vielleicht wissen die Leute nichts davon.“

Er suchte bereits nach Ausflüchten für sie, suchte nach Gründen, ihr zu glauben.

„Am Sattel ihres Pferdes hing nur ein kleines Reisebündel. Ihre Kleidung ist schlicht und praktisch, keineswegs prächtig“, erzählte er.

„Keine vernünftige Frau würde für eine so lange Reise ihre besten Gewänder tragen. Möglicherweise befand sich ihr großes Reisegepäck auf einem zweiten Pferd, das von den Banditen bei dem Überfall gestohlen wurde. Hast du ihr diese Fragen schon gestellt?“

Radulf furchte die Stirn und mied den Blick des Freundes. Er hatte sie nicht danach gefragt, weil er die Antwort nicht hören wollte. „Und wenn schon? Ich behalte sie bei mir, bis ich die Wahrheit erfahre.“

„Und solange du sie bei dir behältst, vergnügst du dich doch mit ihr?“

Henry nahm einen Schluck Bier.

Radulf zuckte gleichmütig die Schultern, als interessiere ihn das Thema nicht mehr. „Sie ist ansehnlich.“

Henry grinste, die gespielte Gleichgültigkeit des Freundes beeindruckte ihn nicht. Dafür kannte er Radulf viel zu lange, seit der Kindheit, als er ins Haus von Radulfs Vater in der Normandie gekommen war, um zum Ritter ausgebildet zu werden. Und dann, als lege er es darauf an, an Radulfs tiefsten Geheimnissen zu rütteln, sagte Henry: „Auf meiner Reise nach Norden traf ich den Lord of Kenton."

Radulf erstarrte.

„Er saß an der Tafel des Königs in York. Ein seltsam kalter Fisch. Sein Mund lächelt, doch seine Augen bleiben kalt. Er hängt an seiner neuen Frau wie ein liebeskranker Hänfling."

Radulf nahm den verächtlichen Ton des Freundes kaum wahr. Er zwang sich, die nächste Frage zu stellen. „Und wie geht es seiner Frau?"

Henry musterte Radulf scharf. Er leidet immer noch, dachte er. Würde Radulf sich je verzeihen können, oder würden ihn Bitterkeit und Selbstvorwürfe sein ganzes Leben verfolgen?

„Seine Frau hat ihn nach York begleitet", erwiderte Henry achselzuckend. „Sie ist immer noch hübsch und versteht sich nach wie vor ausgezeichnet darauf, ihr wahres Wesen in der Öffentlichkeit hinter einem Schleier der Liebenswürdigkeit zu verbergen." Und dann fügte er leise hinzu: „Sie hat sich nach dir erkundigt. Ich soll dich von ihr grüßen. Das sagte sie mir zweimal sehr eindringlich."

Radulf lachte bitter. „Die Eitelkeit dieser Frau kennt keine Grenzen." Ihr schönes Gesicht tauchte vor ihm auf. Er sah, wie ihre bernsteinfarbenen Augen sich weiteten, wie ihr Blick sich über seine Schulter in die Ferne richtete … Abscheu stieg in ihm hoch. Hastig verdrängte er die Erinnerungen.

„Ich habe genug schlechte Nachrichten gehört, Henry. Verrate mir lieber, wieso der König dich zu mir schickt."

„Zu deiner Verstärkung. Vielleicht denkt er, sein Schwert ist stumpf geworden.“ Henry lächelte, um den Ernst seiner Worte zu mildern. „Ich habe den Auftrag, Vorgens Landbesitz zu verwalten, bis der König eine endgültige Entscheidung getroffen hat.“

„Das Land ist unfruchtbar und wild“, murmelte Radulf. „Die Äcker sind steinig, die Bauern arbeiten hart, um ihre kargen Ernten einzubringen. Schwere Arbeit und Mühsal führen zu Unzufriedenheit. Vorgen dürfte keine große Mühe gehabt haben, beim Volk Unterstützung für seinen Aufstand zu finden. Für die Bewohner hier liegt London am anderen Ende der Welt; sie haben angenommen, Williams Arm reiche nicht bis hierher.“

Henry gähnte. „Das Landleben mag ja seine Vorzüge haben, guter Freund. Ich für meinen Teil bevorzuge allerdings das Leben bei Hofe.“

Radulf schüttelte den Kopf. „Du führst Wortgefechte, und ich schwinge lieber das Schwert. Das ist der Unterschied zwischen uns.“

„Im Unterschied zu dir war ich heute schon auf den Beinen, als du noch in deinem warmen Bett geschnarcht hast“, entgegnete Henry. Radulf lächelte in sich hinein.

Henrys Augen verengten sich plötzlich in neugierigem Interesse.

Radulf wirkte so zufrieden, wie Henry ihn lange nicht gesehen hatte. Die Falten um seine Augen waren geglättet, der bittere Zug um seinen Mund war verschwunden. Vielleicht war diese geheimnisvolle Frau das, was Radulf brauchte, und er verdiente – weiß Gott – ein wenig Glück. Wenn sie das war, was sie vorgab zu sein, könnte Radulf glücklich mit ihr werden.

Wenn nicht …

Plötzlich begriff Henry den Grund, warum Radulf die Sache vorläufig auf sich beruhen lassen wollte. Der Freund fürchtete sich vor der Wahrheit. Aber die Wahrheit, mochte sie noch so schmerzhaft sein, war gewiss einem Leben voller Lügen vorzuziehen, oder etwa nicht? Radulf hatte die leidvollen Folgen eines Lebens im Wolkenkuckucksheim hautnah am Beispiel seines Vaters erlebt. Stand der Sohn im Begriff, den gleichen Irrweg einzuschlagen?

„Du willst doch heute nach Süden reiten“, begann Henry. „Wie weit ist es bis Morcars Burg? Vierzig, fünfzig Meilen? Drei bis vier Tagesritte? Warum bringst du das Mädchen nicht zu ihrem Vater zurück? Rennoc sorgt sich vermutlich um sie. Damit erweist du ihm einen großen Gefallen. Und wenn sie die Wahrheit gesagt hat, kannst du dich weiter mit ihr vergnügen. Es gibt keinen Mann in England, der dem *Schwert des Königs* seine Tochter verweigern würde.“

Radulf knurrte mürrisch.

„Nun komm schon, Radulf, es ist ein guter Plan. Ich setze die Jagd nach Vorgens Weib fort und bewache ihre Ländereien. In drei Tagen kannst du bei Rennoc sein und all deine Zweifel ausräumen.“

Henry hatte Recht, das wusste Radulf. Es war nur vernünftig, die Wahrheit über Lily herauszufinden. Aber wieso dieses unerklärliche Widerstreben? Als wolle er die Wahrheit gar nicht erfahren. Wie sein Vater, der sich geweigert hatte, die Wahrheit zu erkennen … Nein! Diesen Weg wollte er nicht einschlagen.

Ein Gefühl der Ruhe überkam ihn. Lily konnte alles Mögliche sein: eine Lügnerin, eine fortgelaufene Ehefrau, eine Spionin der Angelsachsen, eine Verbündete von Vorgens Gattin. Es gab eine Reihe unangenehmer Möglichkeiten. Aber wer oder was immer sie auch war, Radulf blieben drei Tage – vier bis fünf, wenn er sich Zeit ließ –, in denen er sich mit ihr vergnügen konnte, bevor sie Rennocs Burg erreichten.

Er erklärte sich mit einem knappen Kopfnicken einverstanden, und Henry bemerkte, wie die Anspannung wieder in die Gesichtszüge seines Freundes zurückkehrte.

Lily gewöhnte sich bald an den Geruch von Rauch und Ziegenkäse im Zelt, und Gudren, die sich über das Wiedersehen zu freuen schien, plauderte in ihrer Muttersprache munter drauflos. Lily nickte gelegentlich, um ihrem Redefluss Nahrung zu geben, war aber zu sehr mit eigenen Gedanken beschäftigt, um ihren Worten viel Beachtung zu schenken.

Er ist ein Gott.

Warum hatte sie das gesagt? Die Männer hatten ihre Bemerkung zwar als Scherz aufgefasst, Lily aber sah in ihren Worten eine Preisgabe ihrer Empfindungen. Und sie hatte gespürt, dass Radulf die Wahrheit ahnte, ebenso wie er ihre Lügen ein wenig zu durchschauen schien. Bald würde er aufbrechen, und sie konnte ihre Flucht planen. Eine solche Gelegenheit würde sich ihr kein zweites Mal bieten. Wenn sie diese einmalige Chance nicht ergriff, würde Radulf sie bei seiner Rückkehr wieder in sein Zelt bringen lassen, und mit jeder Begegnung mit ihm würde ihr der Gedanke an Flucht schwerer fallen, würde die Gefahr für Leib und Leben sich vergrößern.

Das durfte sie nicht riskieren.

„Ihr seid weit weg, mein hübsches Kind."

Gudren beobachtete sie aus wässrigen Augen, auf ihrem runden Gesicht breitete sich ein Lächeln aus.

„Ich muss über so vieles nachdenken, Mutter."

Gudren nickte weise. „Lord Radulf eilt ein schrecklicher Ruf voraus, aber Ihr solltet nicht alles glauben, was Euch zu Ohren kommt."

Lily grinste befangen. „Nun ja, er wirkt nicht gerade wie ein Unschuldslamm, das auf Zuruf angelaufen kommt."

„Das hängt davon ab, wer ihn ruft“, entgegnete Gudren schmunzelnd.

„Die Leute behaupten“, fuhr Lily sinnend fort, „er habe kein Herz und keine Seele, er töte nur aus Lust am Töten und sei nur seinem König treu ergeben. Es heißt, er ist kalt und hart wie das Schwert in seiner Faust.“

„So will es die Legende. Ja, er ist ein großer Krieger, aber auch ein weiser und gerechter Herr. Ich kann zwar nicht für andere sprechen, aber ich weiß, dass mein Olaf für seine Dienste gut entlohnt wird, wir wohnen in einem schönen Haus, und unsere Speisekammer ist stets gefüllt. Die Bewohner von Crevitch halten ihn nicht für einen herzlosen Mann. Sie haben ein Dach über dem Kopf, immer gut zu essen, und alle freuen sich, wenn er heimkommt.“

Lily rutschte unbehaglich hin und her. „Das klingt, als sei er ein wirklich großer Mann.“

„Das ist er auch, Kind. Ja, das ist er. Er soll auch ein guter Liebhaber sein, nach allem, was ich höre.“

Lillys Wangen brannten heiß.

Vermutlich wusste das ganze Lager, was letzte Nacht geschehen war.

„Du verstehst nicht …“, begann Lily, wurde aber von einer tiefen Stimme vor dem Zelt unterbrochen.

„Lily?“

Sie überlegte kurz, ob sie schweigen, sich nicht zu erkennen geben sollte, verwarf die törichte Idee aber rasch.

Radulf würde einfach eintreten und sie aus dem Zelt zerren.

Sie nickte knapp in Gudrens Richtung. „Noch mal vielen Dank. Ich werde deine Güte nicht vergessen.“

Gudren blickte ihr mit einem wissenden Lächeln nach.

Radulf stand vor dem Zelt, ein Hüne im Kettenhemd, sein dunkles Haar klebte nass an seinem Schädel, sein Gesicht war glatt geschabt. Lilys Brust verengte sich, das Atmen fiel ihr schwer. Es war ein Segen, dass er aufbrach. Er war gefährlicher als alle Normannen im ganzen Land.

„Ich komme, um Euch zu holen“, sagte er und streckte den Arm aus.

Ohne Zögern gab Lily ihm die Hand, seine Finger schlossen sich warm und fest um die ihren. Ein Prickeln lief ihr über den Arm. Ihm erging es ähnlich, dessen war sie sicher. Sie konnte sein mühsam gezügeltes Verlangen in seinen dunklen Augen erkennen. Schwindel ergriff sie, und sie hatte Mühe, ihm nicht an die Brust zu sinken.

„Olaf berichtet, Ihr sprecht seine Sprache.“ Radulfs forschende Augen senkten sich tief in die ihren.

Sie blinzelte. Der Rauch und das grelle Morgenlicht stachen ihr in die Augen.

„Wie kommt es, dass Ihr diese Sprache beherrscht?“ drängte er. „Wo habt Ihr sie gelernt?“ Seine Stimme klang nun hart und fordernd.

Du könntest ihm die Wahrheit sagen, flüsterte eine verräterische Stimme in Lilys Kopf. *Denk daran, was Gudren erzählt hat. Er ist ein weiser und gerechter Herr. Er wird dir zuhören; er wird dich verstehen. Vertrau dich ihm an. Jetzt!*

Eigensinnig schüttelte sie den Kopf.

Radulf glaubte, sie verweigere ihm die Antwort. „Ihr stellt mich auf eine harte Probe“, knurrte er erbost. „Ich will sofort eine Antwort.“

Am Abhang in der Nähe von Radulfs Zelt waren die Vorbereitungen zum Aufbruch nahezu beendet. Lily stellte zu ihrem Schrecken fest, dass auch ihre Stute gesattelt war, das schmale Bündel mit ihren Habseligkeiten hing am Sattelknauf. Sie wandte sich mit großen Augen an den Mann, der finster auf sie herabblickte.

„Warum nehmt Ihr mich mit?“

„Antwortet mir.“

Lily guckte angstvoll in die unergründlichen Tiefen seiner schwarzen Augen. Sie seufzte. „Ich hatte eine Dienerin aus Olafs Heimat, diese Frau lehrte mich die Sprache.“

Das war nicht wirklich gelogen. Lilys Amme stammte aus Skandinavien, aber die Sprache hatte sie von ihrer Mutter gelernt.

Radulf schaute immer noch finster auf sie herab und rieb sich zerstreut die verwundete Schulter.

„Ich bringe Euch zu Eurem Vater“, verkündete er dann und beobachtete, wie sie erstarrte, wie ihr blasses Gesicht noch stärker erbleichte. Doch sogleich lächelte sie, als habe sie nie eine erfreulichere Nachricht gehört, und er redete sich ein, er habe sich ihr Erschrecken nur eingebildet.

„Er wird sich freuen, mich zu sehen“, erwiderte sie strahlend. „Wir waren lange getrennt.“ Der Wind wehte ihr eine blonde Locke ins Gesicht.

Radulf strich sie ihr sanft hinters Ohr.

„Mein Blut gerät in Wallung nach Euch, Lady“, raunte er heiser. „Ich kann es kaum erwarten, Euch wieder in meinem Bett zu haben.“

Er rechnete fast damit, dass sie wie ein aufgeschrecktes Reh fliehen würde.

Stattdessen strichen ihre Finger leicht über seine Hand, fuhren die Linie einer hellen Narbe auf seiner braunen Haut nach.

„Auch ich brenne vor Sehnsucht, Mylord.“

Radulf drehte die Hand um und packte die ihre mit festem Griff, sein Gesicht war vor Verlangen angespannt. „Gott stehe uns bei, wenn Ihr lügt, Lady! Gott stehe uns beiden bei!“

6. KAPITEL

Die Pferde stampften unruhig. Flankiert von zwei Soldaten wartete Lily, bis der Trupp zum Abmarsch bereit war. Radulf ließ einen Großteil seiner Männer im Lager zurück unter Lord Henrys Kommando, der in seiner Abwesenheit Vorgens Ländereien inspizieren und die Verwaltungsarbeit beginnen sollte.

Meine Ländereien, dachte Lily bitter.

Sie gab sich den Anschein, in erwartungsfroher Stimmung zu sein, doch in ihrem Innern tobte ein Sturm, von dem die Normannen nichts wissen durften. Die Flucht musste ihr gelingen, bevor sie Rennocs Burg erreichten. Aber wie? Radulf beobachtete sie, als ahne er ihr Vorhaben, und seine Männer wachten mit Argusaugen über sie.

Irgendwann müsste sich eine Gelegenheit zur Flucht bieten, wenn alle abgelenkt waren. Es lag eine weite Wegstrecke zwischen Grimswade und Rennocs Besitz, durch dichte Wälder und hügeliges Gelände, Zeit genug, um Pläne zu schmieden und einen günstigen Augenblick zu nutzen.

„Mylord!"

Zwei Soldaten kamen keuchend im Laufschritt angerannt, schleppten einen Mann in ihrer Mitte und warfen ihn vor Radulfs Pferd auf die Erde.

Dem Mann hing wirres, braunes Haar bis zu den Schultern, sein Wams war zerrissen, die Hosen waren mit Lehm bespritzt. Um einen Arm trug er einen blutverkrusteten Verband. Er war offenbar tot.

„Mylord." Einer der Soldaten machte atemlos Meldung. „Wir fanden diese Ratte in einer Hütte im Dorf. Ich bin sicher, dass er einer der Rebellen ist, die uns letzte Nacht angegriffen haben.

Mit seiner Wikinger-Axt hätte er mir beinahe das Ohr abgeschnitten. Ich traf ihn mit dem Schwert, sah ihn aber nicht fallen."

„Er hat sich wohl in die Hütte verkrochen, um dort zu sterben", meldete sich Radulfs Hauptmann Jervois zu Wort.

„Abschaum!" Der Soldat spuckte verächtlich aus.

Radulf zog eine Braue hoch und warf einen Blick in Lilys Richtung, worauf der Soldat eine Entschuldigung murmelte.

„Dreht ihn um!" befahl Radulf und brachte sein Pferd näher.

Die Männer wälzten die Leiche auf den Rücken. Ein Stich durchbohrte Lily. Ihre Finger krallten sich fester um die Zügel ihrer Stute, die nervös zu tänzeln begann.

Radulf wandte sich ihr zu, Lily aber hielt die Lider gesenkt. Sie spürte seinen forschenden Blick. Ihre Wangen überzogen sich rosig, die Luft zwischen ihnen schien zu vibrieren. *Ich brenne vor Verlangen nach Euch,* hatte er vor einer Weile gesagt. Würde er sie immer noch begehren, wenn er die Wahrheit erfuhr? Oder würde seine Leidenschaft in rasenden Zorn umschlagen?

Endlich wandte er den Blick von ihr, und Lily atmete erleichtert auf. Wieder äugte sie verstohlen auf die Leiche. Ja, sie hatte sich nicht getäuscht. Er war einer von Hews Männern. Und wenn er an dem nächtlichen Kampf beteiligt gewesen war …

Lilys Nackenmuskeln schmerzten vor Anspannung, während sie versuchte, ihre wirren Gedanken zu ordnen. Wieso hielt sich ein Gefolgsmann ihres Vetters in Grimswade auf? Nach Vorgens Tod war Hew mit seinen Leuten über die schottische Grenze geflohen.

Am Tag nach Vorgens Tod war Hew bei Tagesanbruch zu ihr gekommen.

Hew stieß Lilys Zofen beiseite und taumelte entkräftet in die Kammer. Er, der sich stets so anmutig und elegant bewegte. Und dann blickte Lily in sein schönes Gesicht. Er wirkte um Jahre gealtert, abgezehrt und bleich vor Erschöpfung. Er hatte ihren Vater verraten, sich mit Vorgen zusammengetan, und nun war er am Ende.

Er fiel vor ihr auf die Knie mit gesenktem Kopf, das goldene Haar von Schweiß und Blut verklebt. Lily stand kalt und reglos wie eine Statue vor ihm, eingehüllt in einen schweren Umhang, den sie sich hastig um die Schultern geworfen hatte, um ihre Blöße zu bedecken.

Endlich erhob Hew sich mühsam, nahm ihre bebenden Finger und legte einen kleinen, schweren Gegenstand in ihre Hand. Lily wusste, was er ihr brachte.

Der Goldreif war noch warm von Hews Hand. Wärmer als ihre klammen Finger. Und dann erst begriff sie, dass die Rückgabe des Rings ihres Vaters nur bedeuten konnte, dass Vorgen tot war.

Hew teilte ihr mit heiserer Stimme mit, dass die Schlacht und möglicherweise die Rebellion verloren war. Radulf, berichtete er bitter, habe den Kampf gewonnen. Lily aber dachte nur: Ich bin frei! Ihr war, als schwebe ihre gefangene und gedemütigte Seele jauchzend himmelwärts. Doch dann blickte sie in Hews verzweifelte Augen und erschrak. Vorgen war tot, doch mit dem Ende seiner habgierigen Machtgelüste stand sie vor einer neuerlichen und vermutlich noch schrecklicheren Bedrohung.

Als Vorgens Ehefrau hatte sie hohes Ansehen genossen und war zumindest dem Schein nach Herrin über ihren Besitz. Nun aber würde ihr alles entrissen werden. Radulf würde sie enteignen, ihr nach dem Leben trachten.

Lily nahm nur verschwommen wahr, wie Hew die Arme um sie legte, sein Bart kratzte an ihrer Wange, der üble Gestank nach Kampf und Tod stieg ihr in die Nase. „Ich reite über die Grenze“, krächzte er. „Komm mit mir, Lily, ehe es zu spät ist.“

Ja, ja, dachte sie.

„König Malcolm war ein Freund unseres Großvaters. Er wird uns Zuflucht gewähren, bis wir neue Truppen sammeln können. Dies ist nicht das Ende, Lily! Wir werden wieder eine Armee aufstellen, zurückkehren und die Normannen in die Flucht schlagen!“

Er sprach mit großer Überzeugungskraft, voll zornigem Eifer, und einen Moment klang er wieder wie der Knabe, den sie einst geliebt hatte. Doch als Lily ihm in die Augen schaute, erkannte sie, dass sein Eifer gespielt war. Hew war geschlagen; alle waren geschlagen.

Langsam ließ Lily den Blick durch das Gemach schweifen. Einige Burgbewohner hatten sich versammelt, sie sah in ihre angstvollen Gesichter, in ihre schreckensweiten Augen. Alle Hoffnungen dieser Leute hingen an ihr. Was würde aus diesen Menschen werden, wenn sie die Flucht ergriff? Lily war die einzige Hoffnung, die ihren Untertanen geblieben war. Wenn sie floh, waren sie dem Untergang geweiht. Diese Leute hatten Vorgens Krieg nicht gewollt, genauso wenig wie Lily den Wunsch gehabt hatte, Vorgens Frau zu werden. Diese Leute konnten nicht einfach über die Grenze fliehen, konnten ihre Familien, ihre Hütten, ihre Ernten nicht im Stich lassen.

Gab es eine Möglichkeit, Frieden für diese Menschen auszuhandeln?

Diese Chance, mochte sie auch noch so gering sein, wäre verwirkt, wenn sie sich in Schottland versteckte.

Bedächtig schüttelte Lily den Kopf. „Ich kann dich nicht begleiten, Hew. Ich werde hier gebraucht.“

„Sie werden mich töten, wenn ich bleibe!“ schrie er mit verzerrtem Gesicht. „Und dich auch!“

Lilly straffte die Schultern und hob das Kinn. „Dann muss es wohl so sein.“

Seither hatte sie Hew nicht wiedergesehen.

Nun stürmten wirre Fragen auf sie ein, mit denen sie sich nicht befassen konnte. Radulfs Stimme riss sie aus ihren bangen Grübeleien in die Gegenwart zurück.

„Kennt jemand aus dem Dorf diesen Mann? Habt ihr die Leute ausgehorcht?“

Kopfschütteln war die stumme Antwort. Er musterte die zwei Männer aus verengten Augen. „Nein, Lord Radulf“, erwiderte dann einer. „Die Leute sagten, sie hätten ihn nie zuvor gesehen und die Hütte sei seit längerer Zeit unbewohnt.“

„Sie haben Angst.“ Jervois neigte sich zu Radulf. „Wenn sie Vorgens Aufständische unterstützen, fürchten sie Eure Vergeltung, und wenn sie Euch unterstützen, werden sie von den Aufständischen zur Rechenschaft gezogen.“

Radulf knurrte zustimmend. „Nach unserer Rückkehr müssen wir dafür sorgen, dass es sich für die Bewohner lohnt, uns zu unterstützen. Lord Henry meint immer, wenn der Kampfwille abkühlt, gewinnt man den Krieg mit Goldmünzen.“

Jervois nickte. „Ja, Herr. Lord Henry ist ein kluger Mann.“

Radulfs Hauptmann, der Sohn eines normannischen Söldners, stand seit 1066 in seinen Diensten, seit William Radulf, das *Schwert des Königs,* mit ausgedehnten Ländereien um Crevitch belohnt hatte, aus Dankbarkeit für seine Verdienste in der Schlacht von Hastings.

Die großzügige Schenkung brachte allerdings auch Probleme mit sich. Radulfs Reichtum zog viele Neider an. Es brauchte treue Gefolgsleute, die ihn darin unterstützten, seinen Schatz zu hüten. In Jervois hatte er einen treuen und weitsichtigen Hauptmann gefunden, der, im Gegensatz zu Henry, nicht von übersteigertem Ehrgeiz erfüllt zu sein schien.

Früher einmal war Radulf Jervois sehr ähnlich gewesen. Wenn

er das Schwert schwang, hatte er sich unbesiegbar gefühlt, doch nun hatte sein Eifer nachgelassen, sein glühender Kampfgeist war abgekühlt. Vielleicht war er mit dreiunddreißig Jahren bereits zu alt und müde für das Kriegsgeschäft geworden. Er sehnte sich danach, den warmen Sommerwind auf der Haut zu spüren, der über seine Weizenfelder strich, sehnte sich nach den Gerüchen des Sommers. Und sein Traum hatte sich um eine weitere Dimension erweitert. Er wollte nicht allein in seinem Paradies leben. Er sah sich mit einer Frau vor sich im Sattel über sein Land reiten, ihren warmen Körper an den seinen geschmiegt; ihr silberhelles Haar streifte seine Wangen, sie lächelte mit erhitztem Gesicht zu ihm auf …

„Vielleicht sollte ich im Lager bleiben und nach versprengten Resten der Banditen suchen.“ Jervois’ Stimme drang an Radulfs Ohr. Seine grünen Augen verengten sich zu Schlitzen, als er seinen Herrn beobachtete, er spürte seine Zerstreutheit.

Radulf gab sich innerlich einen Ruck, Kälte stieg in ihm auf. *Hör auf! Schlag sie dir aus dem Sinn!* Er hatte selbst erlebt, dass Soldaten tödlich getroffen vom Pferd sanken, nur weil sie einen winzigen Augenblick unkonzentriert gewesen waren. Wenn Jervois spürte, wie sehr Radulfs Kampfgeist nachgelassen hatte, würde er sich nach einem zuverlässigeren Herrn umschauen, nach einem Anführer, der ihn nicht durch Fehlentscheidungen in den Tod führte. Und Radulf würde ihm keinen Vorwurf daraus machen.

„Nein“, entgegnete er scharf und gab sich den Anschein, diese Frage sorgfältig erwogen zu haben. „Lord Henry wird sich darum kümmern. Im Übrigen sind wir bald wieder zurück. Zu Rennocs Burg sind es schließlich nur ein paar Tagesritte.“

Während der Trupp aus dem Lager ritt, folgte ihm der scharfe Blick eines drahtigen Mannes in brauner Mönchskutte aus einem

Versteck in der Astgabel eines hohen Baumes. Seine Augen suchten und fanden Lilys gesenkten Kopf.

Zwischen Regenschauern ließ die Sonne sich gelegentlich blicken. Lily wusste nicht, was lästiger war: der triefend nasse, schwere Umhang oder die stechende Sonne. Mit jedem Hufschlag ihrer Stute entfernte sie sich von ihrer Heimat, von ihrem Besitz, und in ihrem Kopf jagte ein verwegener Fluchtplan den anderen.

Was hatte die Leiche von Hews Gefolgsmann zu bedeuten? Gehörte er zum letzten Widerstandsnest, zu einem führerlosen Haufen, der wild entschlossen war, einen letzten Versuch zu unternehmen, um die Normannen doch noch aus dem Norden zu vertreiben?

Lily verwarf diese Erklärung. Olaf hatte gesagt, die Rebellen hätten das Lager beobachtet, waren entdeckt und von den Normannen eingekesselt worden.

Hatten sie Lily beobachtet?

Sie ließ die Zügel sinken, die Stute ging langsamer, bis eine der Wachen Lily zurief: „Lady? Ihr müsst Schritt halten."

Sie brachte das Pferd in eine schnellere Gangart. Woher sollten die Rebellen wissen, dass sie sich im Lager der Normannen aufhielt? Es sei denn, Vater Luc hatte sie davon in Kenntnis gesetzt. Hatte er das gemeint, als er ihr versicherte, sie sei bald wieder unter Freunden? Hatten die Männer versucht, sie zu befreien, um sie zu ihrer Anführerin zu machen?

Der Gedanke war beklemmend. Lily hatte nicht die Absicht, sich zum Anführer einer sinnlosen Rebellion machen zu lassen, die dem Volk nur noch mehr Leid und Verderben bringen würde. Sie wollte Frieden, und der einzige Weg zum Frieden bestand in Verhandlungen mit der Siegermacht. Sie musste das Vertrauen der Normannen gewinnen und mit ihnen zusammenarbeiten.

Du hast ja einen schönen Anfang gemacht, höhnte die Stimme in ihrem Kopf. *Wenn der Beischlaf mit ihrem Anführer zählt.*

Das … das ist einfach passiert. So etwas würde ich niemals tun, um Radulfs Vertrauen zu gewinnen.

Vertrauen? höhnte die Stimme. *Wie kannst du von Vertrauen sprechen, wenn du ihn mit jedem deiner Worte belügst?*

Hast du einen anderen Vorschlag? Hätte Lily ihm die Wahrheit gestanden, hätte Radulf sie unverzüglich seinem König ausgeliefert! Sie starrte blind in die Ferne. Wenn Hews Leute versucht hatten, sie aus der Gefangenschaft der Normannen zu befreien, um sie an die Spitze eines entkräfteten Rebellenhaufens zu stellen, in der Hoffnung, damit noch weitere Anhänger für ihren Freiheitskampf zu gewinnen, war ihre Flucht umso dringender nötig.

Lily begann, den Gesprächen der Soldaten zuzuhören, und hoffte, so etwas zu erfahren, was ihr nützlich sein könnte. Zunächst waren die Männer einsilbig, gewöhnten sich aber im Verlauf der Reise an Lilys Gegenwart und redeten bald über Alltägliches, klagten, dass das Kettenhemd sie wund rieb, die Stiefel drückten, stellten Überlegungen an, ob das Land sich zum Jagen eignete, und sprachen von ihrer Sehnsucht nach Frau und Kindern in der Heimat.

Während die Stunden verstrichen, bemerkte Lily außerdem, wie sehr Radulfs Hauptmann Jervois um ihr Wohlergehen besorgt war. Er fragte, ob sie durstig, hungrig oder müde sei, ob sie lieber vor ihm reiten wolle. Sie wusste nicht, ob er auf Radulfs Anweisung handelte. Vielleicht aber wollte er auch in ihrer Gunst steigen und dadurch auch in Radulfs. Ähnliches Verhalten hatte sie als Vorgens Gemahlin erlebt – seine Männer hatten um ihre Aufmerksamkeit gewetteifert, bis sie begriffen, wie wenig Macht sie hatte, um für ihre Belange einzutreten.

Vermutlich handelte Jervois in Radulfs Auftrag, da er häufig zu seinem Herrn an der Spitze des Trupps ritt und mit ihm redete. Gelegentlich entfernte er sich auch von der Reisegruppe, um die nähere Umgebung zu erkunden, und erstattete Radulf bei seiner Rückkehr Bericht.

Radulf ritt an der Spitze seiner Männer, drehte sich von Zeit zu Zeit im Sattel um und ließ den Blick prüfend über den Zug schweifen. Einmal befahl er, dass zwei Soldaten in ihrer Nähe – ihre „Wachen" – ausgewechselt wurden, schien aber keine weitere Notiz von Lily zu nehmen.

Vermutlich hatte er die gemeinsame Nacht und seine Worte am frühen Morgen bereits vergessen, seine glühende Leidenschaft war kalter Nüchternheit gewichen. Besaß auch er die gleiche Fähigkeit wie Vorgen, Hew und ihr Vater, alle Gefühle auszuschalten, wenn die Situation es erforderte? Seine hoch gewachsene Gestalt, wuchtig in Helm und Rüstung im Sattel des mächtigen Schlachtrosses, war das Bild eines kalten, herzlosen Kriegers, einer Kampfmaschine.

Radulf, das Schwert des Königs.

Einen treffenderen Namen als diesen könnte es wirklich nicht für ihn geben.

Lily erschauerte. Ein solches Verhalten zu verstehen war ihr nahezu unmöglich. Ihre Empfindungen waren so sehr Teil von ihr, dass sie nicht imstande war, diese Gefühle auszuschalten. Sie war nie fähig gewesen, Entscheidungen rein rational zu treffen, sosehr sie sich auch darum bemüht haben mochte. Ihre Handlungen wurden von ihrem Herzen regiert, manchmal hatte ihr Verstand ein Wörtchen mitzureden, aber wenn Herz und Verstand im Streit lagen, so trug ihr Herz stets den Sieg davon.

Wenn Frauen die Welt regieren würden, überlegte sie hitzig, gäbe es kein Blutvergießen, keine Kriege. Frauen wussten um die

Kostbarkeit des Lebens, da sie Leben schenkten und es zu bewahren trachteten.

Was wusste Radulf vom Leiden der Kinder? Was kümmerte es ihn?

Lily war so tief in bittere Gedanken versunken, dass sie nicht bemerkte, wie die Landschaft sich veränderte. Das unwegsame, felsige Gelände war in eine sanfte Hügellandschaft mit dichten Buchenwäldern übergegangen. Der Pfad führte stetig bergab. Und dann hörte sie den Befehl, der alle aufforderte, anzuhalten. Lily richtete sich hoch auf im Sattel und reckte den Hals, um über die lange Reihe der aufgepflanzten Speere nach vorne schauen zu können.

Durch ein schmales Tal plätscherte ein silbrig glitzernder Bach über glatte Steine. An einem Ufer hingen die tiefen Äste und Zweige bemooster Baumriesen ins Wasser, während sich am anderen Ufer grüne Wiesen ausbreiteten.

Radulf erteilte Befehle, und die Männer machten sich an ihre zugeteilten Aufgaben. Während ihrer Streifzüge kreuz und quer durchs Land hatten die Soldaten oft genug Rast gemacht und ihr Lager aufgeschlagen, so dass jeder sofort genau wusste, was er zu tun hatte.

Bald hingen Kessel mit Essen über rauchenden Lagerfeuern. Die Männer ließen sich im Gras nieder, aßen, tranken und ruhten sich aus. Doch die Ruhe war trügerisch. Die Waffen der Krieger lagen griffbereit, und Lily bemerkte die Wachen, die Radulf auf halber Höhe eines Hanges postiert hatte.

Sie saß in der Mitte des Lagers auf einem flachen Felsen neben einer Eberesche. Sie hatte sich mit Käse und Brot gestärkt, die ihr Radulfs Hauptmann gebracht hatte, und trank nun kühles Wasser vom Bach aus einem Zinnbecher. Jervois hatte sich in ihrer Nähe niedergelassen, sein junges Gesicht war angespannt und wachsam unter blonden Locken, die ihm in die Stirn fielen. Lily wunderte sich über seinen Diensteifer. Sie war umgeben von Soldaten, wie könnte sie fliehen? Nur eine Närrin würde in dieser Situation einen Fluchtversuch wagen.

Sie legte den schweren Umhang ab, holte den Kamm aus ihrem Bündel und machte sich daran, ihr Haar zu kämmen, das nach dem Ritt noch zerzauster war als nach der leidenschaftlichen Liebesnacht mit Radulf. Sie zog den Kamm durch die einzelnen verfilzten Strähnen und legte das geglättete Haar sorgfältig über die Schultern. Nur an Stirn und Wangen kringelten sich kurze Löckchen. Immer, wenn sie den Kopf hob, vermieden es die Männer angestrengt, in ihre Richtung zu blicken.

Nur Radulf sah sie mit gefurchter Stirn an. Lily wollte sich nicht von seiner finsteren Miene einschüchtern lassen und fuhr fort, sich zu kämmen.

Eine Lerche zwitscherte in den Zweigen der Eberesche und lieferte sich mit den Drosseln in den Buchen einen Sängerwettstreit. Lily lauschte versonnen dem Vogelgesang. Die Sonne wärmte ihr den Rücken. Im Westen drohten immer noch schwere Wolken, doch die Regenschauer hatten aufgehört. Irgendwie schien das Leben der letzten vier Jahre zu verblassen, erschien ihr wie ein böser Traum. Sie fühlte sich unbeschwert und jung. Sie war so lange gezwungen gewesen, eine Last zu tragen, die viel zu schwer für ihre jungen Schultern gewesen war. Nun erinnerte sie sich verwundert daran, dass sie tatsächlich noch jung war, kaum zwanzig.

Ein kühler Wind blähte den silberblonden Vorhang ihres Haares, wehte ihr seidige Strähnen ins Gesicht, die sie zerstreut hinters Ohr strich, als ihr Blick wieder auf Radulf fiel. Er hatte Kettenhemd und Wams abgelegt, der Wind presste das weite Hemd an seinen breiten Brustkorb. Die engen Hosen umspannten seine schmalen Hüften und die sehnige Länge seiner Schenkel.

Er stand bei einer Gruppe Soldaten. Während Lily ihn heimlich unter halb gesenkten Lidern beobachtete, schlenderte er zur nächsten Gruppe, sprach ein paar Worte mit den Leuten, nickte und lachte über einen Scherz. Sie hatte gewusst, dass seine Männer ihn respektierten, nun aber stellte sie fest, dass sie ihn liebten und verehrten, und das war noch wichtiger.

Diese Männer würden für ihn in den Tod gehen. Gudren hatte Recht: Radulf wurde ebenso geliebt wie gefürchtet.

Lily erschrak, als er unvermutet den Kopf drehte und sie dabei ertappte, wie sie ihn beobachtete. Radulfs durchdringender Blick durchbohrte sie wie ein Speer, ehe er weiterschlenderte, als sei nichts geschehen.

Aber etwas *war* geschehen.

Lily stieß den angehaltenen Atem langsam aus. Obwohl Radulf sich den Anschein gab, mit dem einen oder anderen Soldaten ein kurzes Schwätzchen zu halten, führte ihn jeder Schritt näher zu der Stelle, wo Lily saß.

Wieso? Den ganzen Tag hatte er ihr keine Beachtung geschenkt, sondern lediglich ihre Wachen verstärkt. Nun näherte er sich ohne besondere Zielstrebigkeit, und Lily wurde bang ums Herz, sie fühlte sich wie ein in die Enge getriebenes Tier – belauert, gehetzt und zur Strecke gebracht.

Wieder fuhr ihr ein Windstoß durchs Haar. Sie griff mit zitternden Fingern danach und begann, es in drei Stränge zu teilen und einen Zopf zu flechten.

Er war hinter ihr, das wusste sie, bevor Jervois auf die Beine kam. Ihre feinen Nackenhaare sträubten sich prickelnd. Und dann schlossen seine Finger sich um ihr Handgelenk. „Nein", sagte er leise und stand im nächsten Moment vor ihr.

Instinktiv senkten sich ihre Lider. Ihre dunklen Wimpern verschleierten ihren Blick, um ihm ihre Gefühle nicht preiszugeben.

Ihr Herzschlag dröhnte in ihren Ohren, sie fürchtete beinahe, er könne die Hammerschläge hören.

Er stand vor ihr, ein dunkler Riese vor einem bedrohlich grauen Himmel. Radulf, der legendäre Krieger. Aber nach diesem Mann sehnte sich Lily nicht. Sie sehnte sich nach dem Mann, der sie zärtlich in den Armen gehalten und nie geahnte Sinnesstürme in ihr entfacht hatte.

„Mylord?“ Jervois’ Blick flog unschlüssig zwischen dem Paar hin und her.

„Geh und tausche die Wachen aus“, befahl Radulf gelassen.

Der Hauptmann gehorchte ohne ein weiteres Wort.

Blinzelnd versuchte Lily ihre wirren Gedanken zu ordnen. Er stand so nahe vor ihr, dass sie seinen männlichen Geruch wahrnahm. Sie starrte bang auf das krause Brusthaar seiner glatten Haut, dort wo das Hemd offen stand. Ihr Blick wanderte wie magisch angezogen weiter nach unten zu seinem flachen Bauch, der Verschnürung seiner Hose und heftete sich schließlich auf den Wulst zwischen seinen Schenkeln. Seine Männlichkeit schien unter ihrem Blick zu schwellen. Gleichzeitig spürte sie ein prickelndes Ziehen in ihren Brüsten. Ihre Knospen versteiften sich und zeichneten sich deutlich unter ihrem Gewand ab.

Hitze stieg ihr in die Wangen. Lily hob den Blick, hoffte bang, dass Radulf nichts auffallen würde.

Doch er hatte es bemerkt.

Sein dunkler Blick heftete sich an ihre Brustspitzen, und als er die Augen hob, fühlte sie sich von deren Glut versengt.

Ihr war nicht bewusst, dass ihm bei ihrem Anblick, als sie sich gekämmt hatte, die Lust in Kopf und Bauch gefahren war wie ein glühendes Schwert.

Unwiderstehlich hatte es ihn zu ihr gezogen, wie von einem machtvollen Sog erfasst, gegen den er vergeblich ankämpfte. Immer wieder schweifte sein Blick zu Lily, zu ihrem Haar, das silbern in der Sonne leuchtete, zum eleganten Schwung ihres zarten Halses, den Konturen ihrer Wangen, ihren schwellenden Brüsten. Er sehnte sich quälend danach, die silbrige Fülle durch seine Hände gleiten zu lassen, sein Gesicht darin zu vergraben, während er sie unter sich zermalmte.

In zwei, drei Tagen würde Lily in Rennoc bei ihrem Vater sein. Die Zukunft war völlig ungewiss. Es blieb ihm nur wenig Zeit, um mit ihr zusammen zu sein.

Er hatte den Kampf verloren, als er aufgestanden war und sich eingeredet hatte, er tue es nur, um ein paar Worte mit seinen Leuten zu reden. Nun machte er sich nichts mehr vor.

„Komm!“ Er streckte ihr die Hand entgegen.

Lily blinzelte. „Mylord?“

Radulf blieb keine Zeit für Erklärungen. Er packte ihre Hand und zog sie auf die Füße. Lily stolperte hinter ihm her. „Mylord“, keuchte sie. „Was habt Ihr vor?“

Die Männer wichen erschrocken vor ihm zurück. Sie denken, er will mich töten, schoss es Lily angstvoll durch den Kopf. Radulf ging mit ausholenden Schritten, zog sie hinter sich her, watete über glitschige Steine durch den Bach, drang in den Wald ein, bis das Sonnenlicht in flirrendem Grün durch die dicht belaubten Wipfel sickerte.

„Radulf“, keuchte Lily wieder, zerrte an ihrem Rock, der an einem dornigen Zweig hängen geblieben war. Spitze Steine und dürre Zweige bohrten sich durch das dünne Ziegenleder ihrer Schuhe und stachen ihr die Fußsohlen blutig. Der Zopf, den sie so sorgfältig geflochten hatte, löste sich, das Haar hing ihr wirr ins Gesicht und versperrte ihr die Sicht.

Radulf fuhr herum, zog sie grob an sich. Sein Mund nahm sie in kaum gezügelter Leidenschaft in Besitz. Er grub die Finger in ihren Rücken, presste sie an sich, um sie sein drängendes Verlangen spüren zu lassen.

Seufzend sank Lily ihm an die Brust, als ihr der Grund seiner Grobheit endlich klar wurde. Er war gar nicht wütend; er begehrte sie. Begehrte sie mit verzweifelter, nicht länger bezähmbarer Gier.

Und sie begehrte ihn.

Ihre Willfährigkeit verblüffte ihn, als habe er erwartet, sie würde sich gegen ihn zur Wehr setzen oder um Hilfe schreien. Lily aber schlang die Arme um seinen Nacken, öffnete ihm ihre Lippen. Ihre Zunge tauchte in seinen Mund, kostete in wilder Glut von ihm.

Mit einem kehligen Stöhnen fasste Radulf sie um die Mitte, sank mit ihr auf die Knie in die weiche Polsterung aus welkem Laub und Moos. Über ihnen fing die Lerche wieder an zu singen. Die Blätter der Buchen raschelten leise in der sanften Brise.

Sie knieten einen Moment atemlos voreinander, berührten einander nur mit offenen Lippen. Wie im Gebet, schoss es Radulf durch den Kopf. Der abwegige Gedanke hätte ihn beinahe zum Lachen gebracht. Was mochten wohl die Männer von ihrem strengen Anführer denken, der das Mädchen in den Wald zerrte, weil er seine Lust nicht beherrschen konnte?

Er machte sich zum Narren, genau wie sein Vater es auch getan hatte.

Der Gedanke ließ ihn erstarren, beinahe hätte Radulf von ihr abgelassen. Und dann legte Lily ihre Hände leicht wie Schmetterlingsflügel auf seine Schultern, schmiegte sich an ihn und hob ihm ihren Kirschmund entgegen. Wieder tobte die Feuersbrunst seiner Lust in ihm, er beugte sich über sie und küsste sie. Sie drängte ihre Brüste an ihn.

Radulf wölbte die Hände um ihre prallen Rundungen, spürte

ihr Zittern; sie stöhnte in seinen Mund, und er drohte vor Verlangen zu bersten. Er ließ sich nieder, achtete nicht auf die nassen Blätter, lehnte den Rücken gegen einen Baumstamm.

Der Gedanke, sie hastig und hart zu nehmen, war unendlich verlockend, er aber wollte, dass auch sie in Verzückung geriet.

Er umfing Lilys Mitte, spreizte ihr die Schenkel und zog sie auf seinen Schoß. Zielstrebig fuhr er mit den Händen unter ihr Kleid, glitt über ihre seidige Haut, erkundete die Rundungen ihres Körpers.

Lily seufzte vor Wonne, ließ fiebernd die Hüften kreisen. Radulf umfing sie, hielt sie still. „Nein“, raunte er. „Du bist zu ungeduldig. Ich will, dass du alles auskostest.“

Radulfs Hände liebkosten und streichelten sie, bis ihr beinahe die Sinne schwanden. Dann fanden seine Finger das lockige Vlies und tauchten in ihren feuchten Schoß.

Lily geriet in einen Taumel der Begierde, ihre Lippen öffneten sich. Er beobachtete sie, seine dunklen Augen glühten unter verhangenen Lidern, sein Gesicht wirkte im Kampf um seine Beherrschung hart und angespannt.

Ihr offener Mund war eine unwiderstehliche Verlockung, die ihn auch diesmal magisch anzog.

Lily suchte gierig seinen Mund, spürte das Beben, das ihn durchlief. Der Kuss vertiefte sich, während sein Finger tief in ihren Schoß tauchte. Wonneschauer erschütterten ihren Körper, sie schwelgte in den höchsten Höhen ihrer Lust, während seine Zunge in ihrem Mund die Liebkosungen fortsetzte.

Lily bäumte sich mit einem kehligen Schrei der Verzückung auf und sank von Zuckungen geschüttelt an seine Brust. Er wartete, bis ihr Sinnesrausch abflaute, streichelte zärtlich ihren Rücken. Dann erst schob er ihr Kleid und Hemd hoch, beugte sich vor und küsste ihre Brüste; seine Zunge liebkoste ihre empfindsamen Knospen. Stöhnend grub Lily die Finger in sein Haar, um ihn näher an sich zu ziehen.

Sanft schob er sie von sich. Ihre grauen Augen waren vor Verlangen ganz dunkel. Radulf lächelte träge. „Nun bist du dran", flüsterte er.

Mit zaghaften Fingern erkundete Lily seinen Brustkorb unter dem Hemd. Seine harten Muskeln zuckten. Sie neigte sich über ihn, presste ihre Lippen an seine erhitzte Haut, das drahtige Brusthaar kitzelte ihre Nase. Ihre Zungenspitze fuhr über seine Brust, wanderte nach unten zu seiner harten flachen Bauchdecke. Radulf stöhnte, und Lily hob fragend den Kopf.

Durch den Nebel ihres erneut aufflammenden Verlangens sah sie, dass auch Radulf vor Leidenschaft brannte. Von ihrer Berührung, von ihren Küssen! Sie fasste Mut und nestelte an der Verschnürung seiner Hose.

Unbeholfen machte sie sich daran zu schaffen. Erst als Radulf sich vorbeugte und zarte Küsse auf ihr Gesicht und ihren Hals hauchte, schaffte sie es, den Knoten zu lösen.

Hastig zerrte Lily ihm die Hose von den Hüften, sehnte sich danach, ihn zu betrachten. Seine Männlichkeit sprang ihr zuckend entgegen ... Sie seufzte, zögerte befangen. Ihre Finger lagen kühl auf seiner Bauchdecke.

„Nur Mut, mein Schatz", drängte Radulfs heisere Stimme. „Berühre mich."

Lilys Hand glitt weiter nach unten. Ihre Finger umspannten vorsichtig den prallen Schaft. Eisen umhüllt von weichem Samt. Als sie ihren Griff festigte, stöhnte Radulf erneut und schloss die Augen. Lily erschrak, wollte sich scheu zurückziehen, doch er legte seine Hand über die ihre, hielt sie fest.

„Ich begehre dich so sehr. Berühre mich, spüre mich. Das gehört dir. Ich gehöre dir."

Lily gehorchte sofort mit fiebrig brennenden Wangen. „Gefällt dir das wirklich, was ich tue, Mylord?“ raunte sie mit belegter Stimme.

Radulf nahm ihre bange Frage als jungfräuliche Scheu. „Ja, Lily“, brachte er halb lachend, halb stöhnend hervor. „Es gefällt mir über alle Maßen. Aber wir sind noch lange nicht am Ende.“

Wenn sie ihn noch länger streichelte, würde er bersten. Sanft löste er ihre Hände, legte sie um seinen Hals und beugte sich vor, um sie zu küssen. Gleichzeitig umfing er ihre Mitte und hob ihr die Hüften.

Lily entfuhr ein spitzer Schrei, sie krallte sich an seinen Schultern fest. Er lächelte sie an und senkte behutsam ihre Hüften, bis die glühende Rundung seiner Männlichkeit sanft gegen das blonde Kraushaar ihres Vlieses stieß. Gebannt, mit angehaltenem Atem, schaute Lily an sich herab. Er hob sie hoch, senkte sie ein wenig tiefer, wiederholte die lüsterne Folter und glitt mit jedem Mal tiefer in ihren heißen Schoß.

Radulfs Mund fand ihre Brüste, saugte gierig an ihren Knospen. Keuchend bäumte Lily sich seinem Mund entgegen, den Kopf in den Nacken gelegt, umwallt von ihrer silbrigen Mähne. Als er sich tief in sie versenkt hatte, beugte Lily sich vor, bedeckte sein Gesicht, seinen Hals mit zarten Schmetterlingsküssen, wollte sein Fleisch mit Mund, Händen, mit ihrem ganzen Körper berühren. Radulf umspannte ihre Hüften fester, trieb sich tief in sie. Seine Stöße wurden lustvoller und wilder. Die Wellen ihrer Lust schlugen höher, ihr Schoß erschauerte unter den Pfeilen, die wie züngelnde Flammen in ihr Inneres drangen. Sie krallte die Finger in seine Schultern, klammerte sich an ihn wie eine Ertrinkende. Gemeinsam taumelten sie dem Höhepunkt entgegen, und als beide zerbarsten, hielt Radulfs fiebernder Blick sie gefangen.

Er sprach die Worte nicht aus, und dennoch glaubte Lily seinen Schwur zu hören: *Was immer danach geschieht, in diesem Augenblick gehörst du mir.*

Jede Kraft wich von ihr, sie sank ausgelaugt an ihn, barg ihre Wange an seiner Schulter, spürte seinen heißen Atem in ihrem Haar. „Was immer danach geschieht“, hauchte sie.

7. KAPITEL

Lily hob das Gesicht der Sonne entgegen und bog den schmerzenden Rücken durch. Der lange Ritt war ermüdend. Ihre Muskeln schmerzten auch an Stellen, an denen sie es nicht für möglich gehalten hatte. Obwohl, dachte sie schmunzelnd, für diese Schmerzen könnte es auch andere Gründe geben.

In der Nacht zuvor war das Lager an einem geschützten Berghang aufgeschlagen worden. Radulf hatte Lily in sein Zelt befohlen. In seinen Armen hatte sie sich warm und geborgen gefühlt. Er hatte sie mit einer Leidenschaft genommen, als brauche er sie wie die Luft zum Atmen. Ihr Körper reagierte mit bebender Erwartung, wenn er nur in ihrer Nähe stand. Ihre Brustknospen schwollen prickelnd, und in ihrem Unterleib wurde es warm.

Und das merkte Radulf, glaubte sie zu wissen.

Nun hob sie das Gesicht, da sie seinen Blick auf sich spürte. Tatsächlich hatte er sich im Sattel umgedreht und suchte ihre Augen. Unter dem Helm konnte sie zwar seinen Gesichtsausdruck nicht erkennen, ahnte aber, was in ihm vorging.

Verlangen. Hunger.

Radulf begehrte sie.

Und Lily begehrte ihn gleichermaßen.

Seufzend verlagerte sie das Gewicht. Wie konnte sie es zugelassen haben, dass der Normanne ihr Blut so sehr in Wallung brachte? Sie musste verrückt sein, diesen Mann zu begehren! Es war gefährlich, *irgendeinen* Mann zu begehren. Lilys Liebster aus Kindertagen hatte sie verraten, um seinen Ehrgeiz zu stillen. Ihr späterer Ehemann Vorgen hatte sie misshandelt und geschmäht. In ihrer begrenzten Erfahrung mit Männern hatte sie bereits gelernt, dass auf Männer kein Verlass war. Man durfte ihnen kein

Vertrauen schenken. Niemals hatte sie die Absicht gehabt, sich mit einem Mann wie Radulf einzulassen.

Mit ihrem Todfeind!

Radulf war ein Mann, dem Stolz und Ehre über alles ging, ein normannischer Ritter, der seinem König Treue bis in den Tod geschworen hatte. Aber er war auch ein Mann voller Widersprüche. In ihm waren Licht und Schatten, sein Wesen war weit vielschichtiger, als die Geschichten über ihn glauben machten. Die Mischung aus Kraft und Verletzlichkeit, aus Herablassung und Humor übte auf Lily eine unwiderstehliche Anziehung aus. Körperlich sehnte sie sich nach ihm wie verdorrte Erde nach Regen.

Konflikte quälten sie. Ihr Verlangen fesselte sie an einen Mann, der sie gnadenlos seinem König ausliefern würde, sobald er erfuhr, wer sie wirklich war. Der Trupp war bereits zwei Tage unterwegs und näherte sich unaufhaltsam Rennoc.

Und ihrer Entlarvung.

Am zweiten Tag hatte Radulf das Tempo gedrosselt, ließ die Pferde Schritt gehen und häufig Rast machen. Als Lily ihn fragte, warum er es nicht eilig habe, Rennoc zu erreichen, neigte er sich ihr lachend zu.

„Stellt Ihr diese Frage ernsthaft? Oder wollt Ihr eine Schmeichelei hören?“

Lily hob stolz das Kinn. „Wenn ich die Frage nicht ernst meinte, würde ich sie nicht stellen.“

Sein Finger streichelte ihre Wange. Ihr Stolz schien ihn zu belustigen. „Ihr seid es, die mich pflichtvergessen macht, meine Süße.“

Lily blickte ihm forschend in die Augen und las Aufrichtigkeit darin. Ein warmes Glücksgefühl durchströmte sie, ein Lächeln umspielte ihre Lippen, doch ihre Worte enthielten mehr als nur einen Anflug von beißendem Spott. „Und wie viele Tage habt Ihr für diese kleine Zerstreuung vorgesehen, Mylord? Streicht Ihr mich hinterher aus Euren Gedanken?"

Diese Fragen hatte Radulf sich selbst gestellt, ohne eine Antwort zu finden. „Je nachdem, Lily", antwortete er leise mit einem viel sagenden Lächeln. „Ihr seid heute so nachdenklich."

Lily wandte das Gesicht ab, beobachtete einen Habicht, der hoch über einem Felsgipfel majestätisch kreiste. „Ich denke an Rennoc."

Er ritt schweigend neben ihr her, den Blick auf ihr feines Profil gerichtet. Ihr Kopf wurde von seidigen Haaren umweht, die sich aus dem Zopf befreit hatten. Sie war mit keiner anderen Frau zu vergleichen, die er kannte. Solche Schönheit müsste mit einer gewissen Eitelkeit verbunden sein, sollte die schmachtenden Männerblicke bemerken, Lily aber schien sich ihrer Schönheit nicht bewusst zu sein. Ihr fehlte jeglicher Sinn für weibliche Koketterie und Geziertheit.

Wäre er ihr an einem anderen Ort als in der Kirche von Grimswade begegnet, hätte Radulf ihr vermutlich vertraut. Doch die Umstände ihrer ersten Begegnung und seine schlimmen Erfahrungen aus der Vergangenheit machten ihn misstrauisch. Nur nachts, wenn sie in seinen Armen lag, wich sein Argwohn.

„Erzählt mir von Eurem Vater."

Die Frage hatte Lily nicht erwartet, war aber geistesgegenwärtig genug, um sich nichts anmerken zu lassen. Der Habicht war im Sturzflug zwischen die Baumwipfel eingetaucht und verschwunden.

„Edwin of Rennoc ist ein strenger, aber gütiger Vater und ein treuer Vasall."

„Und Ihr seid ihm eine gute Tochter?"

Lily lächelte. „Natürlich."

„Gehorsam?"

„Ja."

„Liebevoll?"

„Ja."

„Aufrichtig?"

Lily schaute immer noch lächelnd zu ihm auf. „Warum stellt Ihr mir diese Fragen, Mylord? Habt Ihr die Absicht, ihm meine Fehler zu berichten?"

Radulf furchte die Stirn. „Das würde ich nicht wagen, Lady. Ihr solltet ihm meine Fehler berichten. Ich habe Euch weit weniger ehrenvoll behandelt, als Ihr es verdient."

Zu ihrer Verblüffung entdeckte Lily Bedauern in seinen Augen, aber auch eine Spur von Hochmut. „Wollt Ihr damit zum Ausdruck bringen, Ihr bedauert, mich in Euer Bett genommen zu haben? Oder bedauert Ihr die Art und Weise, wie es geschah?"

„Ihr wart unberührt."

„Ich bin Witwe. Woher solltet Ihr wissen, dass ich noch unberührt war?"

„Ich hätte es wissen müssen." Er verzog die Mundwinkel. „Um die Wahrheit zu sagen, Lily, ich war zu ungestüm. Aber nein, ich bedauere keineswegs, Euch in mein Bett genommen zu haben. Ich bedauere nur, dass ich so überstürzt über Euch hergefallen bin."

„Nein", flüsterte sie und legte ihm die Hand leicht auf den Schenkel. „Zwischen uns loderte ein Feuer, das nur auf diese Weise gelöscht werden konnte."

Er betrachtete ihre Hand. Lily spürte, wie seine Muskeln sich spannten. Sie hatte gesprochen, als sei das Feuer gelöscht, doch beide wussten, dass die Flammen noch immer loderten, höher denn je.

„Was geschieht, wenn wir … wenn ich zu Hause bin?" fragte sie leise, obwohl sie die Antwort kannte. Radulf würde ein böses

Ende herbeiführen. Aber sie wollte sich noch ein wenig länger einreden, tatsächlich Edwin of Rennocs Tochter zu sein, die von einem normannischen Ritter ins Haus ihres Vaters begleitet wurde. Dann könnte sie sich fragen, ob sein Verlangen nach ihr stark genug wäre, um ihre Beziehung aufrechtzuerhalten. Sie könnte überlegen, ob er sie besuchen würde, wenn seine Pflichten es gestatteten. Würde er eilig nach Rennoc reiten, um mit ihr zu schlafen und sich eine Stunde später wieder in den Sattel schwingen?

Lily fröstelte. Wenn sie ihre Fantasie zu Ende dachte, wenn ihr Wunsch wirklich in Erfüllung gehen sollte, so wünschte sie sich, Radulf würde für immer bei ihr bleiben.

Doch das war verrückt. Undenkbar. Ein Kind mochte an Märchen glauben, Lily aber war kein Kind mehr. Zugegeben, sie begehrte Radulf, aber sie durfte sich nicht in Wunschträumen verlieren, das wäre ihr sicherer Untergang.

„Was geschieht, wenn wir Rennoc erreichen?“ wiederholte Radulf sinnend. „Ich weiß es nicht, Lily.“

„Mylord!“

Radulf drehte sich im Sattel zu Jervois um, der sein Ross scharf zügelte. Das schweißbedeckte Tier war offenbar hart geritten worden. Der junge Hauptmann beugte sich weit aus dem Sattel und raunte seinem Anführer eine Nachricht zu. Die beiden Männer sprachen mit ernsten Mienen leise miteinander.

Lily beobachtete sie mit banger Neugier.

Dann wendete Jervois sein Pferd, um weiter hinten im Zug zu reiten. Radulf schaute mit finsterem Blick in die Ferne und schwieg. Nach einer Weile wagte Lily eine Frage zu stellen. „Macht Ihr Euch Sorgen, Mylord?“

Radulfs Blick war undurchdringlich. „Es besteht immer Grund zur Sorge, Lily. Und zur Vorsicht. In allen Dingen des Lebens.“

Ein Frösteln lief ihr über den Rücken. Wollte er sie warnen?

Er wirkte plötzlich so distanziert. Was hatte Jervois ihm wohl berichtet?

Lily guckte über die Schulter zum Hauptmann, dessen Gesicht genauso verschlossen war wie das seines Anführers. Und als sie sich wieder nach vorne drehte, hatte Radulf seinem Pferd die Sporen gegeben und galoppierte an die Spitze des Zuges. Wie auf ein verabredetes Zeichen nahm Jervois nun seinen Platz neben Lily ein.

„Ist etwas geschehen?“ erkundigte sich Lily, ohne mit einer ehrlichen Antwort zu rechnen. „Ihr seid lange weg gewesen.“ Sie hatte Jervois' Abwesenheit seit dem gestrigen Tag bemerkt, ohne eine Frage nach seinem Verbleib zu stellen.

„Mylady?“ Jervois zog die Brauen hoch. „Ich habe … ein Rätsel gelöst, doch nun verläuft alles wie geplant.“

„Fürchtet Ihr einen Überfall?“

Jervois musterte sie nachdenklich. „Es wäre töricht, einen so stark bewaffneten Trupp anzugreifen, Lady.“

„Lord Radulf lässt nie in seiner Wachsamkeit nach, wie?“

Das Lächeln, das über Jervois' Gesichtzüge huschte, ließ ihn plötzlich ganz jung wirken. „Nein, Lady, er lässt niemals in seiner Wachsamkeit nach. Deshalb ist er ein so guter Soldat. Er vertraut nichts und niemandem.“

Noch eine Warnung?

Lily war mittlerweile zur Überzeugung gelangt, dass Argwohn ein Wesenszug von Radulf war. Er war kein Mann, der zur Unbesonnenheit neigte; er hielt seine Gefühle sorgfältig unter Verschluss.

Und dennoch hatte er im Liebesspiel eine Leidenschaft gezeigt, als lechze er nach Wärme wie ein Verdurstender nach einem Schluck Wasser.

Nichts von alledem änderte etwas an der Tatsache, dass sie

fliehen musste, bevor der Trupp Rennoc erreichte. Die Wahrheit würde ans Tageslicht kommen, sobald sie durch die Tore der Burg ritten.

Die Anzahl von Lilys Wachen war verstärkt worden, die sie keinen Moment aus den Augen ließen. Wie sollte sie den Adleraugen der Soldaten entkommen? Lilys innere Spannung wuchs mit jedem Augenblick. Ihre Schultern und ihr Nacken begannen zu schmerzen, unter ihren grauen Augen lagen dunkle Schatten der Erschöpfung.

Gegen Mittag hielt der Zug erneut an. Diesmal näherte Radulf sich ihr, nicht in der Absicht, sie in den Wald zu schleppen und über sie herzufallen. Er hob ihr das Kinn, blickte ihr finster ins Gesicht.

„Ihr hättet mich gestern Nacht abweisen sollen“, murmelte er. „Ihr seid erschöpft.“

Lily lachte ein wenig schrill. „Mylord, ich wollte Euch nicht abweisen“, scherzte sie.

Radulf lächelte, strich ihr mit dem Daumen über die Wange, schlüpfte mit der anderen Hand in ihren Umhang und umfing ihre Brust. Lily holte stoßweise Atem, konnte sich nicht entziehen. Er liebkoste sie, bis ihr die Lider schwer wurden, ihre Lippen sich teilten und ihr die Knie zitterten.

Und als sie benommen und willig war, neigte er sich noch näher und raunte: „Bald erreichen wir Rennoc und Ihr seid zu Hause.“

Er musterte sie eindringlich. Lily schluckte schwer. Ihr Herzschlag beschleunigte sich vor Angst und Zorn. Wollte er sie mit seinen Zärtlichkeiten aus der Fassung bringen? War er tatsächlich so hinterhältig und grausam?

„Wenn wir schnell reiten, können wir die Burg bei Einbruch

der Nacht erreichen", fuhr Radulf leise fort. „Aber ich fürchte, Ihr seid müde. Das Kloster Selby liegt ganz in der Nähe. Dort verbringen wir die Nacht, und Ihr schlaft in einem richtigen Bett. Morgen bringe ich Euch zu Eurem Vater."

Ein Aufschub.

Bemerkte er das erleichterte Flackern in ihren Augen?

„Vielen Dank, Mylord."

Radulf nickte und entfernte sich. Lily blickte ihm nach, als er seine Männer anwies, wieder aufzusitzen. Das Kloster war ihre letzte Chance. Morgen würde Radulf sie auf der letzten Wegstrecke nach Rennoc noch schärfer bewachen lassen.

„Lady?" Ein Soldat hielt ihre Stute am Zügel. Lily stellte den Fuß in seine Handfläche, schwang sich in den Sattel und wartete, bis der Trupp abmarschbereit war. Heute Nacht musste sie fliehen und durfte Radulf nie wiedersehen.

Er würde sie für ihren Verrat hassen. Er würde denken, sie habe ihn benutzt. Damit musste sie sich abfinden. Sie bereute nicht, was zwischen ihnen geschehen war. Sie bedauerte nur, dass sie nie Gelegenheit bekommen würde, ihm zu erklären, dass das eine nichts mit dem anderen zu tun hatte. Die zärtlichen Stunden der Leidenschaft mit ihm erschienen ihr wie eine Insel der Geborgenheit in einem riesigen kalten Ozean, doch nun musste sie dieser Geborgenheit entfliehen, um weiteren Stürmen zu trotzen.

Am späten Nachmittag erreichten sie das Kloster Selby. Eine windschiefe Ansammlung niedriger Bauten mit Steinfundamenten und Holzaufbauten, die wirkten, als würden sie in der Talmulde von den Berghängen erdrückt. Der Abt, vor kurzem erst von den Normannen eingesetzt, gewährte Radulf und seinen Männern bereitwillig Unterkunft.

Lily erfuhr, dass die Mönche dem Benediktinerorden angehörten, so genannte Schwarze Mönche, die viele Klöster in England gegründet hatten. Wie allgemein üblich, betrieben die Mönche von Selby Ackerbau und Viehzucht für den Eigenbedarf, buken Brot und stellten Käse her. Ungewöhnlich war, dass sie an einem geschützten Südhang Rebstöcke gepflanzt hatten und Wein kelterten.

Beim Nachtmahl, das Lily mit Radulf und dem Abt einnahm, trank sie eine Kostprobe des Tropfens. Der betagte, hagere Klostervorsteher sprach voll Wehmut von seiner Heimat in der Normandie, während sein Urteil über Northumbria feindselig und ablehnend ausfiel.

„Ein völlig unzivilisiertes Land. Die Bewohner sind Heiden. Wilde!“ Er spuckte das Wort aus, als habe er in einen sauren Apfel gebissen. „König William braucht eine strenge Hand, Lord Radulf, um dieses wilde Volk zu zähmen. Sie sind wie trotzige Kinder, die gezüchtigt werden müssen.“

„Seid Ihr nicht der Meinung, Hochwürden, dass trotzige Kinder mit Güte leichter zur Vernunft gebracht werden können als durch Züchtigung?“ wagte Lily einzuwerfen.

Der Abt spähte kurzsichtig in ihre Richtung, und Lily wünschte, den Mund gehalten zu haben, wie so oft an Vorgens Tafel. Aber in der Entgegnung des Greises lag Verblüffung statt Zorn.

„Steht Ihr etwa auf der Seite dieser Rebellen, Lady Lily?“

Lily setzte ein liebreizendes Lächeln auf, während in ihr ein gefährlicher Freiheitsgedanke aufkeimte. „Ich sympathisiere weder mit dem Krieg noch mit denen, die ihn anzetteln. Ich glaube …“ Sie zögerte, als beide Männer sie aufmerksam beobachteten, der Abt voll Neugier, Radulf mit einem missbilligenden Stirnrunzeln. Aber wieso sollte sie ihre Meinung nicht frei aussprechen? Sie war nicht mehr Vorgens Frau, musste nicht mehr befürchten, sich mit einer Bemerkung einen Faustschlag ins Gesicht oder eine wüste Schimpftirade einzuhandeln.

Und dann sprudelten die Worte aus ihr heraus.

„Der Norden hat genug Blutvergießen hinnehmen müssen. Wir könnten Frieden haben, wenn der König dazu bereit wäre."

Radulf knurrte. „Wenn Ihr glaubt, König William sei ein Kriegstreiber, so seid Ihr im Irrtum, Lady. Er will den Frieden genauso wie Ihr. Aber er ist mit seiner Geduld am Ende, denn es vergeht kein Tag, an dem er nicht einen Aufstand fürchten muss. Ihr mögt einen harten Herrscher in ihm sehen, aber dazu haben ihn seine Untertanen gemacht."

„Sie müssen gezüchtigt werden wie ungezogene Kinder", meinte der Abt, und sein silbergraues Haupt wackelte leicht.

„Vielleicht traf das in der Vergangenheit zu." Lily neigte sich Radulf zu, als spreche sie allein zu ihm. „Kann das Blutvergießen nicht aufhören? Es gibt gewiss Rebellen, die mit sich reden lassen … glaube ich wenigstens. Können Angelsachsen und Normannen nicht in Frieden miteinander leben?"

Radulfs dunkle Augen verengten sich. „Es wird keinen Frieden geben, solange Vorgens Frau ihr Unwesen treibt und das Volk aufhetzt."

„Lady Wilfreda?"

Ihren Namen aus dem Munde des Abtes zu hören, ließ Lily erstarren. Der Greis merkte nichts von ihrem Schreck, fuhr sich mit der knochigen Hand über die Stirn und fuhr fort: „Ich habe erschreckende Geschichten über ihre Grausamkeit gehört, Lord Radulf. Man vergleicht sie mit einer Wölfin, die ihre eigenen Jungen frisst!"

„Kennt Ihr sie?" fragte Radulf mit leiser Stimme.

Der Abt schüttelte energisch den Kopf. „Nein, ich kenne sie nicht, aber ich kann in ihr Herz schauen."

Radulf zuckte gereizt mit den Schultern. „Jeder hat von ihr gehört, doch keiner kennt sie“, knurrte er. „Mir kommt sie beinahe wie eine böse Zauberin vor, die sich unsichtbar machen kann wie ein Gespenst!“

Die wässrigen Augen des Abtes weiteten sich, er bekreuzigte sich hastig.

„Ich hörte“, meldete Lily sich zaghaft zu Wort, ihr eigener Mut machte sie schwindelig, „dass Vorgen sie eingesperrt hat wie eine Gefangene.“

Radulf nippte am Weinkelch.

Ermutigt durch sein Schweigen fuhr Lily fort: „Alle Welt spricht von Wilfreda, als sei sie eine Tochter des Satans, aber wie Ihr richtig sagt, Mylord, keiner der Menschen, die diese Gerüchte aufbringen, hat sie gesehen oder mit ihr gesprochen. Ihr wisst doch selbst, wie Gerüchte die Wahrheit verfälschen können. Vielleicht ist sie gar nicht so grausam, wie die Geschichten über sie uns glauben machen. Vielleicht ist auch sie kriegsmüde.“

Radulfs durchdringende Augen hefteten sich unverwandt auf sie. Lily zwang sich, ruhig zu bleiben, während sein dunkler Blick sich tief in ihre Augen senkte, ihr ins Herz zu dringen schien, bis sie ganz benommen war. Und als sie fürchtete, er habe alle Geheimnisse in ihr entdeckt, wandte er sich achselzuckend ab und trank einen Schluck Wein.

„Ihr meint es gut“, räumte er ein, „aber Ihr habt keine Ahnung, wovon Ihr sprecht. Ich kannte Vorgen, habe Seite an Seite mit ihm bei Hastings gekämpft. Er war ein tapferer Soldat. Seine Frau hat ihn zum Verräter gemacht.“

Lily blinzelte und war über seine Halsstarrigkeit erstaunt. Zorn brodelte in ihr auf, böse Erinnerungen an ihr Leben mit Vorgen stürmten auf sie ein. All die Misshandlungen und Demütigungen, die sie körperlich und seelisch durch ihn erduldet hatte, stiegen in ihr auf. Sie zwang sich, ihren Gemütsaufruhr zu bezähmen, ermahnte sich, wieder klar zu denken.

Radulf hat Vorgen nicht wirklich gekannt, er weiß nicht, wie er tatsächlich war, sonst würde er nicht so reden. Vorgen musste sich verändert haben oder hatte es damals verstanden, sein wahres Wesen zu verbergen. Oder lag es nur daran, dass der Normanne Radulf nicht fähig war, einen anderen Normannen zu verunglimpfen, wenn er die Schuld einer Frau geben konnte – noch dazu einer Angelsächsin?

Um ihretwillen und um seinetwillen musste sie versuchen, ihn zur Einsicht zu bewegen, ihn von seinem Irrtum abzubringen. Vermutlich ein törichter Gedanke, aber sie wünschte, dass Radulf ihre Beweggründe verstand und sie nicht verurteilte, wenn ihr die Flucht gelang und sie sich nicht rechtfertigen konnte.

„Ich verstehe Eure Einstellung“, fuhr sie leise fort, „aber die Menschen verändern sich. Vielleicht hat auch Vorgen, den Ihr früher gekannt habt, sich verändert. Habgier ist wie eine Krankheit, die jeden Menschen befallen kann. Vorgen kam im Auftrag des Königs in den Norden und stellte fest, dass er selber König sein kann … Das … das habe ich zumindest gehört.“

„Wir alle müssen uns vor der Sünde der Habgier in Acht nehmen“, warf der Abt zerstreut murmelnd ein. Er begann zu ermüden, sein Kinn sank ihm auf die Brust.

Radulf drehte spielerisch den Stiel seines Kelches zwischen den Fingern. Er zog es vor zu glauben, Wilfreda habe Vorgen in ihren Bann gezogen wie eine giftige Spinne, die auf harmlose Fliegen lauerte, die sich in ihrem Netz verfingen. Er hatte sich ein Bild von ihr gemacht: rabenschwarzes Haar, bernsteinfarbene Augen, ein liebreizendes Lächeln auf den schönen Lippen, die schmeichelnde Worte sagten, während ihr Verstand böse Intrigen spann. Wilfreda hatte Annas Gestalt angenommen, und er hasste sie.

„Von wem habt Ihr solche Reden gehört?“ In seiner tiefen Stimme schwang wachsender Zorn mit. „Trägt sich Euer Vater etwa auch mit verräterischen Gedanken, Lady?“

Lily schüttelte energisch den Kopf, der Ausdruck seiner Augen erschreckte sie – schwarz und bedrohlich wie die Stürme, die sich in den Hügeln hinter Vorgens Burg zusammenbrauten.

„Und warum nehmt Ihr Wilfreda in Schutz?“ Er neigte sich ihr zu.

Wieder schüttelte Lily den Kopf, fest entschlossen, sich nicht einschüchtern zu lassen. „Nein, Lord Radulf. Ich spreche nur aus, was ich denke. Ist es den Frauen unter König Williams Herrschaft etwa verboten, eine eigene Meinung zu vertreten? Wie ich hörte, ist er seiner Frau sehr zugetan und nimmt sich ihren Rat oftmals zu Herzen.“

„Matilda ist anders …“

„Inwiefern?“ Lily blickte ihm forschend ins Gesicht, war sich der neuen Spannung zwischen ihnen deutlich bewusst. Und der Gefährlichkeit seiner Augen. Eine Mischung aus Verzweiflung und Entschlossenheit zwang sie weiterzusprechen. „Matilda ist eine Frau wie Wilfreda und ich. Warum werden Frauen anders beurteilt und behandelt als Männer? Stehen uns Frauen nicht die gleichen Rechte auf Anhörung und Urteil zu wie Männern?“

Radulfs Miene verfinsterte sich noch mehr. „Ihr wisst nicht, wovon Ihr sprecht, Lady. Das ist Männersache. Bleibt bei dem, wovon Ihr etwas versteht, Lily. Ich habe mein Urteil gefällt. Vorgens Frau ist ein Fluch für den Norden. Sie wird festgenommen und dem König ausgeliefert, wo sie ihre gerechte Strafe erwartet.“

Ein eisiger Schauer lief Lily über den Rücken, sie wagte keine weitere Entgegnung.

Radulfs zornig erhobene Stimme hatte den alten Abt aus seinem Dämmerschlaf geschreckt. „Ich kannte Euren Vater, Mylord!“ Seine Stimme klang wach, aber der Greis hatte vermutlich nichts von dem vorangegangenen Wortwechsel mitbekommen. „Ein prächtiger Mann. Er hat sich unserem Orden gegenüber sehr großzügig erwiesen. Er hat darum gebeten, dass nach seinem Tod Messen für ihn gelesen werden, um seinen Verbleib im Fegefeuer zu verkürzen. Ja, ein prachtvoller Mann. Ihr könnt stolz darauf sein, in seine Fußstapfen zu treten!“

Radulf wandte sich ihm zu. Was immer der Abt in seinem Mienenspiel lesen mochte, es erschreckte ihn zutiefst. Er wich zurück, seine Lippen bebten.

„Mylord ...“, stammelte er. „Mylord, ich wollte Euch nicht kränken.“

Ein lastendes Schweigen breitete sich aus, während Radulf sich abwandte und der Abt sichtlich um Fassung rang.

Radulfs Zorn legte sich allmählich, und mit ihm schwand der rote Nebel, der ihm die Sicht trübte. Der alte Abt konnte nichts von dem Zerwürfnis zwischen Vater und Sohn wissen. Es wäre angebracht, sich zu entschuldigen, aber er fand keine Worte. Die Wunde in seiner Seele war immer noch nicht verheilt, würde vielleicht nie heilen. Das brauchte indes niemand außer ihm zu erfahren. Im Lauf der Jahre war dieser Schmerz so etwas wie ein Schatten geworden, der ihn stets begleitete.

Im Grunde genommen hatten Lilys Argumente ihn so zornig gemacht. Sie hatte geklungen, als beschuldige sie ihn der Ungerechtigkeit. Sie hatte sich erdreistet, ihm Ratschläge zu erteilen, wie er mit den Aufständischen umzugehen habe! Keine Frau hatte je gewagt, sich in seine Angelegenheiten einzumischen, und er würde das auch jetzt nicht dulden. Auch wenn er Lily mit glühendem, unstillbarem Verlangen begehrte, war sie nur eine Frau.

Er durfte ihr kein Vertrauen schenken, schon gar nicht nach allem, was Jervois herausgefunden hatte.

Und was ist, wenn sie Recht hat?

Die Stimme in seinem Kopf glich Henrys Stimme. Spöttisch, fragend, zweifelnd, die Stimme des Advocatus Diaboli. Radulf straffte die Schultern. Wieso sollte sie Recht haben? Er hatte Vorgen gekannt, aber Wilfreda kannte er nicht. Sollte er einen Mann verurteilen, den er für aufrichtig und loyal hielt, und eine rebellische verräterische Frau in Schutz nehmen?

Bist du in deinem Urteil etwa voreingenommen?

Nein, keineswegs!

Aber ... warum glich das Bild, das er sich von Lady Wilfreda gemacht hatte, Anna so haargenau? Hatte er zugelassen, dass sein Hass gegen die eine sein Urteil über die andere trübte?

Er versuchte, sich Vorgen deutlicher ins Gedächtnis zu rufen, abgesehen von den ritterlichen Prahlereien und der Kameraderie in Hastings.

Und dann erinnerte er sich deutlich an eine unangenehme Begebenheit.

Vorgen hatte im Glücksspiel ein Schwert gewonnen, eine schöne Waffe, deren Heft mit Smaragden und Rubinen und Goldfiligran geschmückt war, mit einer Klinge scharf wie die Zunge eines zänkischen Weibes. Vorgen hatte beteuert, er habe das Schwert auf ehrliche Weise gewonnen, doch Roger, der das Schwert verloren hatte, verkündete halsstarrig, Vorgen habe falsch gespielt. Er hörte nicht auf, sich lauthals darüber zu beschweren und die Geschichte jedem zu erzählen – egal, ob dieser sie hören wollte oder nicht. Und dann war Roger bei Hastings gefallen – nicht in der großen Schlacht, sondern in einem Geplänkel am Rande des Schlachtfeldes.

Nach seinem Tod wollte das Murren von Rogers Freunden nicht verstummen, die behaupteten, Roger sei nicht von Harold Godwinesons Truppen getötet worden, er sei vielmehr von seinem eigenen Schwert in Vorgens habgieriger Hand durchbohrt worden. Die Beschuldigungen waren schließlich Radulf zu Ohren gekommen, der Untersuchungen angestellt hatte. Schließlich waren ihm Vorgens wortreiche Unschuldsbeteuerungen zu viel geworden, und er hatte die Sache auf sich beruhen lassen. Ein Gegenbeweis war nie erbracht worden.

Und nun erinnerte er sich plötzlich zu seiner Verwunderung an diese leidige Angelegenheit.

Radulf rutschte ungeduldig auf seinem Stuhl hin und her und warf dem Abt einen flüchtigen Blick zu. Der Greis war wieder eingenickt, die faltigen Wangen hingen schlaff, die Kinnlade war ihm heruntergefallen. Um Radulfs Mundwinkel zuckte ein flüchtiges Lächeln.

Radulf schaute zu Lily. Ihm fiel auf, dass sie ihn wachsam beobachtete, als sei er ihr wieder fremd geworden. Der mächtige und Furcht erregende Normanne, der angelsächsische Kinder zum Nachtmahl verspeiste. Radulfs Herz zog sich schmerzerfüllt zusammen.

Morgen würden sie Rennoc erreichen und heute Nacht … Es war bereits Nacht, er konnte seine Pläne nicht mehr ändern, selbst wenn er wollte.

Dies war vielleicht die letzte Gelegenheit, mit ihr zusammen zu sein, sie anzusehen. Hier im Kloster durfte er die Nacht nicht mit ihr verbringen. Wollust war eine Todsünde, die der Abt missbilligen würde. *Vielleicht soll das meine Strafe sein, weil ich sie in dieses Kloster gebracht habe. Ich darf sie betrachten, aber nicht in die Arme schließen.*

Er nahm ihre Hand, die neben dem Weinkelch auf dem Tisch ruhte, führte sie an die Lippen und küsste verlangend ihre Finger, drehte sie um und presste den Mund sanft in die weiche Mulde ihrer Handfläche.

Seine Augen leuchteten schwarz und wachsam, seine Stimme war ein dunkles Raunen. „Morgen bringe ich Euch wohlbehalten zu Eurem Vater."

Lily hielt seinem Blick stand, wagte nicht zu sprechen. Tränen schnürten ihr die Kehle zu.

„Mylady." Er neigte sich ihr zu, ohne ihre Hand freizugeben. Sie konnte ihr Spiegelbild wie ein Gespenst in seinen dunklen Augen erkennen. „Mylady, ich weiß doch, dass Ihr Geheimnisse vor mir habt."

Sie schwieg beharrlich. Ihre grauen Augen glänzten im flackernden Kerzenlicht.

„Lily, wollt Ihr mir nicht vertrauen?"

Eine törichte Frage, das wusste er, noch bevor er die Worte gesprochen hatte. Wie sollte sie ihm vertrauen, nachdem er sich unfähig gezeigt hatte, ihr zuzuhören, ohne sie seinen Zorn spüren zu lassen? Aber er wünschte sich ihr Vertrauen. Sein Stolz forderte ihr Vertrauen. Sein Herz lechzte danach.

Sehr lange und unverwandt begegneten schwarze Augen grauen Augen, bis Lily kurz schrill auflachte. Sie hob die freie Hand, zögerte und strich ihm dann eine schwarze Locke aus der Stirn.

„Mylord, ich habe Euch vertraut. Mehr als Ihr ahnt."

Ein bebendes Lächeln umspielte ihre Lippen. Es kostete Radulf alle Willenskraft, nicht von ihren Lippen zu kosten, von der Süße ihres Mundes zu trinken. Ein schmerzhaftes Sehnen erfüllte seine Brust.

Ein Sehnen, stärker als körperliches Verlangen.

Wahnsinn, flüsterte die bittere Skepsis in ihm. Aber Radulf scherte sich nicht darum. Er wünschte sich, in Lilys Augen zu ertrinken.

Der Abt räusperte sich vernehmlich.

Seufzend lehnte Radulf sich zurück, um Abstand zu gewinnen, wollte ihre Hand aber nicht freigeben. In Lilys Augen glitzerten Tränen.

„Ein Mönch begleitet Euch in Eure Kammer, Lady", verkündete der Abt. „Ihr seid müde von der anstrengenden Reise und braucht Schlaf. Ich habe im Haupthaus eine Kammer für Euch vorbereiten lassen."

„Vielen Dank." Lily schaute Radulf kurz von der Seite an.

„Wir Soldaten sind im Gästehaus einquartiert", antwortete er auf ihre stumme Frage.

Lily senkte den Blick und sprach leise, nur ein winziges Beben in ihrer Stimme verriet die Tiefe ihrer Empfindungen. „Ich bin müde und möchte mich zurückziehen."

Während sie sich erhob, stand auch Radulf auf. Er führte ihre Hand an die Lippen und raunte: „Schlaf gut, mein Herz."

Lily stockte der Atem, als sie seinen warmen Mund auf ihrer Haut spürte. Das Leuchten in seinen Augen verriet Verlangen und Sehnsucht. Vielleicht sah sie ihn zum letzten Mal. Die Tränen, die ihr den Blick verschleierten, drohten überzuquellen. Sie nahm sein Gesicht verschwommen wahr und blinzelte heftig, bevor sie sprach.

„Ihr auch, Mylord."

Während der Mönch sie aus dem Refektorium führte, drehte sie sich nicht um. Vertrau mir, hatte Radulf gesagt. Und seltsamerweise war sie beinahe bereit gewesen, genau das zu tun. Bis sein Zorn, seine starre Haltung Vorgen gegenüber, ihr die Gefahr erneut vor Augen geführt hatte. Es war ein Glücksspiel, sie würde das Ergebnis erst erfahren, wenn es zu spät war.

Lily aber konnte es sich nicht leisten, mit ihrer Freiheit, mit ihrem Leben zu spielen.

8. KAPITEL

Die Glocke der Klosterkirche rief zum Komplet, zur letzten Gebetsstunde des Tages, als der Mönch Lily durch einen kleinen Innenhof führte. Sie blieb stehen und sog die frische Nachtluft tief ein, um sich zu beruhigen. Am schwarzen Himmelszelt glitzerten die Sterne, doch in dieser Nacht erschien ihr die Schönheit des Firmaments kalt und abweisend.

Sie straffte die Schultern, kämpfte gegen ihre aufsteigenden Tränen an. Wenn Radulf die Wahrheit erfuhr, würde er froh sein, dass sie fort war. Er würde sie hassen.

Lily holte wieder tief Atem und zwang sich, klar zu denken und ihre Umgebung zu studieren. Vom Innenhof führten mehrere offene Torbogen nach draußen. Im Mondlicht erkannte sie hinter einem Bogen einen Kräutergarten. Hinter einem zweiten Torbogen nahm sie die dunklen Umrisse des Pförtnerhauses wahr.

Ihr Fluchtweg.

„Mylady?"

Der Mönch, nur als schwarzer Schatten erkennbar, wartete geduldig. Lily beschleunigte ihre Schritte.

Er öffnete eine schwere Holztür zu einer Mönchszelle, eingerichtet mit einem schmalen Bett und einem Hocker, auf dem eine Kerze brannte. Über dem Bett an der Wand hing ein schlichtes Kruzifix. Nach den vielen im Freien verbrachten Nächten kam ihr die Mönchszelle vor wie ein fürstliches Gemach. Als der Mönch die Tür hinter sich geschlossen hatte, sank Lily erschöpft auf die Strohmatratze. Sie war todmüde, durfte aber nicht einschlafen. Sie wollte warten, bis alle im Kloster schliefen, dann würde sie sich in den Stall schleichen, ihre Stute satteln und in die Nacht reiten.

Fort von Radulf.

Ihr Herz zog sich schmerzhaft zusammen. Hatte sie denn eine andere Wahl? Tausend Fragen schwirrten ihr im Kopf herum, aber es gab nur eine Antwort: Sie musste heute Nacht fliehen und durfte Radulf nie wiedersehen.

Die Zeit kroch im Schneckentempo dahin. Schließlich wurde es still im Kloster. Die normannischen Soldaten schliefen bereits, auch Radulf würde schlafen. Sie sah seine vom Schlaf entspannten Gesichtszüge vor sich. Wieder stiegen ihr die Tränen in die Augen, und diesmal ließ sie ihnen freien Lauf, schmeckte die salzige Flüssigkeit auf ihren Lippen und hob mit zitternden Fingern einen Zipfel ihres Umhangs, um die Tränen fortzuwischen. Sie spürte etwas Hartes, Rundes.

Der Ring.

Lily tastete nach dem Riss im Futter und holte den goldenen Reif hervor. Das rote Auge des Habichts starrte sie im Kerzenschein an. „‚Ich schenke dir mein Herz'“, flüsterte sie.

Für Lily war dieser Ring seit jeher ein Symbol für Gerechtigkeit gewesen, für ihre Wikinger-Mutter das Symbol ihrer Liebe zu ihrem angelsächsischen Gemahl, Lilys Vater. Vorgen hatte den Ring gestohlen und ihn für seine habsüchtigen Pläne missbraucht, doch nun gehörte er Lily.

Sie hatte immer gehofft, der rubinäugige Habicht möge eines Tages wieder das Symbol für Recht und einen gerechten Herrscher sein. Ja, sie hatte gehofft, sie möge dieser gerechte Herrscher sein. Würden sich ihre Träume je verwirklichen lassen, oder war sie dazu verdammt, den Rest ihres Lebens auf der Flucht zu verbringen?

Lily drehte den Ring zwischen den Fingern, spürte das vertraute Gewicht. Mit einer trotzigen Geste steckte sie den breiten Goldreif an den Daumen. Die Zeit des Versteckspiels war vorbei.

Ob sie in dieser Nacht auf der Flucht ertappt oder morgen bei der Ankunft in Rennoc entlarvt werden würde, sie war in jedem Falle verloren. Aber wenigstens wollte sie wieder sie selbst sein: Lady Wilfreda, Tochter eines angelsächsischen Edelmanns und einer Wikinger-Prinzessin und die rechtmäßige Herrscherin über den Landbesitz ihres Vaters in Northumbria.

Mit klarem Kopf und trockenen Augen erhob Lily sich. Auf dem Weg zur Tür verharrte sie kurz, zog den juwelenbesetzten Dolch aus der Scheide und steckte ihn in den Gürtel. Sie hatte nicht die Absicht, ihn zu benutzen, dennoch verlieh er ihr ein Gefühl der Sicherheit. Mit angehaltenem Atem öffnete Lily die Tür einen Spalt.

Im Haus des Abts war alles still und dunkel. Kein Soldat tauchte plötzlich vor ihr auf, um sie zu fragen, wohin sie wolle. Kalter Angstschweiß trat ihr auf die Stirn, als sie in die Dunkelheit spähte. Der Innenhof lag schwarz und leer vor ihr. In einem entfernten Winkel ihres Verstandes wunderte sie sich über Radulfs ungewohnte Nachlässigkeit, keine Wache vor ihrer Tür postiert zu haben. Andererseits war sie so erleichtert, dass sie aufkommende Zweifel rasch verdrängte.

Lily löste die klammen Finger vom Heft des Dolches, huschte ins Freie und schloss die Tür leise hinter sich.

Auch vor dem Haus des Abts waren keine Wachen aufgestellt. Mit fliegendem Atem und dröhnendem Herzschlag zog Lily die Kapuze des Umhangs über ihr silberhelles Haar und rannte lautlos durch den Torbogen zu den Stallungen.

Es war so unheimlich still.

Die niedrigen Klosterbauten waren schwarze Klumpen, und in Lilys Fantasie wirkten die Fensterhöhlen wie schwarze Augen, die sie beobachteten. Die Ställe lagen in der Nähe des Pförtnerhäuschens, die Stalltür ließ sich leicht öffnen. Der warme, dampfende Geruch nach Pferden, Stall und Heu schlug ihr entgegen.

Lily blickte ins Innere.

In einem Eisenhalter an der Wand flackerte eine Fackel, die ihr Vorhaben erleichterte und keinen Verdacht in ihr erregte. Eine Leiter führte auf den Heuboden. Sie stand eine Weile reglos horchend, dann wagte sie ein paar Schritte.

Ihre Stute begrüßte sie mit einem leisen Wiehern. Auch andere Pferde wurden unruhig. Radulfs mächtiges Schlachtross beäugte sie misstrauisch. Der Gedanke an Radulf zerrte an Lilys Herzen.

Keine Zeit für Rührseligkeiten!

Sie eilte weiter, der Saum ihres Umhangs streifte raschelnd über den strohbedeckten Lehmboden. Ihre Stute streckte den Kopf über den Holzbalken des Verschlags. „Still, meine Schöne“, wisperte Lily. „Ganz ruhig. Gleich fliegen wir lautlos und schnell wie die Eulen durch die Nacht.“

Ihre Finger schlossen sich um den Holzbalken, hoben ihn unbeholfen hoch. In ihrer Hast rutschte er ihr aus den Händen und fiel mit einem dumpfen Aufschlag zu Boden.

„Lily?“

Die Stimme, die ihren Namen flüsterte, traf sie wie ein Donnerschlag. Sie fuhr herum, tastete in blinder Hast nach dem Dolch in ihrem Gürtel.

„Lily!“

Sie zerrte die Waffe hervor, das Blut gefror ihr in den Adern, der Atem blieb ihr in der Kehle stecken. Der Fackelschein verzerrte die Schatten und verwandelte den schlanken Mann in einen Riesen.

„Zurück!“ befahl sie krächzend. Die Pferde spürten ihre Angst und wurden noch unruhiger.

Der Mann missachtete ihren Befehl und trat näher. Der Fackelschein erfasste seine Gestalt und ließ sein langes Haar und seinen Bart golden aufleuchten. Das Lächeln in seinem schönen Gesicht war ihr schmerzlich vertraut, der Dolch fiel ihr aus den kraftlosen Fingern.

Sie machte einen Schritt auf ihn zu. „Hew? Hew! Wie kommst du hierher?“

Er schloss sie in seine kraftvollen Arme. „Still, Lily! Wir müssen vorsichtig sein und uns beeilen, bevor die Normannenhunde aufwachen.“

Lily erschauerte. „Ja, aber …“ Sie wich zurück. In ihrer Aufregung hatte sie einen flüchtigen Moment in Hew den geliebten Freund aus Kindertagen gesehen. Doch nun entsann sie sich, was aus ihm geworden war: ein ehrgeiziger, rücksichtsloser und nicht vertrauenswürdiger Mann.

„Warum bist du hier, Hew? Ich denke, du bist längst nach Schottland geflohen.“

Er strich ihr sanft über die Wange, sein schönes Gesicht wurde weich. Er war ihr so vertraut. Es hatte eine Zeit gegeben, in der er ihr so nahe wie ein Bruder gewesen war. Lily kämpfte gegen ihren Wunsch an, ihm zu vertrauen.

„Ich habe mich in Malcolms Land aufgehalten, aber nun bin ich zurückgekehrt, um eine Streitmacht in deinem Namen aufzustellen. Und dafür brauche ich dich.“

Bei seinen Worten wich jede vertrauensvolle Zuneigung von ihr. Sie starrte ihn benommen an, zu erschüttert, um zu sprechen.

Hew setzte sein entwaffnendes Lächeln auf, wie immer, wenn er etwas erreichen wollte. Lily aber blieb kalt.

„König Malcolm will uns Truppen zur Unterstützung schicken, aber er muss vorsichtig sein, da er dem Bastard William den Treueid geleistet hat. Sobald er uns Truppen sendet, werde ich weitere Anhänger für unsere Sache gewinnen, das Volk wird sich uns in Scharen anschließen. Doch zuvor musst du nach Schottland reisen und Malcolm versichern, dass du unsere Armee anführst. So lautet Malcolms Bedingung. Hätte er diese Bedingung nicht gestellt, würde ich sie stellen."

Lily hatte ihre Fassung wiedererlangt. „Du lügst, Hew. Du würdest dich niemals einverstanden erklären, von mir Befehle entgegenzunehmen."

Er lächelte breit, schämte sich nicht im Geringsten, bei einer Lüge ertappt worden zu sein. „Du magst Recht haben. Ich brauche dich als schöne, tragische Heldin – Lady Wilfreda, deren Ehemann ermordet wurde, deren Festung von den Normannen geplündert und niedergebrannt wurde! Du kannst doch die tragische Heldin spielen, nicht wahr, Lily? Du wirst lächeln und Malcolm versprechen, was immer er verlangt. Ich besorge den Rest."

Nein. Die Ablehnung schoss ihr, ohne nachzudenken, durch den Sinn. *Nein. Ich werde nicht zulassen, dass meine Untertanen in einen weiteren Krieg hineingezogen werden.*

Hew aber ließ sich durch ein Nein nicht beeindrucken, wie sie aus Erfahrung wusste. Wenn sie sein Ansinnen jetzt ablehnte, würde er sie fortschleppen und ihre Einwilligung erzwingen. Wenn sie aber zustimmte und mit Hew floh, konnte sie ihre eigenen Pläne verfolgen, sobald sie Schottland erreichte. König Malcolm würde vielleicht auf sie hören; er war ein kluger Mann. Deshalb fand sie es merkwürdig, dass er sich von Hew eine erneute Rebellion hatte einreden lassen.

Andererseits verfügte Hew über große Überzeugungskraft.

„Ja, Hew, ich komme mit dir", erwiderte sie mit Nachdruck. Um zu verhindern, dass er die Lüge in ihren Augen las, drehte sie sich um, ging zu ihrem Pferd, bückte sich nach ihrem Dolch und steckte ihn wieder in ihren Gürtel. Hew folgte ihr auf leisen Sohlen. Als er ihr zärtlich die Hand auf die Schulter legte, bemühte Lily sich, ihn nicht abzuschütteln. Vermutlich wollte Hew mehr als Freundschaft. Wäre sie fähig, ihm eine Zuneigung vorzuspielen, die sie längst nicht mehr empfand?

Vielleicht wäre es früher einmal gegangen, bevor sie Radulf kennen gelernt hatte.

Lily verbarg ihr Schaudern und zog den Umhang enger um die Schultern, als fröstle sie. Es hatte eine Zeit gegeben, in der sie geglaubt hatte, Hew zu lieben. Damals hatte sie sich nichts sehnlicher gewünscht, als in seinen Armen zu liegen und seine Frau zu werden. Unterdessen aber wusste sie, wie seicht und kindlich ihre jugendlichen Gefühle für ihn damals gewesen waren. Sie hatte Hew nie geliebt. In Radulfs Armen hatte sie eine Kostprobe erlebt, was wahre Liebe wirklich bedeutete – sie war eine Feuersbrunst, die alle Sinne einbezog. Was sie für Hew damals empfunden hatte, war nur kindliche Schwärmerei gewesen.

Lily hob den Blick zu Hew, der sie beobachtete. Seine blauen Augen wirkten seltsam kühl. Seine Freude über das Wiedersehen schien nur eine Maske zu sein, hinter der er arglistige Pläne verbarg. Sie zwang sich zu einem Lächeln.

„Wie hast du mich gefunden?“

„Der Priester, Vater Luc, hat mir eine Botschaft zukommen lassen. Er hat dich immer ausgesprochen gern gemocht. Wir folgen dir seit Grimswade in der Hoffnung auf eine günstige Gelegenheit, dich zu befreien. Doch Radulf ließ dich zu gut bewachen. Wie bist du ihm in die Hände gefallen?“

Lily streichelte die samtweiche Schnauze der Stute, um Zeit zu gewinnen. Aber die Wahrheit schien unverfänglich. „Ich versteckte mich in der Kirche und wurde entdeckt.“

Hew schwieg. Lily tätschelte der Stute den Hals. All die bitteren Lektionen, die sie an Vorgens Seite gelernt hatte, stürmten wieder auf sie ein. Heute Abend an der Tafel des Abts von Selby hatte sie zum ersten Mal das Gefühl gehabt, sie könne endlich die Ketten sprengen, die ihr als Vorgens Ehefrau angelegt worden waren. Zum ersten Mal hatte sie den Mut aufgebracht, das auszusprechen, was sie wirklich empfand, und nicht das, was Vorgen von ihr hören wollte. Nun aber war sie gezwungen, diese verhasste Rolle für Hew weiterzuspielen, musste wieder die kühle Frau sein, die jedes Wort sorgsam abwog.

„Wieso die Kirche von Grimswade, Lily?"

Diesmal gab sie sich keine Mühe, ihr Erstaunen zu verbergen. „Meine Eltern liegen dort begraben, Hew. Ich wollte mich verabschieden."

Das hatte er völlig vergessen, nickte aber verständnisvoll.

Lily nahm ihren Sattel vom Haken. „Dann waren es also deine Männer, die das Lager beobachtet haben?"

„Ja. Die Dummköpfe sind unvorsichtig gewesen. Die Normannenhunde töteten die Hälfte meiner Leute. Der Rest ist entkommen, aber ich kann mir keine Verluste leisten, bis Malcolm Nachschub schickt." Er zog eine Braue hoch. „Ich hatte allerdings den Eindruck, du wurdest nicht wie eine normale Gefangene behandelt. Steckst du etwa mit dem Feind unter einer Decke, Lily? Oder bist du verschlagener, als ich vermutet habe?"

Lily hob das Kinn, Röte überflog ihr Gesicht. „Vielleicht kennst du mich nicht so gut, wie du glaubst, Hew."

Hew lachte trocken. „Keine Sorge, ich kenne dich sehr gut. Du würdest deinen schönen Körper nicht an einen Normannen wegwerfen, wenn du dir nicht etwas davon versprächest. Du bist kalt und berechnend, das hat Vorgen immer gesagt. Ihn hast du verhext, und nun hast du Radulf verhext."

Lily staunte über das Maß seiner Dummheit. Vorgen hatte keine Ahnung gehabt, wer sie eigentlich war, und falls er verhext gewesen sein sollte, so gewiss nicht von ihr. Aber Hew hatte ihm geglaubt, er hatte nie die Qualen in Lilys Augen gesehen. Auch Radulf glaubte die Lügen, die Vorgen über sie verbreitet hatte. Eine Mischung aus Enttäuschung und Zorn stieg in Lily hoch, die sie rasch verdrängte.

Dies war kaum der richtige Zeitpunkt, um bitteren Empfindungen Ausdruck zu verleihen. Sie musste einen klaren Kopf bewahren.

„Ich habe dich beobachtet an jenem Morgen, als der Trupp das Feldlager in Grimswade verließ", fuhr Hew fort. „Und mir ist Radulfs fürsorgliche Haltung dir gegenüber aufgefallen. Du hast ihm einen ziemlich üblen Streich gespielt, Lily. Er wird sich vor William dem Bastard verantworten und ihm erklären müssen, wieso er mit der Frau, die er festnehmen sollte, tagelang gemächlich durch die Gegend geritten ist. Du hast vermutlich dazu beigetragen, dass sein Stern bald verlischt!"

Lily gab sich achselzuckend den Anschein von Gleichgültigkeit, als sei sie so kalt und berechnend, wie Hew zu glauben schien. In seinen Augen leuchtete ein anerkennendes Funkeln, und Lily fragte sich beklommen, wie ein Mann eine Frau bewundern konnte, die andere Menschen durch Lüge und Betrug für ihre ehrgeizigen Pläne benutzte.

Er war weit schlimmer, als sie ihn in Erinnerung hatte.

„Hilf mir, die Stute zu satteln", bat sie kühl, weder ihre Stimme noch ihre Haltung verrieten ihr wundes Herz.

Hew nickte lächelnd. „Wenn du heute Nacht nicht in den Stall gekommen wärst, hätte ich dich geholt", sagte er und zurrte den Sattelgurt fest. „Meine Leute warten hinter der Hügelkuppe. Ich traue ihnen nicht mehr seit Grimswade. Die Kerle sind Dummköpfe."

Lily flüsterte beruhigend auf die nervös wiehernde Stute ein und führte sie zum Stalltor. In der stockdunklen Nacht war kein Geräusch zu hören. Alle im Kloster schienen zu schlafen. Hew half Lily in den Sattel und führte die Stute am Zügel zum Pförtnerhaus, das sich als schwarzer Umriss vom sternenklaren Himmel abhob.

„Ich konnte einen Laienbruder überreden, mir das Tor zu öffnen", murmelte Hew, der offensichtlich stolz auf seine List war. „Ich gab mich als dein Ehemann aus und behauptete, Radulf habe dich entführt. Er glaubte mir. Kein Wunder, bei Radulfs schlechtem Ruf."

„Und du warst schon immer ein überzeugender Lügner."

Hew, der ihre Worte als Kompliment auffasste, lachte leise. „Eigentlich ist es gar nicht gelogen. Ich werde dich heiraten, Lily. Wir sind ein ideales Paar. Weit besser als Vorgen und du – er wusste nichts über unser Volk."

„Ich entsinne mich, dass mein Vater ähnliche Worte zu dir sagte, bevor du ihn verraten hast."

Hew blickte zu ihr auf, sein Gesicht wurde vom Mondlicht erhellt. Ihre Worte missfielen ihm. Er mochte es nicht, wenn man ihn an seinen heimtückischen Verrat erinnerte. Es war nicht klug von ihr, ihn wissen zu lassen, dass sie das nicht vergessen hatte.

Plötzlich hatte Lily Angst vor ihm.

Nie hätte sie gedacht, Angst vor Hew haben zu müssen, den sie einst geliebt hatte und den sie nun verabscheute. Aber immerhin kannte sie Hew ihr ganzes Leben lang. Erst jetzt schoss es ihr durch den Sinn, dass Hew ein gefährlicher, ihr keineswegs wohlgesinnter Mann war. Zum gegenwärtigen Zeitpunkt brauchte er sie, weil König Malcolm sie gerne als Anführerin einer Rebellenarmee sehen würde, doch sobald Hew seine Soldaten von ihm bekommen hatte …

Das Pförtnerhaus lag direkt vor ihnen. Hew holte sein Pferd

aus dem Versteck hinter einem Gebüsch, schwang sich in den Sattel und nahm Lilys Zügel wieder auf. Er bedachte sie mit einem dunklen Blick. Auch er misstraute ihr.

Ein Mann, der so oft Betrug und Verrat an Menschen begangen hat wie Hew, misstraut wohl jedem anderen, überlegte Lily bitter.

„Wir reiten zur Küste“, erklärte er leise, als sie den Hügel hinunterritten. „Dort liegt ein Boot bereit. Wir segeln nach Norden. Das ist sicherer und schneller als der Landweg.“

„Wie du meinst.“ In Lily breitete sich eine dumpfe Leere aus. Ihr war, als lasse sie ihre Zukunft hinter sich. Eine Zukunft mit Radulf.

Warum nur hatte sie sich ihm nicht anvertraut, als sich die Gelegenheit dazu geboten hatte? Hätte sie es getan, wäre sie jetzt nicht in dieser ausweglosen Situation. Radulf war zwar ihr Feind, aber Lily hatte in seiner Gegenwart bisher nie Angst um ihr Leben gehabt.

Bei Hew war sie sich dessen keineswegs sicher.

Als habe er ihre Gedanken gelesen, murmelte Hew: „Wenn ich nur mehr Männer hätte, hätte ich Radulf getötet. Zu gern hätte ich ihm im Schlaf mit deinem Dolch die Kehle aufgeschlitzt.“ Er drehte sich ihr feixend zu. „Besser noch: Ich hätte ihn geweckt und ihm dein Gesicht gezeigt, damit er begriffen hätte, dass wir ihn überlistet haben, bevor ich ihm die Kehle durchgeschnitten hätte.“

Lily schloss die Augen. Sie sah Radulf vor sich, seine schwarzen Augen leuchteten warm, seine sinnlichen Lippen lächelten. Ihr Atem ging stoßweise.

Plötzlich ein metallisches Klirren, das Singen eines Schwertes, das aus der Scheide gezogen wurde.

Hew riss sein Pferd scharf herum, der Gefahr entgegen.

Und dann zerriss plötzlich ohrenbetäubender Lärm die nächtliche Stille.

Aus allen Richtungen stürmten brüllende Soldaten auf die beiden Reiter ein. Rüstungen und Klingen blitzten im Mondlicht auf.

Hew schrie gellend: „Lily! Lauf!“ Er versetzte ihrer Stute einen klatschenden Schlag gegen die Flanke. Statt aber loszugaloppieren, stieg das Pferd hoch, vor Schreck und Wut wiehernd. Lily wurde aus dem Sattel geworfen und landete unsanft auf der Erde.

Die Wucht des Aufpralls nahm ihr den Atem. Sie lag mit dem Gesicht im Matsch. Ihr Umhang bauschte sich um sie. Irgendwo zu ihrer Rechten schlug Hew auf seinen Gaul ein und galoppierte durchs Tor auf die Klosterbauten zu. Ein wütender Haufen normannischer Soldaten folgte ihm in die Dunkelheit.

Zwei große, kraftvolle Hände umfingen Lily und zerrten sie grob auf die Füße. Sie taumelte und wurde festgehalten.

Wie in einem Albtraum hob Lily benommen den Kopf und begegnete ihrem Rächer.

Er glich wahrlich einem Riesen aus einem Albtraum, türmte sich drohend über ihr auf, sein gepanzerter Brustkorb hob und senkte sich mit jedem keuchenden Atemzug. Sie konnte sein Gesicht unter dem Helm nicht erkennen, sah nur das wilde Funkeln seiner Augen.

Und dennoch war sie erleichtert.

„Er hatte Recht“, knurrte seine tiefe, vertraute Stimme. „Du hättest laufen sollen.“

Lily schwieg und wich seinem Blick aus. Sie fühlte sich wie zerschlagen. In ihrem Kopf pochte ein stechender Schmerz. Kalte Angst lähmte sie.

„Meine Kundschafter wussten, dass wir seit Grimswade verfolgt werden", sagte Radulf. „Und ich fragte mich nach dem Grund."

„Jetzt kennt Ihr den Grund."

„Ja, jetzt kenne ich ihn."

„Mylord!" Ein Soldat kam keuchend angelaufen. „Er ist uns entwischt."

Radulf schaute Lily durchdringend an. „Sucht den Kerl." Er packte sie an den Armen und zog sie grob an sich. Lily spürte seine Körperwärme und seine unbändige Kraft, die sie nun nicht mehr als tröstlich empfand.

„Ihr seid keine normannische Lady." Seine Stimme war tief und schneidend. „Ihr habt Euch nicht auf dem Weg von der Grenze nach Rennoc befunden. Ich habe Jervois vorausgeschickt, um mit Edwin zu sprechen. Er kehrte gestern zurück. Edwins Tochter Alice ist bei ihrem Vater in Rennoc. Ich kannte Eure Lügen, Lady, bevor wir Selby erreichten. Ich habe Euch aufgefordert, die Wahrheit zu sagen, aber dazu wart Ihr nicht bereit."

„Ich war nicht fähig dazu", flüsterte Lily und stemmte ihre Hände gegen seinen Kettenpanzer. „Alice weiß nichts davon."

„Wer seid Ihr?" Radulfs Finger schlossen sich eisern um ihre Hand, bis der Habichtsring schmerzhaft in ihr Fleisch schnitt. Lily schrie auf.

Er lockerte den Griff. Sie hatte bisher keinen Ring getragen. „Was ist das?"

Radulf hob ihre Hand und bemerkte das Aufblitzen von Gold. Er rief nach Licht. Ein Soldat rannte mit einer Fackel herbei und hielt sie auf Radulfs Befehl hoch. Der beißende Rauch trieb Lily Tränen in die Augen, aber sie machte keine Anstalten, ihm ihre Hand zu entziehen. Sie fühlte sich beinahe erleichtert. Keine Lügen mehr, kein Versteckspiel. Der unausweichliche Augenblick der Wahrheit war gekommen.

Radulf beugte sich über das rot glühende Auge des Habichts und erstarrte.

„Lady Wilfreda ist gar nicht untergetaucht“, hörte sie seine zornbebende Stimme. „Sie ist hier. Bei mir.“

„Ja.“

Er hob den Kopf, und sie fürchtete, er würde zuschlagen. Seine Stimme drang schneidend an ihr Ohr. „Was war Euer Plan, Lady? Mich zu ermorden? Mir Euren Dolch ins Herz zu stoßen? Es hat Euch gewiss belustigt, Radulf in die Irre geführt zu haben.“

Lily schüttelte den Kopf. Was immer er von ihr hielt, über diesen Punkt musste sie ihn aufklären. „Nein, Radulf. Ich hatte nie die Absicht, Euch zu überlisten. Bitte glaubt mir.“

Er beugte sich näher, sein Atem fuhr ihr heiß ins Gesicht. Seine schwarzen Augen glitzerten wie Onyx. Seine bebende Stimme verriet das ungeheure Maß an Selbstbeherrschung, das er sich auferlegte. „Ich mag zwar ein Narr gewesen sein, aber als Hure warst du ausgezeichnet!“

Lily fuhr taumelnd zurück. Konnte er die Aufrichtigkeit in ihren Augen nicht lesen? Nein, er konnte und wollte nichts sehen. „Ich bin keine Hure“, entgegnete sie dumpf. „Das wisst Ihr genau.“

Er nahm die Hände von ihr, als habe er sich an ihr verbrannt. „Nein, dich als Hure zu bezeichnen, wäre eine Beleidigung für alle ehrbaren Huren.“

Zorn wallte in ihr auf. Schmerz und Angst und Kränkung vereinten sich zu einem glühenden Klumpen in ihrer Magengrube, der sie zu verzehren drohte. Wieso hatte sie je in diesem Mann eine Spur von Güte vermutet? Wie konnte sie sich je vorgestellt haben, zwischen ihm und ihr gäbe es einen Hauch von Zärtlichkeit? Er war Radulf, ihr Feind. Er hasste sie.

Und sie hasste ihn.

In blindem Zorn nestelte Lily an ihrem Gürtel und fand den Dolch. Sie wollte ihn töten, ihm die Klinge ins Herz stoßen – aber er hatte ja gar kein Herz! Sie zog die Waffe und stieß zu, Radulf wehrte den Angriff blitzschnell ab, die Klinge streifte seinen Daumen.

Warmes Blut tropfte auf Lilys Kleid, und Radulf lachte höhnisch. „Aha, das ist die echte Lily!" funkelte er sie an.

Lily gefror das Blut in den Adern. Sie erbleichte und überließ ihm kraftlos den Dolch. Übelkeit stieg in ihr hoch vor Entsetzen über ihren Wutausbruch und den Anblick des Blutes. Radulf steckte das Messer in den Gürtel, ohne die Wunde an seinem Daumen zu beachten.

„Nein, verlogene Lady", höhnte er, ohne den Blick von ihr zu wenden. „Ich bin noch nicht bereit zu sterben. Zuerst werde ich mit Euch abrechnen, so wie ich es mir vorgenommen hatte."

Sie öffnete den Mund, war aber unfähig, ein Wort hervorzubringen.

Radulf hatte sich bereits abgewandt. „Nehmt sie fest!" befahl er dröhnend. „Bei Tagesanbruch reiten wir nach York – zu König William!"

9. KAPITEL

In Radulf tobte ein Aufruhr, wie er ihn noch nie erlebt hatte, ein Feuersturm, der sein Fleisch versengte, seine Eingeweide verätzte, glühende Pfeile in seinen Kopf bohrte. Er ritt stundenlang in sich gekehrt, nahm nichts von seiner Umgebung wahr, lodernd vor Zorn, der ihn verzehrte.

Es half nichts, sich vor Augen zu führen, dass er längst gewusst hatte, dass sie eine Lügnerin war, noch bevor sein Hauptmann die Kunde aus Rennoc gebracht hatte. Es half auch nichts, dass er ihr absichtlich eine Falle gestellt hatte. Er hatte sich verzweifelt gewünscht, sich zu irren! Während er mit seinen Soldaten vor den Toren des Klosters auf der Lauer gelegen hatte, hatte er immer noch gehofft, hatte sich immer noch eingeredet, es müsse eine harmlose Erklärung für all das geben, es müsse sich um ein Missverständnis handeln.

Was für ein Narr war er nur gewesen!

Henry würde ihn schallend auslachen!

Radulf, der Hofnarr des Königs!

Der Tölpel, der sich von dem Teufelsweib, Vorgens hinterhältiger Witwe, um den Finger wickeln ließ. Das Weibsstück, nach dem er den Norden wochenlang durchkämmt hatte, das er unbedingt hatte finden müssen.

Radulf biss knirschend die Zähne aufeinander. Seine Männer hielten furchtsam Abstand von ihm, was er gar nicht bemerkte. Ihm fiel wieder ein, wie Lily unter ihm vor Lust geschluchzt hatte, wie ihr Körper von Zuckungen geschüttelt worden war, er sah die Zärtlichkeit in ihren Augen … Sie war wahrhaftig eine Hexe, die ihn mit einem Zauberbann belegt hatte.

Der Wahnsinn hatte von ihm Besitz ergriffen, dass er ihr trotz aller Warnzeichen Vertrauen geschenkt hatte. Welcher Irrsinn war immer noch in ihm, dass er sich wünschte, sie hätte ihm freiwillig die Wahrheit gesagt?

Und was hättest du getan? Hättest du sie dann laufen lassen? Damit sie zu ihrem Liebhaber geflohen wäre? Zu diesem … diesem Hew?

Radulf hatte Jervois beauftragt, Lily nach dem Namen des entflohenen Mannes zu fragen – er selbst hatte es nicht über sich gebracht.

Und Jervois hatte ihm mit düsterer Miene berichtet, Hew sei Lilys Vetter, der gekommen war, um sie zu befreien.

„Sie versuchte nicht, irgendwelche Ausflüchte zu machen“, hatte Jervois mit unstetem Blick erklärt. Offensichtlich fürchtete er, sein Herr könne die eiserne Beherrschung verlieren und sich zu einer folgenschweren Unbesonnenheit hinreißen lassen. „Sie trug mir auf, Euch mitzuteilen, sie wünschte von ganzem Herzen, es wäre ihm gelungen.“

Radulfs Augen verengten sich zu schmalen Schlitzen. Zweifellos wünschte sie sich, bei ihrem Liebhaber zu sein. Aber er würde dafür Sorge tragen, dass sie den Kerl nie wiedersah. Erst wollte er sie töten oder … oder sie für den Rest ihres Lebens in sein Burgverlies auf Crevitch werfen. Ja, dieser Gedanke war reizvoll. Als seine Gefangene wäre sie seiner Gnade völlig ausgeliefert. Besser noch, er konnte sich weiterhin an ihren körperlichen Reizen erfreuen, konnte sie für sich allein behalten, brauchte sie nicht mit ihrem Liebhaber zu teilen.

Aber er ist nicht ihr Liebhaber.

Dieser kalte Gedanke bohrte sich in seine hitzigen Wahnvorstellungen.

Radulf furchte die Stirn, und allmählich flaute der Sturm seines Zornes ab. Seine wirren Gedanken, die sich wie Schlangengezücht in seinem Kopf wanden, begannen sich zu beruhigen. Er fragte sich, ob er sich in der Hitze seiner Leidenschaft ihre Unberührtheit nur eingebildet hatte. Aber nein, es gab keinen Zweifel, er hatte den Widerstand gespürt, hatte das Blut gesehen. Und sie hatte ihm ihre Unberührtheit erklärt.

Mein Gemahl war ein alter Mann.

Vorgen war ein alter Mann.

Er war unfähig, die Ehe zu vollziehen.

Radulf entsann sich der Gerüchte, die schon vor Hastings über Vorgens Impotenz im Umlauf gewesen waren.

Sie hatte also nicht mit jedem Wort gelogen.

Als sie gesagt hatte, sie verzehre sich nach ihm, begehre ihn, war das Lüge oder Wahrheit gewesen?

Radulf schüttelte gereizt den Kopf. Und was änderte das an der ganzen Sache? Was sollten diese Haarspaltereien? Sie war Lady Wilfreda, darum ging es. Der Befehl des Königs lautete, sie ausfindig zu machen und auszuliefern.

Ein Befehl, den er mit Freuden befolgen würde.

In diesem Augenblick zügelte Jervois sein Pferd neben ihm und handelte sich einen Blick ein, der einem weniger gefestigten Mann das Blut in den Adern hätte gefrieren lassen. „Mylord", begann der Hauptmann mit belegter Stimme, „ich bitte um Verzeihung, aber die Lady verweigert Essen und Trinken. Sie wird noch krank werden. Ich fürchte, wenn wir York erreichen, ist sie zum Skelett abgemagert, falls sie die beschwerliche Reise überhaupt übersteht ..."

Radulf hörte seinem Hauptmann nicht mehr zu. Sein ruheloser Blick schweifte über die müden verdreckten Gesichter seiner Soldaten und heftete sich auf die Urheberin seines Zorns.

Lily ritt umringt von schwer bewaffneten Wachsoldaten. Lady Wilfreda, verbesserte Radulf sich in Gedanken. Möge ihre Seele in der Hölle schmoren dafür, dass sie ihn so hinterhältig zum Narren gehalten und ihn dazu verführt hatte, ihr sein wundes Herz zu öffnen, nur um ihn mit ihren Lügen noch tiefer zu verletzen. Sie war eine böse, hinterhältige Hexe. Genau wie Anna. Sie war …

„Mylord?“ wiederholte Jervois geduldig.

Lily begann im Sattel zu schwanken. Das silberhelle Haar hing ihr in wirren, glanzlosen Strähnen ins kalkweiße Gesicht. Ihre linke Wange war von einer blutverkrusteten Schürfwunde entstellt, die sie sich beim Sturz vom Pferd während ihres Fluchtversuchs zugezogen hatte.

Ihr jammervoller Anblick konnte Radulf nicht erweichen. Im Gegenteil, sein Zorn flammte erneut auf wie ein Dämon, der ihm im Nacken saß und auf ihn einpeitschte. Plötzlich konnte er das alles nicht mehr ertragen.

„Halt!“

Die Männer gehorchten erschrocken seinem donnernden Befehl, zügelten jäh die Pferde, die hochstiegen und schnaubend tänzelten. Männerfäuste umschlossen die Schwertgriffe, bereit zum Angriff.

„Ruhig Blut“, beschwichtigte Radulf seine Leute mürrisch, als er erkannte, was er angerichtet hatte. Er ließ den Blick wieder über die erschöpften Gesichter schweifen, als sähe er sie zum ersten Mal. „Wir machen eine kurze Rast.“

Die dankbaren Blicke der Soldaten entgingen ihm nicht, doch keiner sagte ein Wort. Radulf schwang sich aus dem Sattel und stapfte nach hinten zu Lily, die immer noch vornübergebeugt im Sattel saß.

Lily beobachtete ihn starr. Ihre geröteten Augen brannten, weil sie zu wenig schlief. Ihr bleiches Gesicht wirkte abgezehrt. Aber sie weigerte sich, ihm ihre Erschöpfung zu zeigen, umfing die Zügel mit festem Griff, um sich das Zittern ihrer Hände nicht anmerken zu lassen.

Als Radulf sie erreichte, hob er sie brüsk aus dem Sattel. Da ihre Hände gefesselt waren, konnte sie sich nicht gegen seinen Zugriff wehren, versteifte sich nur und leistete passiven Widerstand. Als Radulf sie auf die Erde stellte, streiften ihre Brüste ihn. Diese Berührung und seine kraftvollen Hände um ihre schmale Taille erschütterten ihre mühsam errichtete Abwehr, und es kostete sie alle Kraft, um ihm nicht an die Brust zu sinken. Sie war so sehr damit beschäftigt, Stärke zu zeigen, dass sie nicht bemerkte, wie sanft er sie auf die Füße stellte.

Schwarze Augen senkten sich in ihre grauen. Zorn und Eis prallten aufeinander. Vielleicht war es die stolze Kälte in ihren Augen, die in groteskem Widerspruch zu ihrem jammervollen Zustand stand und dazu führte, dass Radulfs Zorn schmolz. Als er sich an Jervois wandte, klang seine Stimme beinahe sanft. „Hat sie gar nichts gegessen und getrunken?"

Jervois war seinem Herrn gefolgt. „Nein, Mylord", antwortete er atemlos. „Sie verweigert Essen und Trinken."

Radulf knurrte. Er hob Lilys Hände, prüfte die Fesseln und sah die blutigen Striemen, wo die rauen Jutefasern ihre zarte Haut aufgerieben hatten. Seine Eingeweide krampften sich zusammen. Sie ließ seine Untersuchung hochmütig und gleichgültig über sich ergehen wie eine Königin. Es kostete ihn Mühe, dem wilden Drang zu widerstehen, sie in die Arme zu ziehen und sie so lange umschlungen zu halten, bis diese stolze Fremde verschwunden war und seine süße Lily wieder zum Vorschein kam, das schöne Mädchen aus der Dorfkirche in Grimswade.

Hastig verwarf er diesen Gedanken.

Er durfte sich nicht gehen lassen. Diese Wesensseite in ihm, die ihn so sehr an seinen Vater erinnerte, wünschte sich nichts sehnlicher, als jede Vorsicht in den Wind zu schlagen, aber Radulf der Krieger durfte diesem Drang nicht nachgeben.

Er zog ihren juwelenbesetzten Dolch aus seinem Gürtel und schnitt ihr die Fesseln durch. Lily beobachtete ihn dabei mit großen Augen.

„Nun esst!" befahl er eisig, machte auf dem Absatz kehrt und entfernte sich.

Lily schaute ihm nach.

Ihre Glieder schmerzten, jeder Pulsschlag stach in ihren Schläfen, aber am schlimmsten war der schreckliche Schmerz in ihrem Herzen. Obgleich sie gewusst hatte, was geschehen würde, wenn er die Wahrheit erfuhr, hatte sie in einem geheimen Winkel ihres Herzens gehofft, dass er sie irgendwie verstehen und ihr verzeihen würde.

Wie konnte sie so blind gewesen sein? Radulf war ein normannischer Ritter, dem die Pflicht über alles ging. Er würde sie vor seinen König bringen und sie auf dem Altar seines eigenen Stolzes opfern.

Es wäre besser gewesen, du wärst mit Hew geflohen.

Lily schüttelte den Kopf. Nein, nie wieder könnte sie mit diesem Mann zusammen sein. Sie wusste nicht, ob sie über Hews Flucht erleichtert oder besorgt sein sollte. Einerseits war sie froh, dass Hew entkommen war, andererseits bereitete ihr der Gedanke Kummer, dass er weiterhin sein Unwesen im Norden trieb und das Volk zur Rebellion anstachelte.

„Lady, nur zu", murmelte eine Stimme aufmunternd. „Ihr müsst essen und trinken, um bei Kräften zu bleiben."

Lily setzte gehorsam den Becher mit Wasser an die Lippen, den Jervois ihr in die Hand drückte. Der Mann führte sie zu einem flachen Felsen und zwang sie mit sanftem Druck, sich zu setzen. Ein kalter Wind zerrte an ihrem Umhang und schlug ihr die Haare ins Gesicht. Jervois nahm ihr den Becher aus der Hand und gab ihr Brot und Käse. Lily kaute bedächtig und starrte ins Leere.

„Gut." Jervois nickte, musterte sie eine Weile, bevor sein Blick in Radulfs Richtung wanderte. Der Normanne stand breitbeinig mit gestrafften Schultern da und blickte in die Ferne. Jervois ließ die Schultern hängen, als drücke ihn eine unsichtbare schwere Last. Diese Situation erschien ihm zermürbender und bedrohlicher als jede Schlacht, die er bisher gefochten hatte.

Er stand nun seit vier Jahren in Radulfs Diensten und kannte seinen Zorn zur Genüge. Aber so außer sich hatte er ihn noch nie erlebt. Und das alles wegen einer Frau! Zugegeben, einer ausnehmend hübschen Frau. Jervois hatte sich allerdings nie sonderlich wohl in Gesellschaft von Frauen gefühlt. Wieder betrachtete er die Lady, die nun nicht mehr so bleich und erschöpft aussah wie vorhin, als er befürchtet hatte, dass sie ohnmächtig vom Pferd sinken würde. Radulf hatte ein mörderisches Tempo vorgelegt, war geritten, als sei der Teufel hinter ihm her. Jervois aber hatte das unangenehme Gefühl, sein Herr würde ihn zur Verantwortung ziehen, falls die Lady zusammenbrach, bevor der Trupp York erreichte.

Ihn traf zwar keine Schuld, aber Jervois hatte längst erkannt, dass Vernunftgründe nicht zählten, wenn es um das schwache Geschlecht ging. Ihm jedenfalls war ein ehrlicher Kampf lieber – Mann gegen Mann. Er fühlte sich im Krieg wohler als mit dem Lächeln einer Dame.

Und dennoch … plötzlich tauchte das Bild einer hübschen Frau mit goldenen Haaren und strahlend blauen Augen vor ihm auf. Alice of Rennoc. Während seines kurzen Besuches hatte er sie gesehen, mit ihr gesprochen, und sie war ihm in lebhafter Erinnerung geblieben. Immer wieder kehrten ihre Worte, der Klang ihrer Stimme in sein Gedächtnis zurück.

„Gewiss hatte Lady Lily gute Gründe für ihre Handlungsweise", hatte Alice auf seine Fragen erwidert und mit ihren Worten Loyalität und Freundschaft bewiesen, zwei Tugenden, die er respektierte.

Während Jervois über die Widersprüche im Leben grübelte, schalt Lily sich ihrer Dummheit. Ausgerechnet sie, die auf Vorgens Burg ständiger Gefahr ausgesetzt gewesen war, hatte sträflich leichtsinnig gehandelt. Die Tatsache, dass Radulf keine Wache vor ihre Kammertür im Kloster postiert hatte, hätte in ihr sofort den Verdacht wecken müssen, dass er ihr eine Falle stellte. Wie ein listiger Wolf hatte er sie belauert und sich im richtigen Moment auf sie gestürzt.

Lily bezweifelte, dass er von einer Mutter aus Fleisch und Blut geboren worden war. Es war gut denkbar, dass ein mächtiger Waffenschmied ihn aus Eisen geschmiedet und ein Dämon ihm Leben eingehaucht hatte.

Dieser Mann hatte kein Herz. Der Funke der Belustigung in seinen Augen, kurz bevor er ihr die Fesseln durchtrennt hatte, war der eindeutige Beweis. Kein Mann mit gesundem Menschenverstand könnte an einer solchen Situation irgendetwas belustigend finden.

Wieder brannten Tränen in ihren Augen. Sie hatte alles verloren und vertraute nichts und niemandem mehr. Gerade als sie begonnen hatte, sich in Sicherheit zu wiegen, waren all ihre Hoffnungen zerplatzt, und sie war wieder mutterseelenallein. Vielleicht würde sie ihr ganzes Leben allein sein; vielleicht hatte ein böser Fluch sie dazu verdammt.

Lily wusste, dass sie sich nicht in sinnlosem Lamentieren über ihr trauriges Schicksal verlieren durfte und stattdessen darüber nachdenken sollte, was sie zu ihrer Verteidigung vorbringen würde, wenn sie König William gegenüberstand. Sie fürchtete zwar nicht, dass sie zusammenbrechen und um Gnade winseln würde. Sie hatte immer Mut bewiesen, wenn Vorgen ihr gedroht hatte, und William konnte nicht schlimmer sein als er. Aber sie fühlte sich wie betäubt und konnte keinen klaren Gedanken fassen.

Die hohen Palisaden von York wurden von der späten Nachmittagssonne beleuchtet, Dächer und Türme hinter der Umzäunung wirkten wie in Gold getaucht. Die Stadt war wunderbarerweise während der vielen feindlichen Belagerungen von Plünderungen und Brandschatzung verschont geblieben.

Vor langer, langer Zeit hatten die Römer die Ansiedlung eingenommen und wieder verlassen. Unter den Wikingern und Dänen hatte die Ansiedlung den Namen Jorvic erhalten, die Nordmänner brachten der Stadt durch Handel und Schiffsverkehr Wohlstand. Später wurde York die Hauptstadt des angelsächsischen Königreichs Northumbria. Nun war York von den Normannen besetzt, und William hatte sie zu seinem Zentrum im Norden gemacht. York war nach London die zweitwichtigste Stadt im Inselreich Britannien.

Die Stadt lag zwischen den Flüssen Ouse und Fos, die sie wie zwei silberne Arme umschlossen. An den Ufern des breiten Ouse lagen Handelsschiffe vor Anker. Händler, Seeleute und Geldwechsler gingen in den Straßen am Hafen ihren Geschäften nach. Auf einem künstlich aufgeschütteten Erdhügel thronte der mächtige Wehrturm von König Williams Burg. Am anderen Ufer des Ouse ließ William eine zweite Steinfestung erbauen, da die ständigen Unruhen im Norden zusätzliche Schutzmaßnahmen notwendig machten.

Radulfs Soldatentrupp hatte die Stadt fast erreicht, als Lily eine schwere Eisenkette bemerkte, die vor dem Stadttor quer über die Straße gespannt war und den Zugang versperrte. Wachen standen an der Sperre und auf den beiden Türmen des Tores dahinter.

Seufzend drückte sie den schmerzenden Rücken durch. Verglichen zum anfänglich halsbrecherischen Tempo war die Reise in den letzten Tagen beinahe gemächlich verlaufen. Lily hatte gehört, wie ein paar Soldaten sich erleichtert darüber geäußert hatten, dass ihr Anführer sich endlich beruhigt habe.

Lily war anderer Meinung.

Radulfs Zorn hatte sich nur in seinen Eingeweiden festgefressen, wo er weiter brodelte. Lily hatte ihn mit ihren Lügen aussehen lassen wie ein Narr, und das konnte schließlich kein Normanne verkraften.

Nein, der Zorn kochte immer noch in ihm, und Lily würde ihn demnächst zu spüren bekommen.

Nachdem Radulf ihr die Fesseln durchtrennt hatte, verweigerte Lily nicht länger die Nahrungsaufnahme. Radulf hatte ihr die Fesseln nicht aus Güte oder Mitleid abgenommen, das war ihr vollkommen klar. Er wollte sie lediglich einigermaßen bei Kräften wissen, wenn er sie dem König vorführte. Sie sollte klar im Kopf sein und alles genau hören und sehen, wenn ihr die Strafe verkündet wurde. Hätte sie nicht freiwillig gegessen und getrunken, hätte er sie mit Gewalt dazu gezwungen.

Die grausamen Vorwürfe, die er ihr in jener Nacht im Kloster gemacht hatte! Seine hochmütige Weigerung, sich ihre Erklärungen anzuhören …

Mühsam schluckte Lily, um nicht an ihrem Kummer und Zorn zu ersticken.

Hätte sie Radulf doch gleich bei ihrer ersten Begegnung in der Kirche von Grimswade die Wahrheit gesagt, dann hätte sie nie den kurzen Blick ins Paradies getan und müsste jetzt nicht leiden.

Dicht aneinander gedrängt passierten die Soldaten Bootham Gate. Ein paar zerlumpte Bettler gafften dem bewaffneten Trupp nach, der hufeklappernd die Hauptstraße entlangritt, vorbei an strohgedeckten Holzhäusern und einer Steinkirche. Die würzigen Gerüche von Spezereien, Räucherfleisch und Fisch, die in Holzbuden angeboten wurden, mischten sich mit dem üblen Gestank tierischer und menschlicher Exkremente. Verwundert stellte Lily fest, dass Radulf den Trupp nicht den Hügel hinauf zu Williams Burg führte, sondern in eine schmale Gasse einbog. Notgedrungen rückten die Reiter noch näher an Lily heran. Der Schweißgeruch der Männer stieg ihr beißend in die Nase. Über dem Lärm der klappernden Pferdehufe hallte Radulfs Befehl anzuhalten.

Der Zug hielt an, die Pferde schnaubten, die verdreckten Gesichter der Soldaten wirkten von den Strapazen der beschwerlichen Reise abgestumpft und leer.

Radulf hatte die Soldaten vor einem Gasthof anhalten lassen. Jervois hörte aufmerksam zu, was sein Herr ihm mitzuteilen hatte. Zwischen den beiden Männern lag eine sichtliche Spannung, die sich auch auf Radulfs schwarzes Schlachtross zu übertragen schien, das übellaunig mit den großen Hufen stampfte und heftig mit dem Kopf nickte.

Radulf sprach lange eindringlich auf den bedächtig nickenden Jervois ein, dessen Miene verblüffte Sprachlosigkeit erkennen ließ. Dann drehten beide Männer sich um, Radulf mit versteinertem Gesicht, Jervois mit deutlichem Widerstreben, und beide schauten Lily direkt ins Gesicht.

Sie hielt den Atem an, ahnte, dass etwas Ungeheuerliches geschehen würde. Radulf wendete sein Pferd und ritt in beängstigender Entschlossenheit auf sie zu. Lily blickte ihm tapfer entgegen, das Herz schlug ihr wie ein Hammer gegen die Rippen, das Atmen fiel ihr schwer. Am liebsten wäre sie geflohen. Er brachte den gereizten Hengst dicht neben ihrer Stute zum Stehen und guckte sie finster an. Im ersten Moment begriff sie nicht, dass seine nächsten Worte nicht an sie, sondern an seine Männer gerichtet waren.

„Besetzt das Gasthaus. Wir übernachten hier und brauchen das ganze Haus."

Erleichterung. Eine riesige Woge der Erleichterung drohte die dürftigen Mauern aus Mut und Stolz, die Lily mühsam um sich errichtet hatte, zum Einsturz zu bringen. Irgendwie schaffte sie es, Radulfs stechenden Blick herausfordernd zu erwidern.

„Das ist eine Herberge, Lady", sagte er mit einem Anflug von Spott. „Der einzige Grund zur Sorge könnten der Zustand der Betten und die Sauberkeit der Küche sein."

Er wollte sich abwenden, doch Lily richtete hastig das Wort an ihn. „Mylord, wann bringt Ihr mich zum König? Ich möchte mit ihm sprechen."

Radulf musterte sie forschend. Plötzlich schoss ihr der Gedanke durch den Kopf: Er verweigert mir die Bitte. Mit einem kalten Lächeln wird er ablehnen, so wie Vorgen Gefallen daran gefunden hatte, die geringste meiner Bitten abzulehnen.

Erst in diesem Moment kam Lily klar zu Bewusstsein, welch große Hoffnungen sie auf eine persönliche Begegnung mit dem König setzte.

Radulf schien die bangen Zweifel in ihren Augen zu lesen. Er lächelte dünn. „Nein, Lady Wilfreda", knurrte er leise. „Ich bin weder ein Monster noch ein Tyrann. Ihr werdet König William bald treffen."

Er schien auf ein Wort des Dankes zu warten, Lily aber war unfähig zu sprechen.

„Ich lasse Euch in der Obhut meines treuen Jervois, dem ich vertraue wie einem Bruder. Er wird Euch vor einer Unbesonnenheit bewahren."

Sie war den Tränen so nah, dass sie sich in Sarkasmus flüchtete, um ihre Schwäche zu verbergen. „Welche Unbesonnenheit, Mylord? Ich bin allein und ohne Freunde und stelle wohl kaum eine Gefahr für Euch und Euren König dar."

Er beugte sich seitlich aus dem Sattel. „Aber Ihr seid eine Gefahr für mich, Lady."

Lily begriff sofort den Sinn seiner Worte; das Verlangen nach ihr brannte in seinen Augen. Doch schon saß Radulf wieder aufrecht im Sattel mit finster umwölkter Stirn und zornfunkelndem Blick, als machten seine Gefühle ihn ebenso wütend, wie sie Lily verwirrten.

„Tut, was Jervois Euch sagt, Lily, und es wird Euch kein Leid geschehen."

Was meinte er damit? Wie könnte sie je bei Radulf und seinen Männern sicher sein?

Er war ihr Feind!

Oder etwa nicht?

Radulf gab seinem Pferd die Sporen und galoppierte die schmale Gasse entlang. Er beachtete den Mann nicht, der die Straße überqueren wollte, erschrocken zurückwich und fluchend im Schmutz landete. Radulf verfluchte sich selbst. Er war ein Narr, das wusste er. Aber er konnte nichts daran ändern, genauso wenig wie er die Arme ausbreiten und fliegen konnte.

Er schnaubte angewidert. Er hatte ihr nicht verziehen, so weit ging seine Verrücktheit dann doch nicht! Ihre Niedertracht, ihre Lügen würden ihn sein ganzes Leben verfolgen. Doch daran durfte er im Moment nicht denken.

Aus Loyalität zu seinem König hatte er Lily in Gefahr gebracht. Und wenn er sie dem König aushändigte, würde er sie verlieren.

William würde sie in den Kerker werfen.

Und dort würde er sie dann vergessen, oder er würde sie mit einem machthungrigen Edelmann verheiraten, der es auf ihr Land abgesehen hatte – mit einem Widerling wie Alan de Courcy beispielsweise, dem sabbernden Fettwanst, oder mit Robert Pearmaine, dem nachgesagt wurde, er quäle Frauen, ohne Spuren zu hinterlassen …

Ein Frösteln durchlief Radulf; alles in ihm sträubte sich dagegen. *Nein!* Was diese Frau ihm angetan hatte, war eine andere Sache, stand hier nicht zur Debatte. Seine erste Sorge galt nun ihrer Sicherheit, ihrem Leben. Er konnte den Gedanken nicht ertragen, dass ihr auch nur ein Haar gekrümmt wurde. Und auf gar keinen Fall würde er es ertragen, sie an einen anderen Mann zu verlieren. Sie gehört mir, dachte er erbittert. Und wenn sie Strafe verdiente, so war er ihr Richter, der das Strafmaß für sie festsetzte.

Radulf jagte im wilden Galopp durch die Gassen. Wie konnte er William davon überzeugen, sie ihm zu überlassen? Selbst wenn er sie für unschuldig erklärte an der Rebellion, die in ihrem Namen angezettelt worden war – wovon er selbst keineswegs überzeugt war –, stellte Lily weiterhin eine Gefahr für den Frieden in Northumbria dar. Sie war eine Galionsfigur für die Bewohner im Norden. Es lag in Williams Interesse, diese Frau unschädlich zu machen.

Zähneknirschend dachte Radulf an seinen Freund Henry, der die Waffen seiner Redegewandtheit und Überzeugungskraft einsetzen würde, um William umzustimmen. Radulf aber war kein Mann großer Worte, er äußerte seine Gedanken stets freimütig und knapp, ohne blumige Phrasendrescherei.

Aber es gab einen Weg, um Lily zu retten, wenn er, mit Gottes Hilfe, den Mut aufbrachte, diesen Weg zu gehen. Der Gedanke war ihm auf dem langen Ritt nach York durch den Kopf geschossen, den er zunächst als Wahnidee verworfen hatte, der sich aber immer wieder eingeschlichen hatte, ihn gepiekst hatte wie ein Steinchen im Stiefel, bis er bereit gewesen war, sich näher damit zu befassen. Und dann hatte Radulf begriffen, dass dies die einzig richtige Antwort war. Die einzige Möglichkeit, Lily zu retten, sie unter seiner wachsamen Obhut zu bewahren, sie zu besitzen.

Radulf festigte den Griff um die Zügel.

Er wollte es tun! Er wollte dem König sein Anliegen vortragen in der Hoffnung auf Einsicht und die festen Bande einer langjährigen Freundschaft.

Allerdings würde er William verschweigen, dass er Jervois bereits gewisse Instruktionen erteilt hatte. Der verblüffte Ausdruck in den Augen seines Kampfgefährten hatte ihm deutlich zu verstehen gegeben, dass er glaubte, Radulf habe den Verstand verloren. Eines aber wusste Radulf: Wenn Jervois die Botschaft erhielt, dass Radulfs Bitte beim König auf Ablehnung gestoßen war, würde sein getreuer Hauptmann Lily umgehend in Sicherheit bringen.

Bedauerlicherweise würde Radulf in diesem Falle die Konsequenzen seines Ungehorsams zu tragen haben.

Darauf war er vorbereitet.

Er würde sein Leben verwirken, im günstigsten Falle nur seinen Titel und seinen Besitz verlieren.

Wer hätte je gedacht, dass der Tag kommen würde, an dem das *Schwert des Königs* bereit wäre, alles für eine Frau aufzugeben!

Er war wahrhaftig der Sohn seines Vaters.

10. KAPITEL

Im Halbdunkel schlug Lily die Augen auf, geweckt von Geräuschen vor ihrer Tür. Halblaute Stimmen, vereinzeltes Lachen. Die meisten Stimmen kannte sie; sie war tagelang mit den Männern durchs Land geritten, fühlte sich beinahe geborgen in ihrer Nähe, ein völlig absurder Gedanke, da sie doch ihre Feinde waren.

Wo war Radulf?

Sie richtete sich halb auf und blinzelte in die Dämmerung. Am Abend zuvor hatte sie kaum etwas von ihrer Umgebung wahrgenommen. Als sie erschöpft ins Bett gesunken war, hatte sie ihren lange unterdrückten Tränen freien Lauf gelassen und sich in ihrer hoffnungslosen Einsamkeit in den Schlaf geweint.

Wieder vernahm sie Stimmen, näher diesmal, die vor ihrer Tür flüsterten. Lily glaubte, eine weibliche Stimme zu hören, vermutlich die junge scheue Tochter des Gastwirts. Am Abend, als Lily nah am Feuer in der Gaststube gesessen hatte, hatte das Mädchen namens Una ihr warmen Haferbrei und einen Krug Bier gebracht. Die anderen Herbergsgäste waren von den Soldaten barsch angewiesen worden, ihre Sachen zu packen und die Herberge zu räumen. Manche wurden gewaltsam mit ihren Reisebündeln auf die Gasse geworfen. Die lauten Beschwerden waren erst verstummt, als Jervois seinen Lederbeutel am Gürtel geöffnet und Münzen verteilt hatte.

Die normannische Art, sich einfach alles zu nehmen, dachte Lily bitter, musste sich aber grollend eingestehen, dass Vorgen nie im Leben daran gedacht hätte, murrende Leute mit Geld zu beschwichtigen …

Es klopfte an der Tür.

Lily setzte sich auf – sie hatte nicht gewagt, das Kleid auszuziehen –, strich sich die zerzausten Strähnen nach hinten, die dringend gewaschen werden mussten. Sie hatte keine Gelegenheit gehabt, sich vom Schmutz der Reise zu säubern, ihre Kleider waren staubbedeckt und verdreckt. Es war eine Ewigkeit her, dass sie ein Bad genommen und schöne Kleider getragen hatte. In einem anderen Leben, in einer anderen Welt. Das alles war vorbei.

„Wer da?“ fragte sie benommen.

„Ich bin es, Jervois.“

Lily stand auf und öffnete die Tür. Die ersten Strahlen der Morgensonne fielen durch die offene Haustür in die Gaststube, in der es nach schalem Bier, frisch gebackenem Brot und beißendem Holzrauch roch.

Jervois wirkte übernächtigt, Bartstoppeln verdunkelten seine Wangen, seine Augen waren gerötet.

„Lord Radulf hat mich und meine Leute beauftragt, Euch zur Festung zu begleiten.“

„Eine stattliche Eskorte für eine einzelne Frau, Jervois. Das ist nicht nötig. Ich habe nicht die Absicht zu fliehen, da mir an der Unterredung mit dem König gelegen ist.“

Jervois wich ihrem Blick aus. „Darüber solltet Ihr mit Lord Radulf sprechen, Lady. Ich bin nur sein Hauptmann, mehr nicht.“

„Ich denke, Ihr seid weit mehr, Jervois. Er sagte mir, er vertraut Euch wie einem Bruder.“

Jervois’ stoppelbärtige Wangen röteten sich leicht vor Verlegenheit.

„Wo ist Radulf eigentlich?“

„Er hat die Nacht auf der Burg verbracht, Lady. Er hat Anweisung erteilt, ein Bad für Euch bereiten zu lassen und für Eure Bequemlichkeit zu sorgen.“ Unter Lilys erstauntem Blick errötete er noch tiefer und fügte steif vor Verlegenheit hinzu: „Es ist Lord Radulfs Wunsch, dass Ihr Euch für den König schön macht.“

Lily stutzte. Schön machen? Vorgen hätte sie verdreckt und in Lumpen vor den König gezerrt. „Ich verstehe“, murmelte sie zerstreut. Aber sie verstand nichts. Doch was zählte es noch, ob sie Radulfs Handlungsweise begriff? Sie würde für den Rest ihres Lebens in einem dunklen Verlies schmachten. Vermutlich war dies ihre letzte Gelegenheit, ein Bad zu genießen.

Jervois wartete auf ihre Antwort, respektvoll und wachsam wie immer. Sie brachte ein Lächeln zu Stande. „Ich danke Euch, Jervois. Ihr wart immer freundlich zu mir.“

Er erwiderte ihr Lächeln nicht. Wieder wich sein Blick dem ihren unstet aus. „Ich führe nur Befehle aus, Lady. Richtet Euren Dank an Lord Radulf.“

Lily zog erstaunt die Brauen hoch.

Jervois zauderte, als kämpfe er gegen ein befremdliches Gefühl. Dann räusperte er sich. „Es steht mir nicht zu, darüber zu sprechen, Lady, aber … Ihr tut Lord Radulf unrecht, ihn als grausamen Krieger zu sehen, wie die Gerüchte ihn darstellen. Ja, er ist ein mächtiger Mann, er ist reich und besitzt viel Land. Dieser Reichtum hat ihm viele Feinde verschafft, gegen die er sich zur Wehr setzen muss. Aber er ist ein Mann wie jeder andere. Glaubt nicht die bösen Gerüchte, die über ihn verbreitet werden.“

Verblüfft über die Verteidigungsrede des sonst so wortkargen Soldaten, entgegnete Lily heftiger als beabsichtigt: „Ich glaube nicht an dummes Geschwätz.“ Als Jervois seinerseits überrascht die Brauen hochzog, setzte sie befangen hinzu: „Jedenfalls jetzt nicht. Aber was haben diese Geschichten mit mir zu tun?“ Sie schluckte gegen den Kloß in ihrer Kehle an. „Radulf hasst mich.“

Ihre abweisende Haltung drohte zusammenzubrechen. Die stolze Eisprinzessin klang beinahe wie ein verängstigtes Kind.

Jervois schüttelte den Kopf. Ein unangebrachtes Lachen stieg in ihm hoch, das er nicht zuließ, das sich allerdings in einem belustigten Funkeln in seinen Augen zeigte. Seit Radulf ihm diese sonderbaren Befehle erteilt hatte, begriff er die Welt nicht mehr. Er wusste nur, was sein Herr aufs Spiel setzte. Und wofür? Für eine Frau! Zugegeben, sie war schön, aber dennoch eine Frau, noch dazu eine Rebellin. Doch mit einem Mal sah Jervois Lily mit anderen Augen.

„Nein, Lady“, entgegnete er leise. „Lord Radulf hasst Euch nicht.“

„Bitte, Jervois, haltet mich nicht für eine Närrin! Ich verstehe Eure Treue zu Eurem Herrn, aber Radulf und ich sind Feinde.“

Sein Blick brachte sie in Rage – als kenne er ein Geheimnis, das er ihr verschwieg. Lily entließ ihn mit einem knappen Kopfnicken, und als Jervois gegangen war, verdrängte sie auch seine Worte aus ihrem Bewusstsein.

Ich habe Radulf betrogen, und ein Mann wie er kann ein solches Vergehen niemals verzeihen. Er wird mich dem König ausliefern, um sich meiner zu entledigen und seine Hände in Unschuld zu waschen.

Sie spielte die Szene vor ihrem geistigen Auge durch. Der König rief nach den Wachen, die sie mit eisernem Griff wegschleppten. Lily nahm sich fest vor, nicht zu weinen, nicht zu schreien. Sie würde bis zum Schluss Haltung bewahren. Und Radulf würde neben seinem König stehen mit kaltem, verschlossenem Gesicht.

Verdrossen verdrängte Lily die Bilder. Nein! Sie würde sich nicht wie ein Lamm zur Schlachtbank führen lassen. Sie musste kämpfen. Ihre Zunge war ihre Waffe. Sie musste mit dem normannischen König sprechen. Ihre Worte mussten ihn berühren … seinen Willen beugen. Lily würde nicht betteln. Unterwürfigkeit war ihr verhasst. Und William würde auf Winseln um Gnade nur mit Zorn und Verachtung reagieren. Sie würde ihren Fall sachlich vortragen, würde ihm vor Augen führen und klar machen, dass sie ihm nützlich wäre, wenn er wirklich den Wunsch hatte, einen dauerhaften Frieden im Norden herbeizuführen.

Lily machte sich nichts vor, der König würde kein Erbarmen mit ihr haben. Andererseits sagte man William einen ausgeprägten Sinn für Gerechtigkeit nach. Zunächst würde er in ihr Vorgens Ehefrau sehen, und Vorgen hatte sich als Verräter gezeigt, der dem König großen Ärger bereitet hatte. Überdies hatte ihr Vetter Hew die Aufstände wieder angefacht, und das alles in ihrem Namen. William hielt sie für eine Gefahr für seine eigene Person und sein neues Königreich.

Er wollte sie unschädlich machen.

Irgendwie musste es ihr gelingen, ihm diese Überzeugung auszureden. Sie musste ihn mit ihrem aufrichtigen Wunsch nach Frieden beeindrucken, ihm beweisen, dass sie bereit war, mit den Normannen zusammenzuarbeiten, um einen dauerhaften Frieden zu erreichen. Sie musste wortgewandt sein. Radulf hatte großen Einfluss auf William, dem Lily wenig entgegenzusetzen hatte, aber vielleicht konnte sie ihm mit Ruhe und Vernunft beikommen.

Sie musste es versuchen, dabei durften ihr ihre Gefühle für Radulf nicht im Weg stehen, denn alles, was sie mit Radulf verband, lag in der Vergangenheit. Eine flüchtige Episode, die endgültig vorüber war.

Während Lilys Verstand fieberhaft arbeitete, um die richtigen Worte zu finden, mit denen sie den König von ihrer Aufrichtigkeit überzeugen konnte, wurde ein Holzzuber in ihre Kammer gebracht und mit dampfendem Wasser gefüllt.

Lily streckte sich wohlig im warmen Badewasser aus, das mit duftenden Essenzen versehen war, während Una ihr das Haar wusch. Und als sie dem Bade entstieg, hatte sie sich ihre Rede an den König einigermaßen zurechtgelegt. Ihre Gedanken schweiften zu Radulf.

Er hatte ihren Niedergang geplant, das konnte ihr Verstand akzeptieren. Ihr Herz aber schmachtete wie das eines liebeskranken Mädchens. Du gehörst mir und ich gehöre dir, schluchzte sie innerlich.

Ihr Herz hatte sich in verräterischer Weise mit ihrem Körper gegen ihren Verstand verbündet. Ihr Körper fieberte vor Verlangen, wenn Radulf nur in ihrer Nähe war. Sie musste sich beherrschen, musste sich immer wieder vor Augen führen, dass Radulf ihr Feind war und es immer bleiben würde.

„Wunderschönes Haar. Wie gesponnenes Silber." Unas ehrfürchtige Stimme riss Lily aus ihren Gedanken.

Das Mädchen kämmte ihr das Haar, während Lily in ein großes Tuch gehüllt auf einem Hocker saß. Ihre notdürftig ausgebürsteten und gesäuberten Kleider waren immer noch ein bejammernswerter Anblick. Lily wäre lieber in prachtvollen Kleidern, reich mit Juwelen geschmückt, vor den Thron des Königs getreten. Die Normannen liebten Prachtentfaltung. Würde der Hofstaat des Königs in dieser armselig gekleideten jungen Frau die rechtmäßige Herrscherin von Northumbria erkennen, eine Frau, die Respekt verdiente? Oder würde man sie nur als lächerliche Figur im Spiel der Mächtigen sehen?

Lily zwang sich zu einem Lächeln. „Es ist sehr lange her, dass mein Haar so liebevoll gepflegt wurde, Una. Danke, dass du dich darum kümmerst."

Una bedankte sich schüchtern. „Das tue ich gerne, Lady. Denkt Ihr, ich würde mich als Zofe eignen?"

„Ja, sehr sogar. Leider kann ich dir aber den Posten nicht anbieten."

Una furchte die Stirn und überwand ihre Schüchternheit. „Die Soldaten sagen … Ihr seid Lady Wilfreda, die Gemahlin des Rebellen Vorgen."

„Die bin ich", erwiderte Lily leise. „Aber ich bin eine Frau wie du. Ich werde dir nicht wehtun."

Una machte ein verdutztes Gesicht, dann lachte sie. „Aber Lady, Euch fürchte ich nicht! Aber er jagt mir Angst ein. *Das Schwert des Königs.* Er ist ein so großer, grimmiger Mann. Habt Ihr keine Angst vor ihm?"

Lily schaute sie verblüfft an, erinnerte sich an die Nacht in Selby und antwortete: „Nur manchmal."

Jervois wartete mit Lilys gesattelter Stute vor dem Gasthaus, umringt von einer Schar seiner Soldaten. Lily ließ sich in den Sattel helfen, verbarg ihre Furcht hinter einer Maske aus abweisendem Stolz. Der Trupp ritt durch die Straßen von York zur Festung, Lily in ihrer Mitte, Jervois an der Spitze des Zuges.

Lily drehte den Ring ihres Vaters an ihrem Finger, und das rote Auge des Habichts funkelte. Aus einem unerklärlichen Grund hatte Radulf ihr den Ring nicht abgenommen, das Symbol ihrer verlorenen Macht. Steckte eine Absicht dahinter, oder hatte er den Ring nur übersehen? Nein, sie hatte mittlerweile gelernt, dass Radulf nichts ohne gewissenhafte Überlegung tat.

Der Gedanke an ihn machte ihr wieder die dumpfe Leere in ihrem Innern bewusst, ein Hohlraum, in dem Kummer und Sehnsucht sie peinigten. Diese wenigen Tage und Nächte mit ihm erschienen ihr wie ein Traum, ein Fantasiegespinst aus sehnsuchtsvollen Wahnvorstellungen.

Sie musste zurück in den engen Käfig, musste sich wieder in die kalte Frau verwandeln, die sie an Vorgens Seite gespielt hatte. Wie sonst sollte sie das bevorstehende Grauen überleben?

Jervois führte die Reiterschar durch den äußeren Hof von Williams Burg, vorbei an Steinmetzen und Zimmerleuten, die immer noch an der Vollendung des Bauwerks arbeiteten. Er erklärte ihr sachlich, die Holzkonstruktion eines Burgturms nehme normalerweise nicht länger als zwei Wochen in Anspruch, aber eine Festung aus Stein zu errichten, dauere wesentlich länger.

Bevor Lily eigentlich mitbekam, wie ihr geschah, wurde sie aus dem Sattel gehoben und von den Soldaten, die sie bedrängten, durch das hohe Portal geschoben. Verwirrt und verängstigt nahm sie ihre Umgebung kaum wahr. In der riesigen, dämmrigen Halle hingen Rauchschwaden, die von der offenen Feuerstelle aufstiegen, über der ein Fleischspieß gedreht wurde. Von den Dielen stieg würziger Duft von Streu aus getrockneten Kräutern auf. Sie hörte halblaute Männerstimmen, das Gebell von Hunden. Dann traten die Soldaten zurück, und Lily stand allein, nur Jervois' kraftvolle Hand an ihrem Ellbogen gab ihr Halt.

Verschwommen erkannte sie Gesichter und kostbare Gewänder. Streng blickende Feudalherren, eine Anzahl von Williams Baronen und Edeldamen in fließenden, farbenprächtigen Gewändern und feinen Schleiern, die Finger mit glitzernden Juwelen beringt. Lily kam sich schäbig und klein vor und hob eigenwillig das Kinn.

Und sah Radulf.

Er stand direkt in ihrem Blickfeld, ein Hüne in rubinroter Tunika und dunklen Hosen, der sie finster musterte.

Sein Zorn schien immer noch nicht erloschen zu sein. Als er sich ihr näherte, erbebte Lily innerlich, gab sich aber den Anschein eisigen Hochmuts. Auf ein Nicken seines Herrn hin entfernte Jervois sich, und Radulf nahm seine Stelle an Lilys Seite ein. Seine Hand umschloss ihre klammen Finger, hätte ihr Kraft und Trost gegeben, wären ihr nicht beklemmende Erinnerungen an heiße Küsse und Umarmungen durch den Sinn geschossen. Radulf neigte sich ihr zu. Die Erinnerungen an ihre leidenschaftlichen Begegnungen trübten ihr den Blick, ein fiebriges Prickeln durchfuhr sie, und sie hoffte inständig, er würde ihren inneren Aufruhr nicht bemerken.

„Erweist dem König Eure Reverenz und beugt die Knie.“ Seine Stimme war leise und rau wie in ihren Liebesnächten.

Verspürte er etwa auch diesen kaum bezähmbaren Drang, sie in die Arme zu schließen? Lily holte stoßweise Atem. Ihr Leben stand auf dem Spiel, sie musste ihr verräterisches Verlangen nach ihm besiegen.

Seine Finger umschlossen ihre Hand mit eisernem Griff. Seine dunklen Augen wurden schmal. „Bei Gott, beugt das Knie, oder ich breche Euch das Genick.“

Lily schaute ihm furchtlos in die Augen. Erst jetzt fielen ihr seine aschgraue Gesichtsfarbe auf, seine blutunterlaufenen Augen, sein nasses Haar, als habe er den Kopf unter kaltes Wasser gehalten. Während Lily in ihrer Kammer eingeschlossen war, vor Sorge keinen Schlaf gefunden hatte, hatte Radulf auf der Burg die Nacht durchzecht.

Der Zorn in ihr schwoll zur lodernden Flamme. Ihre grauen Augen verdunkelten sich wie Gewitterwolken. Sie öffnete den Mund.

Er beugte sich über sie und küsste sie.

Vor dem König, seinem Hofstaat, seinen Kriegsherren, vor aller Welt. Sein sinnlicher Mund nahm den ihren in Besitz. Nicht mit einem zärtlichen Kuss, sondern gewaltsam fordernd, mit dem er Lily seinen Willen aufzwang. Der Kuss eines Mannes, der nach der Frau in seinen Armen hungerte.

Hitze durchflutete Lily und brachte sie zum Schmelzen. Sie wollte lustvoll aufstöhnen und zugleich vor Wut schreien. Jubel und Gelächter brausten in der Halle auf, wovon Lily nichts wahrnahm, sie spürte nur Radulfs kraftvolle Arme und verging unter seinem heißen Kuss.

Er ließ sie so jäh los, wie er über sie hergefallen war.

Lily schnappte nach Luft. Das Gesicht von flammender Röte übergossen, konnte sie sich nur mit Mühe auf den Beinen halten. Als sie den Kopf brüsk zur Seite drehte, erhaschte sie einen kurzen Blick auf eine dunkelhaarige Frau mit goldfarbenen Augen im kalkweißen Gesicht. Doch dann konzentrierte sie sich wieder auf Radulf.

„Schon besser“, raunte er an ihrem Ohr, seine Stimme jagte ihr Schauer über den Rücken. „Nun verneigt Euch vor dem König, Lady.“

Der König! Sie hatte den König völlig vergessen!

Zorn, Schmerz, Angst und Verwirrung – ein wilder Aufruhr tobte in ihr. Lily bedachte Radulf mit einem tödlichen Blick, trat einen Schritt vor und beugte das Knie. Sie hörte Radulf vor Erleichterung aufatmen. Wieso war es ihm so wichtig, dass sie sich gehorsam und unterwürfig zeigte? Und warum hatte er sie geküsst? Um zu zeigen, dass du in seiner Macht stehst, antwortete ihr Verstand in ohnmächtigem Zorn. Aber ihr Herz war sich dessen nicht so sicher.

„Lady Wilfreda!“

Lily erstarrte. Der König! Langsam raffte Lily ihre Würde zusammen wie einen zerschlissenen Umhang und erhob sich. Sie trat näher an die Empore, ihre Finger krallten sich unwillkürlich um Radulfs Hand. William auf dem Thron verströmte eine rastlose Energie. Der kraftvoll gebaute Mann mit langen Gliedmaßen erweckte den Anschein, als würde er es vorziehen, im Sattel eines feurigen Pferdes zu sitzen als auf einem Thron.

„Radulf sprach von Eurer Schönheit. Ziemlich ausführlich.“ In seiner barschen Stimme schwang ein Anflug von Heiterkeit mit. „Begrüßt er Euch immer so vertraulich?“

Lachen brandete auf. Radulf trat ungeduldig von einem Fuß

auf den anderen, während Lily, den Blick standhaft auf den König gerichtet, abwartete, bis wieder Ruhe in der Halle eingekehrt war.

„Ja, immer, Majestät."

Ein Raunen, eine Mischung aus Belustigung und Missbilligung, wurde laut. William zog die Brauen hoch. „Geht Ihr mit allen Gefangenen so um, Radulf?"

Wieder lachten einige Herren. Radulf stimmte in das Lachen ein. „Nur mit Lady Wilfreda, Sire."

Williams Lächeln erstarb. „Hat er Euch Gewalt angetan, Lady? Ich mag es nicht, wenn Frauen misshandelt werden."

Lily biss sich auf die Unterlippe. Damit bot der König ihr die Chance, Radulfs Ruf zu schädigen. Doch Rache war Lily fremd. Nein, er hatte ihr keine Gewalt angetan, sie hatte sich ihm freiwillig hingegeben.

„Nein, Sire", antwortete sie, „er hat mich niemals schlecht behandelt." Und es bereitete ihr große Genugtuung, Radulfs verdutztem Blick kühl zu begegnen.

William nickte, ein zufriedenes Lächeln umspielte seine Lippen, sein wacher Blick wanderte zwischen Radulf und Lily hin und her. „Nun denn. Wir wollen fortfahren. Radulf bringt Euch zu mir, da Ihr Euch schuldig gemacht habt, hier im Norden eine Rebellion angezettelt zu haben. Was habt Ihr zu Eurer Verteidigung vorzubringen?"

Lily holte tief Atem und wappnete sich. „Diese Anklagen werden zu Unrecht gegen mich erhoben, Sire. Vorgen hat sein Schwert gegen Euch gerichtet. Nicht ich."

„Aber Euer Vater hat Euch mit Vorgen vermählt, der wiederum in Eurem Namen Krieg führte, unter Eurem Banner." Eine spürbar knisternde Energie ging von König William aus. Lily befürchtete, er würde im nächsten Moment vom Thron aufspringen, sich auf sie stürzen, um ein Geständnis aus ihr herauszuschütteln. Nur mit großer Mühe bewahrte sie ihre Haltung.

„Vorgen hat zwar unter meinem Banner Krieg gegen Euch geführt, aber das geschah ohne meine Zustimmung. Er hat mir die Flagge gestohlen, wie er mir meinen anderen Besitz entrissen hat. Mein Vater hätte dieser Vermählung niemals zugestimmt. Vorgen tötete meinen Vater und zwang mich an seinem Leichnam zu dieser Ehe. Ich habe ihn nie dazu angestachelt, gegen die Normannen oder eine andere Macht Krieg zu führen. Ich wünsche den Frieden im Norden – und ich bitte Euch, mir zu gestatten, mein Land in Frieden zu regieren. Ich bitte Euch, Sire, gebt mir die Erlaubnis, meine Untertanen davon zu überzeugen, dass es günstiger ist, mit den Normannen in Frieden zu leben, statt unter ihnen zu sterben!“

War ihre Rede zu vermessen?

William machte ein finsteres Gesicht. „Was meint Ihr dazu, Radulf?“ fragte er mit rauer Stimme.

Radulf warf Lily erneut einen seltsam anerkennenden Blick zu, dem sie misstraute und dessen Grund sie nicht verstand. Wie sollte sie auch? Er hatte sie nie ins Vertrauen gezogen.

Nun straffte er die Schultern. „Sire, Ihr mögt glauben, was die Lady mit großer Überzeugungskraft vorbringt. Es sind Geschichten über Lady Wilfreda im Umlauf, die behaupten, sie sei eine Zauberin, eine eiskalte Wikinger-Hexe und eine Mörderin.“ Er zuckte verächtlich die Achseln. „Ich gebe nichts auf solche Gerüchte. Ich selbst stehe zu lange im Mittelpunkt übler Nachrede und weiß, wie wertlos sie ist. Vor Euch steht eine Frau aus Fleisch und Blut, jung und schön, aber jeder Macht enthoben. Ich glaube, Vorgen hat sie benutzt. Andere Männer werden sie benutzen. Ich habe schwer darum gekämpft, den Norden in die Knie zu zwingen, und glaube nicht, dass eine Frau in der Lage wäre, diesen Frieden zu bewahren, und hätte sie noch so gute Absichten.“

Lily hatte plötzlich das Gefühl, Radulf habe ihr mit einem Messer die Lebensader durchtrennt. Ihre mit Bedacht gewählte Rede wurde durch seine Worte zum bedeutungslosen Geschwätz einer schwachen Frau abgewertet. Welche Hoffnung blieb ihr nun? Das Gefühl, verraten worden zu sein, überwältigte sie beinahe, sie kämpfte wütend gegen die Tränen der Ohnmacht an.

William kratzte sich am Kinn. „Ja, Radulf“, sagte er, „damit habt Ihr Recht. Es wäre nicht weise, die Herrschaft über dieses Land in die Hände einer Frau zu legen. Selbst wenn ich Euren Beteuerungen Glauben schenkte, Lady Wilfreda, so ist eine stärkere Hand als die Eure nötig, um diese Aufgabe zu bewältigen.“

„Sire, Lord Henry hat einen starken Arm“, begann Radulf wieder, ohne Lily zu beachten, die wie erstarrt an seiner Seite stand. „Und er besitzt großes diplomatisches Geschick.“

William schien über den Vorschlag nachzudenken. „Nein“, erwiderte er dann und umspannte die geschnitzte Armlehne mit der Hand. „Ich denke an einen besseren Mann: an Euch, Lord Radulf! Ihr habt viel Schweiß und Blut vergossen, um Northumbria den Frieden zu bringen. Ihr bekommt Lady Wilfredas Land. Ich vermache Euch das Land als Geschenk und erteile Euch den Befehl, eine Burg aus Stein zu erbauen. Eine normannische Festung, Radulf! Was meint Ihr dazu?“

Radulf glaubte, den Boden unter den Füßen zu verlieren.

Er hatte sich letzte Nacht ausführlich mit William unterhalten, aber von Lilys Land war nicht die Rede gewesen. Nun, da der König ihm diese großzügige Schenkung übertragen hatte, erwartete er auch Radulfs Dankbarkeit, aber alles, was er empfand, war Enttäuschung. Er sehnte sich danach, in seine Heimat zurückzukehren, und nun musste er erneut in den Norden ziehen, um wieder eine Festung zu errichten. Die Tatsache, dass es *seine* Burg sein sollte, war ihm völlig gleichgültig.

Lilys steife, klamme Finger krallten sich in seine Hand.

Radulf stutzte. In seinem Bemühen, ihr das Leben zu retten, hatte er völlig vergessen, dass es im Grunde um *ihr* Land und *ihre* Untertanen ging, über die William und er über ihren Kopf hinweg verfügten. Vermutlich liebte sie ihre Heimat genauso wie er Crevitch. Was mochte in Lily vorgehen, die sich anhören musste, wie ihr Besitz den Eigentümer wechselte, ohne das geringste Mitspracherecht zu haben? Wenn er aber diese Schenkung nicht annahm, diese ... Last, dann würde ein anderer sie annehmen, einer, der sich wirklich daran bereichern wollte. Radulf musste sich wohl oder übel in die Rolle des Schirmherrn des Nordens fügen, wenn nicht für sich selbst, so doch zum Besten der Frau an seiner Seite.

Er verneigte sich tief. „Ihr erweist Euch als sehr großzügig, Sire. Ich nehme die Schenkung dankbar an."

William nickte zufrieden. „Nun denn!" Der König beugte sich vor. „Das bringt uns zur Frage von Lady Wilfreda."

Lily war noch bleicher geworden, aber sie hielt seinem Blick unverwandt stand. Ein Raunen ging durch die große Halle. Sie brachte kein weiteres Wort ihrer vorbereiteten Rede hervor, die Kehle war ihr wie zugeschnürt. Der König hatte ihr Geburtsrecht verschenkt wie ein Kind seine Murmel. Ein seltsames Summen erfüllte ihre Ohren, sie hatte Mühe, dem Wortlaut zu folgen.

„Radulf? Was sagt Ihr? Wir können der Lady nicht die Freiheit schenken, da die Gefahr besteht, dass sie rebellischen Einflüssen zum Opfer fällt. Sollen wir sie in Ketten legen?"

Radulf wand sich innerlich, William aber amüsierte sich köstlich. Der König war für seinen derben Humor berühmt, und man fürchtete ihn dafür.

„Ich bin Eurer Meinung, Sire, sie soll in Ketten gelegt werden", antwortete er und weigerte sich, Lily in die entsetzt aufgerissenen Augen zu schauen, spürte aber ihren Blick, der sich wie ein Pfeil in seine Eingeweide bohrte.

William lehnte sich bequem auf seinem Thron zurück. „Und an welche Art von Ketten denkt Ihr, mein Freund?"

Radulf gab sich den Anschein, lange zu überlegen. „Eine Frau wie sie braucht Ketten, aus denen sie sich nicht befreien kann, Ketten, die sie ihr ganzes Leben lang gefangen halten."

Erwartungsvolles Schweigen senkte sich über die große Halle, Sensationslust mischte sich mit Entsetzen.

„Ja", meinte William gedehnt, „starke Fesseln. Ich weiß, welche Fesseln Lady Wilfreda nicht sprengen kann, Radulf. Ihr werdet sie unverzüglich heiraten!"

Die Spannung löste sich in einem lärmenden Stimmengewirr, das William mit erhobener Hand und einem strengen Blick in die Runde zum Schweigen brachte.

Das Summen in Lilys Ohren war zum Dröhnen angeschwollen. Sie schwankte, drohte in Ohnmacht zu fallen.

Ihn heiraten? Sollte das ein Scherz sein, ein grausames Spiel, um ihre Qualen noch zu verstärken?

Gütiger Gott, das war alles noch schlimmer, als sie befürchtet hatte!

„Nun, Radulf?" drängte der König. „Ich befehle Euch, diese Lady zu heiraten. Was sagt Ihr dazu?"

Radulf verneigte sich. Und dann drang seine tiefe Stimme bis in den letzten Winkel der Halle. „Ich gehorche in aller Demut meinem König, Sire."

„Seid Ihr gewiss, dass Eure Lady gewillt ist, Euch zu heiraten, Radulf? Mir scheint, sie fällt gleich in Ohnmacht."

Radulf schob seinen stählernen Arm um Lilys schmale Taille. „Sie ist vor Glück überwältigt, Sire."

William schnaubte verächtlich. „Oder sie trauert um ihren ersten Gemahl, den Rebellen Vorgen“, scherzte er mit einem schneidenden Unterton.

Radulf lachte derb. „Nach Vorgens stumpfem Dolch wird die Dame sehr erfreut sein, des *Königs Schwert* zwischen ihren Schenkeln zu spüren!“

William grinste über den obszönen Witz, seine gute Laune war wieder hergestellt.

In Lilys Wangen brannten Scham und Zorn. Sie versuchte, sich Radulf zu entwinden, ihm ihre Hand zu entreißen, er aber hielt sie mühelos an seine Seite gepresst.

„Geduld, Lady“, verkündete er. „Ich werde Euch bald in meinem Bett beglücken.“

Sein derber Scherz wurde von wieherndem Gelächter begrüßt. William lachte am lautesten. Als das Lachen abgeflaut war, ergriff der König das Wort.

„Ich befehle Euch, die Lady zu heiraten, um sie vor Männern zu beschützen, die sie für ihre aufrührerischen Pläne missbrauchen. Macht ihr einen Erben – ein anglo-normannisches Kind. Ihr werdet Euch den Norden untertan machen, wenn Ihr normannisches Blut mit angelsächsischem Blut vermischt, Radulf. Jeder Eurer unverheirateten Soldaten soll ein Mädchen angelsächsischer Abstammung heiraten! Wir gewinnen dieses Volk mit weitaus angenehmeren Mitteln als mit Krieg und Verwüstung für uns!“

William erhob sich und versetzte Radulf einen derben Schlag auf die Schulter, der einen weniger kraftvollen Mann ins Taumeln gebracht hätte.

„Morgen feiern wir in dieser Halle Eure Hochzeit. Ich lasse ein Festmahl bereiten! Bedauerlicherweise kann die Königin nicht an dem Fest teilnehmen. Ihr ist seit langem daran gelegen, Euch verheiratet zu sehen, Radulf.“

William, der mit Matilda eine sehr glückliche Ehe führte, hatte die Königin in die Normandie zurückgeschickt, um sie keiner Gefahr auszusetzen.

Radulf verbeugte sich und führte die widerspenstige Lily weg.

„Ihr nehmt Euch eine wahre Wildkatze zur Frau, Radulf."

Trotz ihres inneren Aufruhrs spürte Lily, wie Radulf beim Klang der melodischen Frauenstimme zusammenzuckte. Instinktiv drehte Lily den Kopf und blickte der schönen Frau, die ihr beim Betreten der Halle schon aufgefallen war, in die goldfarbenen Augen. Sie trug ein prächtiges, smaragdgrünes Gewand; ein liebreizendes Lächeln umspielte ihre schön geschwungenen Lippen. Schwarze Löckchen zierten ihre hohe Stirn; über ihrem Haar lag ein hauchzarter Schleier. Nicht mehr in ihrer ersten Jugendblüte, war sie dennoch von atemberaubender Schönheit.

„Radulf?" fragte sie mit einem gekränkten Anflug, als er nicht antwortete.

Radulf begrüßte sie mit einem knappen Kopfnicken, wirkte beinahe unbeholfen hölzern. „Lady Anna."

Die bernsteinfarbenen Augen wanderten anerkennend über seine Gestalt. „Ihr habt Euch nicht verändert", meinte sie, doch Radulf hatte sich bereits abgewandt.

Mit langen Schritten strebte er dem Ausgang zu, die widerstrebende Lily mit sich ziehend. Als sie die Vorhalle erreichten, schaffte Lily es schließlich, sich zu befreien, und fuhr zu ihm herum, kreidebleich im Gesicht.

Mit einem tiefen Seufzer bereitete Radulf sich auf ihren Angriff vor. Er fühlte sich körperlich und geistig ausgelaugt, und jetzt war auch noch Anna hier, um die Situation noch zu verschärfen. Andererseits war er auf Lilys Wutausbruch gefasst. Nach allem, was er über sie gesagt, was er ihr angetan hatte, würde er ihre Beschimpfungen über sich ergehen lassen.

„Ich werde Euch niemals heiraten!“ Ihre Stimme überschlug sich vor Empörung. „Ihr Normannen seid habgierige Monster, die sich unrechtmäßigen Besitz aneignen! Vorgen war schon schlimm genug, aber Ihr seid tausendmal schlimmer als er!“ Sie hob den Arm, holte aus und schlug blindlings zu.

Radulf wehrte ihren Schlag mühelos mit der Hand ab, zog eine Braue hoch und entgegnete milde: „Ihr wisst genau, dass Ihr Unsinn redet. Ich besitze genügend Land, und es zieht mich nicht in Eure unwirtliche Wildnis im Norden. Ich nahm die Schenkung an, weil ich die Gefahr kenne, wenn ich ablehne. Und was unsere Vermählung betrifft … Wenn Ihr mich nicht heiratet, Lady, verbringt Ihr den Rest Eures Lebens im Kerker. Würdet Ihr lieber Eisenketten tragen statt die Ketten einer Ehe?“

„Eisenketten!“ erwiderte sie schrill und entfachte seinen Zorn, obgleich er sich fest vorgenommen hatte, sich ihre Vorwürfe geduldig anzuhören. „Ich war mit einem Normannen verheiratet und sterbe lieber, bevor ich wieder einen Normannen heirate!“

„Lady“, warnte er.

„Nein! Bringt mich sofort zurück! Ich will mit Eurem König sprechen. Ich bin die Enkeltochter von Harald Hardrada, dem König von Norwegen! Ich bin die Tochter eines angelsächsischen Grafen …“

Er packte sie an den Schultern, schüttelte sie grob und brachte sie zum Schweigen.

„Der König befiehlt unsere Vermählung, und Ihr werdet mich morgen heiraten, ein Lächeln zur Schau tragen und Euch den Anschein geben, Gefallen daran zu finden. Genau wie ich. Euer Land gehört nun mir, ebenso die Herrschaft über Euer Volk. Wenn Ihr mit mir streitet, wenn Ihr mir nicht gehorcht, werde ich mich an Euren Untertanen rächen.“

Er gehörte nicht zu den Männern, die ihre Rachegelüste an wehrlosen Menschen ausließen, doch das konnte Lily nicht wissen. Ihre grauen Augen glitzerten silbern hinter Tränen.

„Warum?“ stieß sie wütend hervor. „Warum heiratet Ihr eine Frau, die Ihr hasst … die Euch hasst? Um mich zu bestrafen? Ich begreife es nicht“, klagte sie verzweifelt, „warum habt Ihr nicht abgelehnt?“

Er blickte ihr tief in die Augen. „Hätte ich mich widersetzt, hätte William Euch mit einem anderen Normannen verheiratet, mit einem, der es weniger gut mit Euch meint.“

Sie stieß einen wenig damenhaften Fluch aus.

Er lächelte kalt. „Ihr habt *meinen* Stolz mit Euren Listen und Lügen verletzt, nicht den eines anderen Normannen. Und dafür werde ich mich auf *meine* Weise rächen. Und welche Rache könnte süßer sein, als Euch zur Frau zu haben, meiner Macht und Willkür ausgeliefert, bis an Euer Lebensende?“

Lily errötete bis unter die Haarwurzeln – vor Zorn, wie er annahm, doch es war das Grauen über seine Worte, das ihr die Röte in die Wangen trieb. Ihr Herzschlag dröhnte in ihren Ohren, und sie fürchtete, ihm ohnmächtig vor die Füße zu sinken. Sie wusste sehr wohl, welches Schicksal sie erwartete als Ehefrau eines Mannes, der sie hasste.

„Und wenn ich Euch nicht heirate, werdet Ihr mein Land verwüsten?“ hauchte sie tonlos.

„Das werde ich“, entgegnete er zähneknirschend.

Sie schwieg, bedachte ihn nur mit einem hasserfüllten Blick.

„Aber da ist noch etwas, Lady, eine zweite Überlegung.“

„Tatsächlich?“ stieß sie mühsam hervor.

„Ja, ein Gedanke, der mich darin bestärkt, dem Befehl des Königs Folge zu leisten.“ Sie spannte jeden Muskel an, als er sich vorbeugte, um nah an ihrem Ohr zu flüstern: „Ich finde großen

Gefallen an Eurem Körper. Es gefällt mir, Euch zu berühren, zu küssen … es bereitet mir großes Vergnügen, mich in Euren Schoß zu versenken und Eure Lustschreie zu hören. Es wird mir Freude bereiten, einen Erben mit Euch zu zeugen und meinen Samen in Eurem Schoß reifen zu lassen."

Lily stand reglos da. Ihre Pupillen weiteten sich, ihr Busen hob und senkte sich.

„Das … das ist Euer Wunsch?" stammelte sie.

„Ja, so ist es. Und spielt ja nicht mit dem Gedanken, mich abzuweisen, sobald dieser Erbe geboren ist. Ich werde mit Euch viele Kinder zeugen, solange ich meine Manneskraft besitze!"

Es war ungeheuerlich, diese Worte auszusprechen, das war ihm klar, noch während er redete; aber es war zu spät, um sie zurückzunehmen. Im Übrigen begehrte er sie, das sollte sie getrost wissen. Er trat einen Schritt näher, nahm sie an den Schultern und zog sie an sich, bis ihr Busen an seinem harten Brustkorb flach gedrückt wurde. Erfreut stellte er dabei fest, dass ihre Brustknospen sich verhärteten.

Seine Stimme wurde ein heiseres Raunen. „Ich werde dir jede Nacht beiwohnen, meine Süße, und es wird nicht ausreichen, um mich von deinem Bann zu befreien."

Unter seinem glutvollen Blick, der sich tief in ihre Augen senkte, stockte Lily der Atem. Hitze durchströmte sie, die nichts mit der Hitze ihres Zorns zu tun hatte. Die Wahrheit ließ sich nicht mit ihrem Stolz vereinbaren. Barmherziger Gott! Sie sehnte sich danach, ihn zu heiraten! Sie sehnte sich danach, jede Nacht in seinem Bett zu liegen, genau wie er gesagt hatte. Sie sehnte sich danach, seine Kinder zur Welt zu bringen. Prachtvolle, gesunde, schwarzhaarige Knaben!

Er las das Verlangen in ihren Augen, und seine Mundwinkel zogen sich hoch. „Willst du das auch? Möchtest du das?" Seine

Finger glitten über ihre Wange, spielten an ihrem Ohrläppchen. Sein Atem streifte heiß ihre Lippen. Er lachte trocken. „Wir stehen also beide unter einem Bannfluch, von dem wir uns nicht befreien können. William hat uns in diese Ehe gedrängt, und wir werden das Beste daraus machen."

Lily schluckte schwer und schloss die Augen gegen die sündige Versuchung seines Blickes. „Niemals!" zischte sie. Er aber wusste, dass sie log.

Lachend führte Radulf sie aus der Burg, sein sehniger Arm lag um ihre schmale Mitte.

Sein Lächeln war gewichen, doch hinter seiner verschlossenen Miene tobte ein Aufruhr. In seiner gestrigen Unterredung hatte er den König um Zustimmung ersucht, Lily zur Frau nehmen zu dürfen.

Im Verlauf einer durchzechten Nacht hatte William schließlich seiner Bitte zugestimmt. Erst jetzt, da Radulfs Wunsch sich erfüllte, erkannte der Bräutigam, dass sein Plan nicht so einfach war, wie er es sich ausgemalt hatte.

Sie hasste ihn, und ihm fehlte das Vertrauen zu ihr!

Mit seinen derben Scherzen vor dem Hofstaat des Königs hatte er sich keine Sympathien bei seiner Braut erworben.

Nur in einer Hinsicht war Radulf sich einigermaßen sicher: Er übte eine starke sinnliche Anziehung auf sie aus. Das hatte ihm ihr Kuss bewiesen, und vor wenigen Augenblicken hatte er die Bestätigung erhalten, als sie bei der Erwähnung der Hochzeitsnacht beinahe dahingeschmolzen wäre. Bei Gott, sie begehrte ihn; sie fieberte ebenso nach ihm wie er nach ihr! Wenn sie nur oft genug ihre sinnliche Leidenschaft teilten, würden sie vielleicht eines Tages ein gewisses Maß an Glück finden, zwischen den Dornen von Argwohn und Lügen …

Jervois hielt die Pferde schon bereit. Als Radulf seine Braut in den Sattel hob, glaubte er einen flüchtigen Moment, nackte Angst hinter der Maske ihres Zorns zu entdecken. Doch gleich darauf funkelte sie ihn wieder an, wütend und feindselig wie eine Wildkatze.

Sein Wunsch ging in Erfüllung. Schon morgen würde Lily seine Gemahlin werden.

Und er flehte zu Gott, dass er die Erfüllung seines Wunsches nicht eines Tages bitter bereuen würde.

11. KAPITEL

Auf dem Rückweg zur Herberge saß Lily noch benommener im Sattel als auf dem Weg zur Burg. Die Nacht senkte sich wie ein dunkler Umhang über die Stadt, grauer Rauch kräuselte sich über den Strohdächern, und vom Fluss stiegen Nebelschwaden auf, die wie Gespensterfinger durch die Gassen waberten.

Als der Trupp vor der Herberge Halt machte, glitt Lily hastig vom Pferd und marschierte wortlos ins Haus. Bevor Radulf ihr folgen konnte, hatte sie bereits die Tür ihrer Kammer zugeschlagen. Sie wollte allein sein mit ihren Gedanken.

Allein mit dem Chaos, das in ihr tobte.

Zunächst gab es die erschreckende, aber unleugbare Tatsache, dass ihre Empfindungen und ihre körperlichen Reaktionen sich im direkten Widerstreit mit ihrem Verstand befanden. Alle Kränkungen, die Radulf ihr zugefügt hatte, verloren an Bedeutung, sobald er sie berührte. Wenn sein glühender Blick sie traf, war jede Vernunft in ihr ausgelöscht.

Radulf hatte freimütig gestanden, sich an ihrem Land und ihrem Volk zu rächen, falls sie sich ihm widersetzte, hatte zugegeben, dass er kein Vertrauen in sie hatte und beabsichtigte, sie auf seine Weise für die Verletzungen zu bestrafen, die sie seinem Stolz zugefügt hatte.

Und dennoch sehnte sie sich danach, an seine starke Brust zu sinken!

Lily ließ sich aufs Bett fallen und starrte an die Wand. Es hatte keinen Sinn, sich zu wünschen, die Dinge wären anders. Es wäre so einfach, ihm in die Arme zu sinken und sich seinem Willen zu überlassen. Dann aber wäre sie wahrhaftig seine Gefangene! Er wusste genau, dass sie nach ihm fieberte, das konnte sie nicht verbergen, aber das war auch alles, was sie für ihn empfand – Wollust. Wollust aber war bezähmbar und würde mit der Zeit ihren Reiz verlieren.

Eines schwor Lily sich: Radulf durfte sie nie besiegen.

„Lady Lily?“

Unas leise Stimme wurde von einem zaghaften Klopfen an der Tür begleitet.

„Ich bringe Euer Nachtmahl. Seid Ihr nicht hungrig?“

Lily zögerte, doch ihr knurrender Magen riet ihr davon ab, die Märtyrerin zu spielen. Sie musste vernünftig essen und Kräfte sammeln, um Radulf Widerstand leisten zu können.

Sie öffnete die Tür und wusste, dass sie die richtige Entscheidung getroffen hatte. Una trug ein Tablett mit einer Schale köstlich duftendem Eintopf, zwei Scheiben Brot, dick mit Butter bestrichen, und einem Krug Bier.

„Lord Radulf sagt, Ihr sollt das alles essen“, verkündete das Mädchen strahlend und stellte das Tablett ab. „Die Soldaten reden davon, dass Ihr Lord Radulf heiraten werdet. Schon morgen!“

Lily biss herzhaft ins Butterbrot und nickte düster. „Ja, Una. Ich werde ihn heiraten. Der König hat es befohlen.“

Una erschauerte dramatisch. „Ach, Lady Lily! Fürchtet Ihr Euch nicht? Dieser große, starke Mann wird Euch unter sich zermalmen, wenn Ihr bei ihm liegt!“

Lily verschluckte sich, was Una nicht zu bemerken schien.

„Wenn ich es mir recht überlege“, fuhr sie sinnend fort, „bin ich froh, von niedriger Geburt zu sein. Kein König würde auf die Idee kommen, mich zu einer Heirat zu zwingen.“

Lily nickte mit einem wehmütigen Lächeln.

Una schürzte die Lippen. „Ihr braucht aber ein schönes Hochzeitskleid.“

Bekümmert blickte Lily an ihrem abgetragenen, schmutzigen

Kleid hinunter. „Ich habe nichts anderes anzuziehen. Vielleicht kann ich mir ein Gewand von dir borgen?“ meinte sie scherzhaft, und Una errötete.

„Aber nein, Lady“, wehrte sie verlegen ab. „Das wäre nicht standesgemäß. Ihr müsst Euren Herrn darum bitten. Er soll beinahe so reich sein wie der König, heißt es. Er könnte Euch in Samt und Seide hüllen!“

„Das könnte er vermutlich“, entgegnete Lily trocken, aber sie würde ihn um nichts bitten. Lieber würde sie in ihren verschmutzten Lumpen heiraten, als um neue Kleider zu betteln; eher würde sie sich die Zunge abbeißen.

Nachdem Una gegangen war und Lily sich zu Bett gelegt hatte, fand sie keinen Schlaf und fragte sich bang, was aus ihr werden würde.

Vermutlich hätte sie ohnehin nicht schlafen können, da Radulf und seine Männer in der Schankstube lärmend zechten.

Vielleicht verteilt er bereits seinen neuen Landbesitz, überlegte sie düster und wünschte ihm einen ordentlichen Brummschädel am nächsten Morgen.

Radulf, der von den Verwünschungen seiner Braut nichts ahnte, lachte über die zotigen Scherze seiner Soldaten und spielte den glücklichen Bräutigam. Er hatte sein Ziel erreicht, warum sollte er seinen Triumph nicht auskosten? Zweifel und Bedenken konnten getrost bis morgen warten.

Dennoch wanderte sein Blick immer wieder zur Tür hinüber, hinter der die Frau schlief, die sein Leben so gründlich in Aufruhr gebracht hatte. Er sah sie vor sich, wie sie seitlich eingerollt im Bett lag, einen schlanken Arm aus dem Bett hängen ließ, das hellblonde Haar zum Zopf geflochten, der sich wie ein silberner Strick um ihren Hals schlang, die Lippen halb geöffnet, voll und süß.

Würde sie ihm Einlass gewähren, wenn er an ihre Tür klopfte? Radulf wollte lieber nicht riskieren, dass sie sich wie eine Furie auf ihn stürzte und ihm das Gesicht zerkratzte.

Er schauderte.

„Wie soll Euer Erstgeborener heißen, Mylord?“ fragte ein Betrunkener, dem das Bier übers Kinn lief. „Eric Blutaxt?“

Radulf schnaubte verächtlich und verdrängte seine trüben Gedanken. „Nein, er wird Radulf heißen! Das ist ein guter, normannischer Name.“

Jervois hob seinen Humpen. „Auf Radulf, Sohn von Radulf!“

Radulf prostete seinem treuen Gefolgsmann lächelnd zu. Er hatte den Gefährten am Nachmittag in eine schwierige Situation gebracht, als er ihm eingeschärft hatte, seinen Befehlen vorrangig vor den Befehlen des Königs zu gehorchen. Falls die Umstände es erfordert hätten, hätte Jervois Lily entführt, in ein sicheres Versteck gebracht und damit sein Leben aufs Spiel gesetzt. Diese Treue war nicht hoch genug zu bewerten. Und Radulf würde ihn dafür fürstlich belohnen!

„Mylord?“ Jervois rutschte näher, der Blick seiner grünen Augen war ein wenig glasig, sein Kopf wackelte trunken. „Was habt Ihr … für Lady Lily … ähm Lady Wilfreda … als Hochzeitsgeschenk vorgesehen?“

Radulf blinzelte ihn verständnislos an.

„Die Tochter des Wirts erzählte mir, hier im Norden sei es Brauch“, fuhr Jervois lallend fort, „der Braut ein Geschenk zur Hochzeit zu machen.“

Radulf schaute ihn verdutzt an. Wie konnte er nur so dumm gewesen sein, nicht daran zu denken, seine zukünftige Gemahlin mit einem Geschenk zu beschwichtigen? Mit Geschenken konnte man bei Frauen alles erreichen, das wusste er genau. Seinem Vater war das Gold wie Wasser durch die Finger geronnen, weil er seine zweite Frau mit Juwelen, prächtigen Gewändern und anderem Zierrat überhäuft hatte. Und sie hatte mit gierig glänzenden Augen immer mehr verlangt.

Bei dieser Erinnerung verfinsterte sich Radulfs Miene. Nein, entschied er eigensinnig, es wird kein Hochzeitsgeschenk geben. Sie bekam den reichen und mächtigen Lord Radulf zum Gemahl, oder etwa nicht? Damit sollte sie sich zufrieden geben!

Diesen Gedanken sprach er laut aus, ohne Jervois' missbilligendes Zungenschnalzen zu beachten.

„Da wird … sie sicher ganz anderer Meinung sein. Sie wird sch…schmollen. Frauen sch…schmollen ständig wegen Kleinigkeiten."

Radulfs Miene verfinsterte sich noch mehr. „Ob sie schmollt oder nicht, ist mir völlig einerlei."

Jervois kniff ein Auge zu, um nicht alles doppelt zu sehen. „Sie wird sich rächen", sagte er schließlich. „Kein Gespräch, kein Lächeln, kein Bett."

Radulf schwieg mürrisch.

Sein Hauptmann gab sich geschlagen und entfernte sich mit leicht schlingernden Schritten. „Beide st…stur wie die Maulesel", brummte er in sich hinein. „Gott bewahre mich vor einer Heirat!"

Als Una am nächsten Morgen verkündete, ein Geschenk sei für sie angekommen, jubelte Lilys Herz.

Nach allem, was geschehen war, konnte der Bruch mit Radulf zwar nicht durch Bestechung gekittet werden, dennoch hob Lilys Stimmung sich beträchtlich. Das Geschenk war gewiss eine Geste der Versöhnung.

Im nächsten Moment aber machte Una ihre Hoffnungen wieder zunichte.

„Ein Diener brachte ein Paket von Lady Kenton. Eine Gabe, meinte der Mann, die Ihr zur Hochzeit tragen sollt."

Tief enttäuscht öffnete Lily die Verpackung, und zum Vorschein kam ein prachtvolles Gewand, bei dessen Anblick ihr ein Laut des Entzückens entfuhr. Ein Kleid aus schwerer goldfarbener Seide, reich bestickt mit feinsten Fäden aus Gold und Silber. Dazu Unterkleid und Schleier aus fein gesponnener durchsichtiger Gaze. Spitze goldfarbene Schnabelschuhe vervollständigten die Ausstattung.

Eine kostbare Robe passend für eine Königin – oder die Tochter einer Wikinger-Prinzessin. Sprachlos vor Staunen betastete Lily den schimmernden Stoff mit bebenden Fingern. Una hingegen zeigte weniger Ehrfurcht, nahm das Kleid hoch und hielt es ihrer Herrin vor den Körper. „Oh Lady Lily, Ihr schaut darin aus wie ein Engel", seufzte sie andächtig.

Lily lächelte, doch ihre Augen hatten den träumerischen Glanz verloren. „Diese Lady Kenton scheint sehr großzügig zu sein, Una. Aber vielleicht sollte ich das kostbare Geschenk zurückschicken. Lord Radulf hat mir nicht gestattet, das Kleid einer anderen Frau zu tragen. Wahrscheinlich will er mich in meinen alten Lumpen sehen."

Una, die Lilys Mut und noch mehr ihre Güte bewunderte, mit der sie Untergebene behandelte, hatte die schöne Edelfrau bereits ins Herz geschlossen. Unas Vater behauptete zwar, sie sei stolz und kaltherzig, doch seine Tochter war der Meinung, Lily schütze sich mit ihrer Unnahbarkeit lediglich vor Verletzungen.

Lily sollte an ihrem Hochzeitstag nicht unglücklich sein, nur weil dieser normannische Grobian nicht daran gedacht hatte, ihr ein hübsches Hochzeitsgeschenk zu machen. Am Abend zuvor hatte Una versucht, seinen Hauptmann darauf aufmerksam zu machen, war aber auf taube Ohren gestoßen. Nun sah sie sich gezwungen, deutlicher zu werden. „Ihr wollt es zurückschicken und die Dame kränken?“ Ihre schrille Stimme schenkte ihr zumindest Lilys volle Aufmerksamkeit. „Nein, Lady Lily“, fuhr sie versöhnlicher fort, „Ihr müsst das Kleid tragen.“

„Muss ich?“

„Aber ja. Lord Radulf wird nichts dagegen haben. Ihm wird es bei Eurem Anblick die Sprache verschlagen!“

Una glaubte, einen Funken Neugier in Lilys grauen Augen zu erkennen. Warum Lily sich für diesen Furcht erregenden Mann interessierte, war Una ein Rätsel. Auf diesen finsteren Gesellen wäre Unas Wahl jedenfalls nicht gefallen, Gott bewahre! Ihr gefiel der Bursche aus der Nachbarschaft, der immer zu Scherzen aufgelegte Fischhändler … Aber dies war der falsche Zeitpunkt für Träumereien. Una hatte sich in den Kopf gesetzt, dass Lily an ihrem Hochzeitstag glücklich sein sollte. Dafür wollte sie Sorge tragen!

Ohne Widerspruch ließ Lily sich von der Wirtstochter beim Ankleiden helfen. Die Vorstellung, dass es Radulf beim Anblick seiner Braut die Sprache verschlagen würde, war eine große Verlockung, der sie einfach nicht widerstehen konnte. Una kämmte Lily das Haar, bis es wie ein silbriger Vorhang um ihre Schultern wallte. Das goldene Kleid verlieh ihrem bleichen Teint einen warmen Hauch, und eine Spur roter Puder auf den Lippen lenkte von den dunklen Schatten unter ihren Augen ab.

Una trat zurück, um ihr Werk zu begutachten. „Ihr seid eine wunderschöne Braut“, flüsterte sie andächtig.

„Es ist nur das Kleid“, widersprach Lily verlegen. „Dieses kostbare Gewand macht aus jeder Frau eine Schönheit.“

Sie hörte Unas Proteste nicht. Es war Zeit, sich dem Bräutigam zu zeigen, und Lilys Unruhe stieg mit jedem Herzschlag. Sie nahm sich fest vor, ihm hochmütig zu begegnen, sich erneut einen Eispanzer anzulegen.

„Lady Lily?“ Una stand mit erwartungsvoll glänzenden Augen an der Tür.

Lily raffte die schweren Falten des Seidenrocks, um nicht zu stolpern. Du bist Vorgen mutig entgegengetreten, ermahnte sie sich, du hast vor König William Haltung bewahrt. Es besteht keine Veranlassung, dich vor Radulf zu fürchten.

Radulf und seine Männer hatten bis tief in die Nacht hinein gefeiert. In der Schankstube hing der Geruch von schalem Bier und Wein. Lily verharrte zögernd auf der Schwelle. Ein Mann hielt sich den Kopf, ein anderer blinzelte benommen ins Licht, das durch die offene Haustür fiel. Zunächst konnte Lily Radulf nicht entdecken, und während ihr Blick durch die rauchige Gaststube schweifte, hoben die Soldaten, einer nach dem anderen, die Köpfe und gafften stumm in ihre Richtung.

Lily hatte endlich gefunden, wonach sie suchte, und wunderte sich, wieso sie seine hohe Gestalt nicht sofort bemerkt hatte. Er stand am offenen Feuer, einen Fuß auf die Steinumfassung gestellt, einen Humpen in der Hand, und unterhielt sich mit dem Gastwirt.

„Mylady“, Jervois, der neben seinem Herrn stand, grüßte sie mit leiser, ehrfürchtiger Stimme.

Radulf drehte den Kopf. Über die Entfernung des dämmrigen Raumes glaubte Lily ein Funkeln in seinem dunklen Blick zu entdecken, eine wilde Glut, und die Sinne drohten ihr zu schwinden. Una legte einen Arm leicht um ihre Mitte, und als Lily ihre Fassung wiederfand, war die Glut in seinem Blick erloschen, seine Augen waren wieder unergründlich.

Wie gut er aussieht, schoss es ihr durch den Kopf, und sie ärgerte sich über sich selbst. Er trug eine tannengrüne Tunika, einen dunklen, pelzgefütterten Umhang über die linke Schulter drapiert, von einer reich verzierten Goldbrosche gehalten. Und als er sich zu Jervois drehte, um leise mit ihm zu sprechen, schlug das schwere Wolltuch gegen seine muskulösen Beine. Eine schwere Goldkette an seiner Brust blitzte in der Bewegung auf, das Zeichen seiner hohen Würde. Oh ja, er schaute atemberaubend gut aus.

Heute sollten sie einander unzertrennlich als Mann und Frau verbunden werden. Der Gedanke jagte prickelnde Schauer über Lilys Rücken.

Radulf schlenderte auf sie zu, stellte im Gehen den Humpen auf eine Bank und blieb dicht vor ihr stehen. Zu dicht. Warum musste er ihr immer so nah kommen? Lily widerstand der Versuchung, einen Schritt zurückzuweichen, um Abstand zu gewinnen, was er vermutlich als Zeichen von Schwäche missverstanden hätte.

„In einer halben Stunde brechen wir zur Burg auf", sagte er förmlich. „Wollt Ihr einen Schluck Wein mit mir trinken, bevor wir Hochzeit feiern?"

Seine Männer standen in banger Erwartung im Kreis, Una hielt den Atem an. Lily ballte die Faust und bezwang ihren Wunsch, ihm ins Gesicht zu schlagen. Radulf gab dem Wirt einen Wink, der sich beeilte, Wein in zwei seiner kostbarsten Kelche einzuschenken.

„Es ist mir ein Vergnügen, Mylady", begann der Wirt und wurde von Radulf mit einem kühlen Blick zum Schweigen gebracht.

„Auf Lady Lily!" Radulf hob den Kelch. Bevor er ihn aber an die Lippen setzte, schoss ihm ein unangenehmer Gedanke durch den Sinn. „Oder soll ich Euch nun Lady Wilfreda nennen?"

Lily hielt seinem fragenden Blick tapfer stand. „Das ist mein Name", antwortete sie ebenso förmlich.

Er trank einen tiefen Schluck. Seine Männer äußerten kleinlaut ihre Glückwünsche, offenbar fürchteten sie, ihre Köpfe würden bersten, wenn sie zu laut redeten. „Und wer ist Lily?“ fragte Radulf mit hochgezogenen Brauen.

„Mein Vater nannte mich Lily. So nennen mich die Menschen, die mich lieben“, erwiderte sie betont kühl, um ihm zu verstehen zu geben, dass er nicht dazu zählte.

Er musterte sie sinnend, dann zuckte er gleichmütig mit den Schultern. „Dann nenne ich Euch Wilfreda, vielleicht aber auch Hexe, denn Ihr scheint arglistig zu sein wie eine Hexe.“ Er leerte den Kelch. „Trinkt, Lady! Ihr habt einen anstrengenden Tag vor Euch. Der König liebt es, Feste ausgiebig zu feiern, und wird die Gelegenheit nutzen.“

Er drehte ihr den Rücken zu und dankte seinen Leuten für ihre Glückwünsche. Heuchler, dachte Lily erbost. Damit machte er sich seine Männer nur noch mehr zu seinen willenlosen Sklaven. Hexe, hatte er sie genannt, dieser Narr!

Lily leerte schnell den Kelch, um ihre Ängste zu bekämpfen. Als es Zeit war aufzubrechen, hatte sie ihre innere Ruhe wiedergefunden.

„Ihr macht uns stolz, Lady“, schmeichelte Jervois, als er ihr in den Sattel half. „Das *Schwert des Königs* hätte sich keine schönere Braut wählen können.“

Da Radulfs Hauptmann nicht zu Schmeicheleien neigte, fragte Lily sich, ob er sie nur trösten wollte, weil Radulf kein Wort der Anerkennung für sie gefunden hatte. Abgesehen von diesem kurzen brennenden Blick hatte Radulf keine Silbe über ihr goldenes Gewand verloren. Wieso auch? Diese Heirat war ein Befehl des Königs. Radulf hatte sich zwar hinreißen lassen, ihr zu gestehen, Gefallen an ihren körperlichen Reizen zu finden, aber im Grunde genommen war er wütend auf sie.

Ihre eigenen Gefühle wusste sie nicht zu benennen. Verwirrung, Schmerz, Zorn … und andere, dunkle Empfindungen, die sie lieber nicht eingehender untersuchen wollte.

Lilys Stute trippelte unruhig, und als Radulf an ihrer Seite ritt, machte ihr der schwarze Hengst noch mehr Angst, sie brach heftig nickend seitlich aus. Radulf beugte sich aus dem Sattel, nahm Lily die Zügel aus den Fingern und schlang sie sich um den Handrücken.

„Mylord", entrüstete Lily sich über seine Anmaßung. „Gebt mir die Zügel wieder!"

Er ließ sich nicht beirren, rief dem Wirt etwas zu, der mit verschränkten Armen vor seiner Schenke stand.

In Lilys Jugend hatte ihr Vater über jeden ihrer Schritte gewacht, dann hatte ihr Vorgen Vorschriften gemacht und Hew hatte es versucht. Ständig wollten Männer ihr vorschreiben, was sie zu tun hatte.

„Mylord!" zischte Lily wütend. „Ich bat Euch, mir die Zügel zu geben. Ich lasse mich nicht an der Hand führen wie ein unmündiges Kind."

Radulf sah sie mit hochgezogenen Brauen an. „Wollt Ihr abgeworfen werden, Lady?"

„Meine Stute fürchtet sich vor Eurem Schlachtross, Lord Radulf. Aber ich bin sehr wohl in der Lage, sie zu bändigen."

„Wie Ihr wünscht", entgegnete er achselzuckend und reichte ihr die Zügel. „Wir reiten los."

Lily ordnete zufrieden die schweren Falten ihres Kleides. Sie hatte zwar nicht viel erreicht, aber immerhin hatte sie ihn in seine Schranken verwiesen.

Der Zug ritt durch die engen Gassen, Radulfs Banner – eine Faust um das Heft eines aufrecht stehenden Schwertes auf dunkelblauem Grund – wehte der Reiterschar voran. Menschen säumten dicht gedrängt die Gassen und jubelten dem Brautpaar zu. Radulf bemerkte Lilys Verwunderung und erklärte, der König habe dem Volk befohlen, die anglo-normannische Verbindung gebührend zu feiern und das kommende Zeitalter von Frieden und Wohlstand im Norden zu bejubeln.

Aus Fenstern rieselten Blütenblätter auf das Paar herab und verbreiteten einen süßen Duft. Während die Bewohner von York die Straßen säumten und das Brautpaar hochleben ließen, wurde Lily das Herz nur noch schwerer.

„Die Leute haben ihre Gärten für uns geplündert", schmunzelte Radulf belustigt.

„Der König hat es befohlen", antwortete sie gereizt. „Wer würde es wagen, sich seinem Befehl zu widersetzen?"

„Ich gewiss nicht, Lady."

Radulf nahm ihre Hand und hielt ihren gestreckten Arm hoch, und die Menge jubelte erneut.

„Lächeln!" ermahnte er sie streng. „Ich befehle es."

Lily setzte ein starres Lächeln auf. Ihr Herz war schwer wie Blei. Es war alles so schön, und es war alles so falsch.

Radulf warf seiner Braut einen Seitenblick zu. Sie war wunderschön; selbst der wortkarge Jervois schien von ihr bezaubert zu sein. Aber sie wirkte so zerbrechlich und zart. Er hatte die Zügel ihrer Stute aus Besorgnis an sich genommen, Lily aber wollte ihm in ihrem maßlosen Stolz nicht einmal diese harmlose Höflichkeitsgeste zugestehen.

Irritiert wischte Radulf sich ein Blütenblatt von der Nase.

Wenn das alles überstanden war, würde es ihm hoffentlich in der Hochzeitsnacht gelingen, ihren eisigen Hochmut zum Schmelzen zu bringen. Doch bis dahin würden noch viele Stunden verstreichen, da William es liebte, Feste ausgiebig zu feiern. Seufzend machte Radulf sich auf eine lange, öde Wartezeit gefasst.

Im Burghof hatten sich Bewohner, Diener und Musikanten zur Ankunft des Brautpaares versammelt. Die große Halle war mit Efeu und Blumen geschmückt, der Duft des frischen Streus aus würzigen Kräutern überlagerte beinahe die Ausdünstungen der versammelten Festgäste und der Jagdhunde – die üblichen strengen Gerüche in einer normannischen Burg. Küchenmägde und Diener brachten Krüge mit Wein, dem die Gäste in vollen Zügen zusprachen.

Die Normannen galten als große Krieger und Jäger, waren aber auch große Esser und Trinker, allen leiblichen Genüssen zugetan und verstanden es, Feste zu feiern. Warum aber waren sie in Herzensangelegenheiten so verhalten und kühl?

Lily erinnerte sich an das Lachen und die Fröhlichkeit ihrer Kindertage auf der Burg ihrer Eltern. Ihr Vater hatte ihre Mutter innig geliebt und sich nicht gescheut, seine Liebe offen zu zeigen. Es war schließlich nichts Verwerfliches daran, einen anderen Menschen zu lieben. Liebe hatte nichts mit Landbesitz und Reichtum zu tun, sie war die Verbindung zweier Herzen.

Und wie verhielt es sich mit der Lust, die Radulf in ihr entfacht hatte? Auch Lust hatte nichts mit Landbesitz und Reichtum zu tun, nicht einmal damit, auf welcher Seite des Schlachtfeldes Lily und Radulf standen. Die Frage war ebenso wenig zu beantworten wie die Frage, warum der Blitz in ein bestimmtes Haus einschlug und nicht ins Nachbarhaus.

Die Brautleute schritten durch die Gasse der Hochzeitsgäste an den Altar der Burgkapelle, wo der Priester sie erwartete. Lily hätte sich einen gütigen Geistlichen wie Vater Luc gewünscht, nicht diesen hageren Greis, hohlwangig, mit tief liegenden, trüben Augen. Lily stand hoch erhobenen Hauptes neben Radulf, gab sich den Anschein kühler Distanz, während das Ehegelöbnis gesprochen und das Jawort gegeben wurde. Hinter der Fassade ihrer majestätischen Haltung verbarg sich eine verängstigte, einsame junge Frau, der vor der Zukunft graute.

Und dann waren sie einander verbunden, bis dass der Tod sie schied.

Radulf beugte sich über sie und besiegelte den Bund der Ehe mit einem flüchtigen Kuss. Für eine innigere Zärtlichkeit wäre gar keine Zeit geblieben, da William seinem Gefolgsmann bereits derb auf den Rücken schlug und die Gäste lärmend ihre Glückwünsche ausbrachten. Bald darauf zog die bunte Schar der Hochzeitsgäste in die Halle, wo das Festmahl aufgetragen wurde. Der König nahm Lily bei der Hand und führte sie zur Hochtafel auf der Empore zu ihrem Ehrenplatz an seiner Seite.

„Eure Hand ist kühl, Lady Wilfreda“, sagte er, während sie sich setzte. „Lässt das auf ein heißes Herz schließen?“ Er schien daran zu zweifeln und sah sie lange an. In seinen wachen, flinken Augen war nichts von der Freundschaft zu spüren, die er für Radulf empfand.

Mein Herz ist gebrochen.

„Werdet Ihr meinem *Schwert* eine loyale Gattin sein?“ fuhr er fort, ohne eine Antwort von ihr zu erwarten. „Mir missfällt der Gedanke, er könnte in seinem eigenen Haus der Gefahr ausgesetzt sein, dass man ihm einen Dolch in den Rücken jagt.“

William war glücklich verheiratet und hatte seine Gemahlin niemals betrogen – so wollten es jedenfalls die Gerüchte. Demnach war die Liebe nicht allen Normannen fremd.

„Ich wünsche mir, dass mein Land von einem weisen und gerechten Herrn regiert wird, Sire, und werde alles tun, was in meiner Macht steht, um dies zu erreichen. Macht mich das zu einer loyalen Gattin?“

„Nein, Lady. Treue hängt man sich nicht um wie einen Mantel. Radulf verdient Besseres.“

„Ich habe nicht die Absicht, meinen Gemahl zu betrügen", entgegnete Lily leise.

William betrachtete sie stirnrunzelnd. Als er zum Sprechen ansetzen wollte, wurde der Hauptgang aufgetragen. Unter dem Beifall der Gäste schleppten vier Diener eine riesige Holzplatte in den Saal, auf der ein knusprig gebratenes Wildschwein auf Weinlaub gebettet lag, umkränzt von mit Honig überzogenem Gemüse. Der König rieb sich in Vorfreude auf den knusprigen Braten die Hände. Lily beobachtete bestürzt, wie er enorme Fleischmengen auf ihren Teller häufen ließ und befahl, ihren juwelenbesetzten Silberkelch mit dem schweren gewürzten Wein zu füllen.

„Nun feiert Eure Hochzeit, Lady Wilfreda", verkündete er im Befehlston, „ob Euch das gefällt oder nicht. Esst und lasst es Euch schmecken!"

„Ja, Sire." Demütig senkte sie den Blick, um ihren Unmut zu verbergen. Als der König sich seinem Mahl widmete, wagte Lily einen flüchtigen Blick zu Radulf an ihrer Linken, den er auffing und richtig deutete. Er zog spöttisch die Mundwinkel hoch.

„Ihr scheint großen Appetit zu haben, Lady."

„Nein", zischte Lily, „ganz im Gegenteil!"

Er machte ein besorgtes Gesicht, nur in seinen schwarzen Augen funkelte der Spott. „Du bist mager, Frau. Etwas Fleisch auf den Rippen kann dir nicht schaden."

Lily seufzte verzweifelt. „Wenn ich das alles esse, bin ich kugelrund."

Er warf lachend den Kopf in den Nacken; die Spannung wich aus seinen Gesichtszügen. So hatte sie ihn noch nie lachen gehört. Er wirkte jung und sorglos, nicht mehr hart und stählern wie das *Schwert des Königs!* Sein Lachen verwirrte sie. Ihr Herz krampfte sich zusammen. Und dann forderte ein anderer Gast seine Aufmerksamkeit, und Lily blieb nur der Blick auf seinen Rücken.

Ein schöner, kraftvoller Rücken mit breiten Schultern. Sie nahm ein Stück Fleisch und kaute darauf herum. Sie freute sich erstaunlicherweise darüber, ihn zum Lachen gebracht zu haben. Das kleine Wortgeplänkel mit ihm hatte ihre Stimmung aufgehellt, und selbst der Gedanke, neben einem König zu sitzen, der kaum Zuneigung für sie aufbringen konnte, war nun weniger beklemmend.

Lily schaute heimlich zu Radulf hin. Das Eis in ihr begann zu schmelzen, als sie sich eine kurze Tagträumerei gestattete. Radulfs Arme umfingen sie, sein Mund lag auf ihren Lippen … Das Einsetzen schriller misstönender Musik holte sie in die Wirklichkeit zurück, ehe sie sich zu tief in lustvollen Fantasien verlor.

Musikanten hüpften durch die Halle, sangen, trommelten und schlugen ihre Lauten, bis Lily die Ohren von dem Radau dröhnten. Danach trat ein Sänger mit Harfe auf und trug klagende Lieder vor, wurde aber bald geschmäht und aus der Halle vertrieben. Nun zeigten Akrobaten halsbrecherische Kunststücke. Und als Höhepunkt der Darbietungen wurde ein Possenspiel aufgeführt, das Lilys Gefangennahme und die Hochzeit mit dem *Schwert des Königs* zum Inhalt hatte.

Peinlich berührt erkannte Lily sich in einem schlaksigen Jüngling wieder, der eine lange blonde Flachsperücke trug und hüftschwingend durch den Saal stolzierte, ständig seine zerzausten Locken über die Schulter warf und kokette Blicke in die Richtung des Schauspielers warf, der Radulf darstellen sollte.

Fand Lily die Darstellung ihrer Figur bereits lächerlich, so war Radulf noch grotesker getroffen. Er wurde als kompletter Narr präsentiert, der unbeholfen durch die Halle tappte, über Füße stolperte, fluchend die Faust schüttelte und ständig mit seinem „Schwert“ prahlte. Unflätiges Lachen begleitete jeden seiner derben Scherze.

Radulf, der bequem zurückgelehnt neben Lily saß, lachte zwar gelegentlich, war aber gleichfalls peinlich berührt, dass seine persönlichen Belange als Futter für William und seinen klatschsüchtigen Hofstaat herhalten mussten. Er war daran gewöhnt, Angst zu verbreiten, sich zum Gespött anderer machen zu lassen war ihm neu.

Als Braut und Bräutigam zum Schluss einander in die Arme sanken, was eher einem Ringkampf als einer zärtlichen Umarmung glich, atmete Radulf erleichtert auf. Mit einem Seitenblick bemerkte er Lilys gesenkte Lider und geröteten Wangen. Hatte die Posse sie tatsächlich erzürnt? Sie guckte hoch, und er schaute ihr in die grauen Augen.

„Das ist nur dummes Zeug“, beschwichtigte er sie mit tiefer, sanfter Stimme.

Lilys Pupillen weiteten sich, ein Schauer durchlief sie. Als er sie fragte, ob ihr kalt sei, schüttelte sie den Kopf. „Nein, es ist nur … nein, nichts, Mylord.“

Er hätte gerne gewusst, was in ihr vorging, hätte sie gerne zur Seite genommen, um ihre Stimme nah an seinem Ohr zu hören, ihren warmen Atem zu spüren. Denn unvermutet schien sie ihren Schutzschild gesenkt zu haben. Doch im nächsten Moment hob sie das Kinn und setzte ihre Maske der Unnahbarkeit wieder auf.

Radulf nickte und wandte sich dem Gast rechts von ihm zu, seine Gedanken aber verweilten bei Lily. Lag es an seiner erhitzten Fantasie, oder hatte er tatsächlich eine Einladung in ihren Augen gelesen? Würde seine Hochzeitsnacht möglicherweise doch anders verlaufen, als er befürchtete? Er hatte sich schon beinahe damit abgefunden, mit seinen Männern in der Herberge zusammenzusitzen und sich sinnlos zu betrinken.

In Radulfs Magengrube flatterten Schmetterlinge. Er kam sich vor wie ein Jüngling mit seinem ersten Mädchen. Es war lächerlich und erniedrigend, aber was sollte er machen? Er begehrte Lily, er hungerte nach ihr, und die kommende Nacht war alles, was zählte.

12. KAPITEL

Die langen Tafeln wurden abgeräumt, ob das Festmahl aber beendet oder ob bald eine weitere Speisefolge aufgetragen werden würde, wusste Lily nicht. Der Drang, sich zu erleichtern, verschaffte ihr eine Entschuldigung, sich aus der Halle zu entfernen. Sie war dankbar, dem Lärm für kurze Zeit zu entrinnen, um ihre Gedanken zu ordnen. Sie hätte sich beinahe zur Närrin gemacht in ihrem Wunsch, Radulf an die Brust zu sinken wie ein betörtes junges Mädchen, bebend vor Verlangen in seinen Armen zu liegen.

Zu solcher Unbesonnenheit durfte sie sich nicht hinreißen lassen. Radulf hatte ihr deutlich zu verstehen gegeben, warum er sie geheiratet hatte, und nun war sie seine Ehefrau und in vieler Hinsicht seiner Willkür ausgeliefert. Er durfte nie erfahren, dass er ihr Blut so sehr in Wallung brachte, dass sie seine willige Gefangene war. Nein, das durfte sie nicht zulassen, auch wenn sie sich sehr verstellen musste.

Als Lily die Halle wieder betrat, blieb sie kurz am Eingang stehen und beobachtete die bunt gemischte Gästeschar. Es waren alle Stände vertreten, prächtig herausgeputzte Edelleute mit ihren juwelenbehängten Damen, bis hin zum einfachen Volk in schlichtem Sackleinen.

Als ihr Arm berührt wurde, drehte sie sich erschrocken um und blickte in die goldfarbenen Augen der Dame, an die sie sich von der gestrigen Audienz bei König William erinnerte.

„Lady Wilfreda." Die Dame hatte eine melodisch schöne Stimme. Sie trug ein kostbares, dunkelrotes, mit Goldfäden durchwirktes und mit Perlen besticktes Kleid. Auf ihrem dunklen gelockten Haar prangte ein mit Rubinen besetzter Goldreif. Ihre Schönheit überstrahlte die ersten gnadenlosen Anzeichen des beginnenden Alters, die sich in feinen Fältchen um Augen und Mund zeigten.

„Kennt Ihr mich nicht?“ Enttäuscht zog sie eine dunkle, fein geschwungene Braue hoch. „Ich bin Lady Anna Kenton. Ich schickte Euch das Hochzeitskleid.“

Lily errötete verlegen. „Lady Anna, ich wusste nicht ... Ich danke Euch für das großzügige Geschenk. Das Kleid ist wunderschön. Da ich nichts Passendes in meinem bescheidenen Reisegepäck hatte, war mir Ihre Aufmerksamkeit sehr willkommen.“

Anna lächelte zufrieden. „Ich hatte befürchtet, dass Radulf keinen Gedanken an ein festliches Kleid verschwendet. Er hat sich noch nie für weibliche Belange interessiert.“

Hinter ihrem Lächeln lag etwas Hämisches, als verberge sie ihren Spott hinter einer Maske der Güte. Betroffen trat Lily einen Schritt zurück.

„Ihr kennt Lord Radulf, Lady Kenton?“

Anna lachte leise gurrend. „Oh ja. Ich kenne ihn. Ich kenne ihn sogar sehr gut. Hat er nicht über mich gesprochen? Nun ja“, setzte sie mit einem gleichmütigen Achselzucken hinzu, „es gibt nun mal gewisse Dinge, die man Außenstehenden besser verschweigt. Ich besitze etwas von ihm, meine Liebe, das Euch verwehrt ist, sosehr Ihr Euch auch darum bemühen mögt. Wisst Ihr, was das ist?“

Lily schüttelte stumm den Kopf.

Annas bernsteinfarbene Augen leuchteten auf. „Es ist sein Herz, Lady.“

Ein Stich der Eifersucht durchbohrte Lily, erfüllte sie mit Argwohn, Neid und anderen Empfindungen, die ihr bislang fremd waren. Wer war diese Frau? Warum sagte sie so etwas? Wie konnte sie diese Behauptung aufstellen? Was bedeutete sie Radulf?

Aber es blieb keine Zeit, diese Fragen zu stellen, die ihr auf der Seele brannten. Im nächsten Augenblick spürte sie eine vertraute Wärme im Rücken, Lady Anna hob den Blick und guckte über Lilys Schulter.

„Radulf", raunte die Dame lächelnd. „Ich erzähle deiner Gemahlin gerade, wie gut wir uns kennen. Niemand kennt dich so gut wie ich ... so gründlich."

Radulf umfing Lilys Arm mit hartem Griff. Erschrocken wollte sie sich dagegen wehren, hielt aber jäh inne.

Seine schönen Lippen waren zu einem schmalen bleichen Strich geworden, seine schwarzen Augen undurchdringlich. So hatte Lily ihn noch nie gesehen, nicht einmal im Kloster Selby, als er ihre Flucht mit Hew vereitelt hatte.

„Komm", meinte er tonlos. „Wir wollen uns vom König verabschieden."

„Radulf ...?" setzte Lily an, denn sie wollte protestieren.

Anna lachte leise und triumphierend. „Ja, lauf nur weg", spottete sie. „Aber du weißt, dass du deinen Erinnerungen nicht entfliehen kannst, Radulf. Erinnerungen, die weit mehr sein können als kalte, tote Gedanken. Wir können sie zum Leben erwecken. Ich habe sehr viel darüber nachgedacht, seit du mich verlassen hast."

„Ich habe dich verlassen?" wiederholte er dumpf, als begreife er den Sinn ihrer Worte nicht.

Lily wurde übel. Das war nicht Radulf! Er wirkte beinahe hilflos und schwach. Was immer Lady Anna ihm bedeutet hatte, die Begegnung mit ihr schien seinen Lebenswillen zu lähmen.

„Wie gefällt dir das Hochzeitskleid deiner Braut, Radulf?" fuhr die Dame immer noch lächelnd fort. „Es gehörte mir. Irgendwie habe ich während der Trauung zwischen dir und ihr gestanden", fügte sie mit einer wegwerfenden Geste in Lilys Richtung hinzu. „Ich wusste, dass du keine Frage nach dem Kleid stellen wirst. Du hast ja nie Wert auf Äußeres gelegt, wolltest immer gleich erfahren, was sich darunter verbirgt."

Radulf holte stockend Atem. „Du hast mich in dein Gemach gelockt, damit ich dir beim Ankleiden helfe", sagte er mit fremder Stimme. „Und manchmal hast du kein Kleid getragen."

„Ich begehrte dich damals, Radulf. Und ich begehre dich noch heute. Für mich gibt es keinen anderen."

Es kostete ihn anscheinend große Anstrengung, sich abzuwenden und zu gehen. Nach einem letzten Blick in Annas schönes lächelndes Gesicht drehte auch Lily sich um und eilte ihm nach, hatte Mühe, seinen weit ausholenden Schritten zu folgen. Im Laufen schaute sie kurz über die Schulter, doch die schöne Edelfrau war bereits in der Menge untergetaucht.

„Radulf, was ..."

„Nein!" donnerte er, beherrschte sich und fuhr ruhiger fort: „Nein. Du gibst das Kleid noch heute zurück. Du hättest es nicht tragen dürfen."

Lily guckte ihn verstört von der Seite an; ihr Herz schlug hart vor Angst und Verwirrung. „Ich hatte nichts anzuziehen", entgegnete sie mit leiser Stimme. „Du hast es versäumt, mir ein passendes Kleid zu besorgen."

Radulf drehte sich zu ihr um und starrte sie finster an. „Du hast mich nicht darum gebeten."

„Ich wusste nicht, wie."

Er blieb stehen, und Lily seufzte erleichtert. Nun sah sein Gesicht wieder vertrauter aus, obwohl er noch bleich und sichtlich wütend war. „Es steht dir frei, eine vernünftige Bitte an mich zu richten, Lady. Ich bin dein Gemahl und dazu verpflichtet, deine Wünsche abzuwägen und gegebenenfalls zu erfüllen."

Lily lachte bitter. „So etwas wäre Vorgen nie in den Sinn gekommen. Wieso solltest du anders sein? Du hast gesagt, du heiratest mich, um mich zu bestrafen, und nun behauptest du, ich bräuchte dich nur um etwas zu bitten und du würdest mir den Wunsch erfüllen. Verzeih, wenn ich Schwierigkeiten habe, diese beiden Aussagen miteinander in Einklang zu bringen, Mylord."

„Wie dem auch sei, ich stehe dazu", erwiderte er schneidend.

„Radulf."

Beide hoben den Blick. Ein schlanker Edelmann in pelzverbrämter Tunika stand vor ihnen, ein Lächeln auf den schmalen Lippen. Seine Finger waren mit großen funkelnden Ringen geschmückt – ein Zeichen seines Wohlstands.

„Ihr seht ziemlich blass aus für einen Bräutigam, Radulf", begann er. „Und das ist Eure Gemahlin? Lady, Ihr seid sehr schön. Ich verstehe, warum Radulf sich in den Kopf gesetzt hat, Euch an unsere normannischen Sitten zu gewöhnen."

Lily spürte den feinen Stachel hinter seinen höflichen Worten. „Ich bin mit normannischen Sitten und Gebräuchen wohl vertraut, Sir!" entgegnete sie spitz.

Er lachte. „Ihr seid widerborstiger, als es den Anschein hat, Lady. Das ist auch nötig in einer Ehe mit Radulf. Ich kenne mich darin aus. Ich bin Lord Kenton."

Lily warf Radulf einen verdutzten Blick zu, dessen versteinerte Miene ihr keinerlei Aufschluss gab. „Erfreut, Eure Bekanntschaft zu machen", antwortete sie schließlich. „Eure Gemahlin habe ich bereits kennen gelernt."

Kentons wasserblaue Augen wirkten seltsam mitfühlend. Sein dunkelblondes Haar wich schütter von seiner hohen Stirn zurück, fiel ihm aber lockig über die Ohren. Er war älter als Radulf und nicht mit ihm zu vergleichen. Lily fühlte sich irgendwie von ihm abgestoßen.

„Bleibt Ihr lange in York?" Radulfs weiche Stimme riss Lily aus ihren Gedanken. Er hatte seine Fassung wieder erlangt, hatte seine Gemütsaufwallung, die ihn bei der Begegnung mit Lady Anna ergriffen hatte, wieder gezähmt. Lily bemerkte lediglich ein zorniges Glimmen in seinen Augen.

Lord Kenton lächelte achselzuckend. „Das überlasse ich meiner Gemahlin. Sie bestand darauf, nach York zu reisen, und will ein wenig länger bleiben, da sie sich darauf freut, alte Freundschaften wieder aufzufrischen."

Radulf brummte etwas Unverständliches.

Lily hatte den Eindruck, Lady Anna und Lord Kenton waren ein sehr ungleiches Paar. Die schöne Frau passte nicht zu dem schmächtigen, seltsamen Mann. Vielleicht aber waren die kostbaren Ringe an jedem Finger des Edelmanns eine Erklärung für diese ungleiche Verbindung.

Lord Kenton, der Lilys Gedanken zu lesen schien, lächelte dünn. „Lady Anna ist eine sehr schöne Frau. Eine solche Frau braucht einen Mann, der ihr einen kostbaren Rahmen bietet."

Radulf verzog das Gesicht. „Ihr sprecht in Rätseln wie gewöhnlich, Kenton."

„Keineswegs, Radulf. Ich kann auch deutlicher werden, wenn Ihr das bevorzugt. Meine Frau ist mein Besitz, den ich mir von niemandem nehmen lasse."

Lily durchlief ein kalter Schauer. Radulf aber schien ungerührt, verlagerte das Gewicht von einem Bein aufs andere und verschränkte die Arme vor der Brust.

„Ja, ein klares Wort. Dieses Gerede um den heißen Brei ermüdet mich weit mehr als ein ehrlicher Zweikampf. Ich schaue einem Mann gern über eine scharfe Klinge hinweg in die Augen. Dann kann ich sagen, was ihm wirklich auf dem Herzen liegt. Ich habe großen Respekt vor dem Eigentum anderer, Kenton. Wie Ihr seht, habe ich mich selbst vor kurzem vermählt."

Lord Kenton bedachte Lily mit seinem dünnen Lächeln.

„Und sie ist sehr schön … auf ihre Weise. Habt Ihr sie schon in Euren Zauberbann gezogen? Wenn das geschieht, Lady, könnt Ihr Euch nie wieder von ihm befreien. Ich weiß, wovon ich spreche. Radulf hatte bereits als Jüngling große Wirkung auf Frauen. Hab ich Recht, Mylord?"

Die feindselige Spannung zwischen den beiden Männern war deutlich spürbar, und Lily fragte sich bang, wie dieses merkwürdige Gespräch enden würde.

„Jemand scheint Euch falsch unterrichtet zu haben", meinte Radulf nach einer längeren Pause und wählte seine Worte mit Bedacht. „Es steht mir nicht an, Euch Ratschläge zu erteilen, Kenton, aber glaubt nicht alles, was Euch zu Ohren kommt. Diesen Fehler habe auch ich einst begangen …"

„Nein." Ohne die Stimme zu erheben, fiel Kenton ihm ins Wort. „Ich will nichts mehr davon hören. Nehmt Eure Braut und feiert Eure Hochzeitsnacht."

Radulf verneigte sich. „Das ist meine Absicht."

Als Lily an Kenton vorbeigehen wollte, beugte er sich vor. Sein säuerlicher Atem streifte ihr Gesicht, als er ihr ins Ohr zischte: „Verliebt Euch nicht in ihn, Lady, was auch kommen mag." Lily fuhr empört zurück, und Kenton fügte seelenruhig hinzu: „Es war mir ein großes Vergnügen, eine so schöne Frau kennen zu lernen. Lord Radulf kann sich glücklich schätzen, Euch und Euer Land im Norden gewonnen zu haben. Wie mir scheint, zahlt Grausamkeit sich aus."

„Ein sonderbarer Mann", murmelte Lily, als sie sich weit genug von Lord Kenton entfernt hatten.

„Was hat er zu dir gesagt?"

Verliebt Euch nicht in ihn, Lady. „Ich habe seine Worte nicht verstanden."

Radulf runzelte die Stirn und guckte sie kurz an. „Irgendwie ist er sonderbar und schlüpfrig wie ein Aal. Er besitzt Ländereien, nicht weit von York entfernt, die er durch seine Redegewandtheit erworben hat, nicht mit dem Schwert. Wenn er kämpfen will, heuert er Söldner an, die ihr Blut für ihn vergießen." Radulfs Augen waren hart und kalt. „Ich kann ihn nicht leiden und traue ihm nicht über den Weg. Nimm dich vor ihm in Acht, falls du ihm noch einmal begegnest."

„Das ist seltsam", erwiderte sie. „Das Gleiche sagte er nämlich über dich."

Seine Augen blitzten auf, und Lily wusste, dass der Zorn noch immer in ihm schwelte. Sie fragte sich, ob er Lord Kenton nur nicht leiden konnte, weil er Lady Annas Gemahl war.

„Für einen Normannen wirkt er ziemlich harmlos", fuhr sie leichthin fort. „Ist er schon lange mit Lady Anna verheiratet?"

Wieder flammte das Feuer in Radulfs schwarzen Augen auf, er drohte die Beherrschung zu verlieren. Er hielt Lilys Hand mit eisernem Griff fest. „Komm, wir verabschieden uns. Ich habe genug von dem Geschwätz."

Der Abschied erfolgte in erstaunlich kurzer Zeit. Williams herzliche Glückwünsche und sein derbes Lachen klangen Lily in den Ohren, als sie an der Seite ihres Gemahls die große Halle verließ.

Der Ritt durch die dunklen Gassen von York erschien Lily wie ein Traum, wie eine Szene aus den Geschichten, die ihre Mutter aus ihrer nordischen Heimat erzählt hatte. Die Pferde wateten durch weißen Nebel, der vom Fluss aufstieg und ihre Hufschläge dämpfte.

Erst jetzt in der kalten Nachtluft spürte Lily ihre Müdigkeit und das Ausmaß ihrer Verwirrung. Was bedeutete Radulf diese Lady Anna? Warum hatte er sich über das geschenkte Hochzeitskleid so maßlos erzürnt? Und worauf bezogen sich die Andeutungen der schönen Frau?

Sie waren einst ein Liebespaar, höhnte ihre innere Stimme über ihre störrische Weigerung, das zu sehen, was jedem anderen ins Auge stechen musste. Radulf hatte Anna einst in den Armen gehalten, sie leidenschaftlich geküsst, tief in ihre goldfarbenen Augen geblickt. Sie hatte ihn gestreichelt und ihn in den Bann ihrer Liebe gezogen. Anna hatte behauptet, Radulfs Herz gehöre ihr noch immer. War das der Grund, warum er bis jetzt nicht geheiratet hatte? Weil er die Frau nicht haben konnte, die er wirklich liebte?

Eifersucht nagte an Lily. War Radulf deshalb so wütend auf sie, weil sie ihn daran erinnerte, was er nicht bekommen konnte? Und Lord Kenton, wusste er von der Beziehung zwischen Radulf und seiner schönen Gemahlin? Hatte er deshalb so seltsam gesprochen, kleine Giftpfeile gegen Radulf abgeschossen, um ihn zu verletzen?

So musste es wohl sein.

Lily schloss die Augen. Ihr war, als durchbohre ein Messer ihr Herz. Sie wollte Radulf für sich. Für sich ganz allein.

Der feuchte Nebel drang kalt durch den Umhang bis auf ihre Knochen und ließ sie frösteln. Obgleich Radulfs dunkler Schatten neben ihr ritt, gefolgt vom Tross seiner schweigsamen Soldaten, fühlte Lily sich grenzenlos einsam.

Die Gaststube war warm und stickig; Holzrauch hing in der Luft. Una hatte Lilys Kammer mit Blumen geschmückt, frisches Leinen aufs Bett gelegt und ein Tablett mit warmem gewürzten Wein und Haferkuchen bereitgestellt. Im offenen Herd knisterte ein Feuer, das flackernde Schatten gegen die Wände warf und für behagliche Wärme sorgte.

Es war eine sichere Zuflucht, doch Lily fühlte sich nicht geborgen.

Die Wirtstochter bediente sie schweigend, aber ihr Lächeln schwand rasch, als sie die Spannung zwischen den Frischvermählten spürte. Hinter der geschlossenen Tür feierten Radulfs Männer lärmend die Hochzeit ihres Herrn, wodurch das Schweigen in der Kammer nur noch drückender wirkte.

Radulf lehrte den Kelch in tiefen Zügen. Unter seinen Augen lagen tiefe Schatten, da er zwei Nächte kaum geschlafen hatte. Er fühlte sich elend und ausgelaugt. „Zieh das Kleid aus! Ich lasse es augenblicklich zurückbringen", befahl er.

Lily strich zaghaft mit einem Finger über den glatten schimmernden Stoff. Wahrscheinlich würde sie nie wieder ein so schönes Kleid tragen. Sie fürchtete beinahe, Radulf würde sie zerlumpt in Ketten legen und in ihrer Kammer einsperren.

„Ich begreife nicht, warum du so ungehalten darüber bist", entgegnete sie trotzig.

Er bedachte sie mit einem finsteren Blick. „Darüber möchte ich jetzt nicht sprechen. Zieh das Kleid aus!"

Sie hätte sich ihm gern widersetzt, hatte aber Angst, er würde ihr die kostbare Robe in seiner momentanen Stimmung vom Leib reißen. Diese Demütigung ließ ihr Stolz nicht zu. Sie blinzelte heftig gegen ihre aufsteigenden Tränen an, löste die Bänder und zerrte mit fahrigen Bewegungen daran, schlüpfte aus einem Ärmel, dann aus dem zweiten, bis die schimmernde Seide raschelnd zu Boden glitt. Das fein gesponnene Unterhemd ließ im flackernden Feuerschein ihre Nacktheit mehr als nur erahnen.

Sie war sich Radulfs regloser Haltung deutlich bewusst.

Er hielt den Atem an; der Blick seiner schwarzen Augen wirkte fiebrig. Lily verschränkte beschämt die Arme vor der Brust. Sie wollte ihm sagen, er solle gehen, als die Erinnerung an

Annas verführerisches Lächeln, an ihre goldfarbenen Augen sich ihr ungebeten aufdrängte.

Woher willst du wissen, dass Radulf das Kleid nicht selbst zurückbringen möchte, fragte eine listige Stimme. Vielleicht wird er noch ein wenig bleiben, einen Becher Wein mit Lady Anna trinken, dann wird er sie küssen und zärtlich zu ihr sein … Und es wird nicht lange dauern, und sie liegen eng umschlungen in Lady Annas Bett.

Wieder fraß die Eifersucht sich in Lilys Eingeweide. Ich bin seine Ehefrau, rief sie sich ins Gedächtnis. Warum sollte ich ihn zu einer anderen gehen lassen, wenn mir das Recht zusteht, ihn bei mir zu haben?

Nicht nur das Recht, sondern auch die Macht. Mochten noch so viele feindselige Gefühle zwischen Radulf und ihr bestehen, ihre Körper harmonierten wunderbar miteinander.

Lily hielt den Blick auf seine Augen gerichtet, während sie langsam einen Ärmel von der nackten Schulter streifte. Mehr war nicht nötig. Im nächsten Moment stand er vor ihr, grub die Hände in ihr Haar, hob ihr Gesicht und nahm ihren Mund in Besitz mit der verzweifelten Gier eines Mannes, der nach ihren Küssen hungerte.

Dachte er dabei an Anna?

Nein, er begehrte *sie*, Lily, seit ihrer ersten Begegnung in der Dorfkirche. Wenigstens gehörte ihr seine Lust, wenn auch sein Herz einer anderen gehörte.

Lily rang nach Luft, als seine Hände über ihren Rücken und ihre Hüften glitten, ihre weichen Rundungen begrüßten, seine Finger sich in ihr pralles Gesäß gruben. Er zog sie eng an sich, sie spürte seinen harten Schaft an ihrem Leib. Ein heißes Glücksempfinden stieg in ihr hoch. Radulf begehrte sie ebenso leidenschaftlich wie sie ihn.

Seine Hände wölbten sich nun durch das hauchdünne Gespinst um ihre schweren Brüste. Er beugte den Kopf und nagte mit den Zähnen sanft an ihren Brustknospen. Lily entfuhr ein kleiner Schrei, sie reckte sich ihm entgegen, krallte die Finger in seine breiten Schultern.

Radulf legte sie aufs Bett, dem ein zarter Blumenduft entströmte. Fahrig nestelte er an der Verschnürung seiner Hosen, schob sie über die muskelbepackten Schenkel nach unten und schleuderte sie von sich. Lilys Hände schlüpften unter seine Tunika und das Leinenhemd. Ihre kühlen Finger tasteten über die vernarbten Spuren seiner Kämpfe. Er war ein gefürchteter Krieger, doch heute Nacht gehörte er ihr.

Nicht minder ungeduldig zerrte Lily ihm die Tunika über den Kopf, ließ das Hemd folgen und erfreute sich an seinem Anblick. Sie würde sich nie satt sehen an den Muskeln seiner mächtigen Schultern und Arme, an der kraftvollen Säule seines Halses. Ihr Blick wanderte tiefer zu seinem harten flachen Bauch und zu seiner Männlichkeit, die sich ihr stolz entgegenreckte.

Fasziniert ließ Lily die Hände über seine glatte Haut gleiten, beugte sich über Radulf und hauchte zarte Küsse auf seine Brust, auf die ihr langes Haar sich wie ein silbrig glänzender Wasserfall ergoss.

Radulf ertrug die köstliche Folter ihrer Liebkosungen, bis ihre Zunge tiefer glitt. Stöhnend hob er Lily ein wenig hoch, streifte ihr das dünne Hemd über den Kopf und ließ es zu Boden flattern. Mit einem wohligen Brummen lehnte er sich zurück und bewunderte ihre Nacktheit. Seine Gesichtszüge waren vor Verlangen angespannt, sein Brustkorb hob und senkte sich unter seinen keuchenden Atemzügen. Er schaute Lily ins Gesicht.

Ihre Pupillen hatten sich geweitet, ihre vollen Lippen teilten sich. Fiebrige Schauer durchliefen sie. Sie war bereit für ihn.

Quälend langsam strich Radulf mit einem Finger über ihre Lippen; sein Daumen glitt ihren Hals entlang. Dann wölbte er eine warme Hand um ihre Brust, wog ihre pralle Fülle, drückte ihre steife Brustspitze sanft zwischen Daumen und Zeigefinger. Dann wanderten seine Hände tiefer zur Einbuchtung ihrer schmalen Mitte, über die Rundungen ihrer Hüften, ihren weichen, glatten Bauch, die seidige Länge ihrer schlanken Schenkel entlang. Und während er sie liebkoste, hielt er den Blick tief in ihre Augen gesenkt, um die Wirkung seiner Berührungen zu prüfen.

Lily vermochte ihr wildes Verlangen nicht zu verbergen, und sein Lächeln vertiefte sich. Und er hatte allen Grund zu lächeln. Er war ein Gott verglichen mit anderen Männern, er war ein Idol, er war Thor, der germanische Gott der Naturgewalten und der Fruchtbarkeit.

Als seine Finger in den blonden Löckchen zwischen ihren Schenkeln spielten, glaubte Lily vor Verlangen zu vergehen. Und als sein Finger langsam in sie eintauchte, entfuhr ihr ein gutturaler Laut. Sie klammerte sich an ihn, schlang die Arme fest um seinen Hals.

Radulf legte seine warmen großen Hände an ihre Hüften, hob Lily hoch und glitt tief in ihren Schoß. Lily stammelte seinen Namen, während er sich noch tiefer in ihr versenkte. Seine Stimme war ein tiefes, heiseres Raunen. „Du gehörst mir, Lily. Mir allein."

Lily war berauscht vor Verzückung. Tief in ihrem Innern setzte ein Beben ein, breitete sich aus, erfasste jede Nervenbahn, ihr Fleisch, ihre Haut, drang in jede Pore, in ihr ganzes Dasein. Wimmernd schluchzte sie ihre Verzückung an seine Schulter. Radulf zermalmte sie unter sich und entlud sich mit berstender Gewalt in ihren Tiefen, sein mächtiger Körper wurde von wilden Zuckungen erschüttert.

Sie lagen ineinander verschlungen, bis ihre fliegenden Atemzüge sich beruhigten und ihre schweißnassen Körper abgekühlt waren.

Dann drehte Radulf sich mit ihr zur Seite und zog die Felldecken hoch. Er war zu träge, um den Docht der Hornlampe zu löschen. Und er war zu müde, um einen Soldaten mit dem verfluchten goldenen Kleid zurück zur Burg zu schicken.

Der maßlose Zorn, der ihn nach dem Festmahl überkommen hatte, drohte wieder in ihm aufzuflammen, doch er ließ es nicht zu. Morgen. Damit würde er sich morgen befassen. Allmählich wich die Spannung von ihm. Er hielt Lily in den Armen, die sich weich an ihn schmiegte; er wollte sich das Glück mit ihr nicht verderben lassen. Wer wusste schon, was die Zukunft bringen würde.

Als ahne sie seine Gedanken, bewegte Lily sich. Ihre Brüste streiften sein krauses Brusthaar, eines ihrer langen, schlanken Beine lag angewinkelt über seinen sehnigen Schenkeln. Er glaubte, sie schlafe, bis er ihre Finger an seinem stoppelbärtigen Kinn spürte, die über seine Wange zur alten Narbe tasteten, den Wulst entlang bis zum Haaransatz strichen und wieder zurück, als wolle sie die Wunde ungeschehen machen.

Die zarte Berührung wirkte beruhigend, gleichzeitig entfachte Lilys Nacktheit sein Verlangen erneut. Radulf, das Furcht erregende Monster der Legende, hatte sich eine schöne Prinzessin zur Frau genommen. Vielleicht würde sie ihn am Ende noch in einen Prinzen verwandeln.

„Gehöre ich wirklich dir?“ Lilys Atem strich warm an seiner Kehle entlang. In ihrer Stimme schwang eine Spur Angst mit.

Er wusste nicht, was sie hören wollte. Erwartete sie Bestätigung oder das Gegenteil? Doch dann ließ er sein Herz sprechen.

„Ja.“

Damit gab sie sich offenbar zufrieden, denn bald danach ließen ihre gleichmäßigen Atemzüge ihn wissen, dass sie eingeschlafen war. Erinnerungen an das Hochzeitsfest kehrten zurück: Annas schönes bösartiges Gesicht und Kenton, der geschwätzige Narr. Er hatte Radulf als grausamen Hurenbock hingestellt. Doch Lily hatte sich anscheinend nicht davon beirren lassen. Als sie ihn während des Liebesspiels angeschaut hatte, schien sie ihn mit anderen Augen zu sehen; das verblüffte ihn, ja, es machte ihm sogar ein wenig Angst. Wenn der Nebel ihres Verlangens sich eines Tages lichtete und sie in ihm den grausamen und abscheulichen Radulf erkennen würde, wie die Gerüchte ihn schilderten, was dann?

Es war sinnlos, solchen Gedanken nachzuhängen. Er wollte den Augenblick genießen und die Zukunft im Ungewissen lassen. Bald würde er sie erneut nehmen. Er spürte bereits wieder das verräterische Ziehen zwischen seinen Schenkeln, seine Männlichkeit richtete sich pochend auf, er sehnte sich danach, tief in ihren Schoß zu gleiten.

Doch vorher wollte er ihr noch eine Weile beim Schlafen zugucken.

Seiner Ehefrau.

Der nächste Tag schien alle Probleme zu neuem Leben zu erwecken, die ihre Schrecken im Schutz der Dunkelheit verloren hatten. Bei Tagesanbruch schickte Radulf einen Mann mit dem Kleid zu Lady Kenton, die jedoch die Annahme verweigerte und es mit ihren besten Wünschen zurückgehen ließ. In rasendem Zorn zerriss er das kostbare Kleid und warf es ins Feuer, während die kreidebleiche Lily daneben stand und ihm dabei zusah.

„Du wirst nie wieder etwas von dieser Frau tragen!“ brüllte er. In seinen Augen flackerte der Widerschein der Flammen, die das goldene Hochzeitskleid gierig fraßen.

Lilys Selbstbewusstsein hatte unter Vorgens krankhafter Grausamkeit furchtbar gelitten. Vielleicht war das der Grund, warum sie nicht durchschaute, dass Radulfs Zorn sich gegen Lady Anna richtete, und glaubte, seine rasende Wut gelte ihr. Und sie fragte sich verstört, ob sie in seinen Augen dem Vergleich mit Lady Anna nicht standhielt. Sehnte er sich nach der leidenschaftlichen Hochzeitsnacht immer noch nach Lady Anna? Diese symbolische Verbrennung des Kleides konnte nichts anderes bedeuten als die Verzweiflung eines Mannes, der eine Frau liebte, die er nicht bekommen konnte.

Lily drehte sich wortlos um und floh in ihre Kammer. Immer noch wütend, rief Radulf ein paar Männer zusammen, die ihn auf einem Ausritt begleiten sollten. Es gab noch viel zu erledigen, bevor er zu Lilys Ländereien in den Norden zurückkehren konnte. *Seinen* Ländereien, rief er sich in Erinnerung. William hatte befohlen, im wilden Norden eine wehrhafte normannische Steinfestung zu bauen als mahnende Abschreckung. Und Radulf überlegte finster, wie lange es wohl dauern würde, bis der Bau begonnen werden konnte, um dem aufrührerischen Land den normannischen Stempel aufzudrücken. Nach dem Baubeginn würde er hoffentlich für kurze Zeit in den Süden zurückkehren können.

Der Gedanke, Lily sein schönes Land zu zeigen, wärmte ihm das Herz. Er würde mit ihr über die Wiesen am Flussufer reiten, ihr von der Hügelkuppe aus jeden Winkel seines Besitzes zeigen. Die Sommersonne würde ihr silbriges Haar aufleuchten lassen; ihre Nacktheit würde in der Sonne glühen, wenn er sie ins Gras legte, um sie zu lieben …

Radulf verdrängte den Gedanken. Würde er Lily so lieben, wie sein Vater seine Stiefmutter geliebt hatte? So wie sein Vater geliebt hatte und betrogen worden war und als unglücklicher Mann gestorben war? Wenn noch ein Funken Verstand in ihm war, sollte er gegen diese Krankheit ankämpfen, die ihn befallen hatte. Einer Frau Zutritt in sein Leben zu gewähren, bedeutete in jedem Fall, sich für Leid und Kummer zu öffnen. Aber ausgerechnet Lily dieses Privileg einzuräumen …

Sie würde ihn betrügen. Das sollte ihm klar sein. Sie hatte ihn oft genug belogen, hatte versucht zu fliehen. Wie konnte er ihr je vertrauen?

Er fuhr sich gereizt durchs kurze, wirre Haar. Er sah Lilys Gesicht vor sich, die ihn angeschaut hatte, als er das goldene Kleid verbrannt hatte. Sie hatte gelitten, als verbrenne er ein lebendiges Wesen, nicht nur Stoff, so kostbar er auch sein mochte. Sie hatte sein Vorgehen nicht begriffen.

Aber wie sollte er ihr die Zusammenhänge erklären? Er zuckte irritiert mit den Schultern. Er hatte diese schmerzlichen Erinnerungen viele Jahre tief in seiner Seele vergraben und war bis heute nicht bereit, darüber zu sprechen. Diese Last, die er so lange mit sich herumgeschleppt hatte, könnte er *niemals* einer Frau zu Füßen legen, zu der ihm das Vertrauen fehlte.

Radulf und Lily waren wieder zu Gast an der königlichen Tafel auf der Burg. William sparte nicht mit derben Witzen über den hastigen Aufbruch am Hochzeitsabend, die Lily mit gesenkten Lidern und rosig übergossenen Wangen über sich ergehen ließ, während Radulf ein starres Lächeln aufsetzte. Hinter all den derben Scherzen versteckte sich allerdings eine tiefe Zuneigung des Königs zu seinem treuen Gefolgsmann, das wusste Lily genau.

Sie blieb einsilbig und widmete sich ihrem Essen. Sie hatte befürchtet, erneut mit Lady Anna zusammenzutreffen, entdeckte sie aber nicht in der Schar der Tafelnden. Umso besser, denn diesmal würde sie die versteckten Anspielungen der Dame nicht stumm hinnehmen. Lilys Sanftmut kannte Grenzen.

Auch Lord Kenton, der immer wieder in ihre Richtung lächelte und nickte, machte gottlob keine Anstalten, das Wort an sie zu richten, möglicherweise schreckte ihn Radulfs finstere Miene ab. Lily war immer noch entsetzt über den Vorfall am Morgen. Wenn er Anna immer noch liebte, war es gewiss besser, sie zu meiden.

Tief in trübe Gedanken versunken, hörte Lily zunächst die zaghafte Frauenstimme nicht. „Lily? Lily? Erkennst du mich denn nicht?“

Sie hob den Blick. Vor ihr stand eine junge Frau in einem blauen Samtkleid, das Haar unter einem durchsichtigen Schleier verborgen, nur an den Wangen kringelten sich zwei goldblonde Löckchen, die ihr bis zu den rundlichen Schultern reichten. Alles an ihr war rundlich. Ihr hübsches Gesicht zierten rosige Apfelbäckchen. Ihre Augen glänzten blitzblau.

„Alice?“ Erfreut sprang Lily auf und nahm die Hände, die ihr über die Tafel hinweg entgegengestreckt wurden. Die beiden jungen Frauen strahlten vor Freude.

„Wie schön, dich zu sehen, Lily. Ich habe von deinem Unglück gehört … das heißt, ich wähnte dich in großer Not und wollte dir zu Hilfe eilen. Aber mein Vater hat es mir verboten. Er schickte mich stattdessen nach York zu meinem Onkel, um mich nach einem passenden Gemahl umzuschauen.“

Lily lachte vergnügt. „Und hattest du Erfolg?“

„Nein.“ Alice schüttelte belustigt den Kopf, und die Löckchen wippten an ihren Wangen. „Bedauerlicherweise habe ich nicht solches Glück wie du“, fügte sie scherzhaft hinzu und zog fragend eine Braue hoch.

Lily strich sorgfältig den Rock glatt, um ihre Verlegenheit zu verbergen. In York wusste vermutlich jeder von den Umständen ihrer Vermählung.

„Ich bin mir nicht so ganz sicher, ob ich dir Glück wünschen sollte, Alice“, erwiderte sie schließlich mit einem säuerlichen Lächeln. „Aber ich freue mich, dich zu sehen.“ Es gab nicht viele wohlwollende Gesichter in König Williams Halle.

Alice schlüpfte durch den schmalen Spalt zwischen zwei Tischen auf Lilys Seite. Sie war einen halben Kopf kleiner als Lily und mollig. Vom Typ her ähnlich, mit blondem Haar und heller Haut, waren die beiden Frauen dennoch grundverschieden. Alice glich der Sonne und Lily dem Mond, die eine strahlend und übersprudelnd, die andere kühl, bleich und geheimnisvoll.

„Darf ich dich morgen besuchen, Lily? Das Leben in York ist zwar aufregend, dennoch plagt mich das Heimweh. Ich vermisse meinen Vater und Rennoc, und auch du hast mir gefehlt. Ich war sehr in Sorge um dich.“

Lily lächelte. „Ich war auch besorgt um mich.“

„Als ich erfuhr, dass Vorgen umgekommen ist, wollte ich dich besuchen, doch Vater meinte, es sei zu gefährlich. Und als wir hörten, dass du dich unter meinem Namen ... Oh Lily, ich war tief besorgt. Geht es dir auch gut? War Vorgen sehr grausam zu dir?“

Lily verzog das Gesicht. „Vorgen war der schlimmste aller Normannen.“

„Und auch der abscheulichste Ehemann“, fügte Alice leise hinzu. „Darf ich dich morgen besuchen?“

Alice platzte offenbar beinahe vor Neugier, wollte alles erfahren, was Lily in letzter Zeit erlebt hatte. „Aber gern. Nur ... wir wohnen nicht in einem eigenen Haus. Ich ...“

Alice, die Lilys Verlegenheit spürte, machte eine wegwerfende Handbewegung. „Nenne mir die Adresse, und ich finde dich. Ich kenne mich mittlerweile in York gut aus. Ich suche jeden Tag neue Tuchläden auf und habe mehr neue Kleider bekommen, als du dir denken kannst. Mein Onkel ist der Ansicht, wenn ich einen stattlichen Gemahl finden will, muss ich mich entsprechend herausputzen.“

Befangen strich Lily sich wieder den Rock glatt und nannte Alice den Namen des Gasthauses. Es darf mich nicht stören, dass ich mit Alices neuer Garderobe nicht konkurrieren kann, ermahnte Lily sich. Es gab weit wichtigere Dinge. Aber dennoch beneidete sie Alice ein wenig.

Alice plauderte munter drauflos, verstummte aber jäh. Lily hob den Blick und bemerkte, wie das Lächeln der Freundin in den Mundwinkeln bebte. Ihre rosigen Wangen hatten sich verdunkelt. Ohne sich umzudrehen, wusste Lily, dass Radulf hinter ihr stand.

Alice versank in einen tiefen, etwas unbeholfenen Knicks und bot dabei einen freizügigen Einblick in ihren Ausschnitt. Radulf trat neben Lily, packte das Mädchen beim Ellbogen und half ihr aufzustehen. Dabei warf er seiner Gemahlin einen fragenden und belustigten Blick zu.

„Mylord“, stellte Lily die Freundin kühl vor. „Das ist Alice of Rennoc.“

Seine Reaktion enttäuschte sie nicht, obwohl einem Fremden vermutlich nicht aufgefallen wäre, dass er stutzte. Er wandte sich an Alice. „Ich habe von Euch gehört“, sagte er in seiner tiefen, melodischen Stimme.

Alice blinzelte verwirrt. „Ach … ja?“ stammelte sie, befangen vor Ehrfurcht, den berühmten normannischen Helden kennen zu lernen, und bedachte ihn dann aus Nervosität mit einem sprudelnden Wortschwall.

Radulf nickte zerstreut, während er die quirlige junge Frau mit dem goldblonden Haar amüsiert musterte und sie heimlich mit Lily verglich. Ihr blaues Kleid würde zu Lilys silberblondem Haar passen, dachte er bei sich. Er, der sonst wenig auf Kleidung achtete, hatte Lilys Verlegenheit gespürt, der Freundin in einem schäbigen Kleid zu begegnen, und er hatte Alices arglose Schwärmerei über ihre prächtigen neuen Kleider mitbekommen. Der Gedanke, dass die Tochter eines unbedeutenden Edelmannes schönere Kleider trug als die Gemahlin des großen Radulf, störte ihn sehr.

Es war Zeit, etwas dagegen zu unternehmen.

Lily, die Radulfs sinnenden Blick auf sich spürte, setzte eine noch kühlere Miene auf, um ihre innere Unruhe zu verbergen. Alice plapperte über Belanglosigkeiten, um die Spannung zu überbrücken, und warf Lily flehende Blicke zu, die sich schließlich ihrer erbarmte.

„Alice will mich morgen besuchen“, meinte sie an Radulf gerichtet. „Wir haben uns viel zu erzählen.“

„Nicht morgen Vormittag“, entgegnete Radulf und unterdrückte ein Schmunzeln bei Alices erschrocken aufgerissenen Augen. „Nein, versteht mich nicht falsch. Ich will euch die Freude eures Wiedersehens nicht vergällen. Meine Gemahlin wird Euch bestätigen, Alice, dass ich ihr jedes Vergnügen gönne.“

Lilys Wangen überzogen sich mit einem rosigen Hauch, da sie begriff, was er mit „Vergnügen“ andeuten wollte.

Zufrieden damit, dass Lily ihn richtig verstanden hatte, fuhr Radulf fort: „Ihr sollt Euren Besuch doch nur verschieben, da meine Gemahlin morgen eine wichtige Angelegenheit zu erledigen hat.“

„Nun ja.“ Alice schaute zwischen der errötenden Lily und dem gleichmütigen Radulf hin und her. „Das erscheint mir zwar alles sehr geheimnisvoll, aber jeder andere Tag ist mir ebenso willkommen.“

Sie hatte ihre Befangenheit abgelegt und ihre Heiterkeit wiedergefunden. Radulf wirkte zwar immer noch einschüchternd, aber etwas in seiner Art wiegte Alice in Sicherheit, dass er keine Gefahr darstellte. Er war völlig anders als Vorgen, den sie bei der ersten Begegnung bereits gehasst hatte. Radulfs Augen waren wachsam, aber seinem Blick fehlte die unmenschliche Kälte von Lilys erstem Ehemann.

„Habt Ihr die Absicht, länger in York zu bleiben, Lord Radulf?“

Sein finsterer Blick jagte Alice einen kalten Schauer über den Rücken, die ihre wohlwollende Meinung über ihn umgehend ins Gegenteil verkehrte.

„Ich reise schon bald in den Norden“, antwortete er schroff.

„Ach!“ Alice schluckte beklommen. „Wie schade“, fügte sie stammelnd hinzu. „Ich … ich nehme doch an, Ihr werdet Lily vermissen.“

Radulf zog die dunklen Brauen hoch, als verblüffe ihn der Gedanke, und schaute in Lilys graue Augen. „Ja“, erwiderte er dann gedehnt. Er sehnte sich danach, Lilys volle Lippen zu küssen, sich in ihr zu verlieren. Er wollte den Krieg vergessen und die ermüdenden Ritte durchs Land von einem blutigen Aufstand zum nächsten. Das alles wollte er hinter sich lassen, wollte nur mit Lily zusammen sein und sein unstillbares Verlangen an ihr stillen.

„Radulf!“ Die Stimme des Königs rettete ihn davor, sich zum Narren zu machen. Er drehte sich brüsk um. William, der die meisten Herren seines Hofstaates überragte, winkte ihm zu. Wortlos folgte Radulf dem Ruf seines Königs.

Alice, die den viel sagenden Blickwechsel zwischen dem Paar bemerkt hatte, wusste nicht, was sie sagen sollte. Lily, benommen von Radulfs glühenden Augen, kämpfte darum, ihre Stimme zu finden. Alices sprudelndes Naturell gewann rasch die Oberhand.

„Ach Lily, er ist ganz anders als Vorgen!"

Lily furchte die Stirn. „Er ist ein Mann, genau wie Vorgen."

„Das nehme ich an. Aber die Geschichten, die ich über ihn gehört habe, sind unglaublich. Es heißt, er sei unverletzlich. Jedes Schwert prallt von ihm ab, ohne ihn zu verwunden." Sie hielt inne und biss sich beschämt auf die Zunge. „Verzeih", entschuldigte sie sich leise und guckte forschend in das erbleichte Gesicht der Freundin. „Es wäre furchtbar für dich, wenn ihm etwas in der Schlacht zustoßen würde, nicht wahr? Wie dumm von mir, so zu reden."

„Wie gesagt, Lord Radulf ist nur ein Mann und verwundbar wie jeder andere auch." Lilys Stimme klang kühl, nur ihr Herz schlug hart gegen ihre Rippen.

„Ich finde nicht, dass er *nur ein Mann* ist", scherzte Alice. „Und obgleich er nicht das Furcht erregende Ungeheuer zu sein scheint, wie ich zunächst annahm, ist er dennoch unbedingt eine überwältigende Erscheinung. Was hat er denn morgen mit dir vor, Lily?"

Lilys Augen suchten den dunklen Haarschopf ihres Ehemanns neben dem König. „Ich weiß nicht", antwortete sie leise. „Ich weiß es wirklich nicht." Sie wunderte sich über Alices abwägenden Blick. „Kennst du Lady Anna Kenton?" fragte sie unvermutet.

Auf Alices glatter Stirn bildete sich eine steile Falte. „Ich glaube, ja."

„Was weißt du über sie?"

Alice zuckte mit den Schultern. „Sie ist mit ihrem Gemahl zu Gast bei Hofe. Erst kürzlich fütterte Lord Kenton mich mit Honigfrüchten von seinem Teller und eröffnete mir, meine Augen erinnerten ihn an den Sommerhimmel." Alice errötete schamhaft. „Ich glaubte ihm zwar kein Wort, fand aber seine Komplimente schmeichelhaft. Seine Gemahlin mag ich nicht besonders. Sie war einst eine große Schönheit, aber irgendwie kommt sie mir hinterhältig vor. Warum fragst du, Lily?“

„Sie hat mir ein Kleid zur Hochzeit geschenkt“, antwortete Lily. „Ich wollte nur wissen, was für eine Frau sie ist, mehr nicht.“

Alice war verblüfft. „Sie scheint großzügiger zu sein, als ich dachte.“

„Ich bin mir nicht sicher, ob ihre Geste ein Zeichen von Großzügigkeit war.“

Alice neigte sich ihr neugierig zu, um im nächsten Moment mit einem spitzen Schrei zurückzufahren. „Dein Gemahl kommt zurück. Adieu, Lily, ich besuche dich bald.“ Sie drückte der Freundin einen flüchtigen Kuss auf die Wange und tauchte in der Menge unter.

Radulf beobachtete ihren überstürzten Abschied mit hochgezogenen Brauen und warf Lily einen müden Blick zu, daran gewöhnt, dass die Menschen bei seinem Auftauchen die Flucht ergriffen. Warum konnten die Leute hinter all den Gerüchten nicht den Menschen sehen, den Lily entdeckt hatte, seit sie ihn besser kannte? Lord Kenton hatte ihn grausam genannt, Lily aber sah einen tapferen Ritter, der seinem König treu diente, nicht den herzlosen kaltblütigen Krieger, mit dem die Mütter ihren unfolgsamen Kindern drohten, um sie gefügig zu machen. Er war klug und vorausschauend, wusste die Treue seiner Männer zu schätzen und vermochte auch prekären Situationen ein Quäntchen Humor abzugewinnen. Er war ein heißblütiger Liebhaber, dessen Hingabe eine Frau glauben lassen konnte, die Einzige in seinem Leben zu sein. Er hatte auch Lily in seinen Bann gezogen. Sie kam nicht von ihm los.

Und darin lag ihr Problem.

Als die Frischvermählten in dieser Nacht die große Halle der Burg verließen, freute Lily sich darauf, in die Herberge zurückzukehren. Die Wärme in der stickigen Gaststube erschien ihr wohltuend nach all dem Lärm am Hofe des Königs. Una eilte herbei, um ihr den schweren Umhang abzunehmen, und Lily bemerkte zufällig, wie der Wirt Radulf einen Brief aushändigte.

Radulf wandte sich ab, brach das Siegel und las das Schriftstück mit angespannter Miene durch. Plötzlich hob er den Kopf und begegnete Lilys Blick. Ein seltsames Funkeln in seinen Augen erschreckte sie. War es Zorn, der in seinen schwarzen Augen funkelte, oder etwas anderes?

Er steckte den Brief in seine Tunika. „Bring mir Wein!" befahl er dem Wirt, trat an den Herd und hielt die Hände ans wärmende Feuer. Lily glaubte, ein leichtes Zittern seiner Finger zu bemerken. Jervois trat heran, und Radulf sprach leise mit ihm. Jervois nickte ernsthaft.

Lily seufzte. Wer immer den Brief geschrieben hatte, es würde ein Geheimnis bleiben. Ihr blieb nichts anderes übrig, als sich zurückzuziehen. Una folgte Lily in ihre Kammer, kämmte ihr Haar, bis es im Widerschein des Feuers glänzte, und stellte Fragen nach dem Verlauf des Abends, die Lily schmunzelnd beantwortete, doch ihre Gedanken waren ganz woanders.

Der Brief besaß eine Bedeutung für sie, das spürte sie. Und Radulf würde sich weigern, ihr mitzuteilen, wer der Absender war und was er enthielt, auch das spürte sie. War es eine Nachricht eines Kundschafters über Hew und seine neuerlichen aufrührerischen Pläne? Lily nahm sich vor, es herauszufinden.

Sie stellte sich schlafend, als Radulf sich neben sie legte, doch eine einzige Berührung von ihm genügte, und sie drehte sich zu ihm um und suchte seinen Mund. Er küsste sie leidenschaftlich, legte sich auf sie, glitt in ihren Schoß, als könne er es kaum erwarten. Und sie war bereit für ihn. Stöhnend drängte Lily ihm ihre Hüften entgegen, genoss lüstern seine tiefen Stöße, spürte seinen keuchenden Atem an ihrer Wange.

Denkt er an Anna, wenn er mich in den Armen hält?

Der Gedanke schoss ihr ungebeten durch den Sinn. Warum quälte sie sich nur mit solchem Unsinn? Reichte es ihr denn nicht, dass er sie geheiratet hatte und sie begehrte? Sehnte sie sich etwa nach seiner Liebe?

Hastig verwarf sie diesen törichten Gedanken. In einer normannischen Ehe war kein Platz für die Liebe. Die Ehe war ein Vertrag, der geschlossen wurde, um Reichtum und Macht zu mehren. Und die Kinder, die einer solchen Verbindung entsprangen, dienten den gleichen Gründen.

Für sie und Radulf gab es keine Liebe.

Lily hatte als junges Mädchen von der großen Liebe geträumt, von einem Mann, der ihr Herz, ihre Seele und ihren Geist erfüllen würde, aber sie hatte längst aufgehört, sich nach etwas zu sehnen, was nicht für sie bestimmt war. Im Grunde konnte sie sich glücklich schätzen: Sie hatte einen Gemahl, der sie respektierte, der versprochen hatte, ihr Land und ihre Untertanen mit starker Hand zu regieren. Im Stillen hoffte sie, dass er auch gerecht war und gelegentlich auf ihren Rat hören würde.

Es war sinnlos, sich in Wunschträumen zu verlieren und nach den Sternen greifen zu wollen. Sie musste das Beste aus dem machen, was ihr beschieden war. Mit der Zeit würde ihre Sehnsucht nach Liebe schwinden, und sie würde sich mit ihrem Schicksal abfinden.

Radulf schien zu spüren, dass sie mit ihren Gedanken woanders war, vertiefte seinen Kuss, drängte seine Zunge in ihren Mund. Seine Männlichkeit senkte sich tief in sie, erfüllte sie bis zum Bersten. Lily vergaß Anna, vergaß ihre Ängste und Zweifel.

Sie gab sich den Wonnen hin, die Radulf ihr bescherte, ließ sich von ihm in die überirdischen Gefilde der Lust tragen, verlor sich im Rausch ihrer Ekstase, bis die Welt in einem heißen, grellen Licht zerbarst und sie sich erschöpft und ausgelaugt in Radulfs starken Armen wiederfand.

Nachdem Radulf eingeschlafen war, stahl Lily sich lautlos aus dem Bett und bückte sich nach seinen Kleidern, die er achtlos von sich geworfen hatte. Während sie seine Tunika faltete, tastete sie nach dem Brief und fand ihn.

Im schwachen Schein der sterbenden Glut konnte sie die Zeilen auf dem Pergament lesen.

Geliebter, ich erwarte Dich morgen an der Marienkapelle zwischen der Abendandacht und der siebten Gebetsstunde.

Lilys Finger zitterten. Die Zeilen trugen keine Unterschrift, Lily aber wusste, wer die Botschaft geschrieben hatte. Lady Anna. Sie wollte die intime Beziehung mit Radulf wieder aufleben lassen, glaubte, die Glut wieder entfachen zu können. Sie nahm offensichtlich an, sie müsse ihm nur ein paar Worte schreiben und er würde in ihre Arme fliegen …

War auch Radulf dieser Ansicht? Würde er nach der Abendandacht im Schutz der Dämmerung zu ihr gehen?

Lily fröstelte. Mit klammen Fingern schob sie das Pergament an seinen Platz zurück.

All ihre Befürchtungen hatten sich bewahrheitet. Radulf wollte sich seiner alten Liebe wieder zuwenden und seine Ehefrau im Stich lassen.

13. KAPITEL

Unas aufgeregte Stimme drang wie durch eine Nebelwand in Lilys Bewusstsein. Sie schlug benommen die Augen auf, der Duft nach frisch gebackenem Brot stieg ihr in die Nase.

„Lady, Lord Radulf befahl mir, Euch zu wecken. Er drängt zum Aufbruch."

Lily setzte sich schläfrig auf und strich sich das lose Haar aus dem Gesicht. „Aufbruch? Wohin?" fragte sie gähnend.

„Das sagte er nicht, und ich wagte nicht, danach zu fragen."

Lily hatte die halbe Nacht kein Auge zugetan. Ihre Gedanken waren ständig um den Brief gekreist. *Geliebter.* Nein, sie konnte sich nicht länger einreden, Radulfs merkwürdiges Verhalten Lady Anna Kenton gegenüber sei etwas anderes als Liebe.

Lily hatte sich zur Vernunft gemahnt. Viele Ehemänner gaben sich mit anderen Frauen ab; das hatte nichts zu bedeuten. Ehrgeizige Männer heirateten aus Vernunftgründen, um Macht und Reichtum zu mehren, und befriedigten ihre fleischlichen Begierden mit anderen Frauen. Warum sollte sie deshalb unglücklich sein?

Aber dies war etwas anderes. Radulf und Lily bescherte jede geschlechtliche Vereinigung eine tiefe sinnliche Befriedigung. Lady Anna war keine gewöhnliche Hure, sondern die Gemahlin eines reichen und bedeutenden Feudalherrn. Und der starke, unbesiegbare Radulf hatte in ihrer Gegenwart plötzlich schwach und unsicher gewirkt wie ein unbeholfener Jüngling.

Er wollte sich mit seiner früheren Geliebten an der Marienkapelle treffen. Fröstelnd krallte Lily die Fäuste in die Pelzdecke. Warum musste das geschehen? Aber sie durfte ihre Zeit nicht mit sinnlosen Grübeleien vergeuden, sondern sie sollte sich vielmehr überlegen, wie sie ihre neue Position als Radulfs Gemahlin nutzen konnte, um ihren Untertanen zu helfen. Dazu brauchte sie einen kühlen Kopf. Wieso war sie nicht fähig, die Rolle der kalten Frau zu spielen, die sie an Vorgens Seite gewesen war, die sich jeden Schritt genau überlegt hatte? Wo war diese Frau geblieben?

Sie hatte sich die halbe Nacht ruhelos im Bett gewälzt und ihre Gedanken nicht von Radulf lösen können, hatte innerlich gewütet, mühsam die Tränen unterdrückt, sich vor Eifersucht verzehrt, nur weil der Mann, der sie zu dieser Ehe gezwungen hatte, es wagte, eine andere Frau zu lieben!

Bei all ihren Überlegungen wusste Lily, dass sie es nicht ertragen würde, wenn er zu Lady Anna zurückkehrte.

Lily hatte Vorgens kalte Gemahlin gespielt und Hews Falschheit ertragen. Sie hatte die Flucht ergriffen, sich wie eine Geächtete im Wald versteckt, zitternd vor Angst und Einsamkeit. Und dann hatte Radulf sie gefunden.

Er war ihr vorgekommen wie eine lodernde Flamme, die einen Eiskeller erwärmte. Seine Wärme hatte sie magisch angezogen, gegen jede Vernunft hatte sie sich der Illusion hingegeben, dieses Feuer könne nicht verlöschen. Sie war in die Nähe seiner Wärme gekrochen, die das Eis in ihr zum Schmelzen gebracht und ihren Verstand eingelullt hatte.

Er hatte ihr alle Kraft und Zielstrebigkeit genommen.

Und nun war er im Begriff, genau das zu erreichen, was Vorgen und Hew nicht gelungen war.

Er würde sie brechen, sie vernichten.

„Lady, bitte!“ Una rang verzweifelt die Hände. „Ihr müsst aufstehen!“

Mit einem tiefen Seufzer kroch Lily aus ihrem warmen Nest. Una hatte erneut ein wahres Wunder an ihrem alten Gewand vollbracht und es mit Schwamm und Bürste gereinigt. Lily schwappte sich kaltes Wasser ins Gesicht, schlüpfte in das Kleid, drehte das lange Haar flüchtig zu einem Strang, den sie seitlich über die Schulter legte, und öffnete die Tür zur Gaststube, wo Radulf bereits auf sie wartete.

Wie immer bei seinem Anblick geriet ihr Blut in Wallung, ein Sturm der Empfindungen begann in ihr zu toben, so sorgsam sie sich auch darauf vorbereitet hatte, ihm mit kühler Distanz zu begegnen. Hitze stieg ihr in die Wangen. Ihr Puls fing an zu rasen. Radulf, der seine Männer mit seiner ruhelosen Wanderung in der Gaststube nervös gemacht hatte, hielt inne, als die Tür geöffnet wurde, und wandte sich um. Mit düster umwölkter Stirn trat er auf Lily zu. Sie fasste sich und hob das Kinn.

Sie blickte ihm gelassen entgegen, obwohl sie innerlich bebte. Barmherziger Himmel, sie war ihm wirklich verfallen.

„Komm, Lily, trödle nicht länger", knurrte Radulf.

„Ich trödle nicht", entgegnete sie ihm kühl. „Wohin bringst du mich?"

Er las den Zweifel in ihrem Blick, obwohl sie sich bemühte, sich nichts anmerken zu lassen. Sie war in letzter Zeit oft genug gezwungen gewesen, überraschend aufzubrechen, ohne zu wissen, wohin die Reise ging. Er legte ihr die Hand auf die Schulter, seine Finger fühlten sich warm und tröstlich an.

„Sei unbesorgt, ich habe keine bösen Absichten. Ich will dir Stoff für ein paar neue Kleider kaufen. Die Gemahlin des berühmtesten Feldherrn des Königs soll sich nicht vor Geringeren schämen müssen."

Lilys Augen schossen Blitze. „Wieso sollte ich mich schämen?" fauchte sie. „Es ist nicht meine Schuld, dass ich in Lumpen herumlaufe! Seit Wochen werde ich von einem Versteck ins nächste gezerrt und schließlich quer durchs ganze Land nach

York verschleppt. Sollte ich mich für ein solches Vagabundenleben in Samt und Seide kleiden? Es wäre besser gewesen, mir einen Sack überzustülpen!"

Radulf lachte, und seine dunklen Augen blitzten belustigt.

„Und wenn ich ein schönes Kleid geschenkt bekomme, wirfst du es ins Feuer!"

Das Lachen blieb ihm im Hals stecken, sein Blick verfinsterte sich wieder, er zog sie näher an sich. Sein Geruch nach frischem Regen und Männlichkeit machte sie benommen. War sie zu weit gegangen?

„Vorsicht, Lady. Sonst ändere ich meine Meinung über deine neuen Kleider."

Lily warf den Kopf energisch in den Nacken. „Wie du willst, Radulf", erwiderte sie hochfahrend. „Wenn William der Eroberer mich fragt, warum ich immer noch in Fetzen herumlaufe, antworte ich ihm, weil es Radulf nicht gefällt, dass ich ihm meine Meinung sage."

Er schaute sie scharf an. „Er ist dein König, ob dir das passt oder nicht. Gib dich endlich geschlagen. Die Normannen regieren jetzt dieses Land."

Lilys Augen sprühten zornige Funken. „Ich habe mich längst geschlagen gegeben, Radulf. Und ich werde meine Untertanen davon überzeugen, sich den neuen Herrschern zu beugen. Ich füge mich deinem Willen und leiste keinen Widerstand – aber mein Herz gehört mir, und in meinem Herzen bleiben die Normannen Eindringlinge im Land meines Vaters."

Ihrer flammenden Rede folgte lastendes Schweigen. Radulfs Männer warteten mit angehaltenem Atem auf die Antwort ihres Anführers. Und als Radulf sprach, versetzte er Lily wieder einmal in Erstaunen.

„Gute Rede. Du bist stolz, und ich nehme dein Angebot an."

Er ergriff ihre Hand, und Lily konnte an nichts anderes denken als daran, wie gut sich seine Wärme anfühlte.

„Komm! Die Pferde sind gesattelt, und ich habe viel zu tun."

Nach einem heftigen Regenguss am frühen Morgen waren die Straßen sauber gewaschen. Unrat und Exkremente waren in Rinnsalen in den Fluss gespült worden. Als der Reitertrupp sich in Bewegung setzte, hatten die Wolken sich verzogen, vom blauen Himmel schien die Sonne. Vielerorts waren Maurer und Zimmerleute an der Arbeit, um Gebäude aus Stein im Auftrag der neuen Herrscher zu errichten.

Die Normannen waren große Baumeister und bauten für die Ewigkeit. Abgesehen von den beiden Steinburgen für den König, kam der Rohbau einer großen Kirche rasch voran, die von kleineren Steinhäusern umgeben war. Es herrschte eine Art Aufbruchstimmung in der Stadt, ein Aufbruch in ein neues Zeitalter, die Ära der Normannenherrschaft war angebrochen. Radulf hatte Recht. Lily musste sich damit abfinden. Es gab kein Zurück.

In den schmalen gewundenen Gassen herrschte reges Treiben. Händler und Marktschreier boten den Passanten ihre Waren an. Die Hafenstadt lebte seit jeher vom Handel und zog neue Bürger aus fremden Ländern an, die von den alteingesessenen Bewohnern freundlich aufgenommen wurden. Viele Leute verdrehten die Köpfe nach der schönen hellblonden Frau, die von einer Schar Krieger eskortiert wurde. Lily vermutete, dass einige Leute wussten, wer sie war. Gewiss aber kannten alle den berühmten Helden Radulf.

Und alle fürchteten ihn.

Lily guckte ihn von der Seite kurz an. Er war wahrlich eine einschüchternde kriegerische Gestalt im schweren Kettenhemd und mit dem blitzenden Schwert an seinem Gürtel. Der Schlafmangel hatte Spuren in seinem fahlen Gesicht hinterlassen. Tiefe Schatten unter seinen schwarzen Augen verstärkten sein grimmiges Aussehen. Kein Wunder, dass die Menschen sich vor ihm fürchteten. Lily aber kannte auch den Radulf, der sie nachts zärtlich in den Armen hielt, mit heißen Küssen überschüttete und sie mit seiner Leidenschaft zu unaussprechlichen Wonnen trug. Manchmal verspürte sie den beinahe unbezähmbaren Wunsch, die Hand nach ihm auszustrecken und ihn zu berühren.

Anfangs hatte sie der Gedanke, dass Radulf ihr Todfeind war, davon abgehalten, und später, als ihr Geheimnis gelüftet war und er sie bedroht und verspottet hatte, war sie zu wütend auf ihn gewesen. Und nun hatte sie herausgefunden, dass er eine andere liebte. Er fühlte sich zwar körperlich zu Lily hingezogen, mehr aber wollte er nicht von ihr.

Gereizt verdrängte sie ihre trüben Gedanken und fühlte Radulfs Blick auf sich ruhen. Als sie ihm kühl in die Augen sah, zog er die Brauen hoch. „Bedrückt dich etwas, Lily?"

Sie schüttelte den Kopf. Was sollte sie sagen? Etwa, dass es sie kränkte, wenn er nach der Abendandacht zum Stelldichein mit einer anderen Frau ging? Nein! Sie würde sich eher die Zunge abbeißen, als ihre wahren Gefühle preiszugeben.

Ihr Stolz war das Einzige, was ihr geblieben war.

„Wir sind da." Radulf zügelte sein Pferd vor einem zweistöckigen Holzhaus. Der Soldatentrupp hielt hinter ihm an. Ein lang gezogenes Lagerhaus war zur Straßenseite hin mit schweren verriegelten Eichentoren versehen. Darüber – im ersten Stock – befanden sich die Wohnräume. An einem seitlichen Eingang stand ein hochbeladenes Fuhrwerk, das von eilig hin und her hastenden Arbeitern entladen wurde. Ein herbeieilender, spindeldürrer Mann trug eine gelbe Tunika aus feinstem Tuch, die ihn als wohlhabenden jüdischen Kaufmann auswies.

„Lord Radulf!" Er verneigte sich so tief, dass sein Kopf beinahe den Boden berührte. „Ihr erweist mir eine große Ehre!"

Radulf nahm die unterwürfige Begrüßung mit einem Nicken entgegen.

„Mein Name ist Jacob. Erst heute lief ein Schiff aus Flandern ein, mit Seide, Leinen und feinsten Wollstoffen beladen. Was darf ich Euch zeigen, edler Herr?" Seine flinken Augen blitzten, und Lilys Herz begann bei der Aufzählung seines Warenangebots schneller zu schlagen. Obwohl sie sich fest vorgenommen hatte, kein Interesse zu zeigen, warf sie Radulf einen erwartungsvollen Blick zu.

„Zeig uns deine schönsten Stoffe", antwortete er. „Meine Gemahlin wird sich aussuchen, was ihr gefällt."

Jacobs Augen traten beinahe aus den Höhlen. „Wie großzügig, Lord Radulf! Mylady!" Während er sich nun ebenso tief vor Lily verneigte, musterte er sie mit flinkem Kennerblick von Kopf bis Fuß. „Ich hoffe, mein bescheidenes Warenangebot wird Eurer Schönheit genügen", sagte er bewundernd.

In Radulfs nächsten Worten schwang eine Spur Unmut mit. „Zeig uns erst einmal, was du zu bieten hast."

Jacob, der spürte, dass er die Geduld des hohen Herrn mit seinen Schmeicheleien nicht länger strapazieren durfte, klatschte in die Hände, worauf ein schweres Holztor von innen geöffnet wurde. Radulf schwang sich vom Pferd und hob Lily aus dem Sattel. „Er hält mich für einen Narren", raunte er an ihrem Ohr. „Kein vernünftiger Mann lässt seine Frau frei über seine Börse verfügen."

Bevor Lily etwas erwidern konnte, war Jacob wieder an ihrer Seite und führte sie ins Haus.

Der Raum war von schweren, exotischen Düften erfüllt. Jacob stieß die Holzläden vor den Fenstern auf, um Tageslicht einzulassen, begann eilfertig, Stoffballen von ihren schützenden Hüllen zu befreien, und rollte sie auf dem langen Tisch unter den Fenstern aus.

Er präsentierte feinste Wollstoffe in leuchtendem Blau, Rot und Grün, entrollte einen Ballen schneeweißen Wolltuches, eine ganz besondere Rarität. Er zeigte dünne Leinenstoffe und Seide, die in vielfarbigen Schattierungen schimmerte, wenn sie im Licht bewegt wurde. Das Glanzstück aber war ein Ballen roter Samt, in einem tiefen, unbeschreiblich leuchtenden Farbton, bei dessen Anblick Lily ein Laut der Bewunderung entfuhr.

Vorgen hatte nie darauf geachtet, wie sie sich kleidete, hatte ihr nie ein Geschenk gemacht. Er hatte in ihr immer nur die Erbin großer Ländereien und die Tochter einer Wikinger-Prinzessin gesehen.

Mach dir nichts vor, Radulf will sich nur nicht mit einer Ehefrau schämen, die in Fetzen herumläuft, schalt Lily sich.

„Wie viele neue Kleider brauche ich, Mylord?“ fragte sie und bemühte sich, unbeteiligt zu wirken. „Eins, zwei oder drei?“

Radulf stand im Schatten, sie konnte nur seine dunkle Silhouette im Rahmen des offenen Tors erkennen. „So viele du haben willst“, antwortete er leichthin. „Ich bin ein wohlhabender Mann, Lady Wilfreda. Überlasse die Entscheidung unserem Freund, er ist der beste Tuchhändler der Stadt. Nur die Reichen können es sich leisten, bei ihm zu kaufen. Er wird schon die richtige Wahl treffen.“

Lily nickte bedächtig und senkte den Blick, um ihre Verwirrung zu verbergen. Wieso zeigte er sich so großzügig? Fühlte er sich schuldig wegen Lady Anna?

„Sehr wohl, Mylord“, flüsterte sie. „Ich lasse mich von Jacob gern beraten.“

Der verblüffte Jacob schluckte, fasste sich aber rasch und beeilte sich, seine Ware anzupreisen. Er raffte eine Länge blauen Wollstoffs zum Faltenwurf. „Dieses königsblaue Tuch wäre genau das Richtige für Euch, Mylady. Dazu schlage ich ein Unterkleid aus feinem hellblauen Leinen vor." Er pries Vorzüge, Qualität und Farbenpracht anderer Stoffe, die er der staunenden Lily anhielt, und drapierte schließlich den roten Samt an ihr, der wie erlesener Burgunderwein leuchtete. „In diesem Kleid würde Mylady aussehen wie eine Königin", schwärmte er mit einem Anflug von Unsicherheit in der Stimme, woraus Lily schloss, dass der Preis ihr Vorstellungsvermögen übertraf.

Sie wollte den Kopf verneinend schütteln, als Radulf das Wort ergriff. „Dann nehmen wir auch den roten Samt, Jacob." Lilys verdutzter Blick brachte ihn zum Lachen. „Du wirst sehr schön aussehen in einem Gewand aus burgunderrotem Samt", scherzte er, beugte sich näher und raunte ihr ins Ohr: „Nackt in meinem Bett gefällst du mir allerdings noch besser."

Ihre jähe Kopfdrehung brachte sein Gesicht ihrem sehr nahe. Einen Moment glaubte sie, in den schwarzen Tiefen seiner Augen zu versinken, als die Kirchenglocken zu läuten begannen, die in die Stille drangen und den Zauber des Augenblicks zerstörten.

Das Glockenläuten schien Radulf an dringendere Geschäfte zu erinnern; er wurde unruhig. „Gut, dann sind wir damit fertig", sagte er, nannte Jacob den Namen des Gasthofs, wohin er die Stoffe liefern sollte, nahm Lily bei der Hand und verließ das Tuchlager. Jacob gaffte mit großen Augen und offenem Mund hinter den hohen Herrschaften her und konnte sein Glück kaum fassen.

Jervois, der bei den Soldaten gewartet hatte, schwang sich aufs Pferd und trieb die Männer zur Eile an. Die Kettenhemden glitzerten mit den Wasserpfützen um die Wette. Radulf führte den Reitertrupp im schnellen Trab an, als fliehe er vor etwas oder habe es eilig, eine wichtige Verabredung einzuhalten.

Dieser Gedanke verdarb Lily umgehend die kindliche Freude an ihrer neuen Ausstattung. Was nützten ihr die schönsten neuen Kleider, wenn der Mann, dem sie so gerne gefallen würde, eine andere bewunderte?

Radulf war tatsächlich schlecht gelaunt, doch sein Unmut richtete sich gegen die eigene Person. Was erhoffte er sich von seiner Großzügigkeit? Sollte sie ihm jauchzend in die Arme fliegen? Sie gab ihm schließlich jede Nacht bereitwillig ihren Körper. Was wollte er mehr?

Die Frage erschreckte ihn. *Du bist ein Dummkopf, Radulf,* schalt er sich mürrisch. *Du bist wie dein Vater. Du kaufst dem Mädchen hübsche Kleider, überhäufst sie mit Reichtümern, weil du denkst, damit ihre Zuneigung zu gewinnen. Aber sie wird immer mehr fordern und am Ende, wenn du ihr nichts mehr zu bieten hast, wird sie dich mit einem anderen betrügen. Sie hasst dich und hasst dich umso mehr, weil du sie dir körperlich untertan machst. Sie ist eine Verführerin, eine Wikingerfrau, die den Teufel im Leib hat. Sie hat Vorgen auf dem Gewissen. Nimm dich vor ihr in Acht!*

Aber er konnte den Warnungen seiner inneren Stimme keinen rechten Glauben schenken. Er hatte einen Ausdruck in ihren Augen gelesen, als er den roten Samt in Auftrag gegeben hatte, als sei sie sprachlos vor Rührung und Begeisterung, ein Leuchten, bei dem ihm das Herz weit geworden war. Doch rasch brachte ihn die Vernunft wieder in die Wirklichkeit zurück. Sehnte er sich tatsächlich nach einer Gemahlin, die ihn nur schätzte, weil er ihr hübsche Geschenke machte?

Vor dem Gasthof angekommen, hob Radulf Lily aus dem Sattel und stellte sie unsanft auf den Boden, wobei ihr Haar sich aus dem Umhang löste. Bevor Radulf wusste, was er tat, griff er nach einer Locke und rieb das seidige Gespinst beinahe andächtig zwischen Daumen und Zeigefinger.

Lily verschränkte die Hände ineinander und räusperte sich. „Vielen Dank. Du bist sehr großzügig."

Radulf zog eine Braue hoch. Sie wirkte gehemmt, als falle es ihr schwer, ihre Dankbarkeit in Worte zu fassen. „Ein reicher Mann verliert nicht viel, wenn er sich großzügig zeigt. Du bist meine Gemahlin, Lily. Im Übrigen ist das noch nicht alles. Ich werde ein Haus in York kaufen, und du wirst die Dienerschaft aussuchen."

Er hatte sie lange nicht bei ihrem Kosenamen genannt, sondern sie in letzter Zeit förmlich mit Lady Wilfreda angesprochen. Diese Vertraulichkeit und die Aussicht auf ein eigenes Haus mit Dienerschaft versetzten ihr Herz in Aufruhr. Sie wollte sich abwenden, doch Radulf nahm ihr Kinn und zwang sie, ihn anzusehen. In ihren grauen Augen glitzerten Tränen.

Er furchte die Stirn. „Bist du traurig?" fragte er schroff.

Lily nagte an ihrer bebenden Unterlippe und schüttelte heftig den Kopf. „Nein, Mylord", antwortete sie mit belegter Stimme. „Ich bin glücklich."

Er versuchte, die Geheimnisse in den Tiefen ihrer grauen Augen zu ergründen. „Wir sind verheiratet und müssen das Beste daraus machen." Ungeduld huschte über seine Gesichtszüge. „Komm. Du bist müde und mich hat dieser Weiberkram hungrig gemacht."

Plötzlich traf Lily eine Entscheidung. Sie wollte nicht tatenlos zuschauen, wenn Radulf sich mit Lady Anna traf. Sie beschloss, ihm heimlich zu folgen und ihn mit ihr zu beobachten, dann würde sie wissen, woran sie war. Das war die einzig vernünftige Lösung. Bevor ein Soldat in den Kampf zog, kundschaftete er den Feind aus, dem er sich zu stellen hatte. Genauso wollte sie vorgehen.

Nach der Mahlzeit kamen die Soldaten ihren jeweiligen Aufgaben nach. Es galt, Waffen und Ausrüstung zu säubern und zu reparieren; die Pferde mussten gestriegelt und versorgt werden, scheinbar unwichtige Dinge, von denen jedoch möglicherweise das Leben eines Soldaten abhängen konnte. Radulf und Jervois sprachen ausführlich über die Örtlichkeit, wo die Festung im Norden errichtet werden sollte. Jervois sollte in Northumbria bleiben und die Bauarbeiten beaufsichtigen, wodurch Radulf Gelegenheit erhielt, für kurze Zeit nach Crevitch zurückzukehren, um dort nach dem Rechten zu sehen.

Lily ließ sich von Una Nadel und Garn geben und begann, Kleidungsstücke der Männer zu flicken, eine Arbeit, bei der sie sich darauf konzentrieren konnte, einen Plan auszuhecken, wie sie Radulf heimlich nachschleichen konnte, einen Plan, der ebenso viel Glück wie List erforderte.

Radulf würde keinen Verdacht schöpfen, dass sie ihm nachspionierte. Normannische Ehefrauen vertrauten ihren Ehemännern, und in Radulfs Augen war das rebellische Teufelsweib nun eine normannische Ehefrau.

Wir sind verheiratet und müssen das Beste daraus machen.

Mussten sie wirklich? Eine normannische Frau würde schweigend hinnehmen, wenn ihr Mann sie mit einer anderen betrog. In Lilys Adern aber floss Wikinger- und angelsächsisches Blut, sie war stolz und kämpferisch. Ihn zu belauschen war das einzig Vernünftige. Ihre ungewisse Position verbot ihr, nichts zu tun und das Einzige zu verlieren, was Radulf an sie band. Sie wollte nicht zulassen, dass sein Verlangen einer anderen galt. Wenn sie sich Klarheit verschaffte, würde sie möglicherweise einen Weg finden, ihn wieder für sich zu gewinnen.

Kurz nach Ankunft in der Herberge hatte Lily die Wirtstochter beiseite genommen und leise mit ihr gesprochen.

Die verblüffte Una hatte Lily argwöhnisch angeschaut.

„Ich soll Alice of Rennoc eine Botschaft bringen? Wieso ich? Wollt Ihr nicht lieber einen Soldaten damit beauftragen? Ich habe kein Pferd und kann mich nicht mit Lord Radulfs Banner ausweisen, um unbehelligt die Straßen zu passieren."

„Bitte, Una, ich entlohne dich reich für diesen Dienst. Geh zum Haus ihres Onkels und sage Alice, ich wünsche ihren Besuch. Aber sie muss den Anschein erwecken, es sei ihre Idee, und sie muss ein Pferd und einen Diener mitbringen, der sich gut in der Stadt auskennt. Kannst du dir das merken? Bitte, Una. Du warst mir eine große Hilfe in diesen schwierigen Tagen. Bitte tu mir diesen Gefallen."

Una hatte zögernd eingewilligt. Seit der große Radulf und seine Lady im Gasthaus ihres Vaters wohnten, hatte sie Einblick in das Leben der hohen Herrschaften gewonnen, wovon sie ihr ganzes Leben zehren würde. Und sie hatte Lily ins Herz geschlossen und wollte sich ihre Zuneigung nicht verscherzen.

„Einverstanden, ich überbringe die Botschaft, Mylady."

Lily hatte erleichtert aufgeatmet. „Das ist gut, Una. Ich danke dir von ganzem Herzen."

Mit Gottes Segen würde ihr Plan gelingen, der eigentlich ganz einfach war: Lily wollte sich zum vereinbarten Treffpunkt begeben und warten. Die einzige Schwierigkeit bestand darin, den Treffpunkt zu finden. Um unerkannt durch die Straßen von York zu reiten, musste sie sich verkleiden. Als Lady Wilfreda würde Jervois sich ihr in den Weg stellen und nicht zulassen, dass sie das Haus verließ. Sie hatte mit dem Gedanken gespielt, sich als Una zu verkleiden, scheute aber davor zurück, zu Fuß in der Dunkelheit durch die Gassen von York zu irren. Im Übrigen würde Una sich Radulfs Zorn zuziehen und mit seiner Bestrafung zu rechnen haben.

Alice of Rennoc war die weitaus bessere Wahl.

Nachdem Una sich auf den Weg gemacht hatte, versuchte Lily sich zu beruhigen, setzte sich still in eine Ecke, beugte sich über ihr Flickzeug und ließ die Nadel unermüdlich durch den Stoff gleiten. Nur gelegentlich machte sich ihre innere Spannung durch einen Seufzer Luft. Gott bewahre sie davor, dass Radulf Verdacht schöpfte. Wieder seufzte sie. Sein dunkler Blick schien ihr jedes Mal bis tief in die Seele zu dringen …

„Mylady, ich höre Euch nun zum fünften Male seufzen. Euch scheinen schwere Gedanken zu bedrücken."

Lily hob erschrocken den Kopf. Jervois guckte sie fragend an, und Lily lächelte dünn. „Wenn ich tatsächlich so oft geseufzt habe, mag es den Eindruck erwecken. Aber ich dachte nur an … an die Vergangenheit. Es gab viele traurige Ereignisse in meinem Leben, die mich wohl seufzen ließen."

Er nickte verständnisvoll. „In der Gegenwart gibt es für Euch wenig Grund zum Kummer. Lord Radulf hat den Tuchhändler Jacob zu einem reichen Mann gemacht mit der Bestellung Eurer neuen Ausstattung."

Lily vergaß ihre Sorgen und lachte hell. „Alle Frauen werden mich darum beneiden."

Jervois lächelte freundlich. „Und Radulf wird von allen Männern beneidet."

Sie musterte ihn forschend aus kühlen grauen Augen. „Ihr seid sehr freundlich, Jervois. Aber ich glaube nicht, dass Radulfs Wahl auf mich gefallen wäre, wenn der König ihm nicht befohlen hätte, mich zu heiraten. Es gibt viele Frauen, die hübscher und reicher sind als ich, die alles darum gegeben hätten, Radulfs Gemahlin zu werden."

Anna, zum Beispiel. Und heute Abend trifft er sich mit ihr. Und ich werde da sein, um die Wahrheit zu erfahren. Ja, und dann werde ich wirklich seufzen …

Jervois wich ihrem Blick aus und senkte die Stimme. „Ich glaube, Ihr tut Radulf unrecht und unterschätzt Euch. Er hätte dem Befehl des Königs nicht gehorcht und Euch geheiratet, wenn er nicht den Wunsch gehabt hätte, es zu tun. Radulf tut nichts, was ihm widerstrebt."

Lily aber hörte ihm nicht mehr zu.

Sie richtete den Blick über Jervois' Schulter auf die Frauengestalt, die eingetreten war – Alice of Rennoc. Jervois drehte sich zur Tür um und erstarrte verwundert beim Anblick der Gestalt mit den üppigen Rundungen. Er hatte Alice of Rennoc nicht vergessen und straffte die Schultern, als die Dame sich näherte. Ihr Haar schimmerte wie sommerreifer Weizen. Ihre Augen leuchteten blau wie der Himmel im Süden.

Lily sprang auf die Füße und eilte der Freundin strahlend entgegen. Jervois folgte ihr langsam, beinahe widerstrebend.

„Ich hoffe, du hast einen guten Grund, mich in die Drachenhöhle zu locken", flüsterte Alice ihr ins Ohr, als sie Lily umarmte, die sie beruhigend an sich drückte. Alice bemerkte die Männergestalt hinter Lily und erstarrte.

Lily drehte sich verwundert um und sah, wie Jervois sich verneigte. „Alice, das ist Radulfs Hauptmann. Jervois, das ist Alice of Rennoc."

Jervois' grüne Augen blitzten auf. „Wir sind einander bereits begegnet", murmelte er mit seltsam belegter Stimme.

„Ja." Alices rosige Apfelbäckchen röteten sich noch stärker. Sie strich den Rock ihres grünen Gewandes glatt, nestelte an ihrem Gürtel, während Jervois sie ernsthaft betrachtete – mit einem Gesichtsausdruck, als sei er plötzlich seekrank geworden.

Erschrocken fragte Lily sich, ob sie ein ähnlich einfältiges Gesicht machte, wenn Radulf vor ihr stand.

„Meine Damen?" Die vertraute tiefe Stimme verdrängte jeden Gedanken an Alices und Jervois' seltsames Verhalten. Lily nahm die Freundin bei der Hand und führte sie zum Herdfeuer, wo Radulf saß und die lange tödliche Schneide seines Schwertes polierte.

In seinen schwarzen Augen tanzte der Widerschein der Flammen. Alice versank in einen tiefen Knicks und stammelte ihre Ausrede, sie sei zufällig in der Nähe gewesen und wolle Lily einen Überraschungsbesuch abstatten.

„Spaziert Ihr häufig ohne Begleitung durch York, Lady?" fragte er mit mildem Vorwurf.

„Ich bin in Begleitung eines Dieners, Mylord. Er wartet draußen bei meinem Pferd."

Radulf nickte und warf Lily einen Blick zu, deren Augen wie gewöhnlich kühl und unergründlich wirkten. Achselzuckend wandte er sich wieder seinem Schwert zu und ölte die Klinge ein.

„Komm mit, Alice", sagte Lily heiter. „Wir ziehen uns in meine Kammer zurück, dort sind wir ungestört. Lord Radulf und seine Männer sind gewiss nicht an unserem Weibergeschwätz interessiert."

Radulf lachte leise, als die jungen Frauen sich langsam entfernten. Nachdem Lily die Tür hinter sich geschlossen hatte, atmete sie erleichtert auf, weil sie Radulfs eindringlichem Blick entronnen war.

„Hoffentlich erklärst du mir endlich, was das alles zu bedeuten hat", meinte Alice und ließ sich auf die Strohmatratze plumpsen. „Gottlob ist mein Onkel nicht in der Stadt, sonst hätte ich nicht kommen können. Deine Dienerin tat sehr geheimnisvoll."

Lily setzte sich neben die Freundin, deren blaue Augen neugierig blitzten.

„Ich habe eine große Bitte an dich", begann Lily. „Ich will

ganz ehrlich sein, es ist nicht ungefährlich, und möglicherweise wird Radulf wütend, wenn er davon erfährt. Aber sein Zorn wird sich in erster Linie gegen mich richten."

Alices blaue Augen waren groß geworden; sie beugte sich in atemloser Spannung vor.

„Ich ziehe deine Kleider an und verwandle mich in Alice of Rennoc und verlasse das Haus. Du bleibst hier in meiner Kammer als Lily und stellst dich krank. Niemand wird die Kammer betreten."

„Aber Lily, willst du etwa fliehen?" fragte Alice schrill vor Entsetzen.

Lily legte ihr erschrocken die Hand vor den Mund und schaute ängstlich zur Tür. Nein, der Gedanke an Flucht war ihr nicht gekommen. Ihr ging es nur um Radulf und Lady Anna. Und als Alice jetzt davon sprach, verwarf sie den Gedanken augenblicklich. Wohin sollte sie gehen? Wer würde sie verstecken? Und wenn sie nach Schottland floh, welches Schicksal würde ihren Untertanen drohen?

Und wie konnte sie Radulf verlassen, da sie sich nichts sehnlicher wünschte, als ihn zu behalten?

„Nein, ich will nicht fliehen", antwortete Lily, nachdem sie sicher war, dass niemand in der Gaststube Alices spitzen Schrei gehört hatte. „Es ist eine persönliche Angelegenheit. Lord Radulf trifft sich mit jemandem, und ich möchte ihm folgen und … ihn beobachten."

Alice zupfte ihre Röcke zurecht. „Ich verstehe", erwiderte sie in einem Tonfall, der Lily wissen ließ, dass sie tatsächlich begriff, worum es ging. Alice tätschelte ihr beschwichtigend die Hand.

„Radulf ist ein bedeutender Mann, Lily. Ein Mann wie er ist nicht nur einer Frau treu. Das weiß sogar ich als unerfahrenes Mädchen. Bei einem Mann wie Radulf ist Eifersucht fehl am Platz."

Lily versteifte den Rücken. „Ich bin nicht eifersüchtig", entgegnete sie pikiert. „Ich will die Frau nur sehen und in Erfahrung bringen, was die beiden füreinander empfinden. Eine Ehefrau muss darüber Bescheid wissen, wenn sie sich in der Ehe behaupten möchte, zumal eine Angelsächsin, die mit einem Normannen verheiratet ist."

Alices Augen leuchteten warm und verständnisvoll. „Was du sagst, klingt vernünftig, Lily. Als ich Lord Radulf am Hofe des Königs kennen lernte, hatte ich den Eindruck, er empfindet mehr als nur Zuneigung für dich. Wieso sollte er eine andere begehren?"

Lily stutzte, dann lachte sie schrill. „Aber nein, Alice, du irrst. Radulf ist ein heißblütiger Mann. Was du gesehen hast, ist nur seine Wollust. Aber du bist noch unschuldig, und weiter will ich mich darüber nicht äußern."

Alice errötete, dann meinte sie achselzuckend: „Vielleicht irre ich mich, aber ich hatte den Eindruck, er ist dir sehr zugetan."

Lily tat die Meinung der Freundin als Wunschdenken eines träumerischen jungen Mädchens ab, stand auf und wanderte ruhelos in der engen Kammer auf und ab. Ihr Herz schlug bang, sie war aufgeregt, konnte nicht länger stillsitzen. „Ich nehme dies alles nicht auf die leichte Schulter und möchte dich auch nicht unnötig belasten, Alice. Aber ich brauche deine Hilfe. Kann ich auf dich zählen?"

Alice zögerte, und dann lächelte sie schelmisch. „Ja, ich helfe dir. Aber mach dich darauf gefasst, dass ich dir die ganze Schuld zuschiebe, wenn Radulf uns auf die Schliche kommt. Obwohl du mich für unschuldig und ahnungslos hältst, glaube ich, dass sein ganzer Zorn sich gegen mich richtet und er mich übers Knie legen wird!"

Lily lachte leise und drückte ihr die Hand. „Danke, Alice. Ich stehe tief in deiner Schuld. Wenn ich irgendetwas für dich tun kann …"

Alice verzog wehmütig das Gesicht. „Vielleicht kannst du mir verraten, warum die Männer, die mir gefallen, unpassend für mich sind."

Lily zog die Stirn in tiefe Falten. „Sprichst du von Jervois, Alice?"

Das Mädchen seufzte tief. „Er ist ziemlich nett, findest du nicht?"

„Er war immer sehr freundlich zu mir. Er ist der Sohn eines Söldners, glaube ich. Radulf hat großes Vertrauen zu ihm."

Alices Augen leuchteten auf. „Radulf ist wohlhabend und einflussreich, das wäre ein Anfang! Ich muss einen reichen Mann heiraten, Lily. Das ist der Wunsch meines Vaters und meines Onkels. Ein anderer kommt für meine Familie nicht infrage. Aber alle reichen Männer, die ich kenne, finde ich abscheulich."

Lily wusste nicht, was sie zum Trost erwidern sollte. Wenn Alice Glück hatte, würde sie einen Mann heiraten, den sie einigermaßen leiden konnte. Und die praktisch veranlagte Alice würde das Beste daraus machen. Vielleicht war diese Lösung besser, als mit einem Mann verheiratet zu sein, den man liebte, ohne von ihm geliebt zu werden. Ohne Liebe blieb einer Frau wenigstens großes Herzeleid erspart.

Liebe – welch ein gefährliches Wort. Lily fröstelte.

Radulf hielt einen Humpen Bier in der Hand und starrte in die Flammen. Bald war es Zeit, zur Marienkapelle aufzubrechen, um Lady Anna zu treffen – die schöne Giftnatter.

Er fragte sich, ob Lord Kenton von der Verabredung wusste, und verwarf den Gedanken. Kenton mochte eifersüchtig sein, aber er war ein Narr, sonst hätte er Anna nicht geheiratet. Vielleicht aber liebte er sie, so wie Radulf sie einst geliebt hatte. Blinde Liebe idealisierte den geliebten Menschen, wollte seine Fehler und Schwächen im Rausch der Verzückung nicht sehen.

Radulf krallte die Finger um den Humpen, bis die Knöchel weiß hervortraten und das weiche Zinn Dellen bekam. Er stellte den Krug auf den Tisch und löste methodisch einen Finger nach dem anderen. Das war kein gutes Zeichen. Wenn er beim bloßen Gedanken an diese Frau dermaßen in Zorn geriet, wie sollte es ihm gelingen, seinen Gemütsaufruhr während der Begegnung mit ihr zu zähmen?

Er würde sich beherrschen, er musste es einfach. Es war nötig, sich mit ihr zu treffen, um ihr mitzuteilen, dass es endgültig vorbei war. Er würde ihr die Situation in sachlichen Worten erklären, dass selbst sie in ihrer maßlosen Selbstsucht es begreifen und akzeptieren musste. Fast sein ganzes erwachsenes Leben hatte er die Last seiner Schuldgefühle mit sich herumgeschleppt, eine Schuld, die auch Annas Schuld war, und er war es leid, diese Last länger zu tragen.

Es war endlich Zeit, dass er sich dieser Bürde entledigte.

Radulf fuhr sich mit der Hand über die brennenden Augen, presste die Fingerkuppen gegen die Schläfen, hinter denen ein dumpfer Schmerz pochte. Er hasste es, in die kühle Regennacht hinauszureiten, hätte viel lieber den Abend in Lilys Kammer verbracht. Ihr Körper war ihm zu Willen, selbst wenn ihr Herz sich ihm verschloss, aber eines Tages, das schwor er sich, würde er den Panzer ihres kühlen grauen Blickes durchdringen und sie zu seiner Gefangenen machen.

Er war bereits nah daran, ihr Gefangener zu werden, auch wenn sie davon nichts wusste. Er begehrte sie noch glühender als zu Beginn. Gott stehe ihm bei, wenn sie das je herausfinden sollte. Der große Radulf, ihr Sklave! Dafür würde sie ihn verachten …

„Mylord?“ Jervois’ respektvolle Stimme riss ihn aus seinen aufgewühlten Gedanken. „Es ist Zeit zum Aufbruch.“

Radulf hob den Blick. Er hatte Jervois ins Vertrauen gezogen. Sein Hauptmann kannte ihn vermutlich noch besser als sein Freund Henry. Sie hatten Seite an Seite gekämpft, hatten die Schwächen und Stärken des anderen kennen gelernt. Jervois hatte ihm mehr als einmal das Leben gerettet.

„Wo ist meine Gemahlin?“

Jervois ließ sich sein Erstaunen über die Schärfe seiner Frage nicht anmerken. „In ihrer Kammer mit der Wirtstochter. Soll ich sie holen?“

„Und die andere … Alice? Wo ist sie?“

„Sie ist gegangen, Mylord. Sie ritt vor einer Weile mit dem Diener fort.“

Jervois hatte Alice nur von hinten gesehen, als sie das Haus verlassen hatte. Den Schleier tief ins Gesicht gezogen, war sie mit gesenktem Haupt ins Freie geeilt. Er hatte ihr einen Abschiedsgruß zugerufen, auf den sie nicht reagiert hatte.

Hatte er sich getäuscht, als er glaubte, sie habe sich über das Wiedersehen mit ihm gefreut?

Aber welchen Sinn hatten solche Überlegungen? Er war nur ein Söldner, der für seine Kriegsdienste bezahlt wurde. Alice of Rennoc würde einen Habenichts nicht ernsthaft als Gemahl in Betracht ziehen. Frauen waren ihm stets ein Rätsel gewesen, gleichsam fremde Welten, deren Erforschung ihm allzu gefährlich erschienen war. Nun hatte er eine getroffen, die ihm zwar gefiel, aber nicht für ihn bestimmt war.

„Ich wünschte, ich müsste nicht fort“, sagte Radulf leise, „aber mir bleibt keine andere Wahl, ich muss mit Anna sprechen. Ich muss endlich einen Schlussstrich ziehen. Du bleibst hier zur Bewachung meiner Gemahlin.“

Jervois' Kopf fuhr ruckartig hoch. „Aber Mylord, Ihr wollt doch nicht allein gehen."

„Ich fürchte zwar keinen Hinterhalt, nehme aber zur Sicherheit vier Männer mit und lasse sie in der Nähe warten. Suche vier Soldaten aus, die mich begleiten."

Jervois schien weiterhin unschlüssig zu sein. „Ihr habt viele Feinde."

In Radulfs Augen blitzte ein spöttischer Funke auf. „Mag sein, Jervois. Aber ich bin unsterblich – oder etwa nicht?"

Jervois hatte kein Verständnis für den bitteren Humor seines Herrn. „Ich glaube nicht an Ammenmärchen und weiß, dass Ihr ein Mensch aus Fleisch und Blut seid. Was wird aus Eurer Gemahlin, wenn man Euch tötet? Der König wird sie mit einem anderen verheiraten, der sich vermutlich weniger um sie sorgt als Ihr."

Radulf nickte und schlug Jervois kameradschaftlich auf die Schulter. „Du hast Recht – wie immer, mein umsichtiger Freund. Ich werde auf mich achten." Er machte ein paar Schritte auf die Kammer zu, blieb dann aber stehen. Nein. Es war besser, Lily nichts davon zu sagen. Sie hatte ein verblüffendes Talent, seine Stimmungen zu erspüren, und er wollte im Moment keine lästigen Fragen beantworten. Er würde sie später sehen. Vielleicht würde er ihr sogar erklären, was er getan hatte.

Vielleicht aber auch nicht.

Radulf atmete tief durch und trat ins Freie.

14. KAPITEL

In Alices Umhang gehüllt, die Kapuze tief ins Gesicht gezogen, ritt Lily im Sattel des lammfrommen Wallachs. Sie hätte eine beliebige Yorker Bürgerin sein können, auf dem Heimweg vom Haus einer Freundin oder einer Verwandten, mit der sie den Nachmittag verplaudert hatte. Vielleicht würde man sie auch für ein verliebtes junges Mädchen halten, das leichtfertig zu einem heimlichen Stelldichein unterwegs war. Die zweite Überlegung kam der Wahrheit ziemlich nahe, mit dem Unterschied, dass sie nicht zu *ihrem* Stelldichein eilte.

Es war viel leichter gewesen, als sie angenommen hatte. Alices Gewand passte ihr. Una musste nur den Saum herauslassen, wodurch ein dunkler Rand entstand, was den Männern nicht auffiel. Jervois hatte ihr einen Abschiedsgruß nachgerufen, den Lily geflissentlich überhört hatte. Radulf hatte überhaupt nicht auf sie geachtet, und alles war nach Plan verlaufen.

Starker Regen prasselte auf die Straße, Lily zog die Kapuze tiefer ins Gesicht. Der Diener, dessen Bart und schulterlanges Haar ihn als Angelsachse kennzeichneten, lief vor ihr her und erwies sich als guter Führer. Er hatte mit abgewandtem Blick zugehört, als Lily ihn anwies, wohin er sie bringen sollte. „Ich kenne die Kapelle“, hatte er versichert.

Lily hatte sich lächelnd bei dem Mann bedankt, der von einem wulstig vernarbten Brandmal an der Wange stark entstellt war. Auf diese grausame Weise pflegten die Normannen Sklaven als ihr Eigentum zu kennzeichnen.

Sie nahm sich fest vor, mit allen Mitteln zu verhindern, dass Radulf den bedauernswerten Mann bestrafte, falls er von ihrem nächtlichen Ausflug erfuhr. Schließlich hatte sie diesen Plan ganz allein ausgeheckt. Andererseits bestand kaum die Gefahr, ertappt zu werden. Sie wollte sich lediglich verstecken, auf Radulf und Lady Anna warten, das Paar eine Weile beobachten und sich dann in die Herberge schleichen, wo sie sich vermutlich in den Schlaf weinen würde. Aber wenigstens hatte sie dann Gewissheit.

Sie fröstelte. Nach einem strahlenden Sonnentag hatten sich gegen Abend Gewitterwolken zusammengebraut, und es war früher als gewöhnlich dunkel geworden. Schwarze Wolken hingen über der Stadt, gelegentlich grollte Donner in der Ferne, und Blitze zerrissen den Himmel. Sie würde bald bis auf die Haut durchnässt sein, aber der Regen fegte die Straßen leer. Sie begegnete keiner Menschenseele auf ihrem Weg durch York.

Immer wieder hatte Lily sich die Frage gestellt, warum sie sich und andere der Gefahr aussetzte, von Radulf bestraft zu werden. Die Antwort war einfach: Sie brauchte Gewissheit, koste es, was es wolle.

„Wir sind da“, murmelte der Diener und deutete in eine schmale Gasse, an deren Ende die dunklen Umrisse einer Kapelle zu erkennen waren. Wie durch göttliche Fügung erhellte ein greller Blitz eine verriegelte Tür und dunkle Fenster. Alles war still. Lily lenkte das Pferd in die Gasse, als der Donner direkt über ihren Köpfen grollte und der Regen noch stärker vom Himmel prasselte.

Sie beugte sich vor, tätschelte den Hals des Pferdes und beruhigte es mit leisen Worten, während sie Ausschau nach einem günstigen Versteck hielt. Eine verlassene Holzhütte schien ihr passend zu sein. Es gab viele verlassene Häuser in York, deren Bewohner vor den normannischen Besatzern geflohen waren. Der Regen fiel gnadenlos auf sie hernieder; Lily wischte sich blinzelnd die Augen.

Der Diener war ihr gefolgt, seine dünnen Stoffschuhe versanken tief im Matsch. Nun stand er leise fluchend neben ihr. Lily glitt aus dem Sattel und zog den Wallach ins Innere der halb verfallenen Hütte, in der es nach Moder und Verwesung stank – der Geruch von Hoffnungslosigkeit und Tod.

Lily suchte Schutz an einer halbwegs trockenen Stelle unter den Balken des stellenweise eingebrochenen Strohdachs. Der Diener drängte sich neben sie. Der beißende Geruch seines Angstschweißes stieg ihr in die Nase.

„Du kannst jetzt gehen“, sagte sie halblaut, um den prasselnden Regen zu übertönen. „Lauf zurück in die Herberge und lass dir von Una warmes Essen geben. Dort wartest du auf meine Rückkehr, und dann begleitest du deine Herrin nach Hause.“

Er zögerte, sichtlich hin und her gerissen zwischen seiner Pflicht und seiner Angst vor den Folgen dieses nächtlichen Ausflugs.

„Geh!“ drängte Lily und zupfte ihn am Ärmel. „Ich brauche dich nicht mehr.“

Der Diener stolperte in seiner Hast über einen zerbrochenen Balken und verschwand dann in der Dunkelheit. Lily lauschte dem Regen. Nun war sie so mutterseelenallein wie damals in Grimswade, als sie auf der Flucht von einem Unterschlupf in den nächsten gehastet war wie ein von Hunden gehetzter Hase, allein, verlassen in einer Welt, in der nichts mehr war, wie es sein sollte. Jetzt aber, als sie im nächtlichen Gewitter in der verfallenen Hütte stand, war ihr, als habe sich nichts verändert. Vielleicht hatte es Radulf nie gegeben. Vielleicht war er nur ein Traum.

Allmählich ließ der Regen nach. Bald begannen die Glocken zur letzten Gebetsstunde zu läuten, und ein Frosch quakte ganz in ihrer Nähe. Der Wallach zitterte ängstlich, Lily tätschelte ihm den Hals und dann hörte sie Hufschläge, die näher kamen.

Mit bang klopfendem Herzen spähte sie durch einen Spalt in der Holzwand, konnte aber nur die grauen Schnüre des prasselnden Regens sehen. Am Ende der Gasse verstummten die Hufschläge. Die Pferde hatten Halt gemacht. Sie vernahm gedämpfte Befehle. Und dann tauchte ein einzelner Reiter auf, näherte sich langsam der Kapelle, beschrieb einen Kreis und starrte in die graue Dämmerung. Er war hoch gewachsen, breitschultrig und mächtig im Kettenhemd. Sein Kopf unter dem Eisenhelm wirkte glatt und lang gezogen wie der eines riesigen Otters.

Radulf. Lily erkannte ihn an der Haltung, an seinen gemessenen Bewegungen, sie hätte ihn unter tausend Rittern erkannt. Sie presste die Handflächen gegen das Holz zu beiden Seiten des Gucklochs. Der Wallach hinter ihr roch die anderen Pferde und wieherte leise.

„Ruhig“, raunte Lily. „Ganz ruhig, mein Guter.“

Wieder Hufschläge, weitere Pferde näherten sich, ein scharfes Wiehern. Starr vor Entsetzen beobachtete Lily, wie Radulf sich nach dem neu ankommenden Reitertrupp umguckte. Am anderen Ende der Gasse war das tödlich singende Geräusch von Schwertern zu vernehmen, die aus den Scheiden gezogen wurden. Dann befahl eine schrille Stimme: „Halt!“ Im nächsten Moment passierte ein einzelner Reiter die verfallene Hütte, ritt Radulf entgegen.

Die Gestalt im Sattel war unschwer als Frau auszumachen, trotz wallenden Umhangs und verhülltem Kopf. Bei Radulf angekommen, schob sie die Kapuze in den Nacken. Einen flüchtigen Moment wurde ihr Gesicht vom grellen Flackern eines entfernten Blitzes erhellt. Es war Anna, die lächelte.

„Radulf!“ rief sie triumphierend und drängte ihr Pferd, das unruhig den Kopf auf und ab warf, nahe an den großen Hengst heran. „Ich wusste, dass du kommen würdest!“

„Ja, ich bin gekommen!“ Radulfs raue Stimme konnte man nur schlecht verstehen.

Lily bekam große Augen. Seine harte, zornige Stimme klang nicht wie die eines freudig erregten Liebhabers. Hoffnung keimte in Lily auf. Ihr Atem beschleunigte sich, als sie das Gesicht nah an das Loch in der Holzwand presste.

Lady Anna hob den Blick in den nachlassenden Regen. „Ist die Kapelle offen?"

„Sie scheint geschlossen zu sein, aber wir können uns an der Mauer unterstellen." Radulf schwang sich aus dem Sattel und half der Dame beim Absteigen. Sie legte ihm die Arme um den Hals, schmiegte sich eng an ihn und glitt an seinem Körper entlang, bis ihre Füße die Erde berührten. Radulf trat so hastig zurück, dass sie ins Wanken geriet und sich an seinem Arm festhielt.

Sie lachte hell. „Du konntest nicht widerstehen, mein Radulf", verkündete sie – immer noch voller Selbstvertrauen. „Du erinnerst dich an unsere schöne Zeit, genau wie ich. Ich habe dich nie vergessen."

Radulf blickte auf sie herab. Lily erkannte an seiner steifen Haltung, wie angespannt er war. Kämpfte er dagegen an, Lady Anna heiß und leidenschaftlich zu küssen, um all die Jahre der Trennung zu vergessen?

Ihre Hoffnung, dass er es nicht tun würde, schwand.

„Dort drüben sind wir vor dem Regen geschützt", erwiderte er, löste sich von Lady Anna und wandte sich zum Gehen. Sie schien einen Moment unschlüssig zu sein, dann folgte sie ihm unter die Dachtraufe der Kapelle.

Sie standen dicht nebeneinander. Ihre Gestalten verschwammen im Schatten, schienen miteinander zu verschmelzen. Ihre leisen Stimmen waren durch das Trommeln des Regens nicht mehr zu verstehen.

Lily ballte in zorniger Enttäuschung die Hände. Nach all diesen Mühen konnte sie nicht mehr hören, was die beiden redeten! Aber war das denn nötig? Sagte ihr das Bild nicht genug? Annas Gesicht blickte zu ihm auf, sie schien vor Verlangen zu zittern.

Ein Liebespaar, das sich nach langer Zeit wieder gefunden hatte. Lilys Ehe mit Radulf würde eine Scheinehe sein wie ihre Ehe mit Vorgen. Diesmal aber war es viel schlimmer, weil Lily sich diesem Mann durch ihr beiderseitiges Verlangen verbunden fühlte. Wenn dieses Verlangen aber zu schwinden begann – und dies war der sichere Beweis –, würde ihr nichts bleiben. Sein Herz gehörte Anna, die es nicht freigeben würde.

Nach einer Weile, die Lily wie eine Ewigkeit vorkam, löste Anna sich aus dem Schatten und ging mit energischen Schritten zu ihrem Pferd. Ehe Radulf bei ihr war, wollte sie aufsitzen. Er beeilte sich und hob sie mühelos in den Sattel. Sie saß mit gesenktem Kopf auf dem Pferd, offenbar tief bewegt.

„Du behauptest, du würdest es nie vergessen“, begann Radulf nun mit lauter Stimme, um den Regen zu übertönen. „Ich wünschte bei Gott, ich könnte es vergessen!“

Seine Stimme klang gequält. Lily ließ verzweifelt die Arme sinken. Ihr Herz krampfte sich zusammen. Wenn Radulf diese Frau so sehr liebte, dann gab es keine Hoffnung für sie. Sie musste sich damit abfinden, dass er niemals ihr gehören würde.

Anna wandte dem Mann, der neben ihrem Pferd stand, das Gesicht zu, dann nahm sie energisch die Zügel hoch. Sie sagte etwas, so leise, dass Lily nichts verstehen konnte. Ein Versprechen vielleicht? Und dann sprach Radulf wieder, doch nun war der Regen wieder stärker geworden, und seine Worte gingen im Rauschen unter. Er redete lange auf Lady Anna ein.

Eine heiße Träne lief Lily übers Gesicht, schmeckte salzig. Sie hob die Hand, um sie von ihren Lippen wegzuwischen. Plötzlich gab Anna einen Schrei von sich, einen einzigen, gespenstisch schrillen Schrei. Voller Entsetzen schlug Lily sich die Hände vor den Mund und starrte mit aufgerissenen Augen auf die Szene, die sich vor ihr in der hereinbrechenden Regennacht abspielte.

Anna riss die Zügel nach hinten, zwang ihr Pferd, auf die Hinterbeine zu steigen. Lily glaubte, die Frau wolle in ihrem inneren Aufruhr die Flucht ergreifen. Aber nein, Anna schrie wieder und drückte dem Pferd die Absätze mit aller Gewalt in die Flanken. Das Tier stieg erneut hoch und ging Hufe schlagend auf Radulf los, attackierte ihn, als sei es zum Töten abgerichtet.

Radulf rettete sich im letzten Moment durch einen seitlichen Sprung, wurde aber von einem mächtigen Huf an der Schulter getroffen und von der Wucht des Schlages zu Boden geschleudert. Schreiend verließ Lily ihren Unterschlupf, stolperte über Gerümpel und rannte aus der Hütte.

Anna hatte ihr Pferd herumgerissen. Wieder erhellte ein greller Blitz ihr Gesicht – eine verzerrte Fratze mit gefletschten Zähnen. Sie spornte ihr Pferd mit der deutlichen Absicht an, über den auf der Erde liegenden Mann hinwegzureiten und ihn zu zertrampeln.

„Radulf!“ schrie Lily und eilte mit gerafften Röcken durch Matsch und Regenpfützen.

Anna blickte wirr um sich. Mittlerweile hatten die Reiter am Ende der Gasse sich in Bewegung gesetzt, jagten im gestreckten Galopp heran und bespritzten Lily von oben bis unten mit Dreck. Bevor Anna ihr schändliches Werk vollenden konnte, hatten die Reiter sie abgedrängt und eingekreist.

„Lasst mich durch!“ kreischte sie wie eine Irre. „Ich bin die Gemahlin von Lord Kenton. Lasst mich durch!“

Die Soldaten zögerten, wollten sie aber nicht freigeben, nach allem, was sie gesehen hatten. Und dann meldete sich Radulfs Stimme im Befehlston über dem Hufetrappeln und Waffenklirren. Er hatte sich zum Sitzen aufgerichtet und betrachtete mit finsterem Blick die Frau, die versucht hatte, ihn zu ermorden.

„Gebt sie frei. Ich bin fertig mit ihr."

Zögernd ließ ein Soldat die Zügel los, die Pferde bildeten eine Gasse, um Lady Anna durchzulassen. Als sie die Kapuze hochzog, entdeckte sie Lilys lehmbespritzte, triefende Gestalt. Ihre Blicke begegneten einander, und Lily glaubte, in den flackernden Augen der Frau Mordlust wahrnehmen zu können. Am liebsten hätte sie wohl auch Lily niedergetrampelt. Doch dann richtete sie den Blick in die Ferne, das nasse Gesicht zur Maske versteinert, und ritt im Schritt an Lily vorbei, als existiere sie gar nicht.

„Was hast du hier zu suchen, Mädchen?" fragte eine schroffe Stimme, und eine Hand packte Lily grob am Arm. Bevor sie etwas antworten konnte, guckte der Mann ihr ins Gesicht und erkannte sie. „Lady?" entfuhr es ihm erschrocken.

Lily schüttelte ihn ab und eilte zu der Stelle, wo Radulf, von seinen Soldaten umringt, immer noch auf der Erde saß. Hatte Anna mit einem Dolch auf ihn eingestochen? In blinder Panik drängte Lily sich an den Männern vorbei, schlug mit den Fäusten um sich. „Lasst mich durch!"

Radulf kauerte seltsam gekrümmt auf der nassen Erde und hielt sich die rechte Schulter mit der linken Hand. Das kurze schwarze Haar klebte ihm in der Stirn, über sein fahles Gesicht strömten Schweiß und Regen. Er war verwundet.

Lily fiel neben ihm auf die Knie. Maßlose Angst hatte sie gepackt wie nie zuvor in ihrem Leben. Sie wollte ihn berühren, ihn streicheln, ihn heilen. Und gleichzeitig fürchtete sie sich vor seiner Zurückweisung.

Radulf hob den Kopf, seine Augen schimmerten glasig im schmerzverzerrten Gesicht. Er blinzelte, als traue er seinen Augen nicht. „Lily?" krächzte er. „Was zum Teufel tust du hier?"

Sie legte ihm eine zitternde Hand auf die Schulter. Er ächzte, entzog sich ihr aber nicht. „Das bringt mich nicht um", fuhr er mit einem Anflug seines üblichen Humors fort. „Ich bin nachlässig geworden. Geschieht mir ganz recht. Ich hatte vergessen, dass eine Frau gefährlicher sein kann als ein Mann."

„Ist die Schulter gebrochen?" fragte Lily bang. Gebrochene Gliedmaßen heilten wieder, waren aber meist nicht mehr so stark wie zuvor. Und es kam nicht selten vor, dass der Kranke vom Fieber befallen wurde, wenn das Fleisch zu schwären begann. Ein sicheres Todesurteil für den Verletzten. Die Männerbeine, die in den hohen Stiefeln steckten und sie umringten, verschwammen vor ihren Augen; der Boden unter ihr schwankte. Lily schlotterte an allen Gliedern.

„Lily?" Radulfs Stimme schien aus weiter Ferne zu kommen. „Warum bist du hier?" Und als sie nicht antwortete, fügte er beruhigend hinzu: „Nein, die Schulter ist nicht gebrochen. Nur aus dem Gelenk gesprungen. Jervois renkt sie mir wieder ein. Das hat er schon zweimal geschafft. Es ist zwar keine angenehme Prozedur, aber ich halte es aus, es geht nun mal nicht anders. Lily?" Seine Stimme klang besorgt. „He, Leute! Hebt sie hoch. Sie wird ohnmächtig!"

Aber Lily wehrte sich entschieden dagegen, in Ohnmacht zu fallen. „Nein, nein. Es geht schon wieder", versicherte sie und stieß die hilfreichen Hände von sich. „Ich … wir müssen uns um Lord Radulf kümmern." Ihre Stimme nahm einen gebieterischen Ton an. „Helft ihm aufs Pferd. Aber vorsichtig. Das Reiten wird ihm Schmerzen bereiten."

Radulf wollte lachen, brachte aber nur ein Ächzen hervor, als seine Männer ihm vorsichtig auf die Beine halfen. „Ich bin an Schmerzen gewöhnt. Das haut mich nicht um."

Er bedachte sie mit einem langen forschenden Blick. „Bist du mir nachgeritten?“ fragte er, als komme ihm der Gedanke erst jetzt in den Sinn, und schaute sich suchend nach einem Pferd um.

„Ja.“ Sie schlotterte wieder. „Das Pferd ist in der Hütte versteckt. Es gehört Alice.“

Zorn flackerte kurz in seinem Blick auf, doch dann schien er sich wieder zu legen. „Holt das Pferd aus der Hütte“, befahl Radulf. „Setzt sie in den Sattel und passt gut auf sie auf, damit sie uns unterwegs nicht abhanden kommt. Und was dich betrifft, kleine Hexe …“ Er machte eine Pause, um sie auf die Folter zu spannen. „Bald verlange ich eine Erklärung von dir.“

„Bald wirst du hohes Fieber haben und nichts mehr hören“, entgegnete Lily störrisch.

Der Ritt in die Herberge war beschwerlich, aber nicht schlimmer als viele Ritte nach geschlagener Schlacht, die Radulf hinter sich gebracht hatte. Und er hatte Zeit zum Nachdenken. An diesem Abend war eine große Veränderung in seinem Leben eingetreten. Er hatte endlich das schmerzhafte Geschwür aufgeschnitten, an dem er nur gelegentlich gekratzt hatte. Eine eiternde Wunde, die sein Dasein viele Jahre vergiftet hatte. Doch in seiner heutigen Begegnung mit Anna hatte er sich von dem Gift befreit.

Noch war er zu erschöpft, um froh darüber zu sein, aber er hatte sich der Vergangenheit gestellt. Nun konnte er vergessen. Lady Anna war keine Viper, nur eine schöne, verwöhnte, selbstsüchtige Frau, die leichtfertig und herzlos das Leben eines Mannes und dessen Sohn zerstört hatte. Es war nicht allein ihre Schuld; Radulf nahm seinen Anteil der Schuld auf sich. Bald aber würde er an sie denken können, ohne diese nagenden, qualvollen Schmerzen zu empfinden. Und vielleicht würde er eines Tages auch fähig sein, sich an seinen Vater zu erinnern, ohne die letzte zerrüttende Szene zwischen ihnen vor Augen zu haben.

Wieder tat ihm die Schulter so stark weh, dass er sich nur mit Mühe im Sattel halten konnte. Als der Schmerz abklang und Radulfs Blick sich wieder klärte, bemerkte der Krieger Lily, die stumm an seiner Seite ritt. Sie hatte bisher kein Wort gesprochen. Zweifellos spann sie sich sorgfältig eine Lügengeschichte zusammen und würzte sie mit einem Körnchen Wahrheit, um glaubhaft zu wirken.

Radulf seufzte. Im ersten Moment, als er sie im Regen stehen gesehen hatte, war ihm in den Sinn gekommen, sein gequälter Geist und sein geschundener Körper gaukelten ihm ein Trugbild vor. Und dann, als er gewusst hatte, dass sie leibhaftig vor ihm stand, war ihm das Herz vor Glück beinahe zersprungen.

Kurz darauf hatten die Zweifel wieder eingesetzt.

Steckte sie etwa mit Anna unter einer Decke? Zwei Teufelsweiber, die ihn vernichten wollten? Doch das ergab keinen Sinn. Lily und Anna waren so grundverschieden – die eine, die immer nur an sich dachte, und die andere, die bereit war, sich für ihr Land und ihre Leute zu opfern. Aber was sonst hatte Lily hierher getrieben? Und wieso war sie nicht in den Norden zu ihrem Vetter Hew geflohen, nachdem sie Jervois' Argusaugen entschlüpft war?

Aber Radulf hatte ihr gedroht, sich an ihren Leuten zu rächen, wenn sie ihm den Gehorsam verweigerte. Lily war keine Frau, die Menschen im Stich lassen würde, die sie brauchten.

Radulf schüttelte den Kopf. Er war todmüde und hatte große Schmerzen. Seine Gemahlin ritt an seiner Seite, und er wollte nicht schlecht von ihr denken. Das, was er heute getan hatte, hatte er nicht nur für sich, sondern auch für sie getan. Es hatte ihn danach gedrängt, sich von der Vergangenheit zu befreien, um in eine Zukunft ohne hindernde Ketten aufzubrechen.

„Wir sind bald da."

Ihre Stimme holte ihn aus seinen trüben Gedanken. Radulf nickte, worauf ihm der Schmerz wieder wie eine Speerspitze in die Schulter fuhr. Er biss die Zähne aufeinander, überließ sich seinem Schmerz, der alles andere ausschloss.

Der Regen hatte nachgelassen, als der Trupp die Herberge erreichte. Lily sprang eilig vom Pferd, beauftragte einen Mann, Jervois zu holen, und gab den anderen Soldaten Anweisungen, vorsichtig mit Radulf umzugehen, der noch bleicher geworden war und vermutlich die Besinnung nur nicht verloren hatte, weil sein störrischer männlicher Stolz es nicht zulassen wollte.

Radulf war schwindlig, und er fühlte sich kraftlos, als er aus dem Sattel rutschte. Die Knie drohten ihm wegzusacken, er stützte sich schwer auf die beiden Soldaten, die ihn in ihre Mitte nahmen. Er hätte sich lieber vierteilen lassen, als vor den Augen seiner Frau bewusstlos aus dem Sattel zu kippen. Mit größter Willenskraft schob er die stützenden Hände der Männer von sich, richtete sich mühsam auf und schlurfte schwerfällig ins Haus.

Er blinzelte in die schwach erleuchtete Wirtsstube und rümpfte die Nase über die üblen Gerüche, die ihm in die Nase stiegen. Er schwankte zwischen dem Wunsch, sich auf die nächste Bank fallen zu lassen oder weiter zu schlurfen bis zum Weinkrug, den er auf einem Tisch entdeckte. Jervois eilte ihm entgegen, beinahe so bleich wie sein Herr.

„Seine Schulter ist ausgerenkt“, erklärte Lily sachlich, um Jervois zu beruhigen. „Radulf sagt, Ihr habt sie ihm schon mehrmals eingerenkt.“

„Ja, das stimmt“, antwortete Jervois. Erst dann stutzte er. „Aber … wieso kommt Ihr von draußen? Ich dachte … Ihr seid in Eurer Kammer.“

Radulf lachte leise. „Falsch gedacht, lieber Jervois!“

„Helft mir, ihn zu Bett zu bringen“, lenkte Lily ab. „Nach der Behandlung wird er zu erschöpft sein, um einen Schritt zu tun.“

Die Tür zur Kammer wurde geöffnet, und Alice spähte mit großen blauen Augen durch den Spalt. Bei Radulfs Anblick, der schweißtriefend und kreidebleich von zwei Männern gestützt zur Kammer wankte, dicht gefolgt von der triefnassen, mit Dreck bespritzten Lily, sprang sie mit einem spitzen Schrei aus dem Weg. Jervois warf ihr einen wütenden Blick zu, schwieg aber.

„Wein“, stieß Radulf zähneknirschend hervor und sank matt aufs Bett.

Jervois wandte sich mit gedämpfter Stimme an Lily. „Holt einen Krug Wein. Wir müssen ihm Kettenhemd und Wams abnehmen, damit ich die Schulter behandeln kann. Eine schmerzhafte Prozedur.“

Sie nickte und entfernte sich. An der Tür holte Alice sie ein.

„Was ist passiert? Mein Diener berichtete mir, du habest ihn weggeschickt. Wie konntest du nur?“

Lily winkte mit einer unwirschen Handbewegung ab. „Dafür ist jetzt keine Zeit. Radulf ist verletzt.“

„Aber wieso? Du hast behauptet, es sei nicht gefährlich.“

„Es war auch nicht gefährlich … anfangs … Ich kann dir jetzt nicht alles erklären. Ich danke dir von ganzem Herzen, Alice. Wenn ich nicht dort gewesen wäre …“ Ein heftiger Schauder durchfuhr sie.

„Lily, setz dich. Trink einen Schluck Wein, du brauchst ihn ebenso wie Radulf.“

„Lady?“ Jervois warf ihr einen ungeduldigen Blick zu. „Der Wein.“

Lily straffte die Schultern. „Ja, ich hole ihn.“

Als sie gegangen war, richtete Jervois seine grünen Augen auf Alice, die vorgab, seinen Blick nicht zu bemerken. Doch ihre

Wangen röteten sich, und sie schob eigensinnig die Unterlippe vor. Er war wütend auf sie – aber irgendetwas in ihrem süßen Gesicht, vielleicht war es ihr roter Kirschmund, weckte in ihm den Wunsch, sie in die Arme zu schließen und zu küssen, statt sie zur Rede zu stellen.

„Lady Alice“, begann er mit strenger Stimme.

„Ach, sei's drum.“ Sie wandte sich ihm zu und schaute ihm direkt in die Augen. „Lily brauchte meine Hilfe, die konnte ich ihr nicht verweigern. Es tut mir Leid, Euch hintergangen zu haben, Hauptmann Jervois. Aber es lag nicht in meiner Absicht, jemandem Schaden zuzufügen.“

„Aber Lord Radulf wurde verwundet, und seine Gemahlin war großer Gefahr ausgesetzt. Er hat Feinde, viele Feinde, auch hier in York.“

Alice machte ein zerknirschtes Gesicht, hielt seinem durchdringenden Blick aber tapfer stand. „Das wird mir jetzt erst klar. Aber ich wäre eine schlechte Freundin, wenn ich Lily die Bitte abgeschlagen hätte oder zu Euch gelaufen wäre, um sie zu verraten, meint Ihr nicht auch?“

Ihre Antwort brachte ihn in Verlegenheit. Sie hatte töricht gehandelt. Wäre sie aber ein Mann gewesen, hätte er ihrem Mut Anerkennung gezollt. Er war nicht daran gewöhnt, dass Frauen sich tapfer verteidigten. Er war bislang der Meinung gewesen, Ehrgefühl sei ein Privileg der Männer. Unterschied Alice of Rennoc sich in dieser Hinsicht von anderen Frauen?

„Eine Eskorte Bewaffneter wird Euch nach Hause begleiten. Das würde uns gerade noch fehlen, wenn Ihr von Dieben überfallen werdet.“

„Vielen Dank“, erwiderte Alice steif und wandte sich ab.

„Alice …“ Ihr Vorname entschlüpfte ihm, ohne es zu wollen.

Sie drehte sich um und sah ihn kühl an. Sie macht es mir nicht leicht, dachte Jervois. Sie würde ihm eine harte Nuss zu knacken geben.

„Alice, ich wäre gern ein Mann mit Landbesitz und Macht, aber ich bin nur ein Hauptmann in einem Söldnerheer. Ich habe Euch nichts zu bieten."

Ihre Augen leuchteten warm. „Habt Ihr keine Aussicht auf Belohnung für Eure Dienste?" fragte sie eifrig. „Wenn ich … Wenn ich meinem Vater nicht bald den Namen eines künftigen Gemahls nenne, wird er mich mit Sir Othric verheiraten, und er ist ein alter Mann. Ihr kennt mich nicht und ich kenne Euch nicht, aber in mir ist ein Gefühl, das mir etwas anderes sagt, Jervois."

Jervois guckte in ihre blauen Augen. „Sir Othric? Der Alte mit den Warzen im Gesicht, dem ich bei meinem Besuch auf Rennoc begegnet bin?" Er schluckte schwer und unterdrückte ein Schaudern des Abscheus. „Nun, er ist zumindest reich. Mit ihm kann ich mich nicht messen. Euer Vater würde mich auslachen, wenn ich es versuchte."

„Bittet Lord Radulf um Unterstützung", entgegnete Alice spitz. „Wenn er ein gutes Wort beim König für uns einlegt, lässt mein Vater sich vielleicht erweichen."

Jervois versteifte sich. „Lord Radulf bitten? Ich bitte niemanden um einen Gefallen."

Alices Eifer kühlte rasch ab. „Ihr seid ein glücklicher Mann, wenn Ihr das nicht nötig habt."

Jervois wunderte sich, warum sie nicht einsehen wollte, dass es keinen Sinn hatte. „Ich will mich um Lord Radulf kümmern", meinte er zurückhaltend. „Und Ihr reitet nach Hause."

Alice machte auf dem Absatz kehrt und stürmte zur Tür. Gereizt bellte Jervois seine Anweisungen, worauf ein paar Männer ihr hinterhereilten. Frauen! Ohne Frau war er besser dran.

Als Lily mit dem Wein in der Hand die Kammer betrat, hatte man Radulf Kettenhemd und Wams ausgezogen. Er kauerte mit nacktem Oberkörper auf dem Bett, das schwarze Haar klebte ihm schweißnass an der Stirn. Er nahm ihr den Becher ab, leerte ihn in einem Zug und hielt ihn ihr wieder hin. Lily schenkte mit zitternder Hand nach. Seine stark geschwollene Schulterpartie war unnatürlich verformt. Je länger die Behandlung hinausgezögert wurde, desto stärker würden die Schmerzen sein, befürchtete sie.

„Wo bleibt Jervois?“ fragte sie mit vor Besorgnis spitzer Stimme. „Jervois!“

„Hier, Lady.“ Der Hauptmann trat mit finsterer Miene vor und schaute zu, wie Radulf den zweiten Becher Wein leerte. „Höchste Zeit“, brummte er.

Beim Anblick der folgenden Szene drehte Lily sich beinahe der Magen um, und Radulf brach erneut der Schweiß aus. Nach einem fehlgeschlagenen ersten Versuch schaffte Jervois es, die Schulter wieder in die Gelenkpfanne zu drücken. Die Umstehenden atmeten erleichtert auf. Der totenblasse Radulf kniff die Augen zusammen, seine blutleeren Lippen waren ein schmaler Strich.

Jervois wischte sich den Schweiß von der Stirn. „Ihr dürft Euch nicht bewegen, Lord Radulf“, befahl er, als wäre der Verletzte dazu in der Lage.

Radulf knurrte und stieß zwischen den Zähnen hervor: „Danke, mein Freund.“

Jervois wandte sich zum Gehen. An der Tür legte Lily ihm die Hand auf den Arm. „Vielen Dank, Jervois.“

Jervois brachte ein schiefes Lächeln zu Stande. „Haltet ihn ruhig. Er darf den Arm nicht bewegen, sonst springt die Schulter wieder aus dem Gelenk. Auf Euch wird er hören.“

Wird er das, fragte Lily sich müde und schloss die Tür. Selbst in seinem geschwächten Zustand blieb er der störrische Radulf. Plötzlich überkam sie eine bleischwere Müdigkeit, ihre feuchten Kleider klebten an ihr, die Haare hingen ihr in nassen Strähnen ins Gesicht. Sie sehnte sich danach, unter eine warme Decke zu kriechen und die Augen zu schließen. Aber es gab noch zu viel zu tun.

Radulf hockte zusammengekrümmt auf dem Bettrand und hielt den Kopf gesenkt, sein nackter Rücken glänzte schweißnass im Schein des Feuers. Lily durchströmte eine Welle der Sehnsucht, die ihre Müdigkeit verdrängte. Ihre innere Stimme mahnte sie, sich zurückzuhalten, um ihn ihr Verlangen nicht spüren zu lassen. Aber Radulf war verletzt und sie seine Frau und sie hatte das Recht, ihn zu pflegen. Ihn zu berühren. Gewiss hatte sie mehr Recht als diese Lady Anna Kenton!

Sie trat zu ihm. Nur dieses eine Mal noch wollte sie ihn zärtlich streicheln, als gäbe es keine Kluft zwischen ihnen. Radulf hatte große Schmerzen, vielleicht würde er es gar nicht bemerken. Sanft ließ Lily die Hand über seinen breiten glatten Rücken gleiten.

Radulf zuckte unter ihrer Berührung zusammen. Lily hielt inne, ohne die Hand wegzunehmen. Er schwieg, und nach einer Weile spürte sie, wie die Spannung von ihm wich. Langsam, zögernd beugte Lily sich über ihn, als wage sie sich in die Nähe eines wilden Tieres. Sie legte ihm die andere Hand an den Nacken und begann, mit sanftem Druck die verspannte Muskulatur zu kneten.

Radulf schloss die Augen und brummte wohlig. Sie stand seitlich hinter ihm, aber er war sich ihrer Nähe noch nie so bewusst gewesen wie in diesem Moment. Ihre Finger strichen fester über sein Fleisch, mit wachsendem Selbstvertrauen. Sein geschundener

Körper entspannte sich, wurde schwer. Nur in dem Körperteil, der ihn zum Mann machte, setzte ein pochendes Schwellen ein.

„Lily", keuchte er.

Sie hielt inne. „Tue ich dir weh?"

Radulf schüttelte matt den Kopf. „Nein." Mit einer plötzlichen Drehung seines gesunden Armes zog er sie auf seinen Schoß. Lily entfuhr ein spitzer Schrei. Ihre Augen weiteten sich, als ihre Hüfte die harte Länge seiner Männlichkeit streifte.

Sein Brustkorb hob und senkte sich. Er spürte ihre nassen Kleider nicht, spürte nur ihre weichen Rundungen und las das Verlangen in ihren verdunkelten Augen.

„Versuche nicht, mich abzulenken. Was hattest du an der Marienkapelle zu suchen?" Sein Tonfall war verräterisch weich. Als sie nicht antwortete, näherte er sein Gesicht dem ihren. Sein heißer Atem roch nach Wein, mit dem er sich vor der schmerzhaften Behandlung gestärkt hatte, seine Augen glänzten fiebrig.

Fieber!

Lily richtete sich auf und legte ihm die Hand an die Wange. Er drehte das Gesicht und presste die Lippen in ihre Handfläche. Lily spürte es kaum, merkte nur, wie heiß seine Haut sich anfühlte, fiebrig heiß.

„Du bist krank." Sie zwang sich, kühl und sachlich zu sprechen, doch ihre Augen verrieten ihre Angst. „Ich bereite dir einen lindernden Umschlag für deine Schulter und Kräutertee, um das Fieber zu senken. Lass mich los, Radulf."

Er schüttelte bedächtig den Kopf, ohne den Blick von ihr zu wenden. „Erst wenn du mir eine ehrliche Antwort gegeben hast."

Lily hätte zu gerne mit dem Fuß aufgestampft, aber ihre Füße hingen eine Handbreit über dem Boden. „Du bist *krank*, Radulf. Lass mich los!"

Seine Mundwinkel umspielte ein Lächeln – selbst in diesem Zustand verlor er seinen Humor nicht.

„Deine Sorge um meine Gesundheit gefällt mir, Weib, aber ich möchte wissen, warum du dich nachts auf den Straßen herumtreibst. Und erzähl mir bloß nicht, dass du in der Marienkapelle beten wolltest. Komm, Lily, was hast du wieder ausgeheckt? Sag es mir, bevor mich das Fieber übermannt."

„Wie kannst du nur darüber scherzen?" entrüstete sie sich.

„Ich scherze nicht."

Sie guckte ihm forschend in die Augen, las seine Unnachgiebigkeit. Welchen Sinn hatte es, ihn zu belügen? Seine Mutmaßungen waren wahrscheinlich schlimmer als die Wahrheit. Wenn sie ihm ihre Beweggründe in knappen Worten schilderte, würde er hoffentlich nicht auf die Idee kommen, sie sei eifersüchtig.

„Ich habe den Brief gefunden." Lily hob trotzig das Kinn. „Ich wollte wissen, ob mein Gemahl die Absicht hat, eine Scheinehe zu führen und seinen Samen in eine andere zu senken. Eine solche Ehe führte ich schon einmal, und das gefiel mir nicht."

Er schwieg, nur seine Augen erforschten ihr Gesicht. Und dann nickte er knapp. „Wenn du so etwas noch einmal tust, lege ich dich übers Knie und versohle dir den Hintern. Hast du verstanden, Lily?"

Sie sah plötzlich ihr nacktes Hinterteil unter seiner großen Hand vor sich. Ein Bild, das sie umso mehr irritierte, weil ihr die Vorstellung nicht sonderlich unangenehm war. Sie funkelte ihn wütend an. „Ja", antwortete sie. „Ich spioniere dir nicht noch einmal nach … es sei denn, mein Gefühl zwingt mich dazu."

Gefühl? Wieso folgten Frauen immer ihrem Gefühl und nicht ihrem Verstand? Dennoch besänftigten ihre Worte seinen Groll.

Er setzte eine finstere Miene auf, um sie nicht glauben zu lassen, er habe ihr so schnell vergeben. „Du stellst meine Geduld auf eine harte Probe, Frau. Ich will mir nicht jeden Tag darüber Gedanken machen, ob du mir gehorchst oder nicht. Ich verlange deinen Gehorsam aus einem bestimmten Grund. Weil ich dich in Sicherheit wissen möchte."

Lily blinzelte verdutzt. Er klang nicht wie ein strenger Ehemann, der von seiner Frau blinden Gehorsam forderte, sondern wie einer, der um ihr Wohlergehen besorgt war.

Und das war ein großer Unterschied.

Sie hatte das Gefühl, dass ihre Beziehung plötzlich eine vollkommen neue Richtung einschlug. Also antwortete Lily: „Und ich muss wissen, dass *du* nicht in Gefahr bist."

Sie schauten einander stumm in die Augen, voller Hoffnung, ohne zu wagen, ihrer Hoffnung Ausdruck zu verleihen. Und dann nickte Radulf und gab einen tiefen Seufzer von sich, als sei plötzlich alle Kraft von ihm gewichen.

„Leg dich hin." Lily löste sich aus seinen Armen. „Ich bereite den Umschlag vor und brühe Tee auf."

Als sie ihm die Decken hochgezogen und ein Kissen unter den Kopf geschoben hatte, machte Lily sich an die Arbeit. Die nötigen Zutaten fand sie in Unas Küche. Ohne auf das Lamentieren der Wirtstochter zu achten, die schimpfte, wenn Lily nicht bald aus den nassen Sachen käme, würde sie sich erkälten, rührte sie den Kräuterbrei an und brühte Tee auf. Als Lily die Kammer wieder betrat, erwartete sie, dass Radulf eingeschlafen war, doch er war immer noch wach. Mit sanften Fingern trug sie den warmen Brei auf die Schulter auf, legte einen sauberen Lappen darüber und wickelte Leinenstreifen um Schulter und Oberarm. Dann flößte sie ihm den Kräutertee ein, und Radulf schluckte das bittere Gebräu, ohne eine Miene zu verziehen. Als Lily aufstehen wollte, hielt er sie am Handgelenk fest.

„Warte", sagte er leise. „Leg dich eine Weile neben mich. Das tut mir gut."

Seine Worte beunruhigten sie. War das Fieber gestiegen? Sie fuhr sich über den Rock. „Meine Sachen sind immer noch nass, Radulf."

Er nahm einen feuchten Stoffzipfel zwischen die Finger. „Du kümmerst dich mehr um mich als um dich selbst", meinte er mit schleppender Stimme. „Zieh die nassen Sachen aus und kriech zu mir unter die Decke. Ich halte dich warm. Ich habe dir einiges mitzuteilen."

Sie zögerte nur kurz und nickte dann. Er beobachtete, wie sie die seitlichen Verschnürungen löste und sich aus dem nassen Gewand schälte. In ihrer Nacktheit schimmerte ihre Haut wie Alabaster im Widerschein des Feuers. Fröstelnd schlang sie die Arme um sich. Radulf machte ihr Platz und ächzte, da die Bewegung den Schmerz in seiner Schulter verstärkte.

Hastig kroch Lily unter die Decke, wohlig seufzend in der Wärme, die sie umfing. Er zog sie enger an sich, bis sein krauses Brusthaar ihre Haut kitzelte. Seine große Hand wölbte sich um die Rundung ihrer Hüfte und hielt sie fest. Sein harter Schaft presste sich an ihren flachen Bauch und ließ sie wissen, dass Radulf trotz seiner Verletzung ein leidenschaftlicher Mann war.

„Ich habe darüber nachgedacht, warum du mir heimlich gefolgt bist." Er legte seine Wange an ihr Haar, seine Stimme war ein heiseres Raunen. „Du hast Recht, wenn du sagst, eine Frau muss ihrem Ehemann vertrauen können. Frauen sehen die Dinge nicht so klar wie Männer. Sie neigen dazu, ihre Gefühle und ihre Fantasie einzubringen. Ich möchte nicht, dass du Geheimnisse zu erkennen glaubst, wo keine sind, Lily. Und ich habe die Gerüchte über mich satt. Aus diesen Gründen will ich dir erklären, warum ich mich mit ihr verabredet habe und was zwischen uns war."

Lily nickte stumm. Ihre Atemzüge beschleunigten sich.

„Aber ich habe vergessen, dir zu danken, dass du mir das Leben gerettet hast. Das hole ich jetzt nach. Ich nehme an, Anna hätte mich getötet, und vielleicht habe ich den Tod verdient. Aber nicht durch ihre Hand. Ich habe noch viel zu tun, bevor der Sensenmann mich holt."

Lily hob den Kopf, um ihn zu betrachten. Radulf war ihr häufig genug ein Rätsel, jetzt aber spürte sie seine Aufrichtigkeit. Und sie bemerkte eine Erschöpfung in seiner Stimme, als sei er am Ende einer langen, beschwerlichen Reise angekommen.

Wirre Gedanken und Fragen wirbelten ihr durch den Kopf, schließlich aber sagte sie nur das, was ihr Herz befahl: „Erzähl mir, was dich bedrückt."

15. KAPITEL

„Du hast dich einmal nach der Narbe an meiner Wange erkundigt." Radulfs Stimme klang erstaunlich wach und klar.

„Sie stammt von einer Wunde, die dir ein tapferer Mann zufügte, hast du erklärt", erwiderte Lily.

Radulf lächelte wehmütig. „Sie stammt von meinem Vater."

Sie erschrak. Er senkte den Blick tief in ihre fragenden Augen, war sich aber immer noch nicht sicher, ob er es wagen konnte, sich Lily vollkommen zu öffnen.

„Habt ihr euch nicht nahe gestanden?" wollte sie nach einer Weile zaghaft wissen.

Er legte sich auf die Seite, um seine Schulter zu schonen. „Früher schon. Meine Mutter starb, als ich noch klein war, und mein Vater war gezwungen, mir die Mutter zu ersetzen. Er war ein Krieger wie ich, aber er war auch gütig und sehr geduldig. Ja, wir standen uns sehr nah."

„Was ist geschehen?"

„Mein Vater war eng mit Herzog Robert, dem Vater von König William, befreundet, und als dieser zu einer Pilgerreise nach Jerusalem aufbrach, nahm mein Vater den jungen William in seine Obhut. Herzog Robert kam nicht wieder; er starb in einem fremden Land. Ich war damals noch ein Wickelkind, aber später verbrachte ich viel Zeit mit William. Wir maßen unsere Kräfte im Ringkampf und im Umgang mit dem Schwert, und mein Vater sorgte für unsere Ausbildung zum Ritter. Als Jüngling interessierte William sich nicht für Mädchen, im Gegensatz zu mir. Ich war früher entwickelt, größer und stärker als meine Freunde und von ansehnlicher Gestalt. Die Mädchen auf der Burg und im Dorf machten mir schöne Augen. Ich versuchte mich mit Körperertüchtigung und

Mutproben abzulenken, aber der aufkeimende Lusttrieb ließ sich nicht unterdrücken. Mit vierzehn hatte ich mein erstes Mädchen. Es war … angenehm, bedeutete mir aber nicht viel."

Lilys Mundwinkel zuckten. Sie sah den jungen Radulf vor sich, der mit nacktem Oberkörper und schulterlangem, schwarzem Haar im Burghof trainierte. Schön wie ein junger Gott. Kein Wunder, dass die Mädchen für ihn schwärmten.

„Und dann verliebte ich mich, und mein Leben veränderte sich über Nacht."

Lilys Herz krampfte sich vor Schreck zusammen. „In so jungen Jahren hast du die Liebe kennen gelernt?"

„Ich war zwar jung an Jahren, aber schon reich an Erfahrung. In der Normandie gilt ein vierzehnjähriger kräftiger Jüngling bereits als Mann. Ich hatte den Körper eines Mannes, aber mein Herz und mein Verstand waren unschuldig. Ich war … romantisch. Ein Träumer in Gestalt eines Kriegers. Ich war unsterblich verliebt. Manchmal schmerzte mein Herz so sehr, dass ich kaum atmen konnte."

Nun lächelte Lily. „Ja, die erste Liebe ist eine Qual. Als ich glaubte, in Hew verliebt zu sein, hörte ich Engelschöre singen."

Radulf streichelte ihre Hüfte, ohne sich von ihrem Lächeln anstecken zu lassen. „Warum hast du aufgehört, ihn zu lieben?"

Sie guckte ihn lange an. „Hew hat mich betrogen."

Radulf nickte im Wissen, dass Betrug selbst die glühendste Liebe zum Erlöschen brachte. „Dein Hew ist ein Schwächling. Er hat dich wegen Vorgen im Stich gelassen und später wieder, als ich beide in der Schlacht besiegte. Und im Kloster Selby ist es ihm nur darum gegangen, seine eigene Haut zu retten. Ich hätte das nicht getan, Lily. Ich lasse die Meinen nicht im Stich."

Lily glaubte, das Herz schmelze ihr in der Brust und tropfe ihr wie heißes Wachs in Leib und Gliedmaßen. Sie sehnte sich danach, ihre Wange an seiner Brust zu bergen und alles aufzugeben, wofür und wogegen sie gekämpft hatte, bezähmte aber ihr Verlangen, holte stoßweise Atem und lenkte das Gespräch wieder auf das Thema zurück: „Du hast dich verliebt. Und dann?“

Ihm fiel die Verwirrung in ihren Augen auf, wollte diesen Empfindungen jedoch nicht auf den Grund gehen.

„Die Frau war älter als ich. Sie war sehr schön, erschien mir wie ein Engel. Ein Engel der Güte, wie ich glaubte.“ Er lachte bitter. „Wir kämpften gegen unsere Gefühle an, aber irgendwie wusste ich immer, dass dieser Kampf zum Spiel gehörte. Eines Nachts schlüpfte sie zu mir ins Bett und sagte, sie könne nicht länger dagegen ankämpfen. Danach war ich verloren.“

Lily spürte sein Zögern. „Die Frau war Anna“, beantwortete sie die Frage, die sie nicht gestellt hatte.

„Lebte sie auf der Burg deines Vaters?“

Er wich ihrem Blick unstet aus, schämte sich, ihr in die Augen zu schauen. „Nein, Lily, sie war meine Stiefmutter, die zweite Frau meines Vaters. Und obwohl mir klar war, dass ich ihn schändlich hinterging, konnte ich nicht von ihr lassen.“

Es war schon abscheulich, wenn eine ältere, erfahrene Frau einen unerfahrenen Jüngling verführte, viel schändlicher aber war, wenn diese Frau mit dem Vater des Knaben verheiratet war. „Sie hat dich verführt“, meinte Lily zaghaft.

Radulf aber wollte aufrichtig sein und schüttelte müde den Kopf. „Nein. Sie hat mich nicht verführt. Ich war wie ein brünstiger Hirsch, ergriff jede Gelegenheit, um mit ihr zusammen zu sein, und sie war meine willige Beute.“

Lilys Herz zog sich bei seiner Beichte zusammen, gleichzeitig durchbohrte sie ein Stich der Eifersucht. Der Gedanke war ihr ausgesprochen zuwider, dass ein junger unerfahrener Bursche von einer lüsternen Frau umgarnt wurde.

„Und hat dein Vater davon erfahren?“ fragte sie hastig, um die Bilder zu verdrängen.

„Er hat uns auf frischer Tat ertappt.“

Radulf holte tief Atem und wandte das Gesicht ab. Lily konnte nur die kantigen Konturen seiner stoppelbärtigen Wange sehen und den hellen Wulst der langen Narbe.

Sie biss sich auf die Unterlippe, um nicht aufzuschreien vor Zorn über die Ungerechtigkeit, die ihm widerfahren war.

„Mitten im Liebesakt. Wir fielen ständig wie die Tiere übereinander her und vergaßen alles um uns herum in unserem Liebestaumel.“ Ein Schauder durchfuhr ihn, und Lily fürchtete, sein Fieber sei gestiegen. Mit sanften Fingern strich sie ihm über die Stirn, die aber nicht heißer war als zuvor.

„Anna entdeckte ihn zuerst über meine Schulter hinweg. Als ich den Kopf drehte, stand er vor uns. Ich riss mich von ihr los, stand nackt vor meinem Vater und schämte mich meiner Nacktheit mehr als meiner Niedertracht. Meine Beine waren butterweich. Ich stammelte eine Entschuldigung, als könne ich damit irgendetwas wieder gutmachen.“

Er lachte bitter, ein Mann, der sich über die Torheit seiner Jugend lustig machte.

„Er schlug mir mit dem Handrücken ins Gesicht. Der schwere Ring an seinem Finger zerschnitt mir das Gesicht. Ich hatte Glück, dass er mir nicht seinen Dolch ins Herz stieß, doch das wäre mir in dem Moment egal gewesen. Ich stand wie gelähmt vor ihm, von meinem eigenen Blut geblendet, während sie schrie und heulte, es sei alles meine Schuld. Ich hätte sie angeschmachtet, hätte sie mit meinen Liebesschwüren belästigt, und als sie sich mir trotzdem nicht hingeben wollte, hätte ich sie mit Gewalt genommen.“

Lily entfuhr ein spitzer Schrei. „Und dein Vater hat ihr geglaubt?“ Ein eisiger Schauder lief ihr über den Rücken. Radulf zog sie näher an sich.

„Nein, ich denke nicht. In diesem Moment durchschaute er ihre Lügen. Bis dahin aber war er vor Liebe blind gewesen, so besessen von ihr, dass er sie mit Reichtümern überhäuft hatte. Er war ein alter Mann, der völlig vernarrt in eine um viele Jahre jüngere und schöne Frau war. Er nahm wohl an, wenn er ihr jeden Wunsch von den Augen ablas, würde sie ihm in dankbarer Liebe und Zuneigung ergeben sein. Aber plötzlich fiel es ihm wie Schuppen von den Augen, und er war mit der grausamen Wahrheit konfrontiert. Diese Erkenntnis und der niederträchtige Betrug seines Sohnes richteten ihn zu Grunde.“

Vor der Tür in der Gaststube waren die Stimmen der Männer lauter geworden. Jervois ermahnte sie, Rücksicht auf ihren verwundeten Herrn zu nehmen. Als die Gespräche verstummten, fuhr Radulf mit seiner Schilderung fort: „Er verstieß sie und schickte sie zu ihrer Familie zurück, konnte sie aber nicht vergessen. Und von mir wandte er sich wortlos ab. Er zog sich in ein Kloster im Norden zurück, wo er sechs Monate später starb. Wir haben nie wieder ein Wort miteinander gewechselt. Ich bin davon überzeugt, dass er mich noch in der Stunde seines Todes verflucht hat.“

Lily konnte vor Entsetzen kaum sprechen. „Und was wurde aus Anna?“

„Anna kam es überhaupt nicht in den Sinn, ihr Haupt vor Scham zu verhüllen. Sie heiratete wieder, zunächst einen uralten französischen Baron und vor einem Jahr Lord Kenton. Ich schloss mich William auf seinen Eroberungsfeldzügen an, er ernannte mich zu seinem *Schwert* und entlohnte mich reich für meine Dienste. Ich habe William mehr Treue bewiesen als meinem eigenen Vater.“

„Dann warst du bei deiner Begegnung mit Lady Anna auf der Burg nicht wieder in Liebe zu ihr entbrannt", flüsterte Lily fassungslos. Sie hatte sich mit Befürchtungen herumgequält, die nur ihrer Fantasie entsprungen waren.

„Was redest du?" entgegnete Radulf verblüfft. „Ich verabscheue sie. Lord Henry berichtete mir, sie habe sich nach mir erkundigt, als sei das, was sie und ich meinem Vater angetan haben, nie geschehen! Als glaube sie, ich könne mit ihr sprechen, ohne dass mir schlecht wird." Er schnaubte verächtlich. Lily berührte seine Hand, seine Finger schlossen sich in einem schmerzhaften Griff um die ihren.

„Als sie dir das Hochzeitskleid schenkte, wurde mir klar, dass sie mich nicht in Frieden lassen würde. Ich musste ihr endlich zu verstehen geben, was ich von ihr hielt. Deshalb ließ ich mich auf das Treffen an der Kapelle mit ihr ein. Und sie kam. Sie sagte, sie habe mich nie vergessen, kein Mann sei mit mir zu vergleichen. Ich erklärte ihr, ich wolle nichts mehr mit ihr zu tun haben, sie solle sich zum Teufel scheren. Sie wollte mir nicht glauben. ‚Ich könnte nicht weiterleben, wenn das dein Ernst wäre', meinte sie. Ich erklärte ihr, wie sehr ich sie hasste, dass sie mein Leben unerträglich gemacht habe, ich ständig daran denken müsse, was wir meinem Vater angetan haben, der vermutlich mit einem Fluch gegen uns beide auf den Lippen gestorben war. Die Narbe erinnert mich unentwegt an mein Verbrechen."

Radulfs schwarze Augen funkelten wild vor Schmerz und Zorn, der tief in seiner Seele brannte.

„Sie war seine Ehefrau!" brach es gequält aus ihm heraus. „Ich war sein Sohn", fuhr er etwas ruhiger fort. „Wir haben uns des Ehebruchs schuldig gemacht. Dafür gibt es keine Vergebung, doch das wollte sie nicht einsehen. Also warnte ich sie, wenn sie mich noch einmal anspreche oder mir schriebe oder mir zu nahe komme, würde ich sie kaltblütig ermorden, um endlich frei von ihr zu sein."

„Und deshalb wollte sie dich töten?"

„Ja." Er schwieg lange.

Nach einer Weile wagte Lily zu sprechen. „Es gibt das Böse auf der Welt, aber das bedeutet nicht, dass wir uns dem Leben verweigern sollen, nur um dem Bösen nicht zu begegnen."

Radulf lachte bitter. „Ja, kleines Dummchen. Aber es bedeutet auch nicht, dass wir uns mit dem Teufel verbünden sollen."

„Du hast nicht nur körperliche Narben davongetragen, Radulf. Aber nicht jede Frau ist wie Anna."

Das wusste er, spürte es in seinem Herzen. Aber da waren noch andere Überlegungen. Die blinde Liebe seines Vaters, seine Besessenheit, seine Vernarrtheit in eine Frau, worüber andere hinter seinem Rücken lachten, hatten den Sohn zutiefst erschreckt. Radulf hatte sich häufig gefragt, ob sein Vater von Anfang gewusst hatte, dass Anna ihn mit seinem Sohn hinterging, und er den Ehebruch wissentlich verdrängt hatte. Bis der Beweis ihm unter die Nase gehalten wurde und er sich nicht länger in Selbsttäuschung flüchten konnte.

Wie war es möglich, dass ein Mann sich so besessen an eine Frau klammerte und bereit war, für sie seinen Stolz und seine Ehre zu vergessen? Vor diesem Gedanken graute Radulf. Ständig war er auf der Hut, erforschte sein Inneres nach ähnlichen Wesenszügen. Und nun befürchtete er, mit Lily würde sich sein Schicksal erfüllen. Er begehrte sie so sehr, dass er bereit war, ihr alles zu vergeben und zu vergessen, nur um sie zu behalten.

„Du warst ein junger Heißsporn", entgegnete Lily, stützte sich auf einen Ellbogen, um ihm ins Gesicht zu sehen. „Sie war eine erfahrene Frau, aber sie kümmerte sich nicht darum, welches Leid sie über andere brachte. Sie ist herzlos, das hat sie heute erneut bewiesen. Du bist jetzt erwachsen, Radulf, und klüger als damals. Wahrscheinlich hat dein Vater dich damals gehasst. Wahrscheinlich aber hasste er sich selbst ebenso sehr und verachtete sich dafür, eine so bösartige, selbstsüchtige Frau zu lieben. Dein Vater wäre stolz auf den Mann, der aus dir geworden ist, das weiß ich genau."

Gerührt über ihre einfühlsamen Worte, streichelte Radulf ihr die Wange. Unter seinen Augen lagen tiefe Schatten, seine Beichte hatte ihn tief erschüttert. Lily drückte einen scheuen Kuss auf seine trockenen Lippen und erschrak, als seine Männlichkeit gegen ihren Schenkel pochte. Er grub die Hand in ihr Haar, zog ihren Kopf zu sich herab und drängte seine Zunge zwischen ihre Lippen.

„Radulf, deine Schulter", protestierte sie atemlos. Er ließ sich nicht beirren, hob ihre Hüften und zwang sie, die Schenkel zu öffnen. Weiterer Protest war sinnlos. Er drängte sich zwischen ihre Beine, und als er spürte, dass sie bereit für ihn war, lächelte er stolz zu ihr auf.

„Ich halte es aus, wenn du es aushältst, Schatz."

Lily stöhnte wohlig, als er in sie glitt, halb auf der Seite liegend. Sie bewegten sich in verhalten lustvollen Rhythmen, um seine Schulter zu schonen. Lily reckte ihm ihren Schoß entgegen. Ihre Brustknospen versteiften sich unter der Berührung seiner Finger. Ihr silbrig schimmerndes Haar umwallte das Paar wie ein seidiger Vorhang.

Es bedurfte eines starken und aufrechten Charakters, um keinen bleibenden Schaden von solch grausamen Jugenderlebnissen davonzutragen. Radulf war anders als Vorgen, anders als Hew. Anders als Anna. Jede Frau wäre glücklich, einen solchen Mann zu begehren, ihn zu lieben.

Ich liebe dich. Diese Erkenntnis erfüllte Lily mit tiefer Verwunderung. *Ich liebe dich, so wie du bist.* Radulf war der Mann, von dem sie ihr Leben lang geträumt hatte.

Ihre Erregung stieg, die Wellen der Lust schlugen höher. Ihr Schoß erschauerte unter den züngelnden Flammen, die in ihr Inneres drangen. Sie bewegte sich seinen Stößen entgegen. Lilys Sinne schärften sich, waren in größerem Einklang als je zuvor, als habe die Erkenntnis ihrer Liebe sie verwandelt. Die Welt, die sie bisher gekannt hatte, löste sich auf, verschwand, und es gab nur noch Radulf, an den sie sich klammerte, der ihr Trost und Geborgenheit gab.

Als Lily zuckend den Höhepunkt erreichte, achtete sie benommen auf seine Schulter und sank entkräftet seitlich auf die Matratze, eingehüllt in den Vorhang ihrer Haare.

Radulf schlief sofort ein, und Lily horchte auf seine Atemzüge. *Er liebt Anna nicht.* Die Worte formten sich zu einer Melodie in ihrem Kopf, zu einem beschwingten kleinen Lied. Sie schämte sich beinahe, so glücklich zu sein, nachdem er ihr seine traurige Geschichte erzählt hatte. Radulf galt als argwöhnischer, verschlossener Mann, nun kannte sie den Grund. Welcher Mann hätte nicht jegliches Vertrauen zum weiblichen Geschlecht verloren, nachdem er von der ersten Frau, die er geliebt hatte, so niederträchtig und kaltblütig benutzt worden war?

Er war ein Mann von großer Willenskraft, vielleicht aber hinderte ihn dieser starke Wille daran, seelisch zu genesen. Er würde immer einen Teil von sich zurückhalten, würde sich niemals ganz der Liebe öffnen, weil er befürchtete, betrogen zu werden, wie sein Vater betrogen worden war.

Lily ahnte, dass sie nie sein volles Vertrauen gewinnen würde, obwohl er ihr seine tiefsten Geheimnisse anvertraut hatte. Sie und Radulf waren einander in einem Sturm des Verlangens begegnet, und dann hatte er erfahren, dass sie nicht die war, die sie vorgab zu sein. Sie hatte ihn überlistet, belogen, auch wenn ihre Gründe nicht bösartig waren. Aber es gab unleugbare Ähnlichkeiten zwischen der Beziehung von Radulf und Anna und der von Radulf und Lily: ein leidenschaftlicher Beginn, dem ein schändlicher Betrug folgte …

Lily rief sich seinen Zorn im Kloster Selby ins Gedächtnis zurück, als er den Habichtsring entdeckt und erkannt hatte, wer sie wirklich war. Ihr fiel die erzwungene Vermählung wieder ein. Die Tatsache, dass sie nicht wie Anna war, dass sie ihn liebte, spielte für ihn keine Rolle. Radulf genoss ihre körperlichen Reize, aber das war alles, was er ihr zu geben hatte – seine Leidenschaft und seine Erfahrung in Liebesdingen. Vielleicht war das alles, was er einer Frau je geben konnte. Die Veränderung ihrer Gefühle würde nicht zur Folge haben, dass auch seine Gefühle für sie sich wandelten.

Er wollte ihre Liebe nicht. Wenn sie ihm ihre Liebe gestand, würde sein Argwohn sich nur noch verstärken.

Lily nahm sich vor, ihre Liebe für sich zu behalten. Gewiss, auch ihr Vertrauen zu Männern hatte Schaden genommen nach allem, was Vorgen und Hew ihr angetan hatten. Dennoch liebte sie Radulf und würde dieses Geheimnis hüten, falls nötig bis an ihr Lebensende.

Radulfs regelmäßige Atemzüge übten eine beruhigende Wirkung auf sie aus. Sie driftete in einen Schwebezustand zwischen Schlaf und Wachsein. Ihre Gedanken gingen auf Wanderschaft. Lily hielt sich eine Weile in Vorgens Festung auf, eine kalte, angstvolle Gefangene, die sich nach Freiheit sehnte. Und dann verstrich eine Zeitspanne, und Lily rannte wie ein Hase vor den normannischen Jagdhunden her, die sie durchs Land hetzten, das einst ihr gehört hatte. Sie war zwar von Vorgen befreit, aber immer noch eine Gefangene ihrer Herkunft und Vorgens übler Machenschaften und der Lügen, die andere über sie verbreiteten. Dann jagte Radulf im Sattel seines mächtigen schwarzen Hengstes hinter ihr her. Lily graute vor der Gefangenschaft, nach der sie sich gleichermaßen sehnte.

Die Traumvision verschwand im Nebel. Nun stand sie im Regen vor dem dunklen Gemäuer der verlassenen Marienkapelle. Radulf lag tot am Boden, sein Blut sickerte in die nasse Erde, sein Gesicht wirkte leblos und bleich wie das ihres Vaters, als seine Leiche auf der Bahre in den Burghof getragen wurde. Lily schrie vor Schmerz und Trauer, rannte an Radulfs Seite. Und wieder veränderte sich die Szene. Anna stand bei Radulf, beide lagen einander in den Armen, steckten die Köpfe zusammen. Sie spürten Lilys Gegenwart und wandten sich ihr zu. Anna lächelte grausam. „Hast du wirklich gedacht, ich lasse ihn gehen?“ fragte sie mit ihrer verlockend melodischen Stimme. „Er ist mein Geliebter bis in alle Ewigkeit!“

„Nein!“ rief Lily. „Er gehört mir!“

Und Radulf stand lächelnd daneben, als die zwei Frauen um ihn kämpften.

Lily fuhr entsetzt hoch. Ihr Herz hämmerte, doch selbst, als sie sich beruhigt hatte und das Herzklopfen nachließ, hörte das Pochen nicht auf. Und dann begriff sie, dass jemand an die Tür klopfte.

Mit steifen Gliedern kroch sie aus dem Bett, wickelte sich in eine Decke und tappte auf den kalten Dielen zur Tür. Radulf bewegte sich im Bett, wollte nach seinem Schwert greifen. Er rappelte sich fluchend auf, weil der Schmerz ihm wieder in die Schulter fuhr, und stellte sich riesig und nackt hinter sie.

Lily schaute ihn an. Auf sein Nicken rief sie: „Wer ist da?“

„Jervois. Öffnet die Tür, Lady.“

Radulfs Miene verfinsterte sich. „Jervois?"

Lily machte die Tür auf. Jervois stand bleich und erschöpft im dunklen Türrahmen. „Verzeiht, Mylord, Lady, aber ... Ein Bote des Königs."

Lily strich sich das Haar aus dem Gesicht, hielt die Decke mit der anderen Hand fest und blinzelte benommen. Ihr Kopf war noch benebelt von ihren Albträumen. Radulfs Verstand schien im Moment besser zu arbeiten. „Was will er?" erkundigte sich Radulf.

Jervois zauderte, als suche er nach einer taktvollen Umschreibung, entschied sich dann aber für die kürzeste aller möglichen Erklärungen. „Lady Anna Kenton ist tot."

Lily entfuhr ein spitzer Schrei. „Heilige Mutter Gottes."

Radulf, der sich stets zu beherrschen wusste, war nicht auf diese Nachricht gefasst und konnte sein Entsetzen nicht verbergen.

„Unfassbar", sagte er tonlos und fuhr sich hastig mit der Hand durchs wirre Haar. „Wann ist sie gestorben?"

„Auf dem Rückweg zur Burg. Man fand ihre Leiche vor der Werkstatt eines Kerzenmachers. Lord Kenton hatte Männer losgeschickt, da sie von ihrem Treffen mit Euch nicht zurückgekommen war. Er behauptet, Ihr seid an ihrem Tod schuld."

„Er gibt Radulf die Schuld an ihrem Tod?" stieß Lily atemlos hervor. Die Decke verrutschte und gab eine Rundung ihres Busens frei. Doch sie bemerkte es nicht. Entsetzt überlegte sie, ob Radulf wohl auch nach dem Tod dieser Frau unter deren gemeinen Lügen zu leiden haben würde. „Aber Radulf hat nichts mit Lady Annas Tod zu tun. Schickt den Boten mit diesem Bescheid zur Burg zurück!"

„Warte." Radulf trat einen Schritt näher. Sie spürte die Wärme seines Körpers. „Soll das heißen, Kenton behauptet, ich hätte sie getötet?"

Jervois nickte. „Das meint er damit, Sir, obwohl er es nicht so deutlich ausspricht. Er gibt Euch die Schuld an ihrem Tod. Er behauptet, seine Gemahlin war einmal Eure Geliebte." In Jervois' bleiche Wangen kroch ein wenig Farbe. „Lord Kenton behauptet, Lord Radulf habe Lady Anna gebeten, wieder seine Geliebte zu werden, sie habe um Bedenkzeit ersucht und Kenton davon unterrichtet, dass sie sich heute Abend mit Euch treffen wolle, um Euch ihre Antwort zu geben."

Lily hatte Mühe, einen klaren Gedanken zu fassen. „Sie hat mit ihrem Gemahl über diese Dinge gesprochen? Wieso hat er sie nicht aufgehalten?"

Radulf lachte bitter. „Du hast sie nicht gekannt, Lily. Sie hat Kenton um den Finger gewickelt. Möglicherweise hat er selbst ihren Tod beschlossen, weil sie es mit ihren Lügengespinsten zu weit getrieben hat."

Lily drehte sich ein Stück, worauf die Decke noch tiefer rutschte. War Lord Kenton fähig, einen Mord zu begehen? Lily sah wieder Annas versteinertes Gesicht vor sich, als sie an ihr vorbeigeritten war. Sie war in den Tod geritten, ohne es zu ahnen. Noch vor wenigen Stunden hatte Lily innerlich gejauchzt vor Erleichterung, dass Radulf Anna nicht liebte; nun nagte das schlechte Gewissen an ihr. Niemand verdiente es, so jämmerlich zu sterben, heimtückisch niedergestochen, in einer Regennacht zu verbluten. Lily verdrängte rasch diese grausigen Gedanken.

„Warum schickt der König dir diese Nachricht, Radulf? Glaubt er, du wärst zu diesem Verbrechen fähig? Ich denke, er ist dein Freund?"

Radulf guckte ausdruckslos auf sie herab. Lily aber erinnerte sich an das Entsetzen in seinen Augen, als er die Nachricht von Annas Tod erhalten hatte.

„William ist mein Freund", verkündete er zuversichtlich. „Er will mich damit warnen. Was auch kommen mag, William weiß genau, dass Fragen gestellt werden. Lord Kenton ist ein mächtiger und einflussreicher Mann. Der König kann es sich nicht leisten, seine Anschuldigungen in den Wind zu schlagen, ohne die Anklage zu prüfen."

„Ich verstehe." Ein bedeutender Mann war einer lüsternen Frau verfallen, so wie Radulfs Vater ihr einst verfallen war. Bezichtigte Lord Kenton aus Eifersucht Radulf des Mordes an seiner Frau, weil er in seinem Schmerz einen Schuldigen finden wollte, um Vergeltung zu üben? Vielleicht glaubte er wirklich, Radulf habe seine Frau getötet. Oder hatte er sie eigenhändig umgebracht und suchte einen Sündenbock?

Lily trat nervös von einem Fuß auf den anderen, die Decke rutschte noch tiefer und gab ihre nackte Brust fast vollständig frei. Jervois schaute krampfhaft starr über ihren Kopf hinweg, als bemerke er nichts, bis Radulf ihre Schultern züchtig bedeckte.

„Es ist spät geworden", murmelte er. „Der Morgen wird bald grauen. Schick den Boten zum König zurück mit der Nachricht, dass ich mich morgen früh in der Burg einfinden werde."

Jervois nickte, zog sich zurück und stieg in der Finsternis vorsichtig über seine schlafenden Männer. Radulf schloss die Tür, nahm Lily bei der Hand und führte sie zum Bett zurück.

Das Morgengrauen versprach einen sonnigen Tag, Düfte von frisch gebackenem Brot und Haferbrei zogen durchs Haus. Radulf erwachte, als Lily aus dem Bett kroch, um sich zu waschen. Er streckte sich wohlig und stöhnte leise, als er die verletzte Schulter bewegte. Doch das Fieber war gesunken, und er fühlte sich merklich wohler als am Abend zuvor.

„Du stehst mit den Hühnern auf", murmelte er.

Sie drehte sich lächelnd zu ihm um, ihm entging jedoch die

Besorgnis in ihren Augen nicht. Er richtete sich unbeholfen auf und betrachtete sie aufmerksam.

„Was ist, Lily? Sag es mir.“ Und als sie nach Worten suchte, fuhr er fort: „Du hast darüber nachgedacht, was ich dir erzählt habe, und bist zu dem Schluss gekommen, dass du mit einem solchen Mann nicht leben kannst.“

Lily blickte ihn verdutzt an. Wie konnte Radulf nur so von sich denken? Ihr Herz verzehrte sich nach ihm. Sie schüttelte den Kopf. „Nein, Radulf, das wäre mir nicht in den Sinn gekommen. Ich wundere mich, wie du so etwas glauben kannst. Ich mache mir Sorgen wegen der Botschaft des Königs und darüber, was dich heute auf der Burg erwartet.“

Seine Augen leuchteten auf.

„Und ich fragte mich auch, ob du um Lady Anna trauerst – trotz allem, was zwischen euch war.“

Radulf zog eine Braue hoch. „Um sie trauern?“

„Du hast versucht, Frieden mit deiner Vergangenheit zu schließen.“

„Ja, das stimmt.“ Er überlegte einen Moment. „Ich empfinde zwar Abscheu für sie und ihre üblen Machenschaften, aber so hätte sie nicht sterben dürfen. Wenn Kenton sie getötet hat, soll er dafür büßen.“

„Und wenn nicht?“

„Der Mörder wird seiner Strafe nicht entgehen. William ist ein gerechter König – unter seiner Herrschaft wird Recht und Ordnung in England einkehren.“

„Hier herrschte Recht und Ordnung, bevor William dieses Land erobert hat“, entgegnete Lily scharf. Als Radulf aufstehen wollte, legte sie ihm die Hand auf die gesunde Schulter. „Nein.“

Er blieb verdattert sitzen.

„Ich will deine Schulter frisch verbinden, bevor du gehst.“

Er nickte. „Aber leg mir einen leichten Verband an, damit ich den Arm bewegen kann, falls ich kämpfen muss.“

„Radulf! Du hast doch wohl nicht vor, ein Schwert mit dieser verletzten Schulter zu halten?“

Er streckte sich und ließ die Muskeln spielen, und Lily staunte über die enorme Kraft, die in diesem Hünen schlummerte. „Vielleicht bleibt es mir erspart“, seufzte er. „William bestraft mich nicht für etwas, was ich nicht getan habe. Aber er kann auch nicht einseitig meine Partei ergreifen. Lord Kenton hat ihn in all seinen Kriegszügen unterstützt und wird argwöhnisch darauf lauern, ob der König befangen ist. Nun beeil dich, es wird Zeit für mich.“

Radulf erfreute sich am Anblick seiner Frau. Das Haar, das ihr beinahe bis in die Kniekehlen reichte, bildete einen silbernen Umhang, der ihre Nacktheit verbarg. Ein Ziehen fuhr ihm in die Lenden, als er einen kurzen Blick auf das helle Kraushaar ihrer Scham erhaschte und eine rosige Brustknospe vorwitzig den Schleier teilte.

Dies war nun wirklich nicht der richtige Zeitpunkt für lüsterne Gedanken, er sollte sich vielmehr endlich überlegen, was er vor dem König und Lord Kenton zu seiner Verteidigung vorbringen würde, statt sich danach zu sehnen, seine Frau aufs Bett zu werfen!

„Beeil dich!“ befahl er mit strenger Stimme.

Lily wandte sich hastig zur Tür.

„Lily?“

Sie drehte sich seufzend um. „Du sagst, ich soll mich beeilen. Was willst du noch?“

Radulf musterte sie mit trägem Blick von oben bis unten. „Wenn du in diesem Zustand die Gaststube betrittst, wird meine gesamte Garnison in Hab-Acht-Stellung gehen.“

Lily sog den Atem scharf ein, griff hastig nach ihrem Unterhemd, schlüpfte hinein und zupfte ungeduldig das lange Haar zurecht. Radulf sah ihr schmunzelnd beim Anziehen zu, erfreute sich an ihren rosig angehauchten Wangen und ihren weichen Rundungen.

Schließlich eilte Lily aus der Kammer, und Radulf seufzte, als die Tür hinter ihr ins Schloss fiel. Er hatte sich mit Anna getroffen, um Schwierigkeiten auszuräumen; nun war alles noch viel verworrener und komplizierter geworden. Er schloss die Augen und fragte sich, welchen Ausweg er wohl aus dieser Klemme finden würde.

Viel lieber wäre er in den Kampf gezogen. Es war wesentlich einfacher, mit der Waffe zu kämpfen als mit Worten.

Lily fand Una in der Küche, die mit aufgekrempelten Ärmeln Teig knetete. „Ich habe Bier und frisches Brot für Lord Radulf bereitgestellt, falls er nicht zu schwach ist, um zu essen."

Lily schnaubte. „Ich denke, dazu ist er kräftig genug." Sie bereitete den Kräuterumschlag vor und legte frisches Leinen für den Verband auf das Tablett. In der Gaststube erteilte Jervois seinen Männern Anweisungen und grüßte Lily mit einem knappen Kopfnicken. Er wirkte so müde und angestrengt, dass Lilys schlechte Laune schwand.

Die Sache war sehr ernst. Lord Kenton beschuldigte Radulf des Mordes. Radulf musste sich geschickt verteidigen, ohne seinen König in die Verlegenheit zu bringen, zwischen seinem Freund und Lord Kenton wählen zu müssen. Lily fragte sich bang, ob William in einer solchen Situation wirklich gerecht handeln würde.

Was würde geschehen, wenn der König der Anklage von Lord Kenton glaubte? Würde Radulf im Kerker landen? Würde er zum Kampf gefordert werden? Würde er sterben müssen? Wie sollte sie seinen Tod ertragen, nachdem sie sich endlich über ihre Liebe zu ihm klar geworden war? Wenn er ihr jetzt entrissen wurde, wäre es besser gewesen, dieses wundersame Glück nie kennen gelernt zu haben.

Sie straffte die Schultern und betrat die Kammer. Radulf sollte nicht spüren, wie sehr sie sich um ihn sorgte. Sie musste stark sein, würde seine Schulter verbinden, ihm zu essen geben und ihn mit heiterer Miene verabschieden.

Radulf empfing sie mit einem trägen Lächeln. Sie stellte das Tablett ab und reichte ihm einen Becher Bier, den er, ohne abzusetzen, leerte. Lily strich ihm sanft über die Stirn.

„Das Fieber ist gesunken", sagte sie. „Irgendwie verstehe ich, warum man dich für unverwundbar hält."

„Ja, aber du weißt es besser, Schatz."

Wortlos entfernte Lily den Verband. Die Schwellung am Schultergelenk war zurückgegangen, aber die Umgebung war blau verfärbt und schmerzempfindlich. Vorsichtig strich Lily eine Schicht Kräuterbrei darauf, legte einen frischen Leinenlappen darüber und verband die Schulter, so dass der Arm nicht in seiner Bewegungsfreiheit eingeschränkt war. Unterdessen hatte Radulf das Brot gegessen und einen zweiten Becher Bier getrunken.

„Geh und bring mir Jervois", meinte er und schwang die Beine aus dem Bett. „Er soll mir die Rüstung anlegen."

Lily bekam große Augen vor Schreck. „Radulf, du wirst Schmerzen haben!"

Er ließ die Schulter vorsichtig kreisen und knurrte zwischen den Zähnen: „Schmerzen sind mir lieber als eine Klinge zwischen den Rippen."

„Könnte es dazu kommen?"

Achselzuckend stand er auf. In seiner Nacktheit wirkte er

noch kraftvoller – mit seinen muskulösen Beinen, dem gewölbten Brustkorb und den breiten Schultern. Der legendäre Riese, der unbesiegbare Radulf.

„Ich hoffe nicht. Aber wenn Kenton mir die Schuld am Tod seiner Frau gibt, nimmt er womöglich die Sache selbst in die Hand." Er wollte in die Hosenbeine steigen, hielt aber plötzlich inne und warf Lily einen Seitenblick zu. „Würde dich das stören?"

Sie blinzelte, hielt den Atem an und stieß ihn langsam aus, um ihre Angst zu bekämpfen. Er wollte die Wahrheit nicht hören. Er wollte die kühle Lily, die unberührbare Wikinger-Prinzessin. „Was nützt mir ein toter Ehemann?" erwiderte sie. „Der Eroberer würde mich mit dem nächsten Normannen verheiraten."

Radulf lachte, er schien nichts anderes von ihr erwartet zu haben. Lachend zog er die Hosen hoch. Über seinen breiten Rücken schlängelten sich einige Narben, und Lily juckte es in den Fingern, diese Narben zu berühren.

Doch sie beherrschte sich und machte auf dem Absatz kehrt. „Ich hole Jervois."

Auf ihre Anweisung trug der Hauptmann das schwere Kettenhemd in die Kammer. Als Lily wieder eintrat, war Radulf bekleidet, sein ausdrucksloses Gesicht wirkte fahl. Er stand aufrecht und breitbeinig da. Hätte sie nichts von seiner Verletzung gewusst, hätte sie nichts davon bemerkt. Dies war nicht der Mann, der sie nachts in den Armen gehalten und ihr von den Leiden seiner Jugend erzählt hatte. Vor ihr stand das *Schwert des Königs*, ein Fremder.

Beim Betreten der Gaststube wurde Radulf von grimmigem Schweigen empfangen, keine grinsenden Münder und zotigen Bemerkungen, auch kein Murren und Klagen über den langen Aufenthalt in der Fremde. Die Soldaten warteten gespannt auf das, was er zu sagen hatte.

„Jervois, du bleibst bei Lady Wilfreda. Sollte ich … mich verspäten, lasse ich es euch wissen. Falls die Situation es erfordert, bringst du sie in den Süden nach Crevitch. Dort ist sie auch vor William in Sicherheit."

Jervois verneigte sich. „Zu Befehl, Lord Radulf."

Lily starrte ihn verwirrt an, das Herz schlug wild in ihrer Brust. Bedeutete sie ihm so viel? Sorgte er sich so sehr um sie, dass er sogar den Groll des Königs riskierte, um sie in Sicherheit zu bringen?

Radulf schaute unterdessen regungslos Jervois an. Die nächsten Worte sprach er hastig. Die Rechtfertigung seines Plans, sie in Sicherheit zu bringen, kam ihm beiläufig über die Lippen. „Das sind nur Vorsichtsmaßnahmen, mehr nicht. Meine Gemahlin trägt vielleicht mein Kind. Meinen Erben. Ohne Erben fallen meine Ländereien, mein ganzer Besitz an den König zurück. Deshalb ist sie mir von unschätzbar hohem Wert."

Lilys Herz begann wieder langsamer zu schlagen, die Flamme in ihr erlosch. „Ja, natürlich", bestätigte sie kühl. „Ich verstehe."

„Gut." Radulf blickte in die Runde. „Ich nehme die Hälfte meiner Soldaten mit zur Burg. Jervois, kümmere dich darum. Und sorge dafür, dass meine Befehle ausgeführt werden. Ich verlasse mich auf dich."

Jervois und die Männer verließen das Haus, Radulf und Lily waren allein. Er wandte sich ihr förmlich zu und nahm ihre Hand. „Wenn alles gut geht, komme ich bald zu dir zurück."

„Und wenn nicht?"

„Jervois wird sich um dich kümmern. Sei unbesorgt. Meine Leute werden dich gut in Crevitch behandeln. Ich habe dir bereits mitgeteilt, dass meine Leute mir treu ergeben sind. Und ich lasse die Meinen nicht im Stich."

„Deinen Erben, meinst du wohl?“

Er zögerte. „Ja … das meine ich.“

Er hob ihre Hand und presste seine Lippen auf ihre klammen Finger. „Mylady.“

„Mylord“, hauchte sie.

Und dann war er fort. Lily lauschte dem Lärm der Soldaten und der Pferde im Hof, hörte die klappernden Hufe, das Klirren der Waffen und Rüstungen, als der Trupp sich entfernte.

Eine dumpfe Leere breitete sich in ihr aus, ein Gefühl, als sei ihr etwas geraubt worden, das sie so dringend brauchte wie die Luft zum Atmen. War Radulf ihr tatsächlich in dieser kurzen Zeit so wichtig geworden? Und was würde aus ihr werden, wenn er nie wiederkam?

Hatte sie die große Liebe ihres Lebens gefunden, nur um sie nach so kurzer Zeit wieder zu verlieren?

16. KAPITEL

Die Lieferung vom Tuchhändler Jacob war angekommen. Feinste Wollstoffe, Leinen, Seide und der kostbare burgunderrote Samt, auf dem Radulf bestanden hatte. Una brach beim Auspacken in helles Entzücken aus, während Lily keine rechte Begeisterung aufbringen konnte.

„Lord Radulf scheint Euch sehr zu schätzen, Lady", flüsterte Una ehrfürchtig. „Die meisten Normannen sind zu knauserig, um ihre Frauen in kostbare Gewänder zu hüllen. Seid Ihr sicher, dass nicht angelsächsisches Blut in seinen Adern fließt?"

Lily lachte. „Das würde er nicht gerne hören, Una. Radulf ist sehr stolz auf seine Herkunft. Im Übrigen legen die Normannen großen Wert auf Prachtentfaltung."

Aber ihre Heiterkeit verflog schnell wieder, und ihre sorgenvollen Gedanken kreisten wieder um die Vorgänge bei Hofe. Sie befürchtete, jeden Moment würde ein Bote in den Hof reiten und Radulfs Festnahme verkünden. Wenn das geschah, würde Jervois sie umgehend aufs Pferd setzen und mit ihr nach Crevitch fliehen.

Lily wäre gerne an Radulfs Seite in den Süden geritten, nicht auf der Flucht und in tiefer Sorge um ihren Ehemann und Geliebten, ohne zu wissen, ob sie ihn je wiedersehen würde.

Una redete unentwegt, doch Lily war unfähig, ihr zuzuhören. Seit sie Radulf kennen gelernt hatte, waren ihre Gefühle in ständigem Aufruhr, obgleich rührselige Anwandlungen gar nicht ihre Art waren. Sie schob ihre Besorgnisse beiseite und hoffte, Una habe nichts von ihren trüben Gedanken bemerkt.

„Ich brauche Näherinnen", sagte Lily, breitete die Stoffbahnen aus und strich andächtig über den weichen Samt. „Allein schaffe ich das nie, selbst mit deiner Hilfe nicht, Una."

Una senkte beschämt den Blick. „Ich bin nicht sehr geschickt im Umgang mit Nadel und Faden.“

Lily tätschelte die schwielige, abgearbeitete Hand der Wirtstochter. „Sei's drum. Jedenfalls bist du die beste Kuchenbäckerin in ganz York.“

Una lächelte geschmeichelt. „Ja, backen ist meine große Leidenschaft!“

Die beiden Frauen waren immer noch in den Anblick der Farbenpracht der Stoffe vertieft, als Alice of Rennoc den Kopf zur Tür hereinsteckte und freudig begrüßt wurde. Alice kannte drei Frauen in der Stadt, die Näharbeiten gegen Lohn übernahmen.

Una ließ die Freundinnen allein, um sich an ihre Arbeit in der Küche zu machen.

„Wie schön! Die Farbe von reifen Kirschen“, staunte Alice, als sie den tiefroten Samt sah. Und dann schaute sie Lily fragend an. „Ich habe die traurige Nachricht über Lady Anna Kenton erfahren.“

„Dann ist dir gewiss auch zu Ohren gekommen, dass man Radulf für ihren Tod verantwortlich macht“, ergänzte Lily und fuhr in zunehmender Entrüstung fort: „Aber als wir uns auf den Heimweg machten, lebte sie noch. Und du weißt selbst, in welchem Zustand Radulf sich befand. Man versucht, ihm diesen Mord anzuhängen. Menschen, die ihm seinen Reichtum und seine Macht neiden, wollen einen Keil zwischen ihn und den König treiben.“

Alice guckte sie verwundert an. „Wieso bist du so aufbrausend? Ich wollte eigentlich nur sagen, dass ich nicht glaube, dass Radulf etwas damit zu tun hat.“

„Ach so.“ Lily lächelte beschämt. „Ich bin ziemlich durcheinander, Alice. Verzeih.“

Alices Augen blitzten neugierig. „Du liebst ihn, nicht wahr?“

Verblüfft blickte Lily sie an. Wenn Alice die Wahrheit so schnell herausfand …

Doch dann beschwichtigte Alice sie. „Sei unbesorgt. Du verstehst dich gut darauf, deine Gefühle zu verbergen. Ich merke es dir nur an, weil wir uns seit Kindertagen kennen."

Aber wieso leugnete Lily ihre Gefühle? Sie liebte Radulf von ganzem Herzen, auch wenn es gegen alle Vernunft war.

„Warum darf er es eigentlich nicht wissen?"

Lily betrachtete ihre Freundin. „Wenn ich ihm alle meine Geheimnisse anvertraue, mache ich mich schutzlos und angreifbar. Selbst in der Ehe … vor allem in der Ehe braucht eine Frau einen Schutzschild. Das habe ich in meiner Ehe mit Vorgen gelernt."

„Radulf ist gewiss ein gefürchteter Mann", meinte Alice nachdenklich, „aber ich halte ihn auch für einen pflichtbewussten Ehrenmann. Glaubst du, er würde deine Gefühle ausnutzen? Du bist jetzt seine Ehefrau."

Es war nicht nötig, dass Alice etwas über Radulfs Vergangenheit und seinen Argwohn gegen Frauen erfuhr.

„Es gibt einen Unterschied zwischen Pflichterfüllung und Liebe", antwortete Lily mit Bestimmtheit. „Ich verschweige ihm meine Gefühle, um mir viel Leid zu ersparen, wenn er mir den Rücken kehrt."

Alice hielt eine Bahn türkisfarbene Seide hoch. „Du kennst ihn besser als ich und musst wissen, was du tust. Sei froh, dass du einen Ehemann hast, der noch in der Blüte seiner Manneskraft steht. Ich fürchte, ich muss mich mit Sir Othric abfinden."

Lily erschauderte. „Sir Othric, der Freund deines Vaters? Aber Lily, das kann er dir nicht antun!"

„Mein Vater hat mir gedroht, mich mit Sir Othric zu vermählen, wenn ich keinen passenden Mann in York finde."

„Aber ich dachte … Jervois …" Lily wandte verlegen den

Blick ab. „Verzeih. Aber ich habe beobachtet, wie ihr miteinander umgeht, und dachte …"

„Mein Vater wird in ihm nur einen Söldner sehen. Ich wünschte, Jervois könnte mein Ehemann werden, und glaube … nein, ich weiß, dass er mich gern zur Frau nehmen würde." Sie zögerte, suchte nach Worten. „Ach Lily, wenn Radulf ein gutes Wort bei meinem Vater für ihn einlegen würde, könnte dieser vielleicht eine Heirat in Erwägung ziehen …"

Lily blinzelte. „Ach! Daran habe ich nicht gedacht … Aber natürlich bitte ich Radulf um diesen Gefallen! Ich vergesse immer wieder, dass er nicht wie Vorgen ist, der mir jede Bitte abschlug, nur um mich zu kränken. Und ich schulde dir weit mehr als diesen kleinen Freundschaftsdienst, Alice. Aber warum bittet Jervois ihn nicht selbst?"

Alice verzog schmollend die Lippen. „Er ist ein Mann und hat seinen Stolz!"

Lily seufzte und drückte der Freundin zuversichtlich die Hand. „Ich werde Radulf fragen. Auf keinen Fall darfst du Sir Othric heiraten. Der Mann ist so abstoßend, dass der König ein Gesetz erlassen müsste, das ihm die Heirat bis zu seinem Tod verbietet."

Alice schmunzelte. „Und über seinen Tod hinaus!"

Mit neuer Hoffnung schüttelte Alice ihre düstere Stimmung ab. „Komm, Lily! Lass uns ein Kleid zuschneiden! Das lenkt uns ab. Wie wäre es damit?" Alice wickelte sich in den mitternachtsblauen Wollstoff. „Und das hellblaue Leinen als Unterkleid?"

Wenn man es gegen das Licht der Kerze hielt, wirkte das feingesponnene Leinen beinahe durchsichtig.

Lily nickte zufrieden und machte sich eifrig an die Arbeit, um die Gedanken an Radulf zu verdrängen, wenigstens für kurze

Zeit. Und später, wenn sie sich wieder traute, an ihn zu denken, würde er vielleicht bereits in der Tür stehen.

Unversehrt.

„Was sagt Lord Radulf dazu?"

König William beugte sich beim Sprechen vor. Seine innere Spannung übertrug sich auf die beiden Männer, die vor ihm standen: der drahtige, vornehm gekleidete, mit Juwelen geschmückte Lord Kenton, dessen hageres Gesicht grau war vor Trauer und Müdigkeit, daneben Radulf, hoch gewachsen und kraftvoll in voller Rüstung, in dessen schwarzen Augen kalter Zorn funkelte, womit er Williams Dienerschaft bereits eingeschüchtert hatte.

Der versammelte Hofstaat verstummte, alle lauschten gebannt seiner tiefen, heiseren Stimme, als er antwortete.

„Lady Anna bedeutete mir nicht mehr als eine Erinnerung. Vor vielen Jahren war sie mit meinem Vater verheiratet. Ich habe sie seither nicht gesehen. Erst an meinem Hochzeitstag sprach sie mich und meine Gemahlin hier in dieser Halle an."

„Sie war Eure Hure", mischte Kenton sich mit schriller Stimme ein. „Das hat sie mir selbst erzählt. Sie war früher Eure Hure, und als Ihr Lady Anna in York wieder getroffen habt, wolltet Ihr sie wieder haben. Sie berichtete mir, dass Euch Lady Wilfreda nichts bedeutet, dass Ihr zur Ehe mit ihr gezwungen worden seid. Ihr wolltet meine Anna."

„Eure Anna hat gelogen", erwiderte Radulf sachlich und gelassen, obgleich ihm das Blut in den Schläfen pochte. Seine Schulter schmerzte höllisch, aber er hatte nicht die Absicht, sich vor den sensationslüsternen Höflingen eine Blöße zu geben. Seine legendären Kräfte, seine Unverletzlichkeit waren nun sein einziger Schutz.

„Warum sollte sie lügen?" Kentons helle Augen blitzten vor Zorn. „Was hätte sie dafür für einen Grund?"

„Eure Eifersucht“, entgegnete Radulf kühl. „Dieses Spiel hat sie schon damals mit meinem Vater getrieben. Sie suchte sich ihre Günstlinge unter seinen Freunden und trieb ihn damit an den Rand des Wahnsinns. Er machte sich immer mehr zum Narren, um ihr zu gefallen. Ihr war daran gelegen, dass Ihr sie zurückgewinnt, Kenton.“

„Pah!“ Er winkte ab. Die Edelsteine an seinen Fingern funkelten im Licht der hohen Kerzen.

„Ich habe meine Verteidigung bereits dargelegt“, fuhr Radulf fort, das Wort an seinen König gerichtet. „Ich willigte ein, mich mit ihr zu treffen, weil ihr Verhalten meine Gemahlin verwirrte. Ich erklärte Lady Anna, sie möge mich in Frieden lassen, sonst würde ich mich an ihren Gemahl wenden und ihm von ihrer Untreue berichten. Ich wusste, dass Kenton sie liebt, und sie wusste es natürlich auch. Aber sie war nicht so dumm zu glauben, dass er ihre Untreue auf die Dauer dulden würde. Irgendwann ist der Becher der Nachsicht und Vergebung geleert, und es bleibt der bittere Bodensatz des Grolls. Vielleicht hatte sie diesen Punkt erreicht. So wie damals bei meinem Vater.“

„Was wisst ihr denn …“, begann Kenton wieder schneidend. William aber gebot ihm mit erhobener Hand zu schweigen. Widerwillig behielt Kenton seine wütenden Anschuldigungen für sich und nestelte fahrig an seiner reich bestickten Tunika.

William strich sich über das glatte Kinn und fixierte die hünenhafte Gestalt seines treuen Gefolgsmanns. „Und Lady Anna nahm Eure Ablehnung widerspruchslos hin, Radulf?“

Radulf lachte trocken. „Nein, Sire, ganz im Gegenteil. Sie beschimpfte mich wütend, bestieg ihr Pferd und ritt fort. Ich habe sie nicht wiedergesehen. Ehrlich gestanden war ich froh, sie los zu sein, und kehrte mit meinen Soldaten zur Herberge zurück.“

Kenton fuhr zu ihm herum, konnte seinen Zorn nicht länger

bezwingen. „Ihr seid ihr gefolgt und habt sie erstochen! Weil sie auf Eure lüsternen Forderungen nicht eingehen wollte! Sie hat Euch einmal geliebt, Radulf, und Ihr konntet nicht von ihr lassen."

Radulf ballte die Fäuste. „In Gottes Namen, Ihr habt meine Frau kennen gelernt! Glaubt Ihr tatsächlich, dass sie meinen lüsternen Forderungen nicht genügt?!"

William neigte das Haupt, um sein Schmunzeln zu verbergen, was Lord Kenton keineswegs entging. Er blickte zornig zwischen den beiden Männern hin und her. „Wie ich feststellen kann, widerfährt mir hier keine Gerechtigkeit. Es ist weithin bekannt, dass König William und Radulf eine brüderliche Freundschaft verbindet. Sie verhalten sich jedenfalls nicht wie Herrscher und Untertan."

William richtete sich zu seiner imposanten Größe auf. Kenton hob das Kinn und erwiderte seinen strengen Blick, und es war ihm anzumerken, dass er seinen Ausbruch bereute.

„Ich vergebe Euch diese unbedachten Worte", entgegnete William beinahe sanft, nur seine Augen blitzten kalt wie Stahl. „Ich verstehe Eure Trauer, Kenton. Auch ich habe eine Gemahlin, die ich sehr schätze. Ihr habt mir vorgetragen, was Euch bedrückt, und ich habe Euch angehört. Verlasst Euch darauf, ich werde nicht eher ruhen, bis der Mörder Eurer Gemahlin gefasst ist. Andererseits … glaube ich nicht, dass er hier in dieser Runde zu finden ist."

Lord Kenton schaute Radulf hasserfüllt an. Er schien sich beherrschen zu müssen, um nicht Beschuldigungen hinauszuschreien, die in Gegenwart des Königs besser ungesagt blieben. Und als er sprach, klang seine Stimme brüchig vor verhaltenem Zorn. „Ich danke Euch, Sire. Ihr werdet verstehen, dass ich den Mörder meiner Gemahlin zur Strecke bringen werde. Koste es, was es wolle." Bevor der König antworten konnte, hatte er sich verneigt, auf dem Absatz kehrtgemacht und durchmaß die Halle mit langen, energischen Schritten.

William setzte sich, schlug mit der Faust auf die geschnitzte Armlehne des Throns und blickte finster in Radulfs verschlossene Miene. „Ihr habt mich in eine schwierige Lage gebracht, Radulf", sagte er leise. „Ich hoffe, das ist Euch klar."

Radulf verneigte sich. „Das ist mir bewusst, Sire, und ich danke für das Vertrauen, das Ihr in mich setzt."

William nickte mürrisch. „Kenton ist ein mächtiger Mann – beinahe so mächtig wie Ihr, Radulf. Und er hat einflussreiche Freunde. Seit kurzem ist Frieden in England eingekehrt. Ich möchte keinesfalls, dass meine wichtigsten Barone sich demnächst gegenseitig an die Kehle gehen."

„Ich hege keinen Groll gegen Lord Kenton."

William machte ein mürrisches Gesicht. Doch dann schien er die düstere Stimmung nicht länger zu ertragen und rief herausfordernd: „Genug der Trübsal! Radulf, Ihr begleitet mich zum Turnierplatz! Wir messen unsere Kräfte im Schwertkampf!"

Radulf wurde ganz bang ums Herz. Wenn er jetzt Schwäche zeigte, würde das gegen ihn verwendet werden, vor allem deshalb, weil William so eisern Partei für ihn ergriffen hatte. Also wagte er nicht, seine verletzte Schulter zu erwähnen. William würde auch auffallen, wenn er das Schwert nicht mit der üblichen Wendigkeit und Kraft schwang, und ihn vermutlich beschuldigen, sich damit bei ihm lieb Kind machen zu wollen. Er musste also hart und ausdauernd kämpfen, lange genug, um den König zufrieden zu stellen, erst dann durfte er verlieren.

Doch dieser Preis war nicht zu hoch für seine Freiheit, im Schutz des königlichen Wohlwollens zu leben, frei von Kentons rasendem Zorn, frei von Annas Machenschaften, die ihn mit ihren Lügen selbst noch aus dem Grab verfolgte. Und ein zweiter Gedanke hellte seine Stimmung auf, als er den König federnden Schrittes zum Turnierplatz begleitete, wo ihm ein schwerer und schmerzhafter Kampf bevorstand. Lily wäre nicht gezwungen, ohne ihn nach Crevitch zu fliehen.

Bald würde er wieder bei ihr sein, sie würde auf ihn warten und ihn mit einem kühlen Blick ihrer grauen Augen empfangen. Vielleicht war er ein Narr, aber Radulf glaubte, verborgen in den Tiefen ihrer grauen Augen den Funken einer Verheißung erkannt zu haben.

Möglicherweise sogar die Verheißung auf ein Leben, von dem er bisher nur geträumt hatte. Ein Leben mit einer warmherzigen liebevollen Frau und Kindern, die ihm vertrauten. Vielleicht hatte sein Vater sich auch danach gesehnt.

Nach einem Grund, für den sich das Leben lohnte.

Alice hatte den Diener ins Haus ihres Onkels geschickt, um Nadeln, Faden und Scheren zu holen. Sie hatten Lilys Maße mit schmalen Bändern genommen, die Stoffbahnen sorgfältig zugeschnitten und damit begonnen, die Teile zusammenzunähen.

In ihrer Ehe mit Vorgen hatte Lily sich nie mit den Frauen auf der Burg zum Nähen und Plaudern getroffen, weil sie in ständiger Furcht gelebt hatte, man würde sie aushorchen, um später Vorgen davon zu berichten, was unter den Frauen gesprochen wurde. Auf der elterlichen Burg, als Lily ein kleines Mädchen gewesen war und ihre Mutter noch gelebt hatte, hatte es viel Gekicher und Getuschel während solcher gemeinsamer Näharbeiten gegeben, und während ihre Mutter den Frauen mit sanfter Stimme Ratschläge und Ermahnungen erteilt hatte, war das Lächeln nie aus ihren Augen gewichen.

Lily nahm sich vor, solche geselligen Runden wieder einzuführen, wenn sie einmal einen eigenen Hausstand gegründet hatte. Radulf wusste gewiss die Vorteile zu schätzen, die ihm daraus erwuchsen, wenn seine Untertanen zufrieden waren. Und dann fiel ihr wieder ein, dass Gudren im Feldlager einmal gesagt hatte, die Bewohner von Crevitch hielten ihm unverbrüchlich die Treue, weil er sie gut behandelte.

Ich lasse die Meinen nicht im Stich.

Es war ein Zeichen seiner Weitsicht, dafür zu sorgen, dass seine Untertanen ein zufriedenes Leben führten, weil Menschen nicht gegen ihren Herrn aufbegehrten, wenn es ihnen gut ging. Überdies verrichteten sie ihre Arbeit mit größerem Eifer. Vorgen hatte das nie begriffen und seine Untertanen mit Drohungen und drastischen Strafen unterdrückt. Vielleicht war Radulf ein Mann, dem Harmonie und Zufriedenheit wichtiger waren als Knechtschaft.

Es wurde spät, und die Dunkelheit senkte sich nun allmählich herab.

Alice plauderte unentwegt, Lily aber hörte ihr schon lange nicht mehr zu, lauschte bang auf jedes Geräusch vor dem Haus, und plötzlich vernahm sie Hufschläge. Sie fuhr hoch, Nadel und Faden entglitten ihren Fingern. Alice plapperte noch ein Weilchen, und erst als sie Lilys starre Haltung bemerkte, hielt sie mitten im Satz inne.

Schwere Stiefelschritte polterten auf den Dielen der Gaststube, Stimmen wurden laut; Jervois' Stimme übertönte die anderen. Lily erhob sich und ließ die blauen Stoffbahnen achtlos zu Boden gleiten. Alice, die sich danach bückte, erschrak über das bleiche Gesicht der Freundin. Lily war ruhig und in sich gekehrt gewesen, doch nun schien sie zu zittern.

„Alice", hauchte sie tonlos. „Siehst du bitte nach, ob Lord Radulf gekommen ist?"

Alice warf ihr einen unschlüssigen Blick zu, dann stand sie auf und ging. In der Gaststube hatten sich die Soldaten versammelt und legten ihre Rüstungen und Waffen ab. Zunächst konnte sie im Halbdunkel nur verschwitzte Gesichter erkennen und das metallene Aufblitzen der Kettenhemden, aber schließlich vernahm sie Jervois' Stimme. Alice drängte sich an den Männern vorbei.

Der Hauptmann stand am offenen Feuer und goss Wein in zwei Becher. Als spüre er Alices Gegenwart, drehte er sich um. Seine grünen Augen leuchteten auf. „Lady?"

Alice guckte ihn flüchtig an; sie hatte ihm seine störrische Haltung noch nicht verziehen. Ihre Augen suchten den Hünen, der zusammengesackt auf der Bank kauerte. Er wirkte völlig erschöpft, der Wulst seiner Narbe neben dem Auge hob sich hell gegen sein gerötetes, mit Dreck bespritztes Gesicht ab. Er hatte den Helm abgenommen, sein schwarzes Haar klebte ihm schweißnass an der Stirn. Er griff mit der Linken nach dem Becher und hielt den rechten Arm merkwürdig angewinkelt an der Seite.

Trotz seines erbärmlichen Zustands grinste er von einem Ohr zum andern. „Gottlob hat dieser Wahnsinn bald ein Ende", krächzte er und prostete Jervois zu. „Bald reiten wir nach Norden und kümmern uns um den Bau dieser verdammten Burg, und dann geht es nach Süden. Auf nach Crevitch!" Er hob den Becher.

Der Trinkspruch wurde lärmend entgegengenommen. „Auf nach Crevitch!" donnerte der Männerchor.

Alice drängelte sich durch die Menge zur Kammer zurück und fand Lily kreidebleich und starr auf dem Bett sitzend vor.

„Er ist festgenommen", meinte diese tonlos. „Ich muss nach Crevitch. Ich habe es gehört. Ich muss packen."

Sie stand seltsam steif auf, schwankte ein wenig und sank ohnmächtig zu Boden.

Mit einem spitzen Schrei kniete Alice neben ihr nieder. „Lily! Nein, nein, er ist hier! Er sitzt draußen, trinkt Wein und lacht. Es ist alles in Ordnung, Lily. Es geht ihm gut."

Lily schlug die Augen auf, blinzelte benommen und richtete sich mit Alices Hilfe auf, nickte zu den beschwichtigenden Worten der Freundin, wirkte aber immer noch betäubt. Alice flößte ihr einen Schluck Wein ein; der säuerliche Geschmack ließ sie würgen. Sie schluckte heftig dagegen an, holte tief Atem, bis die Übelkeit verschwand.

„Lass nur, es geht mir wieder besser", antwortete sie auf Alices besorgte Fragen. „Ich brauche nur ein wenig frische Luft. Auf der Reise in den Süden bekomme ich genügend frische Luft." Sie brachte ein schwaches Lächeln zu Stande, und plötzlich stiegen ihr Tränen in die Augen. „Ach Alice, sag, werden wir uns je wiedersehen?"

Auch Alice wurde bei dem Gedanken an die Trennung schwer ums Herz, doch ihr heiteres Wesen gewann rasch die Oberhand, und sie lächelte zuversichtlich. „Aber wieso denn nicht? Radulf muss immer wieder in den Norden reisen, um nach dem Rechten zu schauen in seinem Land … *deinem* Land. Du begleitest ihn und wirst mich besuchen. Oder ich könnte dich in den Süden begleiten. Ich bin auf der Suche nach einem Ehemann, vergiss das nicht. Ich könnte mir denken, dass ich in Crevitch den Richtigen finde." *Jervois,* schoss es ihr durch den Sinn, aber sie verwarf den Gedanken rasch.

Endlich lächelte Lily. Sie drückte Alice dankbar die Hand, und ihre Augen weiteten sich, als sich schwere Schritte näherten. Und dann füllte eine hünenhafte Männergestalt den Türrahmen aus.

„Mylord!"

Er lachte über ihr entgeistertes Gesicht. „Nein, Lady, ich wurde nicht überfallen. Ich hatte lediglich einen kameradschaftlichen Wettkampf mit dem König, obwohl manche behaupten, das sei dasselbe."

Alice rollte mit den Augen. Wieso waren Männer auch noch stolz darauf, wenn sie sich gegenseitig grün und blau schlugen?

Radulf humpelte in die Kammer. Jervois begann, ihm vorsichtig das Kettenhemd abzunehmen, ohne ihm noch größere Schmerzen zu verursachen. Lily eilte ihm zu Hilfe und bedachte Alice mit einem flüchtigen Lächeln, die sich verabschiedete. Sie war unendlich erleichtert und glücklich, dass ihm nichts passiert war …

Von der schweren Rüstung und dem Waffenrock befreit, sank Radulf aufs Bett und überließ sich willig der Fürsorge seiner Frau.

Bislang kannte Radulf nur die Hilfe seines Knappen oder eines Soldaten. Eine Ehefrau eignet sich weitaus besser für diese Aufgabe, stellte er nun fest. Lilys Fürsorge ließ ihn beinahe die Schwerthiebe vergessen, die William ihm versetzt hatte. Am liebsten hätte er wohlig geschnurrt wie ein Kater, als sie ihn wusch, die Wunden säuberte und verband und ihm anschließend Käse, gebratenes Fleisch und Rotwein vorsetzte. Dann lag er mit halb geschlossenen Augen, gewaschen und gesättigt auf dem Bett und schaute ihr zu, wie sie seine Kleider faltete und die Kammer aufräumte. Danach setzte sie sich auf den Stuhl, kämmte ihr silberblondes Haar und begann es zu flechten.

Er war in den Anblick ihrer flinken schlanken Finger versunken, der kühlen Schönheit ihres Antlitzes. Sie hatte sich umsichtig und fürsorglich um sein Wohlergehen bemüht, doch nun wirkte sie wieder kühl und in sich gekehrt. Vielleicht fürchtete sie die Spannung, die zwischen ihnen herrschte. Auch Lily hatte ihre Geheimnisse. Sein Blick wanderte über den eleganten Schwung ihrer Schultern zu ihren Brüsten. Er kniff die Augen zusammen. War ihr Busen voller, schwerer geworden?

Er lächelte. Seine schöne Lily hatte ein wenig zugenommen, seit sie in Sicherheit war. Sie war nicht mehr auf der Flucht, musste sich nicht mehr in den Wäldern verstecken wie ein wildes Tier. In Crevitch würde sie zur üppigen Schönheit erblühen.

„Komm ins Bett", sagte er.

Ihre Finger hielten inne, er fürchtete beinahe, sie würde sich weigern. Doch dann flocht sie den Zopf rasch zu Ende, legte ihre Kleider ab und kroch zu ihm unter die Decken.

Ihre Füße waren eiskalt; er rieb sie mit seinen Füßen warm.

„Warst du denn um mich besorgt, Lily?" raunte er mit heiserer Stimme, seine Hand ruhte an ihrer Hüfte, wie sie es so gerne hatte.

Sie zuckte zusammen, als beunruhige sie die Frage, guckte ihm aber kühl in die Augen. „Selbstverständlich war ich um dich besorgt. Du bist mein Ehemann, Radulf. Ohne dich wäre ich erneut der Willkür deines Königs ausgeliefert."

„Ja", erwiderte er gedehnt. „Beinahe hätte ich vergessen, warum du mich so schätzt."

In seiner Stimme schwang ein merkwürdiger Ton mit, so etwas wie Selbstironie. Lily musterte ihn argwöhnisch.

„Was hätte ich sonst antworten sollen?" entgegnete sie. „Dass ich dich liebe?"

Er schwieg. Beide hielten den Atem an. Lilys Kehle war wie ausgetrocknet. Sie fuhr sich mit der Zunge über die Lippen. Unter Radulfs dunklen Wimpern glühten schwarze Augen. Sein Gesicht kam näher; sie spürte die Wärme seines Atems an ihrem Mund.

„Von Liebe war nie die Rede", meinte er.

„Nein, natürlich nicht", flüsterte Lily.

Er küsste sie. Seine Zunge drängte sich zwischen ihre Lippen, seine Hand wölbte sich um ihre Brust, die sich schwerer und voller anfühlte. Radulf vergaß seine schmerzenden Gliedmaßen und gab sich seinem Verlangen nach ihr hin, hob sich über sie, drängte seine Männlichkeit in die Enge ihres heißen Schoßes und wusste zu seinem Entzücken und seiner Verzweiflung, dass er nie genug von ihr bekommen würde.

Nachdem sie beide erschlafft und eng umschlungen nebeneinander lagen, ihre Atemzüge sich beruhigt hatten, sagte er leise: „Schlaf jetzt“, und Lily schloss gehorsam die Augen.

Radulf beobachtete sie lange. Er fühlte sich benommen, als würde er durch dichten Nebel schreiten. *Von Liebe war nie die Rede.* Er begehrte sie, er hatte sie geheiratet, doch das genügte ihm noch nicht. Er wollte mehr, doch dann würde er in Versuchung geraten, ihr zu vertrauen, sich völlig in ihre Hände zu begeben. Und Radulf bezweifelte, ob das richtig wäre.

Wie würde sie sein Vertrauen bewerten? Würde sie ihn für einen Schwächling halten, ihn verachten, ihn bedauern? Oder würde sie ihm das Leben zur Hölle machen, wie Anna es bei seinem Vater getan hatte?

Es war besser, dieses Risiko nicht einzugehen.

Lily lauschte den tiefen gleichmäßigen Atemzügen ihres Gemahls. Er schlief so leicht ein und wachte stets erfrischt auf wie ein Kind. Lily wünschte, sie könnte ebenso leicht Ruhe finden, aber ihre Gedanken kreisten ständig um das eine, jagten ihr heiße und kalte Schauer über den Rücken.

Sie trug sein Kind unter dem Herzen.

Während der letzten Tage hatte sie sich ständig gefragt, ob sie schwanger war. Einerseits würde sie sich über ein Kind freuen, andererseits erfüllte sie eine mögliche Schwangerschaft mit Sorge.

Sie hatte sich eingeredet, ihre Monatsblutung verspäte sich wegen der Strapazen der letzten Zeit, wegen der körperlichen und seelischen Nöte, die sie ausgestanden hatte. Das war auch der Grund, warum sie in letzter Zeit ständig zu Tränen gerührt war. Viele Frauen weinten und machten sich Sorgen, was wahrscheinlich daran lag, dass Lily endlich zur Frau erweckt worden war.

Der Ohnmachtsanfall hatte ihr Gewissheit gebracht. Lilys Mutter hatte früher manchmal im Kreise der Frauen erzählt, dass sie in der Schwangerschaft häufig in Ohnmacht gefallen war.

Ich bekomme ein Kind von Radulf.

Darüber sollte sie glücklich sein, aber sie konnte nur daran denken, dass Radulfs Fürsorge sich verstärken, dass seine Angst um das Ungeborene ihn von ihr fern halten würde. Er wünschte sich einen Stammhalter. Das war verständlich. Genau wie Vorgen sich verzweifelt einen Erben gewünscht hatte, einen Sohn, der seine Nachfolge antreten sollte, ohne den er seine tyrannische Herrschaft über den Norden verloren hätte.

Und Radulf hatte weit mehr zu verlieren.

Lily legte die Hand schützend über ihren flachen Leib. Tief in ihr war ein jauchzendes Glücksgefühl – sie liebte den Mann, dessen Kind sie trug –, doch im Augenblick waren Sorge und Enttäuschung größer.

Sie liebte einen Mann, der die Gefühle, die sie für ihn hegte, nicht erwiderte.

17. KAPITEL

Radulf fand ein Haus in York, dessen Besitzer, ein reicher Kaufmann, eine ausgedehnte Reise in den Orient zu unternehmen gedachte und sich freute, das Anwesen mitsamt Gesinde dem berühmten Schwert des Königs bis zu seiner Rückkehr zu überlassen. Lily übernahm also einen vollständig eingerichteten Haushalt und brauchte lediglich die Arbeiten unter den Bediensteten aufzuteilen.

Es war eine Wohltat, nach den beengten Wohnverhältnissen in der Herberge in einem geräumigen und gediegen eingerichteten Haus zu wohnen. Dennoch vermisste Lily Unas freundliches Gesicht und irgendwie auch die unbeschwerte Atmosphäre, die in Radulfs rauer Männerbande geherrscht hatte.

„Ach nein, Lady", hatte Una verlegen abgelehnt, als Lily sie gefragt hatte, ob sie mit in das neue Heim ziehen möchte. „Für mich war es wie ein Traum, Euch und Lord Radulf hier zu haben, und ich werde die Zeit nie vergessen. Aber nun muss ich wieder zu meinem gewohnten Leben zurückfinden. Es gibt einen jungen Burschen in der Nachbarschaft, der zu scheu war, mich in den letzten Wochen zu besuchen. Wenn die hohen Herrschaften fort sind, wird er wieder bei uns einkehren und abends einen Humpen Bier trinken." Sie lächelte zufrieden. „Vielen Dank für dieses Angebot, aber mein Platz ist hier in meiner Küche. Schließlich backe ich die besten Kuchen in York."

Alice kam häufig zu Besuch. Sie hatte Lily drei Näherinnen geschickt, und die neue Garderobe machte rasche Fortschritte. Das mitternachtsblaue Gewand hatte Lily schon bei Hofe getragen und später das türkisfarbene Seidenkleid, und selbst König William war – vorübergehend – sprachlos beim Anblick ihrer Schönheit gewesen. Als Gemahlin des *Schwerts des Königs* genoss Lily bereits einiges Ansehen, nun aber wurde sie auch wegen ihrer Schönheit bewundert und gepriesen.

Lily hatte Wort gehalten und sich bei Radulf für Alice und Jervois verwendet. Zunächst wollte Radulf nichts davon wissen, er grollte Alice noch immer, weil sie Lily geholfen hatte, ihm zu seinem Treffen mit Anna nachzuschleichen, Lily aber ließ nicht locker, bis er schließlich einwilligte, darüber nachzudenken.

„Möglicherweise möchte Jervois Alice gar nicht heiraten", hielt er ihr entgegen.

„Hast du mal beobachtet, wie er sie anschaut?" erwiderte Lily. „Er verschlingt sie förmlich mit Blicken."

Radulf lachte vergnügt. „Und wie sieht Alice ihn an?"

„Als könne sie es kaum erwarten, von ihm verschlungen zu werden", antwortete Lily ebenso heiter wie er. „Sein Stolz verbietet ihm, dich um diesen Gefallen zu bitten."

„Er ist jung", nahm Radulf seinen Hauptmann in Schutz. „Er wird es lernen."

„Dann willigst du aber ein, dich für diese Eheschließung einzusetzen?"

„Ich bin bereit, darüber nachzudenken."

Radulfs Schulter heilte langsam, obwohl niemand, der nichts von der Verletzung wusste, auf den Gedanken gekommen wäre, dass seine Schulter nicht in Ordnung war, so wild „fuhrwerkte" er damit herum, wie Alice es ausdrückte. Nur Jervois und Lily merkten ihm die Anstrengungen an.

Jeden Abend vor dem Schlafengehen rieb Lily ihm die Schulter mit einer Heilsalbe ein, tat es mit großem Vergnügen, genoss es, ihre Hände über seinen herrlichen Körper gleiten zu lassen, und zögerte die Behandlung meist lange hinaus, nur um ihn ausgiebig streicheln zu können. Hinterher genoss Radulf es, ihr beim Entkleiden zuzuschauen, zu beobachten, wie sie ihr Haar kämmte, bis es knisterte, wie sie es manchmal zum Zopf flocht. Gelegentlich kroch sie aber auch nackt zu ihm unter die Decke, von ihrem seidigen Haar eingehüllt wie von einem silbrigen Umhang.

Und jedes Mal wieder erregte ihn ihr Anblick, er wölbte die Hände um ihre Brüste, begrüßte ihre Rundungen, seine Finger tasteten sich zwischen ihre Beine, liebkosten sie neckend, bis sie ihn anflehte, seine harte Männlichkeit tief in ihren Schoß zu senken und mit ihr in die berauschenden Gefilde der Ekstase zu entschweben.

Die Glut der Leidenschaft schien niemals abzukühlen.

Lily verschwieg ihm die Schwangerschaft, über die sie mittlerweile Gewissheit hatte. Dadurch blieb das Leben einfach und überschaubar, denn sobald Radulf davon erfuhr, würde sich alles ändern. Daran mochte sie gar nicht denken. Er würde sie gewiss umgehend nach Crevitch schicken, wo sie von Ammen behütet und bewacht werden würde wie eine kostbare Zuchtstute. Möglicherweise würde er nicht mehr mit ihr das Bett teilen, aus Angst um das Ungeborene.

Nein, sie wollte das Geheimnis noch eine Weile für sich bewahren, je länger ihr das gelang, desto häufiger konnte sie mit ihm zusammen sein.

Jeden Morgen, wenn sie gegen ihre Übelkeit ankämpfte, machte sie sich klar, dass ihm ihr Zustand nicht mehr lange verborgen bleiben würde. Und jeden Morgen freute sie sich auf den kommenden Tag – und die kommende Nacht – mit ihm.

König William beabsichtigte, bald in den Norden aufzubrechen, und stellte ständig Forderungen an Radulf, der oft in die Burg zitiert wurde. Er sollte dafür sorgen, dass mit dem Bau der Festung im Norden schnell begonnen wurde – möglichst bevor die Tage grau und verhangen wurden. Der Sommer neigte sich dem Ende zu, und bald würden die goldenen Sonnentage der Vergangenheit angehören, das Laub der Bäume färbte sich bereits rot und gelb in den Farben des Herbstes. Auch der Wind wurde frischer, die Nachtkälte kündigte die dunkle Jahreszeit an.

Lord Henry sollte die Grundmauern der Burg errichten, und Radulf schickte ihm Leibeigene, Steinmetze und Zimmerleute. „Ich kann nicht von ihm verlangen, dass er im Norden bleibt, bis der Bau fertig ist, da es ihn drängt, in den Süden zu reiten, um auf seinem Besitz nach dem Rechten zu sehen“, erklärte Radulf seiner Ehefrau. Er strich sich über die Stirnnarbe, während er beobachtete, wie sie die letzten Bänder an ihrem festlichen Gewand schnürte.

Zu Ehren des Königs trug sie an seinem letzten Abend in York das weinrote Samtkleid. Ihre helle Haut wirkte beinahe durchsichtig im Kontrast zu dem tiefroten Samt. Ihr Haar glänzte wie ein Silberschleier. In ihrer feenhaften Schönheit strahlte sie dennoch eine besondere Sinnlichkeit aus, ihre Wangen und Lippen waren rosig angehaucht, ihre Augen glänzten, unter dem engen Samtmieder quoll ihr voller Busen.

Radulfs Puls beschleunigte sich, er hatte Mühe, kühl und sachlich zu klingen. „Wenn ich in den Norden reise, bleibst du hier in York. Und sobald ich zurückkehre, reisen wir beide nach Crevitch. Ich war zu lange fort.“

Lily hob den Kopf. Sie sieht aus wie eine Göttin, dachte er. Eine heidnische Fruchtbarkeitsgöttin, die ihn mit ihrer kühlen Schönheit in den Wahnsinn trieb. Das schmerzhafte Ziehen zwischen seinen Schenkeln war kaum zu ertragen. Seine Lust nach ihr würde ihn noch umbringen. Gab es einen schöneren Tod, als in den Armen seiner schönen Gemahlin das Leben auszuhauchen?

„Ich möchte dich lieber begleiten“, flüsterte sie.

Radulf blinzelte. Was hatte er gerade gesagt? Ach ja, er hatte von Crevitch gesprochen.

„Du begleitest mich doch, meine Süße."

„Nein, ich meine nicht nach Crevitch. Ich will dich in den Norden begleiten, zu meinen Ländereien, zu meinem Volk. Dort werde ich gebraucht. Der König hat dir befohlen, mich zu heiraten, damit ich dazu beitrage, Frieden in den Norden zu bringen. Ich sollte an deiner Seite sein."

Er furchte die Stirn; plötzlich war sein Kopf wieder klar. „Tatsächlich? Oder willst du über die Grenze fliehen und dich Hew und den blutrünstigen Schotten anschließen?" Die Worte waren ausgesprochen, bevor er sich eines Besseren hätte besinnen können. Aber seine Befürchtungen waren nicht aus der Luft gegriffen. Tief in einem dunklen Winkel seines Verstandes lauerten immer noch Zweifel, und er fragte sich häufig, ob sie noch einmal einen Fluchtversuch wagen würde. Waren die unbeschwerten Tage mit ihr womöglich nur ein Zwischenspiel, eine Episode, an die er sich als alter verbitterter Greis wehmütig erinnern würde?

Lily wirkte, als hätte er sie geschlagen, fasste sich jedoch rasch und verwandelte sich wieder in die Eisprinzessin. Ihre grauen Augen fixierten ihn kühl und unverwandt.

„Warum sollte ich das tun? Wenn ich zu Hew fliehe, würde ich meinem Volk nur schaden. Die Leute werden in diesem Winter verhungern, wenn du nicht für Nahrung und Unterkunft sorgst. Ich baue darauf, dass du das tust, wenn ich sie davon überzeugen kann, dir zu vertrauen."

Radulf zog die Brauen hoch. „Du scheinst zu glauben, dass die Leute auf dich hören."

Lilys rosige Lippen lächelten, sie schlug die Augen nieder. Radulf verschränkte die Arme vor der Brust, um sie nicht an sich zu reißen und zu küssen, bis ihr die Sinne schwanden. Er hatte große Mühe, nicht die Beherrschung zu verlieren.

Dann hob sie die Lider und guckte ihn mit ihren grauen Augen an. „Ja, sie werden auf mich hören, Radulf. Sie haben immer auf mich gehört. Aber Vorgen erlaubte mir in den letzten Jahren nicht, mit ihnen zu sprechen."

Radulf musterte sie. Sein Blick schweifte über die Rundungen ihrer vollen Brüste zu ihrer schmalen Mitte und kehrte dann zu ihrem Gesicht zurück, zu ihren schwellenden, rosigen Lippen, dem feinen Schwung ihrer dunklen Brauen über den grauen Augen, der silberhellen Fülle ihres Haares.

Er durfte sie nicht verlieren.

Er schüttelte den Kopf.

„Nein, Lady, ich nehme dich nicht mit."

Ein seltsamer Funke glimmte in ihren Augen auf, verlosch aber schnell wieder. Sorge? Angst? Er wusste es nicht. Es war nicht wichtig. Der Gedanke, dass seine schöne Lily im unwirtlichen Norden in Gefahr geraten könnte, möglicherweise von ihrem Vetter entführt wurde oder der Verlockung erlag … Nein, alles in ihm sträubte sich dagegen.

„Komm." Er stand auf und streckte ihr die Hand entgegen. „Es ist Zeit, uns vom König zu verabschieden."

Lily legte gehorsam ihre Hand in die seine. Er zog sie an sich, genoss ihren weichen Körper, kostete den Geschmack ihres Mundes. Sie schmiegte sich an ihn, und dennoch … wirkte sie zurückhaltend, schien sich ihm innerlich zu entziehen. Weil er ihr eine Bitte abgeschlagen hatte.

Das ärgerte ihn. Auf dem Weg zur Burg hätte er seinem Pferd am liebsten die Sporen gegeben und wäre im gestreckten Galopp durch die Straßen gejagt, beherrschte sich aber. Ich sollte über engstirnigen Rachegelüsten stehen, schalt er sich. Wenn Lily glaubte, sie könne ihn durch ihr Schmollen erweichen, so irrte sie. Er würde nach Norden reiten, und Lily würde in York auf ihn warten.

Der Blick des Königs ruhte wohlwollend auf Radulfs Gemahlin. „Wenn alle Frauen im Norden Euch ähneln, Lady, werden meine unverheirateten Soldaten meinem Befehl gern nachkommen und sich mit angelsächsischen Frauen verheiraten!"

Radulf lächelte kühl. „Lily ist mit keiner anderen Frau zu vergleichen, Sire."

Lily bedachte ihn mit einem flüchtigen erzürnten Blick.

Er schmunzelte. Aha, ihre kühle Zurückhaltung schien zu bröckeln. Wie Eis in der warmen Märzsonne.

„Nun ja, Radulf, das werdet Ihr und Eure Soldaten bald herausfinden", fuhr der König fort und trat unruhig von einem Fuß auf den anderen, als vergeude er ungern seine Zeit mit langatmigen Reden. „Vor einer Stunde erreichte uns ein Bote von Lord Henry."

Radulf zuckte zusammen. „Vor einer Stunde? Warum wurde ich nicht davon unterrichtet?"

William winkte unwirsch ab. „Eine Stunde mehr oder weniger zählt nicht. Lord Henry teilt uns mit, dass eine Armee aus dem Südwesten zu seinem Lager vorrückt. Ich halte es für angebracht, dass Ihr umgehend aufbrecht, um ihm Verstärkung zu senden."

Lily entfuhr ein spitzer Schrei, der Radulf nur kurz ablenkte. „Wo ist dieser Bote?" fragte er. „Ich will ihn sprechen."

Der König lächelte milde. „Alles zu seiner Zeit, mein Freund."

„Aber … woher kommt diese Armee? Ich habe die aufrührerischen Haufen zerschlagen, und die Angelsachsen halten seither still. Abgesehen von Hew …“ Er verstummte, seine Brauen zogen sich über der Nasenwurzel zusammen.

„Lord Henry meint, es könne sich um Hews Truppen handeln, der diesmal mit gut ausgerüsteten Soldaten anrückt – nicht nur mit aufrührerischem Pöbel, der mit Mistgabeln und Steinschleudern bewaffnet ist. Es wird zu einer richtigen Schlacht kommen, Radulf. Eine Schlacht, die dem *Schwert des Königs* zur Ehre gereichen wird“, fügte William selbstgefällig hinzu.

Radulf hörte nicht zu, er interessierte sich nur für die Einzelheiten. „Woher hat er diese Armee?“ knurrte er. „Soviel ich weiß, verfügt Hew kaum noch über Unterstützung im Volk. Sind die Dänen wieder eingefallen? Ihr habt den Dänenkönig doch reich entlohnt für seinen Rückzug. Oder schickt der schottische König Truppen? Ich hätte Malcolm für klüger gehalten.“

König William bedachte ihn mit einem kalten Blick. „Nein, ich fürchte, Hew hat seine Soldaten aus der Gegend rekrutiert, Radulf. Ihr habt einen Feind … entsinnt Ihr Euch?“

Radulf begriff zunächst nicht, doch dann dämmerte ihm die Wahrheit. „Kenton?“ fragte er argwöhnisch. „Aber William, er würde doch nicht Hochverrat begehen, nur um sich an mir zu rächen? *Ihretwegen?*“

Er hatte den König im Eifer beim Vornamen genannt, doch entweder hatte William es nicht bemerkt, oder er maß dem Versehen keine Bedeutung bei.

„Und dennoch scheint es so zu sein. Meine Spione kamen zu spät, um das Unheil abzuwenden, aber sie berichteten, Lord Kenton sei nach dem Streit mit Euch umgehend in Hews Lager geritten und habe ihm Soldaten angeboten. Kentons Land liegt nicht weit entfernt, und das Wetter ist gut. Es wird nicht lange dauern, bis die Truppen ihr Ziel erreicht haben.“

„Er hasst Euch, Radulf. Er hat Lady Annas Mörder noch nicht

gefunden und gibt Euch immer noch die Schuld an ihrem Tod. Er will Euch besiegt und gedemütigt sehen. Vielleicht glaubt er tatsächlich, er könne Euch den Norden abspenstig machen. Vielleicht wird er versuchen, Euch die Frau wegzunehmen, weil er glaubt, dass Ihr ihm seine Frau entrissen habt."

Radulfs Gesicht verfinsterte sich. „Daran werde ich ihn eben hindern."

William nickte bedächtig. „Ja", sagte er gedehnt. „Daran werdet Ihr ihn hindern."

Lily war wie gelähmt. Hew wollte wieder einen Krieg im Norden anzetteln. Und Radulf würde gegen ihn kämpfen.

Die geschmückte Halle, von vielen Kerzen und Fackeln an den Wänden erleuchtet, begann sich um sie zu drehen. Mit unendlicher Willenskraft zwang Lily sich, aufrecht stehen zu bleiben. Mit einem Ohnmachtsanfall erreiche ich gar nichts, dachte sie wütend über ihren Schwächeanfall. Nur mit Worten.

„Für Hew zählt nur der Sieg", verkündete sie mit lauter Stimme. „Ihm ist es egal, wie viele Menschen sterben müssen, wie viel Blut vergossen wird. Er wird alte Männer und halbwüchsige Burschen auf seine Seite ziehen, weil er Angelsachse ist und weil er ihnen weismacht, sie kämpften für ihre Freiheit und ihm liege nur ihr Wohlergehen am Herzen. Er ist ein Lügner."

Stille. Radulf funkelte sie wütend an, als wolle er sie mit Blicken zum Schweigen bringen. Lily beachtete ihn nicht. Der König hörte ihr zu – nur das zählte.

„Wenn ich Lord Radulf begleite und mit den Männern rede, werden sie auf mich hören. Und wenn sie es nicht tun, dann hören ihre Frauen und Mütter auf mich. Die Leute kennen Hew, das nutzt er zu seinem Vorteil. Lord Radulf ist den Bewohnern nur durch die Gräuelgeschichten bekannt, die über ihn verbreitet werden, Geschichten, die ihnen Angst und Schrecken einjagen.

Wie sollen verängstigte und halb verhungerte Menschen sich einem Riesen anschließen, einem Krieger, dessen Schwertarm nie ermüdet, einem Monster, dem nachgesagt wird, es verspeise ihre Kinder? Sie werden vor Radulf die Flucht ergreifen. Aber wenn ich an seiner Seite reite, werden sie an der Wahrheit der schrecklichen Gerüchte über ihn zweifeln. Sie werden mir zuhören und in Radulf den Mann sehen, der er wirklich ist. Sire, ich *muss* Lord Radulf begleiten. Wir müssen einen weiteren grausamen Krieg im Norden verhindern. Mein Volk kann nicht noch mehr Not und Elend und Blutvergießen ertragen.“

König William strich sich über das glatt geschabte Kinn. „Ihr sprecht mit Vernunft, Lady. Aus diesem Grund habe ich Euch mit meinem *Schwert* verheiratet.“ Sein spöttischer Blick streifte Radulf. „Wenn Ihr ihm zur Seite steht und Euer Volk davon überzeugen könnt, Radulf Gehorsam zu leisten, dann werden sich Euch viele anschließen. Ja! Das klingt vernünftig, Lady. Was meint Ihr dazu, Radulf?“

Radulf machte nicht den Eindruck, als habe er dazu viel zu sagen. „Nein“, erwiderte er nur.

William blinzelte verdutzt. Seine Miene verfinsterte sich. „Eure Ablehnung erfolgt zu hastig, Mylord. Mir gefällt der Vorschlag. Eure Gemahlin wird Euch begleiten und sich darum bemühen, die Aufrührer davon abzuhalten, sich Lord Kentons Armee anzuschließen. Es wird schwer genug sein, Kenton zu besiegen, ohne dass seine Truppen Verstärkung aus dem Volk bekommen. Habt Ihr kein Vertrauen zu Lady Wilfreda?“

Die letzten Worte sprach er leise. Radulf zögerte und spürte, wie Lily an seiner Seite zusammenzuckte. „Sie ist meine Frau“, entgegnete er leise. „Ich vertraue ihr ebenso, wie sie mir vertraut.“

William schlug ihm derb auf die Schulter, worauf Radulf beinahe ins Wanken geriet. „Nun denn! Sie begleitet Euch. Frieden ist es, was wir brauchen. Frieden! Ihr besiegt Kentons Armee, und dann knöpfe ich mir den Verräter persönlich vor.“

Als Radulf sich verbeugte, ergriff William seine Hand. „Ich hoffe, es kränkt Euch nicht, dass ich sie Euch an die Seite stelle, damit sie auf Euch aufpasst.“

„Nein“, seufzte Radulf. „Aber eigentlich bin ich doch unsterblich, Sire. Daran erinnert Ihr Euch doch sicherlich, oder?“

Der König und Radulf hatten besprochen, wie viele Männer kurzfristig zu den Waffen gerufen werden konnten und welche der benachbarten Landbesitzer Truppen zur Verstärkung schicken würden. Da die Entscheidungen in aller Eile getroffen werden mussten, war Radulfs Armee weniger stark, als er es sich gewünscht hätte. Nach der Unterredung mit dem König hatte Radulf mit dem Boten von Lord Henry gesprochen und ihn so lange ausgefragt, bis er alle Informationen erhalten hatte.

Nun standen die Männer fröstelnd im kalten Nachtwind im von Fackeln erleuchteten Burghof und warteten auf ihre Pferde. Die kühle Luft roch nach Algen vom Fluss und nach welkem Herbstlaub.

„Im Morgengrauen brechen wir auf“, erklärte Radulf seinem Hauptmann. „Eile ist geboten. Lord Henry ist dem Feind an Truppenstärke unterlegen, auch mit unserer Verstärkung ist das Heer zahlenmäßig schwächer – was uns allerdings noch nie eingeschüchtert hat.“

Er lachte grimmig, seine schwarzen Augen funkelten im Schein der Fackeln.

„Jawohl, Sir.“ Jervois stimmte in sein kriegerisches Lachen ein. „Wir werden die Aufständischen endgültig zur Strecke bringen. Hews abgeschlagener Kopf wird sich an einem Spieß über Bootham Gate gut ausmachen.“

Lily sah Hews feines helles Haar und sein hübsches Gesicht vor sich und empfand weder Mitleid noch Entsetzen. Er verdiente den Tod. Mit seiner Habgier und seiner Verlogenheit hatte er ungezählte Menschen in den Tod getrieben. „Solange nicht Euer Kopf über dem Tor aufgespießt wird, Jervois, stört mich das nicht."

Die beiden Männer blickten verdutzt auf Lily herab. Und dann wirkte Jervois plötzlich sehr nachdenklich. Er entfernte sich, um die Stallburschen bei den Pferden zur Eile anzutreiben, und Radulf wandte sich an sie. „Würdest du nicht um Hew weinen?"

Lily schüttelte den Kopf. „Nein, ganz gewiss nicht. Hätte ich den Wunsch, dass er siegt, würde ich dich nicht in den Norden begleiten."

Radulf trat von einem Fuß auf den anderen. Sie wunderte sich über seinen verkniffenen Mund und glaubte, in seinem kalten Blick Groll zu erkennen. Aber sein Groll störte sie nicht; vor ihr lag eine große Aufgabe, die sie bewältigen musste.

Radulf musste kämpfen und Lily ihr Volk retten. Im Moment war sogar ihre Liebe zu ihm unwichtig. Und dennoch ...

„Du hast doch dem König gesagt, du vertraust mir", platzte sie heraus.

„Im gleichen Maße wie du mir vertraust", entgegnete er. „Wie sehr vertraust du mir, Lily?"

Ihre Kehle schnürte sich zu. Sie vertraute ihm mehr als jedem Mann, den sie bisher gekannt hatte, abgesehen von ihrem Vater, aber ihr Selbstschutz ließ nicht zu, ihm das zu gestehen.

Als sie nicht antwortete, fuhr er gleichmütig fort: „Ich nehme dich mit, und du wirst dein Versprechen halten. Wir beide leisten dem König Gehorsam und bringen diese leidige Angelegenheit zu einem glücklichen Ende. Und dann reiten wir nach Crevitch, und alles wird vergessen sein."

Er bot ihr einen Waffenstillstand an.

Sie lächelte mit bebenden Lippen. „Sehr wohl, Mylord. Auf in den Norden und dann nach Crevitch."

Schon beim Betreten des Hauses erteilte Radulf seine Befehle, und Lily eilte in ihr Gemach, um zu packen. Jervois fühlte sich seltsam benommen, seit Lily in diesem merkwürdig scherzenden Ton angedeutet hatte, sein abgeschlagener Kopf könne bald über Bootham Gate aufgespießt sein. Während er durch die engen Gassen von York galoppiert war, hatte er an nichts anderes denken können.

Wenn er im Kampf fiel, würde Alice gezwungen sein, Sir Othric zu heiraten! Jervois erinnerte sich lebhaft an den abstoßenden, zahnlosen Greis mit den Warzen im Gesicht. Man hätte Mitleid mit dem Scheusal haben können, wäre Sir Othric nicht ein so überheblicher ekelhafter Kerl gewesen.

Der Gedanke, dass Alice diesen Widerling heiraten sollte, war ihm irgendwie verschwommen im Bewusstsein geblieben, erst nach Lilys Worten hatte er klare bedrohliche Formen angenommen.

Auf dem Weg zur Halle trat Jervois seinem Herrn in den Weg. „Mylord."

Radulf blieb stehen und furchte fragend die Stirn.

Jervois schluckte verlegen. „Mylord, ich … ich möchte Euch um einen Gefallen bitten", stammelte er und spürte, wie ihm das Blut ins Gesicht stieg.

Radulf musterte ihn mit einiger Besorgnis. „Was ist, Jervois? Bist du krank?"

„Alice of Rennoc", stieß er mühsam hervor.

Radulfs Besorgnis wich, er verzog die Mundwinkel zu einem schiefen Lächeln. „Willst du sie verschlingen?"

Jervois trat erschrocken einen Schritt zurück. „Mylord!“ entfuhr es ihm entgeistert.

„Nein, beruhige dich. Das war ... nur ein kleiner Scherz.“ Radulfs Miene wurde ernst. „Ja, Jervois, nimm sie zur Frau, wenn das dein inniger Wunsch ist. Ich vermache dir einen Teil meines Landes in Crevitch. Sag das ihrem Onkel, falls er auf den Gedanken kommt, sie in unserer Abwesenheit mit einem anderen zu verloben.“

Jervois wurde vor Erleichterung schwindelig, aber er war noch nicht damit zufrieden. „Sollte ich in der Schlacht fallen, Mylord ...“

Radulfs Miene verdüsterte sich. „Solltest du fallen, werde ich dafür Sorge tragen, dass Alice nicht gegen ihren Willen verheiratet wird. Meine Gemahlin wird sich über ihre Gesellschaft auf Crevitch freuen. Sei unbesorgt, mein Freund, es wird sich alles zum Guten wenden.“

Jervois lächelte. Plötzlich wirkte er jung und unbeschwert. „Ich danke Euch von Herzen, Lord Radulf!“ erwiderte er mit glühendem Eifer.

Radulf schüttelte den Kopf, als sein Hauptmann sich aufs Pferd schwang, um zum Haus des Onkels zu reiten. Bisher hatte er sich für den einzigen Narren in diesem Haus gehalten. Es war ein tröstlicher Gedanke zu wissen, dass es noch einen zweiten Dummkopf gab.

Lily drückte das Kreuz durch. Der Trupp war hart und schnell geritten, und wenn sie nicht so jung und kräftig gewesen wäre, hätte sie um ihr Ungeborenes gefürchtet. Aber sie spürte kein Besorgnis erregendes Ziehen im Leib, kroch nur jede Nacht erschöpft unter die Felldecken in Radulfs Zelt.

Manchmal kam er spätnachts ins Bett, nachdem er lange mit

Jervois und seinen Männern am Lagerfeuer gesessen hatte. Aber wenn er kam, schloss er sie in die Arme und hielt sie warm und geborgen. Oft liebkoste er sie, bis sie sich wand und ihn anflehte, und dann spreizte er ihr die Schenkel, senkte sich in ihren heißen Schoß und erstickte ihre Lustschreie mit seinem Mund, wenn sie in wilden Zuckungen unter ihm zerbarst. Und jeden Morgen weckte er sie, lachte über ihre verschlafenen Augen und ihr zerzaustes Haar.

„Aufstehen, Schlafmütze“, spottete er. „Du wolltest mit mir kommen. Vergiss das nicht.“

Manchmal dachte Lily, sie hasse ihn, wenn sie ihn nicht so sehr lieben würde.

Wenn der Trupp durch Dörfer und kleine Ansiedlungen ritt, sprach Lily mit den Bewohnern. Sie drückte ihre Anteilnahme aus, erzählte von Radulf, ihrem Gemahl, und verlieh ihrer Hoffnung auf Frieden im Norden Ausdruck. Einen Frieden, den die Bevölkerung unter Hews Herrschaft nicht finden würde.

Hörten die Leute auf sie? Lily wünschte es sich inständig, aber nur die Zeit würde die Wahrheit an den Tag bringen.

Je näher der Reitertrupp Grimswade und Radulfs Heerlager unter dem Kommando von Lord Henry kam, desto weniger Menschen begegneten ihnen, die Landschaft wirkte stiller, beinahe verlassen. Die wenigen Bewohner, die in den Dörfern zurückgeblieben waren, beäugten die Soldaten argwöhnisch, und wenn Lily versuchte, mit ihnen zu reden, nahmen sie Reißaus oder versteckten sich in den Ruinen ihrer Hütten. Lily wurde das Herz schwer.

Immer wieder sagte sie seufzend: „Wenn ich es ihnen nur begreiflich machen könnte!“ Sie hätte sich nicht gewundert, wenn Radulf es leid gewesen wäre, ihre sich ständig wiederholenden Klagen zu hören, aber er war geduldiger, als sie sich vorgestellt hatte. Er hörte ihr zu, nahm sie in die Arme, und als sie einmal beim Anblick der verkohlten Leichen einer Familie, der das Haus über dem Kopf angezündet worden war, in Tränen ausbrach, setzte er sie auf seinen Schoß, wiegte sie wie ein Kind und tröstete sie: „Du hast alles getan, was in deiner Macht steht. Nun bin ich an der Reihe. Glaube an mich, Kleines. Ich bin stark. Ich werde diese Schlacht gewinnen, wie ich alle anderen gewonnen habe."

Sie glaubte an ihn, und dennoch wollte ihre Angst nicht weichen. Lag es daran, weil sie ihn so sehr liebte? Sollte Radulf im Kampf getötet werden, wäre auch ihr Leben verwirkt und das Leben ihres Kindes, von dessen Existenz er nichts wusste. Immer wieder zog Lily in Erwägung, ihm ihr Geheimnis zu gestehen, und immer wieder verwarf sie den Gedanken. Nicht, dass ich ihm nicht vertrauen würde, beschwichtigte ihre innere Stimme sie. Aber warum sollte sie ausgerechnet jetzt zu seinen Sorgen eine weitere hinzufügen?

Nein, rechtfertigte sie sich, dies ist der falsche Zeitpunkt.

Im Feldlager von Grimswade hatte sich nichts verändert. Die Zelte erstreckten sich bis zum Horizont, ein Rauchschleier hing über dem Tal von den Lagerfeuern mit den Kochkesseln, an denen die Soldaten sich wärmten. Ein Kundschafter hatte den Trupp entdeckt, und als er den Anführer erkannte, grinste er übers ganze Gesicht und sprengte ins Lager, um die freudige Kunde zu überbringen. Die Soldaten empfingen Radulf mit grölendem Jubel, und wieder einmal stellte Lily fest, wie beliebt er bei seinen Soldaten war. Ach, könnte mein Volk nur diese begeisterte Begrüßung sehen, dachte Lily, dann würden die Männer bestimmt freudig die Waffen gegen Hew erheben.

Endlich hatten sie die Anhöhe erreicht, auf der Radulfs Zelt stand, und Lily lächelte glücklich, wenn auch ziemlich erschöpft. Hierher hatte er sie als Gefangene gebracht, nachdem er sie in der Kirche gefunden hatte; hier hatte sie sich vor ihm verkrochen, schlotternd vor Angst und gleichzeitig magisch von ihm angezogen. Lily erinnerte sich an ihre anfängliche Furcht mit einiger Belustigung. Jeder Widerstand, den sie halbherzig geleistet hatte, war sinnlos gewesen. Radulf hatte sie in seinen Bann gezogen, dem sie machtlos ausgeliefert war. Ihre „Unterwerfung" hatte sich in gewisser Weise allerdings als Sieg erwiesen, denn Radulf war ihr körperlich ebenso sklavisch verfallen wie sie ihm.

Sie glitt vom Pferd und spürte seinen starken Arm um ihre Mitte, der sie stützte und sanft auf die Erde stellte. Bleich, mit tiefen Schatten unter den Augen, dankte Lily ihrem Gemahl.

„Du bist müde, Lily", raunte er ihr ins Ohr, sein warmer Atem jagte eine prickelnde Hitze in ihre Brüste, die seit der Schwangerschaft noch empfindlicher geworden waren.

„Ruh dich aus", befahl Radulf. „Stephen!"

Der Knappe kam angelaufen und schaute mit leuchtenden Augen zu seinem Herrn auf. „Lord Radulf?" keuchte er.

„Na, alles in Ordnung, mein Junge?" fragte Radulf leutselig. „Hat Lord Henry dich gut behandelt?"

„Ja, Mylord." Stephens blaue Augen blitzten voller Freude.

„Wo ist Lord Henry?"

„Auf der neuen Burg bei den Arbeitern. Die Grundmauern stehen schon. Bald müsst Ihr nicht mehr im Zelt hausen."

Radulf lachte. „Leider dauert der Bau einer Burg aus Stein ziemlich lange, Junge!"

Stephen wich Lilys Blick unstet aus, seine mit erstem Bartflaum bedeckten Wangen röteten sich. Lily hatte nichts anderes von ihm als Argwohn erwartet. Vor nicht allzu langer Zeit hatte sie unter strenger Bewachung gestanden und als Gefahr für die

Normannen gegolten. Dann war sie als Vorgens Witwe entlarvt worden, und kurz darauf hatte der König Lord Radulf gezwungen, das Teufelsweib zu heiraten.

„Bring uns Essen und Trinken ins Zelt, Stephen", befahl Radulf über die Schulter und entfernte sich.

Stephen verneigte sich. „Hier entlang, Lady." Er wies zum Zelt, als kenne sie den Weg nicht. „Lord Henry hat das Zelt geräumt, als uns die Nachricht erreichte, Lord Radulf kehre nach Grimswade zurück. Es steht Euch zur Verfügung."

„Vielen Dank, Stephen."

Sie empfand das trockene, dämmrige Zelt als wahren Luxus nach der langen, beschwerlichen Reise. Am liebsten wäre Lily auf die Pelzdecken gesunken, Stephen aber stellte einen Hocker an den Tisch. Schmunzelnd setzte Lily sich, während der Knappe sich eilig entfernte, um Essen und Trinken zu bringen, wie sein Herr angeordnet hatte.

Lily zog ihren neuen, pelzgefütterten Umhang enger um die Schultern. Hier in Grimswade hatte der Sommer sich bereits verabschiedet. Während der Reise in den Norden hatten immer mehr Bäume sich verfärbt und eine bunte Farbpalette gegen den grauen Himmel gebildet. Die schroffen Felsen und dichten Wälder kamen Lily einsamer und wilder als früher vor. Dieses unwirtliche, karge Land war ihre Heimat.

Stephen stellte einen Krug Wein und Schalen mit Essen auf den Tisch. Lily nahm eine Hand voll Blaubeeren; die süßen saftigen Waldfrüchte und ein Schluck Wein weckten ihre Lebensgeister wieder.

„Was gibt es Neues in Grimswade, Stephen?"

„Nicht viel, bisher war alles ruhig, Lady. Alle Männer arbeiten am Bau der Burg. Sie wird auf dem Hügel errichtet, wo das Teufelswei... äh ... wo Vorgens Burg stand."

Wieder stieg ihm die Röte ins Gesicht, doch Lily gab vor, nichts zu bemerken. „Und Vater Luc?“

Sie hatte häufig an den kugelrunden Priester gedacht und sich gefragt, ob Lord Henry herausgefunden hatte, dass Vater Luc Hews Zuträger war, und ihn bestraft hatte, weil er Lily nicht verraten hatte.

Stephens Worte beruhigten sie.

„Er verließ den Ort bald. Die Leute im Dorf sagen, er wolle in ein Kloster an der Küste, weil er gerne Fisch und Austern isst“, berichtete Stephen ausgesprochen missbilligend.

Lily lachte erleichtert, weil Vater Luc in Sicherheit war, nicht aber über Stephens Missbilligung, der zum dritten Mal errötete.

„Ich gehe, damit Ihr ruhen könnt“, setzte er gekränkt hinzu.

Lily gähnte. „Ja, ich bin sehr müde. Und Stephen ... ich freue mich, dass deine Stimme nicht mehr umkippt. Jetzt klingst du wie ein richtiger Mann.“

Er stutzte, dann rannte er wie von Furien gehetzt aus dem Zelt.

Lily lachte in sich hinein, warf einen wehmütigen Blick auf das Essen, war aber zu erschöpft, um einen Bissen zu sich zu nehmen. Sie wankte zum Bett, hatte keine Kraft mehr, sich auszuziehen, und kroch unter die Pelzdecken, seufzte tief und war sofort eingeschlafen.

Sie erwachte orientierungslos.

Ihr war, als habe die Vergangenheit sie eingeholt oder sie sei in die Vergangenheit gereist. Sie lag in Radulfs Feldbett in seinem Zelt bei Grimswade, wie vor einiger Zeit, und spürte seine Anwesenheit, wusste, dass er im Zelt war, noch ehe sie seine gedämpfte, heisere Stimme vernahm.

In der Vergangenheit hatte sie Angst vor ihm gehabt – sie war seine Gefangene gewesen, ihre Zukunft eine Furcht einflößende Leere. Nun war sie seine Ehefrau, trug sein Kind unter dem Herzen und war mit ihm in den Norden geritten, um eine letzte Schlacht zu schlagen, damit in diesem von Kriegswirren heimgesuchten Land ein neues friedliches Zeitalter beginnen konnte.

„Woher willst du das wissen?“

Die Männerstimme kam ihr irgendwie vertraut vor, aber es dauerte eine Weile, bis Lily sie zuordnen konnte. Ach ja, Lord Henrys Stimme. Lily öffnete die Augen einen winzigen Spalt und sah die beiden Männer am Tisch sitzen und essen. Lord Henry wirkte nicht mehr so glatt und gepflegt wie damals, als sie ihn kennen gelernt hatte. Seine kastanienfarbenen Locken waren strähnig, seine blauen Augen blitzten wild. Das harte Leben im Feldlager hatte ihn mitgenommen, vielleicht machten ihn auch Hews anrückende Truppen nervös.

„Woher willst du das wissen?“ wiederholte er die Frage eindringlich. Sein jungenhaft hübsches Gesicht war zu einer ärgerlichen Grimasse verzogen.

„Ich weiß es einfach.“ Radulf nahm einen Schluck Wein und schenkte aus dem Krug nach. Er schob sich ein Stück Fleisch in den Mund und ließ eine Hand voll Blaubeeren folgen.

„Verzeih, aber du scheinst nicht ganz bei Verstand zu sein!“ schnarrte Lord Henry. „Sie hat dir den Kopf verdreht, und du kannst an nichts anderes denken, als mit ihr ins Bett zu gehen. Das war mir vor Wochen schon klar, aber damals glaubte ich, sie tue dir gut. Wie konnte ich annehmen, dass du ihretwegen den Verstand verlierst! Gütiger Himmel, der große Radulf! Macht sich zum Narren genau wie …“

Er hielt jäh inne. Lilys Herz krampfte sich zusammen, sie ahnte, was Henry sagen wollte. *Genau wie dein Vater.* Sie beobachtete Radulf aus halb geschlossenen Augen, der mit dem Rücken zu ihr saß. Nur seine steife Haltung verriet seine gereizte Stimmung.

„Du sprichst von Dingen, von denen du nichts verstehst“, entgegnete er mit verräterisch weicher Stimme. „Ich verzeihe dir, weil du mein Freund bist und weil dich, wie ich vermute, die Besorgnis dazu treibt, dein sonstiges Taktgefühl zu vergessen. Lily ist meine Gemahlin und begleitet mich auf Geheiß des Königs, um mit ihrem Volk zu sprechen und die Leute auf unsere Seite zu bringen. Ich glaube, dass sie es schafft, Henry, da ihr das Wohlergehen ihrer Untertanen am Herzen liegt. Sie hat sich unterwegs nach deren Kindern erkundigt, hat ihr Brot mit ihnen geteilt und den Leuten versprochen, alles zu tun, was in ihrer Macht steht, um ihre Not zu lindern. Du tust ihr unrecht, mein Freund.“

Henry ließ sich nicht beirren. „Du hättest sie in York zurücklassen müssen. Sie ist gefährlich und wird nur Unheil anrichten. Herrgott, als ich dir riet, dich mit ihr zu vergnügen, wusste ich nicht, dass sie Vorgens Witwe war und du sie heiraten wirst!“

Radulfs Faust sauste donnernd auf die Tischplatte. Becher und Schalen hüpften hoch, Wein schwappte über, Essensreste landeten auf der Erde.

„Sie ist nicht Anna!“ krächzte Radulf, und seine gedämpfte Stimme klang gefährlicher als Henrys unbeherrschte Lautstärke. „Hältst du mich für einen solchen Narren, dass ich eine Frau heiraten würde, die Anna gleicht?“

Kaum hatte er die Worte ausgesprochen, war Radulf auf einmal alles klar. Die Zweifel, die an ihm genagt hatten, seit er wusste, wer Lily wirklich war, zerfielen plötzlich zu Staub. Er fühlte sich zum ersten Mal frei, vielleicht zum ersten Mal in seinem Leben.

Henry fixierte ihn einen Moment, und dann stieß er einen tiefen Seufzer aus. „Nun gut, Radulf. Verzeih mir meine offene Rede.

Manchmal brauchen Freunde Lügen und manchmal ein offenes Wort. Ich habe dir meine Befürchtungen mitgeteilt, und du hast darauf geantwortet. Ich akzeptiere deinen Standpunkt. Sie ist deine Ehefrau, und wenn du ihr vertraust … dann tue ich es auch."

Radulf nahm die ausgestreckte Hand des Freundes und schüttelte sie kräftig. Der Streit war beigelegt und vergessen. Bald unterhielten sich die beiden über Hews Armee und die bevorstehende Schlacht.

Lilys Spannung löste sich allmählich; die halblauten Männerstimmen lullten sie ein. Als sie die Augen wieder aufschlug, saß Radulf allein am Tisch im weißen Leinenhemd und engen Hosen und hielt den Kopf über ein Pergament gebeugt, das auf dem Tisch ausgebreitet lag. Der Knappe Stephen hatte wohl die Unordnung weggeräumt, denn nun standen nur noch Wein und eine Öllampe auf dem Tisch.

Lily zögerte, ihn zu stören, doch seine Worte hallten noch in ihr nach. Er hatte sie verteidigt, dabei hätte er dem Freund genauso gut zustimmen können. *Du tust ihr unrecht. Sie ist nicht Anna.*

Mit diesen Worten hatte Radulf etwas in ihrem Herzen gelöst, einen Knoten, der sie bedrückte, seit sie Annas Brief gelesen hatte.

Lily kroch mit steifen Gliedern von der anstrengenden Reise aus dem Bett. Aber die Müdigkeit war gewichen. Sie trat leise hinter Radulf und legte ihm eine Hand auf die Schulter.

Er drehte den Kopf und lächelte müde zu ihr auf. Vor ihm lag eine an den Rändern eingerissene Landkarte. Im Schein der Öllampe erkannte Lily die Umgebung von Grimswade, die Hügel und Täler und die Anhöhe, wo Vorgens Burg gestanden hatte.

„Hier hat Hew sein Feldlager aufgeschlagen", sagte Radulf. „Und hier werden unsere Truppen Aufstellung nehmen."

Er zeigte mit dem Finger auf die Stellen, und Lily nickte.

„Uns bleiben höchstens zwei Tage."

Lily lehnte sich an ihn. „Bis zur Schlacht?"

„Bis zu unserem Sieg."

„Ja, du wirst siegen." Lily hauchte einen Kuss auf seinen Nacken. Er roch nach Schweiß und Pferd und Mann. „Du bist das Schwert des Königs, der unsterbliche Radulf. Du siegst immer."

Er lachte leise. „Immer, Lily?"

„Immer." Ihre Zunge leckte an seinem Ohr, bereitete ihm sinnliche Foltern. Lily grub die Finger in sein Haar. Vorhin hatte Radulf für sie gekämpft und ihre Ehre verteidigt, als Lord Henry versucht hatte, ihn gegen sie aufzubringen.

Vielleicht schenkte er ihr endlich sein Vertrauen.

Vielleicht ist es an der Zeit, dass du ihm endlich dein Vertrauen schenkst, flüsterte eine Stimme in ihrem Kopf.

Der Gedanke erschreckte sie, machte ihr Angst.

Radulf drehte den Kopf und fand ihren Mund. Er küsste sie leidenschaftlich, bis Lily die Knie weich wurden. Seine Hände umfingen ihre Hüften, zogen sie näher, bis sie zwischen seinen Schenkeln stand.

„Ach, Lily", raunte er und nagte an ihrer Kehle und ihren Brüsten. „Nach außen hin so kühl und im Innern brennend vor Leidenschaft …"

Sie atmete scharf ein, als seine Lippen durch den Stoff eine Brustknospe fanden und sein Atem sie streifte. „Vorgen hielt mich nicht für heiß im Innern", brachte sie hervor, ehe ihr die Sinne endgültig zu schwinden drohten. Radulfs Hände schoben sich bedächtig unter ihre Röcke. „Er hielt mich für kalt wie Eis, das die Bäche im Winter bedeckt, kalt wie Schnee auf den Bergen. Einmal hatte sich ein Mann im Wald verirrt und war erfroren. Sein Körper war mit Schnee bedeckt und steif gefroren. Als Vorgen diese Geschichte hörte, wandte er sich an mich und meinte: ‚Wie du, Lady. Du bist kalt wie eine gefrorene Leiche.'"

Radulfs Hände hörten auf mit ihrem verführerischen Spiel. Seine Augen hatten den benommenen Glanz verloren.

Lily holte stoßweise Atem und fuhr schnell fort, damit sie nicht der Mut verließ. „Er sagte, es sei meine Schuld, dass er mich nicht nehmen kann, wie ein Mann seine Frau nimmt. Meine Kälte lasse seine Männlichkeit schrumpfen, wenn er in meiner Nähe sei, wenn ich ihn berühre ... Dafür hasste er mich. Er drohte mir, mich der Willkür seiner Männer zu überlassen. Er verkündete das alles so oft, dass ich ihm glaubte. Ja, ich war kalt. Aber du hast das Eis in mir zum Schmelzen gebracht, Radulf. Du hast mich wieder zum Leben erweckt."

Sein Blick ruhte auf ihrem Gesicht, Radulf nahm ihre Gefühle in sich auf.

„Er hat dich belogen. Gib mir deine Hand."

Zögernd legte Lily ihre Finger in die seinen, er küsste jede einzelne Fingerkuppe. „Du bist keine kalte Frau, Lily. Du bist warm und begehrenswert. Vergiss, was Vorgen gesagt hat." Seine Augen verengten sich, ein zorniger Funke glühte in den schwarzen Tiefen. Wäre Vorgen noch am Leben, hätte er ihm liebend gerne das Schwert in die Brust gestoßen.

Sanft legte Radulf Lilys Hand an die Ausbuchtung zwischen seinen Schenkeln. „Mir fällt es keineswegs schwer, dich zu nehmen, wie ein Ehemann seine Frau nimmt, und bei deiner Berührung schrumpft nichts an mir ... im Gegenteil, mein Problem besteht darin, mein unersättliches Fleisch zu bezwingen, damit ich nicht ständig über dich herfalle, meine Süße!"

Tränen verschleierten ihr den Blick. „Ich habe ihm geglaubt", beharrte sie. „Er war so überzeugend. Du hast mich von diesem Fluch befreit."

Er streichelte ihre Wange, wischte die Tränen weg und küsste ihre bebenden Lippen. Das Herz wollte ihm übergehen bei ihren Worten. Einen Teil ihres Geständnisses hatte er geahnt, da er Vorgen gekannt hatte. Nun kannte er die ganze Wahrheit und hätte Vorgen am liebsten in Stücke gerissen. Zu schade, dass der Widerling bereits in seinem Grab verrottete.

18. KAPITEL

Im Verlauf des nächsten Tages schlossen sich unaufhörlich Menschen dem Schutz von Radulfs Armee an. Einige Männer kamen allein und drückten ihren Wunsch aus, mit dem Gemahl von Lady Wilfreda zu kämpfen, andere brachten ihre Familien mit, hohlwangige Frauen und verängstigte Kinder, und schlugen ihr Zelt unter dem azurblauen Banner des *Schwerts des Königs* auf.

Radulf beobachtete seine Frau, die sich unter die Ankömmlinge mischte und ihnen Mut zusprach – in Begleitung einer Leibwache, worauf er bestanden hatte. Endlich begriff er, dass sie Recht gehabt hatte. Ihre Untertanen liebten sie und vertrauten ihr weit mehr, als sie Hew oder Vorgen je vertraut hatten. Sie war in den Norden gekommen, um den Menschen Hoffnung auf Frieden zu bringen. Bei allem Argwohn, mit dem diese Leute den normannischen Eroberern begegneten, glaubten sie an Lady Wilfreda und griffen nach der Hoffnung, die sie ihnen gab, wie Ertrinkende nach einem Strohhalm.

Hews Truppen lagerten etwa fünf Meilen entfernt. Seine Armee setzte sich vorwiegend aus Kentons Soldaten zusammen und einigen Rebellen, die das umliegende Land rücksichtslos ausgeplündert und sich dadurch noch mehr Hass zugezogen hatten. Viele von Kentons Soldaten gehorchten nur murrend dem Befehl ihres Herrn. In Hastings hatten sie mit den Normannen gekämpft, denen sie nun feindlich gegenüberstanden. Einige von ihnen waren bereits übergelaufen und schlossen sich den Angelsachsen an, die Radulfs Armee vergrößerten.

Zu seiner großen Genugtuung.

Auch Lord Henry musste sich eingestehen, dass er Lily falsch beurteilt hatte. Radulf beobachtete schmunzelnd die Bemühungen des Freundes, seiner Frau mit seinem berühmten Charme zu schmeicheln und ihre Sympathie zu gewinnen. Und Lilys Haltung gefiel ihm noch mehr. Sie hörte Henry zwar höflich zu, ließ sich aber von seiner Beredsamkeit nicht beeindrucken. Hatte Radulf tatsächlich einmal befürchtet, Henry könne sie ihm wegnehmen, weil sie seinem Charme erlag? Nein, Lily war nicht töricht.

Gegen Mittag gesellte Radulf sich zu Henry und Jervois, die Angriffstaktiken besprachen, und ließ den Blick über die Zelte schweifen und die vielen Menschen, die von ihm abhingen. Er bemerkte, wie Lily aus dem Zelt trat, einen Moment verharrte, die frische Luft tief einatmete und den Rücken straffte, als bereite sie sich auf eine schwere Aufgabe vor.

Radulf war stolz auf sie. Jeder Mann würde sich glücklich schätzen, diese Frau an seiner Seite zu wissen. Sie trug keine Haube über dem offenen Haar, das wie ein silbernes Banner wehte. Ihr Kleid war schlicht, um das einfache Volk nicht einzuschüchtern. Ihr einziger Schmuck war der rotäugige Habichtsring, den sie am Daumen trug.

Wieder streckte sie sich, drückte das Kreuz durch, als habe sie Rückenschmerzen. Etwas an der Art, wie sie die Hände schützend um den Leib legte, machte Radulf stutzig.

Er beobachtete, wie sie den Hügel hinunter ins Lager ging. Stephen trottete hinter ihr her und schaute sehnsüchtig nach den Soldaten, die ihre Waffen schärften und sich gegenseitig in Prahlereien überboten, um sich ihre Angst nicht eingestehen zu müssen. Viele von ihnen würden morgen sterben, doch daran dachte Stephen gewiss nicht. Er träumte nur davon, ein Held zu sein.

Die Schlacht sollte morgen im ersten Licht des Morgengrauens stattfinden. Radulfs Armee würde noch in der Dunkelheit zur flachen Talsenke vorrücken, wo Hews Truppen lagerten.

Dann wollten sie angreifen. Sollte Hew nicht darauf vorbereitet sein, wäre das ein Glücksfall. Radulf aber war kein Narr; er wusste, dass dieser Sieg nicht leicht zu erringen sein würde. Kentons Heer war gut ausgebildet, kein wahllos zusammengewürfelter Haufen schlecht ausgerüsteter Aufständischer.

Sein Blick suchte wieder Lilys Gestalt. Sie stand vor Olafs und Gudrens Zelt und schien unschlüssig zu sein. Gudren streckte ihren grauen Kopf durch die Zeltöffnung und nickte ihr aufmunternd zu. Lily bückte sich und verschwand im Zelt.

„Ich freue mich, Euch zu sehen."

Gudren hatte sich nicht verändert, sie strahlte übers ganze wohlgenährte Gesicht, und ihre hellen Augen huschten flink und neugierig über Lilys Gestalt.

„Ich freue mich auch." Lily begrüßte sie in ihrer Muttersprache.

Gudren seufzte. „Es erfreut mein Herz, heimatliche Klänge zu hören. Ich wusste gleich, dass Ihr nicht die seid, die Ihr vorgabt zu sein. Ich sagte Olaf, in Euren Adern fließe Wikinger-Blut, aber er lachte mich aus und meinte, ich werde alt. Jetzt sieht man, wer alt wird!"

Lily lächelte. „Bereitet Olaf sich auf den Kampf vor?"

„Er arbeitet Tag und Nacht, schmiedet Waffen und schärft die Äxte."

„Glaubt er wie Radulf an den Sieg?" fragte Lily bang.

Gudren beobachtete sie, als denke sie über ihre Frage nach. „Radulf steht unter einem Zauberbann. Er ist unbesiegbar. Daran glaubt Olaf."

„Davon habe ich gehört."

„Aber Ihr glaubt nicht daran", entgegnete Gudren. „Ihr zweifelt daran, weil Ihr um ihn Angst habt. Wir fürchten immer, das zu verlieren, was wir am meisten lieben, meine Schöne. Radulf ist stark und listig. Er wird sein Leben nicht unnötig in Gefahr bringen. Wartet es nur ab! Er wird zu Euch und Eurem Kind zurückkehren.“

Lily starrte sie entgeistert aus großen Augen an. Gudren lachte hell.

„Denkt Ihr, ich weiß nicht Bescheid? Ich habe fünf Kinder geboren und vielen, vielen Kindern geholfen, zur Welt zu kommen. Ich sehe es Euch an. Ihr seid weicher und schöner geworden. Ich irre mich nicht.“

Lily schluckte schwer, legte die Hände über die leichte Schwellung ihres Leibes. „Nein, Mutter, du irrst dich nicht.“

„Weiß er es schon?“

„Nein. Noch nicht.“ Lily bedachte Gudren mit einem flehenden Blick. „Er hat genügend Sorgen. Behältst du es bitte für dich, Gudren? Nur noch ein paar Tage.“

Gudren tätschelte ihr lächelnd die Hand. „Manchmal ist es besser zu warten ... um zu prüfen, wie die Dinge sich entwickeln. Das verstehe ich. Aber Radulf wird nicht erfreut sein, wenn er erfährt, dass Ihr ihm die freudige Botschaft verschwiegen habt. Er wird es für Betrug halten. Er wurde oft und schmählich betrogen.“

Gudren beobachtete sie erwartungsvoll, bis Lily nickte. „Ich weiß über Anna Bescheid“, sagte sie leise. „Er hat mir alles von ihr erzählt.“

Gudren seufzte erleichtert auf. „Das ist gut! Das bedeutet, er beginnt Euch zu vertrauen, meine Schöne. Setzt sein Vertrauen nicht aufs Spiel, auch wenn es Euch momentan einfacher erscheinen mag.“

Lily schloss die Augen, weil beißender Rauch das Zelt erfüllte. „Ja, Mutter“, erklärte sie widerstrebend. „Aber ich fürchte, er schickt mich nach York zurück. Mein Platz aber ist hier an seiner Seite."

Gudren beugte sich vor. „Sagt es ihm, Lady, bevor es zu spät ist. Seid ganz aufrichtig zu ihm. Ihr habt keine andere Wahl."

Alles in Lily sträubte sich gegen dieses Ansinnen. Durfte sie zulassen, dass Radulfs forschender Blick bis in den letzten Winkel ihrer Seele drang? Würde er wie Hew oder Vorgen ihre Schwächen erkennen und sie gegen sie einsetzen?

Lily hatte sich zu viele Jahre hinter einem Schutzwall versteckt. An manchen Stellen hatte Radulf diesen Wall bereits durchbrochen, aber sie hatte sich ihm noch nicht völlig geöffnet. Noch nicht.

Lily hob den Blick, wollte ihre Zweifel in Worte fassen, doch Gudren hatte die Augen geschlossen und schien eingenickt zu sein.

Vor der Schlacht waren noch viele Vorbereitungen zu treffen. Gelegentlich erhaschte Lily aus der Ferne einen Blick auf Radulf, der durchs Lager stapfte, den Zustand der Waffen prüfte und mit seinen Männern sprach. Nein, dachte Lily, Radulf hatte zu viel zu tun. Es wäre ihm lästig, wenn seine Frau hinter ihm her liefe, ihn am Ärmel zupfen und ihn um Aufmerksamkeit bitten würde.

Nachdem sie beschlossen hatte, mit ihrem Geständnis noch zu warten, fühlte sie sich sehr erleichtert.

Doch als die Dunkelheit sich über das Lager breitete und der Lärm verstummte, kehrten ihre Zweifel wieder. Gelegentlich hörte sie ein weinendes Kind, vereinzelte gedämpfte Stimmen, doch meist war es still. Alle waren sich der Bedeutung der bevorstehenden Schlacht bewusst. Radulf hatte den Männern einen Krug Bier zuteilen lassen, nicht mehr. Er hatte zu häufig erlebt, dass die Soldaten sich in der Nacht vor einem Gefecht sinnlos betranken und am nächsten Morgen nicht fähig waren, zum Kampf anzutreten. Nach dem Sieg konnten die Leute trinken, so viel sie wollten.

Allen war klar, dass viele Männer ihr Leben auf dem Schlachtfeld lassen mussten. Radulfs Heer war kleiner als Hews Armee, doch das schien niemanden zu stören. Die Männer vertrauten ihrem Feldherrn. Er würde die meisten heil nach Crevitch führen.

Vertrauen, dachte Lily irritiert. Dieses Wort verfolgte sie. Aufgewühlt wanderte sie im Zelt hin und her. Wenn der morgige Tag nur schon vorüber wäre.

Und Lily wartete sehnsüchtig auf Radulf.

Sie wusste, dass er viel zu tun hatte, wusste, wie sehr die Männer auf ihn bauten. Aber Lily sehnte sich danach, ihn in den Armen zu halten, ihn für ein paar Stunden die schwere Last vergessen zu lassen, bis er in seinen wohlverdienten Schlaf sank.

Endlich betrat er das Zelt, allerdings in Begleitung von Jervois und Lord Henry. Die Männer aßen und tranken, besprachen das Für und Wider dieser und jener Strategie, führten frühere Schlachten als Beispiele an, um ihre Standpunkte zu untermauern.

Lily hatte Stephen zu Bett geschickt. Obgleich der Junge gerne geblieben wäre, um den Gesprächen zu lauschen, waren ihm im Stehen beinahe die Augen zugefallen.

„Wir müssen die Hügel im Norden der Senke besetzen“, sagte Radulf mit vollem Mund. „Denkt an Hastings. Harold hielt die Stellung auf dem Kamm, und wir mussten uns den Berg hinaufkämpfen. Das hätte für uns schlimm ausgehen können; wir hatten damals großes Glück.“

Jervois nickte. „Wir haben viele tapfere Männer verloren.“

„Und viele gute Pferde.“ Henry streckte sich gähnend.

Radulf schenkte Wein nach und nickte Henry anerkennend zu. „Du hast damals keinen einzigen Kratzer abbekommen. Ich erinnere mich, wie sehr ich mich darüber gewundert habe. Blut und Dreck schienen von deiner neuen Rüstung abzuprallen, ohne einen Fleck zu hinterlassen."

Henry verzog das Gesicht zur Grimasse. „Ich kann nur hoffen, dass es morgen genauso ist. Deine Wikinger-Frau soll ihre Runen für uns befragen." Er hielt inne, nahm plötzlich Lily im Schatten wahr. „Verzeiht, Lady", entschuldigte er sich. „Aber das ist kein Scherz. Wenn Ihr uns mit einem Zauberspruch schützen könnt, wäre ich Euch dankbar."

Lily trat vor, eine schlanke Gestalt im blauen Gewand, ihr silberblonder Zopf hing ihr beinahe bis in die Kniekehlen. „Ich wünschte, ich wüsste einen Zauberspruch", entgegnete sie kühl.

Radulf blickte von einem zum anderen und gähnte vernehmlich. „Ich kann nicht mehr klar denken. Es reicht. Wir haben alles geplant, es ist alles besprochen."

Die beiden Kampfgefährten erhoben sich, verneigten sich vor Lily und verließen das Zelt. Endlich war sie mit Radulf allein. Er streckte ihr die Hand entgegen, sie setzte sich ohne Zögern auf seinen Schoß und schmiegte sich in seine kraftvollen Arme.

„Wie lange noch, bevor du gehen musst?" Sie barg ihr Gesicht an seinem Hals.

„Drei Stunden vielleicht."

Erschrocken wollte sie aufstehen. „Du musst schlafen. Leg dich hin, Radulf."

Er schaute ihr tief in die Augen. „Vielleicht bleiben uns nur diese drei Stunden, meine Süße. Ich werde sie nicht mit Schlaf vergeuden."

„Radulf … du wirst siegen. Ich *weiß*, dass du siegen wirst."

Er lachte leise. „Ja, ich werde auf jeden Fall siegen. Nun küsse deinen Ehemann, Frau."

Sein sinnlicher Mund nahm ihre Lippen in Besitz, sie schmiegte sich enger an ihn und schlang die Arme um seinen Hals. Sie wollte nicht an ein Leben ohne ihn denken; nein, sie wollte nicht.

Sie spürte seine steife Männlichkeit an ihrem Schenkel, und als sie ihn zu liebkosen begann, stöhnte er: „Ich will dich. Ich bin verrückt nach dir. Komm!"

Radulf führte sie zum Bett. Mit bedächtig sanften Fingern schälte sie ihn aus den Kleidern, küsste jedes Fleckchen seiner nackten Haut, als entdecke sie ihn zum ersten Mal, bis er die sinnliche Folter nicht länger ertrug und sie heiß und fordernd küsste.

Nun war er an der Reihe, erkundete ihren Körper, seine Zunge spielte an ihren Brustknospen, sein Mund saugte sich daran fest, bis sie vor Wonne stöhnte. Dann öffnete er ihr die Schenkel und glitt tief in ihren Schoß.

Lily schrie kehlig, mit jedem Stoß schien er tiefer in sie einzudringen. Sein Atem ging keuchend wie der eines Stiers, Schweißtropfen bildeten sich auf seiner Stirn, Lily schlang die Beine um seine Hüften und reckte ihm den Schoß entgegen.

„Du gehörst mir", raunte er mit tiefer Stimme. „Auch wenn ich morgen sterben sollte, gehörst du mir für immer und ewig."

Ihre verdunkelten Augen schwammen in Tränen, er wandte den Blick nicht von ihr, trieb sich unablässig und kraftvoll in sie, bewegte sich schneller, pfählte sie, als wolle er vollständig mit ihr verschmelzen.

„Radulf", schluchzte sie, als die Wellen sie immer höher und höher in die Gefilde unbeschreiblicher Verzückungen trugen, bis die Flut über ihr zusammenbrach und sie in wilden Zuckungen zerbarst.

Sie ertrank im Meer ihrer Liebe.

Lange lagen sie mit verschlungenen Gliedmaßen, erschöpft und ausgelaugt, bis ihre Atemzüge sich beruhigten, der Sinnesrausch langsam nachließ und die Realität verschwommen wieder auftauchte. Lily konnte keinen einzigen Grund finden, warum sie sich Radulf nicht anvertrauen sollte. Er hielt ihr Leben bereits in den Händen, hatte es von dem Augenblick getan, als sie ihm zum ersten Mal begegnet war.

Bald würde sie ihm von dem Kind erzählen. Vielleicht würde sie ihm sogar gestehen, wie sehr sie ihn liebte.

Radulf richtete sich auf einen Ellbogen gestützt halb auf, streichelte sie, wölbte die Hand um eine ihre Brüste, ließ sie über ihren Leib gleiten. Ihre zarte Haut brannte unter seinen großen, schwieligen Fingern. Ihre Brüste hoben und senkten sich mit jedem Atemzug. Ihre Augen waren geschlossen. Ihre Wimpern lagen wie ein seidiger Vorhang an ihren rosigen Wangen.

Allmählich wurde Radulf sich eines kalten Stachels in seinem Herzen bewusst, ein Stachel des Zweifels, den er an diesem Tag schon einmal verspürt hatte, als er sie beobachtet hatte. Wie ein winziger Holzsplitter im Fleisch. Er erinnerte sich, wie Lily vor dem Zelt das Kreuz durchgedrückt, wie sie die Hände über ihren Leib gelegt hatte. Ihm fiel auch ihr bleiches Gesicht wieder ein, ihre Appetitlosigkeit der letzten Tage in York. Sein Blick flog suchend über ihre Nacktheit ... ihre Brüste wirkten voller denn je, ihre Haut schimmerte rosig. Seine Hand an ihrem Bauch presste leicht, als spüre er, was sich darunter verbarg ...

Kälte kroch in sein Herz. Sie trug sein Kind und hatte es ihm verschwiegen.

„Radulf?“ Lily drehte ihm träge das Gesicht zu. Die matte Zufriedenheit wich aus ihrem Blick. Ihre grauen Augen schärften sich. Wenn er es nicht schon gewusst hätte, hätte ihm dieser Blick Gewissheit gegeben.

„Du bist schwanger." Kein Vorwurf, kein Zorn. Nur eine nüchterne Feststellung. Er spürte ihre Angst, konnte sie förmlich riechen. Er war dem Tod so oft begegnet, ihm war jede Form der Angst vertraut.

„Ja." Er konnte sie kaum hören.

„Seit wann weißt du es?" Die Frage war unnötig, er kannte die Antwort.

„Ich …"

„Wie lange!"

Lilys Kehle war ausgetrocknet. Ihr Herz erstarrte zu einem Eisklumpen. Aus dem Nirgendwo hörte sie Gudrens Stimme: *Sagt es ihm, bevor es zu spät ist.* Ihr drängte sich die bange Frage auf, ob es bereits zu spät war.

„Ich wusste es schon in York. Ich habe es dir verschwiegen, weil du mich nicht mitgenommen hättest!" stieß sie schnell hervor, weil sie befürchtete, er könne sie unterbrechen oder ihr das Wort abschneiden. „Ich musste dich begleiten, wegen meiner Leute, wegen des Friedens, weil ich dir helfen wollte. Der König stimmte mir zu …"

„Du lügst", fiel er ihr ins Wort. „Du wusstest es vorher schon, bevor der König mich in den Norden befahl." Der Zorn ließ seine Stimme und seinen Arm zittern, funkelte glühend in seinen schwarzen Augen und rötete seine Wangenknochen.

„Ich … ich ahnte es vielleicht, aber ich hatte Angst, es dir zu sagen. Ich dachte … ich …" Ihre Stimme versagte. Lily hatte gedacht, er begehre sie nur wegen der Kinder, die sie ihm gebären konnte, sie aber hatte sich nach seiner Liebe gesehnt. Nun wurde ihr plötzlich klar, dass sie ihm mit ihrem Schweigen misstraut hatte – und genau so würde er es sehen.

„Du hattest Angst", höhnte er. „Das Teufelsweib, die Wikinger-Hexe hatte Angst? Wovor hattest du Angst, Lily? Dass ich dich mit meiner Zuneigung töte? Dass ich dich mit meinen Küssen ersticke?“

Er rollte auf den Rücken und starrte die Zeltwand an.

Draußen zerriss der Schrei einer Eule die Stille der Nacht. Lily erbebte. Ihre Wikinger-Mutter hätte gesagt, die Eule sei ein böses Omen. Lily verwarf den Gedanken. Eine Eule war ein Nachtvogel, mehr nicht. Ihr Schrei hatte nichts zu bedeuten. Und dennoch entzog sich der kindliche Aberglaube ihrer Vernunft und quälte sie mit unheilvollen Befürchtungen.

„Ich wollte es dir eigentlich in Grimswade mitteilen – jeden Tag dachte ich daran, aber ich wollte dich nicht damit belasten.“ Sie richtete sich auf, versuchte sein Gesicht zu betrachten, doch er wandte sich ab. „Radulf? Wenn ich dich gekränkt habe, tut mir das unendlich Leid.“

Die Wikinger-Eisprinzessin gab es nicht mehr. Ihren Platz hatte eine verängstigte, junge Frau eingenommen.

„Ich habe dir mein Herz geöffnet“, erwiderte er leise. „Du hast es angenommen, ohne dich mir zu öffnen. Das war falsch, Lily. Du hättest es mir sagen müssen.“

„Radulf, bitte.“ Sie konnte nicht weitersprechen.

„Hast du mir die Wahrheit über Vorgen erzählt? Ja, ich glaube schon. Da ich bereits einiges über ihn wusste, fiel dir das nicht schwer, wie? Damit glaubtest du, mich zufrieden gestellt zu haben. Damit hast du mich noch tiefer in deinen Bann gezogen. Ich bin ein Ertrinkender, Lily, du aber streckst nicht einmal die Hand zu meiner Rettung aus.“

„Das ist nicht wahr! Ich habe dich gepflegt, als du verletzt warst, ich habe dir Essen und Trinken gereicht, ich habe …“

„Das hätte jede andere Frau auch getan. Eine Magd hätte meine Wunden verbinden und mir das Essen bringen können. Ich wollte eine Ehefrau, Lily. Ich wollte mehr … ich *will* mehr. Ich schätzte dich." Sein Blick wurde unstet, als schäme er sich seiner Worte. „Wie mein Vater bin ich auf eine hübsche Larve hereingefallen, und ich werde so leiden wie er. Vielleicht werde ich vergessen, was zwischen uns war. Ja, vermutlich werde ich vergessen ... er hat auch vergessen. Aber noch kann ich es nicht. Noch nicht."

„Radulf", flüsterte sie flehend. „Ich ... ich musste mein Herz schützen, um zu überleben. Es ... es fällt mir unendlich schwer, mich nach so langer Zeit zu öffnen, dir etwas anzubieten, was so lange verschlossen war."

Er holte tief Atem und berührte ihr Haar so leicht, dass sie es kaum spürte. „Vielleicht ist es so, wie du sagst. Vielleicht habe ich mich ebenso schuldig gemacht wie du dich. Ich werde versuchen, dir zu verzeihen. Aber im Moment fällt es mir zu schwer. Du solltest jetzt schlafen. Wir reden morgen darüber, wenn alles vorüber ist ..." Nach einer Pause fügte er hinzu: „Ich spreche morgen vor der Schlacht mit Lord Henry. Wenn mir etwas zustößt, wird er für deine Sicherheit und die des Kindes sorgen. Lord Henry wird dich wahrscheinlich heiraten."

„Nein!" entfuhr es ihr in hellem Entsetzen. Radulf reagierte nicht darauf, er hatte sich wieder von ihr abgewandt, hielt die Augen geschlossen, seine Lippen waren ein schmaler Strich. Er weigerte sich, weiter mit ihr darüber zu sprechen.

Ich schätzte dich.

Wirre Gedanken stürmten auf sie ein. Sie war ein Feigling, hatte sich hinter Ausflüchten verschanzt, hatte sich an Ausreden geklammert, um nicht den letzten Schritt tun zu müssen: ihm ihr Herz zu öffnen. Was hatte sie von ihm erwartet? Sein Hohngelächter? Er hätte sie nicht gekränkt, nein, er gehörte nicht zu der Sorte Männer wie Vorgen und Hew. Aber sie hatte nicht den Mut aufgebracht, Vertrauen zu ihm zu haben.

Und jetzt musste sie den Preis für ihre Feigheit bezahlen.

Lily drehte sich zur Seite, zog die Knie an, rollte sich zusammen, als wolle sie sich verkriechen. Gudren hatte Recht gehabt. Lily hätte ihn ins Vertrauen ziehen müssen, was immer dann auch geschehen wäre.

Lily ließ ihren Tränen freien Lauf und weinte sich lautlos in den Schlaf.

Vogelgezwitscher weckte sie. Diesmal schrie keine Eule, sondern Amseln sangen ihr melodisches Lied. Lily setzte sich auf, wusste, ehe sie die Leere neben sich ertastete, dass er fort war, sprang aus dem Bett und taumelte zum Zeltausgang. Der Morgen graute über dem Zeltlager, in dem kleine Feuer und Fackeln flackerten.

Lily stand auf nackten Füßen schwankend in der kalten Dämmerung. Sie hatte lange geweint und war schließlich eingeschlafen. Radulf hatte seine Rüstung angelegt, sein Schwert gegürtet, seinen Schild genommen und war gegangen, um gegen Hew zu kämpfen. Er hatte sie nicht geweckt, um sich von ihr zu verabschieden.

„Radulf", hauchte sie tonlos.

Ein kleines Kind wackelte auf dicken Beinchen durchs Lager und wurde von der Mutter in die Arme genommen. Es waren nur noch Frauen und Kinder da und Männer, die zu alt und gebrechlich waren, um in den Kampf zu ziehen. Und Lily.

Irgendwie musste sie den Weg zu Radulf finden. Sie hatte die Karte gesehen und wusste, welchen Weg sie einschlagen musste. Kalt entschlossen lief Lily ins Zelt, schlüpfte hastig in ihre Kleider, zog die Schuhe an und warf den pelzgefütterten Umhang um die Schultern.

„Stephen!"

War der Junge noch im Lager oder hatte er die Soldaten begleitet? Während sie wartete, griff sie sich eine Hand voll Blaubeeren, die von Radulfs Frühmahl übrig geblieben waren, und leerte einen Becher Milch.

„Lady?"

Stephen machte ein beleidigtes Gesicht. Radulf hatte ihm wohl befohlen, bei ihr zu bleiben, und das nahm der Knappe ihr offensichtlich ausgesprochen übel. Sie verbarg ein Schmunzeln.

„Stephen, ich muss unbedingt Lord Radulf finden. Willst du mich begleiten?"

Er starrte sie mit offenem Mund an, als habe sie den Verstand verloren.

„Du hast richtig gehört. Ist meine Stute im Lager geblieben oder reitet sie ein Soldat in die Schlacht?"

Er schüttelte heftig den Kopf, beäugte sie argwöhnisch. „Nein, Lady. Eure Stute ist hier geblieben."

„Gut. Dann hole sie. Nun los! Wir haben es eilig."

Er guckte sie noch einen Moment entgeistert an, bevor er auf dem Absatz kehrtmachte und wie ein Wiesel den Abhang hinuntersauste.

Die Stute war das einzige Pferd im Lager, alle anderen, auch die alten und lahmen Gäule, waren im Einsatz, wenn sie nicht als Schlachtrösser dienten, sollten sie die Verwundeten nach der Schlacht ins Lager bringen. Aus welchem Grund auch immer ihre Stute zurückgelassen worden war, Lily war unendlich dankbar dafür. Sie musste mit Radulf sprechen, bevor er in den Kampf zog. Er schätzte sie, hatte er gesagt. Selbst in seinem Zorn würde er erfreut sein zu hören, dass sie ihn liebte.

Oder etwa nicht?

Die Erinnerungen an sein Gesicht, seine Stimme und seine Worte von letzter Nacht drohten ihr den Mut zu nehmen. Sollte sie ihre Gefühle nicht doch besser für sich behalten? Sollte sie sich an die letzten Reste ihrer Würde klammen und ihm die Wahrheit verschweigen? Diesmal verwarf Lily den gefahrlosen Weg. Diesmal würde sie ihr Herz öffnen, selbst wenn es ihren Untergang bedeutete. Es könnte ihre letzte Chance sein.

„Wahrscheinlich hat der Kampf schon begonnen", keuchte Stephen, als er die Stute brachte und Lily in den Sattel half.

„Es ist noch nicht hell genug", entgegnete Lily. „Rasch! Steig hinter mir auf und halte dich an mir fest."

Der Knappe klammerte sich an ihrem Umhang fest, und Lily versetzte die Stute in Trab, kurz darauf in Galopp, und schlug die Richtung zur Talsenke ein, wo der Kampf stattfinden sollte.

Sie schickte Stoßgebete zum Himmel, dass sie es noch rechtzeitig schaffen würde.

Jervois saß weit vorgebeugt im Sattel, das Gesicht dicht am Hals des galoppierenden Pferdes, und fluchte in sich hinein. Der kalte Wind trieb ihm das Wasser in die Augen. Er ritt nicht aus freien Stücken zum Lager zurück. Er hätte lieber gekämpft, aber er konnte sich dem Befehl seines Anführers nicht widersetzen, schon gar nicht, nachdem er sich so großzügig für seine Verbindung mit Alice of Rennoc eingesetzt hatte.

„Bring meine Gemahlin hierher", hatte Radulf mit schneidender Stimme befohlen. „Ihre Angelsachsen kämpfen tapferer, wenn sie Lady Wilfreda an meiner Seite sehen."

„Aber Mylord …", hatte Jervois verdattert gestammelt, doch ein Blick von Radulf hatte seinen Protest erstickt.

„Bring sie her!" hatte er noch einmal befohlen. „Und zwar schnell!"

Er musste gehorchen. Er hatte sich auf sein Pferd geschwungen und war losgeritten.

„Die Angelsachsen kämpfen besser, wenn sie Lady Wilfreda

an meiner Seite sehen", knurrte Jervois erbittert. „Ja, Mylord, und Schweine können fliegen! Du willst sie nur bei dir haben, darum geht es. Du kannst keinen Schritt mehr ohne sie tun."

Er gab dem Hengst die Sporen, jagte die Anhöhe hinauf und erspähte zwei Reiter, die ihm auf einem Pferd im gestreckten Galopp entgegenkamen. Verdutzt nahm er die Zügel kürzer und verlangsamte das Tempo.

„Das trifft sich gut, Lady, dass Ihr schon hier seid!" rief er Lily entgegen. „Ihr erspart mir viel Zeit!" Er wischte sich den Schweiß vom Gesicht.

Lily blickte ihn verständnislos an, weiß im Gesicht wie die Wolke ihres Atems.

„Lord Radulf schickt mich, um Euch zu holen", erklärte Jervois endlich. „Er sagt, die Angelsachsen kämpfen besser, wenn Ihr an seiner Seite reitet."

„Ich bin schon auf dem Weg zu Radulf. Ich hatte den gleichen Gedanken."

Jervois nickte ernsthaft. „Beeilen wir uns, Lady. Lord Radulf mag zwar den König davon überzeugen, seine Meinung zu ändern, wenn es um Eure Person geht, aber ich bezweifle, dass er den Feind daran hindern kann, anzugreifen."

Lily spornte ihr Pferd an und fragte bitter, während sie neben Jervois her ritt: „Wann soll Lord Radulf dem König bezüglich meiner Person denn seinen Willen aufgezwungen haben, Jervois? Ich erinnere mich an einige Gespräche mit dem König, aber darin ging es nie um mich."

Jervois warf ihr einen erstaunten Seitenblick zu. „Aber Lady, Ihr vergesst wohl, dass Lord Radulf den König überredet hat, seine Einwilligung zu Eurer Vermählung zu geben. Zu dem Zeitpunkt wusste er bereits, wer Ihr in Wahrheit seid, und ihm war auch klar, dass der König ihn wegen Hochverrat festnehmen lassen könnte. Trotzdem erhob er Anspruch auf Euch als Gemahlin. Hat er Euch das nie erzählt?“

Lily starrte ihn entgeistert an. Ihre Stute wurde langsamer und blieb stehen. „Das kann nicht sein. Der König *befahl* Radulf, mich zu heiraten. Ich war dabei, das habe ich selbst gehört.“

Jervois hätte nie gedacht, dass Radulf seiner Frau verschweigen würde, was an jenem Tag an Williams Hof tatsächlich geschehen war. „Vielleicht steht es mir nicht zu, darüber zu sprechen“, begann er zögernd.

„Sagt es mir, bitte, Jervois“, flehte Lily. „Ich weigere mich, mit Euch zu reiten, wenn ich nicht augenblicklich die Wahrheit erfahre.“

In ihren Augen las Jervois eine verzweifelte Entschlossenheit. Dies war nicht die eiskalte Person, über die böse Gerüchte im Umlauf waren, sondern eine warmherzige Frau, die viel Leid durchgemacht hatte.

„Einverstanden, Lady. Aber wir müssen weiterreiten, während ich Euch alles erzähle, sonst beginnt die Schlacht, bevor wir Lord Radulf erreichen!“

19. KAPITEL

Radulf beobachtete den grauen Lichtstreif im Osten und sah, wie Hews Truppen am anderen Ende der Talsenke Aufstellung nahmen. Die Zahl der Angelsachsen in der Rebellenarmee hatte sich erheblich verringert, dennoch verfügte Hew über hervorragende Bogenschützen und Fußsoldaten sowie ein stattliches Kontingent Berittener – allesamt harte erfahrene Krieger, die bereits bei Hastings unter Lord Kenton gekämpft hatten, der es allerdings vorzog, nicht an der Spitze seiner Truppen zu reiten; die harten Bedingungen und Gefahren auf dem Schlachtfeld waren nicht nach dem Geschmack des vornehmen Edelmannes.

Hew saß bereits im Sattel, hatte den Helm aber noch nicht aufgesetzt. Sein helles schulterlanges Haar, der Stolz eines angelsächsischen Adeligen, wehte im Wind. Sein Blick schweifte immer wieder zu den feindlichen Truppen hinüber. Auch Radulf trug den Helm noch unterm Arm, der kalte Wind fuhr ihm durchs kurze schwarze Haar.

Wenn Hew wüsste, wie es in mir aussieht, wäre er zuversichtlicher, dachte Radulf bitter. Wer könnte einen Mann fürchten, der krank vor Sehnsucht nach einer Frau war?

Radulf war mit verspannten Schultermuskeln und pochenden Schläfen aufgewacht. Lily hatte an ihn geschmiegt neben ihm gelegen, ihre Hand an seiner Brust, ihre Wange an seine Schulter gebettet. Sie war blass. Ihre Augenlider waren geschwollen von den Tränen, die sie vergossen hatte. Er hatte der Versuchung widerstanden, sie näher an sich zu ziehen und wach zu küssen.

Sein Groll hatte es nicht zugelassen. Sein Verlangen nach ihr hatte ihn ohnehin zum Schwächling gemacht, er hatte ihr prächtige Gewänder gekauft, sie in einem behaglichen Haus untergebracht. Sie hatte seine Geschenke mit kühler Höflichkeit entgegengenommen und ihm verschwiegen, dass sein Kind in ihr heranwuchs. Nein, diesen Mangel an Vertrauen konnte und wollte er ihr nicht verzeihen. Bei Gott, er war Radulf, *das Schwert des Königs!*

Er war aufgestanden, ohne sie zu wecken, und hatte sie in Stephens Obhut zurückgelassen. Das war ihm angemessen erschienen, und wenn sein Zorn später abgekühlt wäre, konnte er sich einreden, er habe in ihrem Sinn gehandelt, da sie müde war und Ruhe brauchte.

Erst auf dem Vormarsch begann er seine Handlungsweise zu bedauern und wünschte, er hätte sie mit einem Kuss geweckt. Wenn er in der Schlacht von einem Schwerthieb getroffen, von einem Pfeil oder einer Lanze durchbohrt vom Pferd sinken würde, was dann? Wenn sein Blut in die Erde sickern, sein Augenlicht brechen und sein letzter Gedanke sein würde, dass sie sich im Groll getrennt hatten?

Mürrisch hatte er sich bemüht, diese sentimentalen Gedanken zu verdrängen, hatte die Truppenaufstellung überwacht, Befehle ausgegeben und den Männern Mut zugesprochen. Doch seine Besorgnis wollte nicht schwinden, und schließlich hatte er Jervois zurückgeschickt, um sie zu holen.

Radulf rechnete nicht wirklich damit, dass Lily an seiner Seite wäre, wenn er den Befehl zum Angriff gab, da sie sich vermutlich weigerte, Jervois zu begleiten, was er ihr nicht verdenken könnte. Er hatte ihr wenig Verständnis entgegengebracht, sie grausam und abweisend behandelt. Dabei hätte ihr kühler Mut, mit dem sie ihm furchtlos die Stirn bot, Bewunderung verdient, während so viele Menschen sich vor ihm fürchteten wegen der Schauergeschichten, die über ihn im Umlauf waren.

Ich fürchte dich nicht. Diese Worte hatte sie ihm mehr als einmal gesagt und mit stolzen grauen Augen zu ihm aufgeblickt und die Lippen aufeinander gepresst, um das Zittern zu verbergen.

Aber das änderte nichts an der tiefen Kränkung, die Lily ihm mit dem Verschweigen ihrer Schwangerschaft zugefügt hatte. Er hatte ihr alles gegeben, was er ihr geben konnte, sie vor der Vergeltung des Königs in Schutz genommen und sie mit seinem lustvollen Verlangen verschlungen wie ein Verhungernder. Und sie hatte alles über sich ergehen lassen, starrköpfig und stur wie die verdammten Angelsachsen bei Hastings, die, ihre Schilde vor sich haltend, keinen Fußbreit Boden gewichen waren und sich bis zum letzten Mann verteidigt hatten.

„Sir!“ Eine Stimme drang durch den allgemeinen Lärm.

Radulf hörte auf zu grübeln und erspähte den Rufer, der mit dem Arm in die Richtung wies, aus der sein Heer angerückt war. Radulf drehte sich im Sattel um und legte die Hand an die Augen, um sich gegen die ersten Strahlen der aufgehenden Sonne zu schützen. Zwei Reiter näherten sich. Der eine war Jervois, und der andere …

„Halt machen!“ brüllte Radulf. Gesichter wandten sich ihm zu, bleich und angestrengt, zitternde Finger umspannten Lanzen und Hellebarden. Bei Kampfbeginn würden Fußsoldaten und Berittene warten, bis die Bogenschützen vorgerückt waren und ihre Geschosse abgefeuert hatten, dann erst würden sie den Hügel hinunter ins Tal stürmen. Neben Radulf hielt Olaf seine mächtige Streitaxt mit leichter Hand, eine mörderische Waffe, mit der er einem Feind den Kopf mit einem einzigen Hieb abschlagen konnte.

„Odin schütze mich“, murmelte der Waffenschmied ein heidnisches Gebet. „Mächtiger Thor, du kraftvoller und fruchtbarer Gott, schütze mich …“

„Mylord, ich bringe Euch die Lady", keuchte Jervois und zügelte sein Pferd.

Radulf nickte, sein Blick war auf Lily gerichtet, die mit Stephens Hilfe aus dem Sattel glitt.

„Danke, Jervois", sagte er leise. „Das werde ich dir niemals vergessen."

Der Umhang umwallte sie, der Wind presste das dunkelblaue Wollkleid an ihre schlanke Gestalt. Ihr loses Haar umwehte sie wie ein silbernes Banner. Sie strich sich eine Strähne von der bleichen Wange und schaute Radulf finster an.

Sie war wütend. Hatte er etwas anderes erwartet? Er verdrängte seine Enttäuschung. Damit musste er sich abfinden. Wichtig war nur, seinen Plan umzusetzen. Er hoffte, Lily würde sich nicht an ihm rächen und ihm den Gehorsam verweigern. Der Grund, warum er sie hatte holen lassen, war keineswegs nur eigennützig. Er baute darauf, dass Lilys Anwesenheit an seiner Seite die angelsächsischen Truppen in seiner Armee zu größerem Kampfeinsatz und Mut anspornen würde.

Den zweiten Grund behielt er allerdings wohlweislich für sich. Lord Radulf, der unerbittliche Krieger, würde Schmach und Schande auf sich laden, wenn bekannt wurde, dass er sich danach sehnte, die weichen Rundungen seiner Gemahlin zu spüren, den Duft ihres Haars einzuatmen, dass ihre bloße Anwesenheit ihn die Schrecken der Schlacht vergessen ließen.

Was für ein Schwächling! Er hatte Jervois losgeschickt, damit er ihm die Frau brachte, die nach letzter Nacht allen Grund hatte, ihn mehr zu hassen denn je, eine Frau, die fähig war, die Hälfte seiner Armee gegen ihn einzunehmen.

Eine Frau, der er misstraute.

Radulf trat mit finsterer Miene auf Lily zu. Sie hob die Hand, und er blieb stehen. Ihr Blick wanderte über seine Gestalt, hünenhaft und Furcht erregend in seiner Rüstung. Radulfs Miene wirkte immer noch finster, aber auch irgendwie erwartungsvoll. Er war der Mann, den sie liebte, ohne den ihr Leben jede Bedeutung verlieren würde. Was macht es schon, wenn er mich nicht liebt, dachte sie störrisch. Bald würde er gegen Hew kämpfen und wenn er getötet …

Lily schluckte schwer. Sie hatte ihre wahren Gefühle lange genug nicht preisgegeben. Es war höchste Zeit, sich all dem Glück und – nötigenfalls – all dem Schmerz zu öffnen, all den Empfindungen, derer sie fähig war.

Sie reckte den Arm hoch in die Luft des heller werdenden Morgens und rief mit lauter Stimme auf Englisch und danach auf Französisch: „Hört mich an! Tapfere Angelsachsen und Normannen, hört mich an!“

Allmählich verstummte das Stimmengewirr. Und die Soldaten begannen zu ahnen, dass etwas Ungewöhnliches sich anbahnte. Radulf stand reglos da, schien kaum zu atmen.

„Ich wünsche Lord Radulf Glück in diesem Kampf gegen den Rebellen Hew. Ich weiß, Radulf wird den Norden zurückgewinnen und wir werden endlich Frieden haben. Jene unter euch, die mit ihren Familien hier leben, sehnen sich gewiss ebenso sehr nach Frieden, wie ich es tue.“

Lily trat vor, zog den Ring vom Daumen – den Ring mit dem rotäugigen Habicht, das Symbol der Macht ihres Vaters. Ihr Blick fiel auf die Inschrift: „Ich schenke dir mein Herz.“ Ein passender Wahlspruch.

„Lord Radulf, nehmt diesen Ring“, verkündete sie mit feierlicher Stimme und hielt den Ring hoch. Die ersten Sonnenstrahlen ließen das Rubinauge des Habichts glutrot aufleuchten. Unter den Männern, denen die Bedeutung des Ringes bekannt war, wurde gedämpfte Zustimmung laut.

Lily trat ein paar weitere Schritte vor, bis sie dicht vor Radulf stand und mit bebenden Fingern nach seiner Hand griff. Sie hörte, wie er den Atem scharf einsog, dann umfing seine Hand die ihre, warm und schwielig. Sie wagte nicht, daran zu denken, wie diese Finger sie liebkosten. Sie traute sich auch nicht, seinen schwarzen Augen zu begegnen, die jede ihrer Bewegungen verfolgten.

Lily schaffte es, den Ring an Radulfs kleinen Finger zu stecken, wenigstens bis zum mittleren Knöchel.

Sie holte tief Atem und sprach erneut mit lauter feierlicher Stimme: „Lord Radulf, ich gebe Euch diesen Ring und mit diesem Ring … alles, was ich besitze!" Sie hob seine Hand an ihre Lippen und drückte einen Kuss an die rissige Haut seiner Fingerkuppen.

Erst dann wagte sie, ihm mit tränenverschleiertem Blick in die Augen zu schauen, bot ihm ihr Gesicht schutzlos und offen dar.

Sie meint es ernst. Mit wachsender Verwunderung begriff Radulf, was sie ihm geschenkt hatte. Er hatte das Schlimmste befürchtet, und sie hatte ihm das Schönste gegeben. Es bestand kein Grund mehr, ihr zu misstrauen, zu befürchten, dass sie seine Liebe als Waffe gegen ihn einsetzen würde, wenn er ihr ein offenes Geständnis machte. Diese Chance hatte sie gehabt, doch statt ihn zu vernichten, hatte sie ihm ihr Herz geschenkt.

Ich liebe dich! Radulf formulierte die Worte im Geist, und ein strahlendes Lächeln erhellte sein Gesicht. Er zog Lily in die Arme und hob sie hoch. Ein spitzer Schrei entfuhr ihr, sie schlang die Arme um seinen Hals, als sein Mund ihre Lippen in einem langen, innigen Kuss fand.

Der große Radulf küsste seine Gemahlin, und die Krieger brachen in begeisterte Jubelrufe aus. Die Armee feierte den Zusammenschluss von Normannen und Angelsachsen und beschwor den Sieg, den sie bald erringen würden.

„Ich werde diese Schlacht gewinnen, meine Lily, hab keine Angst“, raunte Radulf heiser an ihrem Ohr. „Du wirst sehen, ich werde für dich siegen.“

„Komm zu mir zurück“, entgegnete sie und legte den Kopf in den Nacken, um ihm tief in die pechschwarzen Augen blicken zu können. „Ich liebe dich, Radulf. Ich glaube, ich habe dich schon bei unserer ersten Begegnung in der Kirche von Grimswade geliebt. Ich träume von deinem sinnlichen Mund, von deinem starken Körper, ich träume davon, wenn du dich in mir bewegst ... Radulf, du bist mein Thor.“

Thor? Olafs Gebet kam ihm in den Sinn, er lächelte träge und zufrieden. „Träume weiter davon, mein Herz. Bald werden sich deine Träume erfüllen.“

In den Reihen der gegnerischen Front stampfte Hews Pferd ungeduldig mit den Hufen, das Tier spürte den Unmut seines Reiters. Hew starrte mit bleichem Gesicht auf die Szene, die sich in der Ferne abspielte. Radulf und Lily! Ihm wurde übel vor bitterer Enttäuschung. Bald würde sich erweisen, wer der Sieger dieser Schlacht war ...

Er hob den behandschuhten Arm und gab den Befehl zum Angriff.

Lilys Arme fühlten sich kalt und leer an. Radulf war fort, ritt an der Spitze seiner Soldaten ins Tal. Mit angehaltenem Atem guckte sie in die Ferne, bis ihr die Augen brannten, und konnte nur den Kopf schütteln, als Stephen sie fragte, ob er ihr einen Becher Wein reichen solle oder ob sie sich unter das Zeltdach begeben wolle, um Schutz vor dem einsetzenden Nieselregen zu suchen.

Lily fühlte sich leer wie eine hohle Schale, sie würde erst wieder zu leben beginnen, wenn Radulf bei ihr war.

Er liebt mich. Er hatte es zwar nicht laut ausgesprochen – würde es vielleicht niemals tun –, aber sie hatte seine Liebe in seinen Augen gelesen, die glühende Sehnsucht in seinen Küssen gespürt. Letzte Nacht hatte er gesagt, er schätze sie, nun aber wusste sie, dass er sie liebte.

Unten im Tal flatterte die azurblaue Fahne, bewegte sich in der brodelnden Masse der kämpfenden Männer vorwärts und rückwärts. *Radulfs Banner.* Zunächst hatte die Flagge angezeigt, wo Radulfs Armee sich befand, doch mittlerweile war im Gewirr des Kampfgetümmels keine klare Linie mehr zu erkennen. Radulfs Soldaten kämpften irgendwo im tödlichen Gewimmel von Pferden, Menschenleibern und aufblitzenden Waffen.

Wo aber war Radulf? Lilys Blick wanderte gehetzt über das Schlachtfeld, und schließlich fand sie ihn. Ohne es zu wissen, hatte sie den Atem angehalten und schnappte nun mit offenem Mund nach der kalten feuchten Regenluft wie eine Ertrinkende. Er saß im Sattel seines schwarzen Schlachtrosses, teilte mit seinem mächtigen Schwert gewaltige Schläge nach links und nach rechts aus, Schwerthiebe von einem harmonischen, beinahe tänzerisch anmutenden Rhythmus. Selbst in ihrem Entsetzen und ihrer Todesangst bewunderte sie ihn.

Ein anderer Riese fiel ihr ins Auge. Olaf drängte sich durch die feindlichen Linien, schwang seine mörderische Streitaxt. Er schien ein bestimmtes Ziel anzustreben und mähte die Feinde gnadenlos nieder, die sich ihm in den Weg stellten. Wieder suchte Lily das Schlachtfeld mit ängstlichen Blicken ab. Am linken Flügel kämpfte ein Ritter wie ein Besessener, selbst im schweren Kettenhemd noch schlank und anmutig, und trieb die Soldaten zum nächsten Vorstoß an.

Der Ritter war Hew.

Sein Schlachtross stieg auf die Hinterbeine, machte eine Drehung, und Lily glaubte einen Moment, er wolle die Flucht ergreifen. Doch dann riss er das Tier wieder herum und stellte sich dem Feind. Im nächsten Augenblick tauchte der Riese neben ihm auf. Die Streitaxt sauste durch die Luft und trennte Hews Kopf vom Rumpf.

Aus den feindlichen Reihen erhob sich ein Chor dumpfer Entsetzensschreie.

„Nun gewinnen wir!“ Stephens Stimme war vom Schreien heiser geworden.

Das azurblaue Banner flatterte im Wind, bewegte sich im Zickzack über das Schlachtfeld. Hews Soldaten hielten nur noch kurze Zeit die Stellung, dann begannen sie den Rückzug. Erst ergriffen vereinzelte Männer, dann kleine Gruppen die Flucht, rannten den Hügel hinauf, verfolgt von Radulfs Berittenen.

Radulf ritt voraus und war plötzlich von Hews Männern umringt. Nein, von Kentons Soldaten – kampferprobte normannische Söldner, wild entschlossen, die Schlacht für ihren Herrn zu gewinnen. Starr vor Angst beobachtete Lily, wie Radulf einen Soldaten niederstach, dann einen zweiten, sein Schwert sauste unermüdlich durch die Luft und stieß mit tödlicher Treffsicherheit zu. Barmherziger Gott, der Feind war ihm zahlenmäßig weit überlegen.

Über den Hügeln grollte Donner, schwere Wolken verdunkelten den Himmel wie zum Zeichen, das Blutvergießen zu beenden. Erneutes Donnergrollen, und dann brach der Regen los, sintflutartig ergossen sich die Wassermassen aus bleigrauen Wolken. Lily konnte die Hand vor den Augen nicht mehr sehen.

„Wo ist er?“ jammerte sie und begann zu beten. Durch die Regenschnüre konnte sie nur ein undeutliches Gewimmel von

Pferden und Menschen, Farbkleckse, braune aufgewühlte Erde, schlammbespritzte Rüstungen und Ströme von Blut ausmachen. Selbst der Schlachtlärm drang nur gedämpft durch den prasselnden Regen zu ihr herüber.

Stephen nahm Lily bei der Hand und führte sie zu einem Zelt. Als sie triefend nass unter dem schützenden Dach standen, wandte sie sich mit gehetztem Blick an ihn.

„Hast du Radulf gesehen? Hast du ihn zum Schluss noch gesehen?"

Stephen schaute stumm zu ihr auf. Sie bemerkte, wie der Knappe nach einer Ausrede suchte, doch letztlich blieb er bei der bitteren Wahrheit. „Nein, Lady, ich habe ihn nicht mehr gesehen."

War Radulf tot? Gefallen auf dem Schlachtfeld? Eingekesselt von Feinden und überwältigt? Sie hatte selbst miterlebt, wie Hews Kopf mit einem einzigen Streich vom Rumpf getrennt worden war. Ohne das Ungeborene in ihrem Leib wäre Lily augenblicklich losgerannt, um ihn zu suchen. Was war ihr Leben wert ohne Radulf? Hatte sie ihm endlich ihr Herz geschenkt, damit es von einem grausamen Schicksal zerschmettert wurde? Wie sollte sie weiterleben, wenn ihm wirklich etwas zugestoßen war? Lilys Tränen mischten sich mit dem Regen …

Ein raues, heiseres Jubelgeschrei stieg von der Talsenke auf. Der Regen ließ nach, das Donnergrollen entfernte sich. Lily blinzelte, wischte sich Regen und Tränen aus dem Gesicht und hielt sich mit bebenden Fingern am Zeltpfosten fest. Das Geräusch von Pferdehufen kam näher. Ein müdes Lachen ertönte. Jervois? Lily setzte sich mit weichen Knien in Bewegung. Eine riesige, dunkle Gestalt näherte sich durch die hellen Regenschnüre. Sie hörte das Klappern der Pferdehufe, und dann erkannte sie Radulfs schwarzes Schlachtross.

Aufschluchzend rannte Lily los. Der Hengst wieherte, ohnehin unruhig nach der Schlacht, und stieg gefährlich hoch.

„Mylady!“ schrie Stephen, rannte hinter ihr her und hielt sie zurück.

Das Pferd schnaubte gereizt, ließ sich aber von Radulfs tröstendem Raunen beschwichtigen. Ein Knecht rannte herbei, als Radulf abstieg, und führte den Hengst fort.

Radulf nahm den Helm ab, sein Gesicht war dreckverschmiert, das kurze Haar klebte ihm schweißnass in der Stirn. Er legte den Kopf in den Nacken und ließ Erdspritzer und Schweiß vom Regen fortspülen. Von allen Schlachten, die er in seinem Leben gefochten hatte, war diese die bedeutendste. Er hatte nicht nur für den König gekämpft, er hatte für Lily und sich selbst und ihre gemeinsame Zukunft gekämpft.

Und nun stand sie vor ihm.

„Radulf.“ Lilys Stimme zitterte. „Mylord.“

Sie war bis auf die Haut durchnässt, triefende Haarsträhnen hingen ihr ins Gesicht, die Röcke klebten schwer an ihren Schenkeln, aus ihrem Gesicht war jede Farbe gewichen. In ihren grauen Augen las er die Qualen, die sie ausgestanden hatte, während sie ihn in der Schlacht beobachtet hatte.

„Hast du gesiegt?“

Er zog müde die Mundwinkel hoch. „Ja, Lily, wir haben gesiegt. Wir haben endlich den Feind vernichtet. Nun können wir nach Crevitch heimkehren.“

Lily versagte sich die Bemerkung, dass ihre Heimat hier im Norden lag. Und wenn sie es recht überlegte, befand sich ihre Heimat dort, wo Radulf war.

„Bist du verletzt?“

Er schüttelte den Kopf. „Nein, Lily, ich bin unversehrt bis auf ein paar harmlose Kratzer.“ Erst jetzt breitete sich ein Lächeln auf seinen sinnlichen Lippen aus. „Wirst du mich mit deiner Salbe heilen, meine Süße?“

Er lebt, er ist unversehrt!

Mit einem Freudenschrei warf Lily sich in seine Arme. Er hielt sie halb lachend, halb ächzend. „Lily“, flüsterte er an ihrem Haar. „Ich bin völlig verdreckt …“

„Du bist bei mir“, entgegnete sie hitzig, „nur das zählt.“

Er barg seine Wange an ihrem nassen Haar, streichelte die silbrigen Strähnen. Sie war so weich und süß, sie störte sich nicht an seinem schmutzigen Aussehen. Sie würden gemeinsam ein Bad nehmen, sich vom Schmutz und allen Sorgen reinigen und ihre Gedanken einer besseren Zukunft zuwenden. Sein müder Blick fiel auf das rot glühende Auge des Habichtsrings.

Ich schenke dir mein Herz.

Lily würde ihn niemals betrügen, davon war er nun überzeugt, doch wenn er ihr nicht endlich mitteilte, dass er ihr vertraute, würden sie sich niemals wirklich von Anna und von Vorgen befreien können.

„Du hast mir vor der Schlacht sehr viel gegeben“, meinte er leise. „Zum Dank gebe ich dir alles, was ich bin. Ich schenke dir meinen Reichtum und mein Land. Ich schenke dir meine Macht und mein Schwert – und ich schenke dir mein Herz, Lily, auf immer und ewig.“

Sie hob das Gesicht. Ihre grauen Augen schwammen in Tränen. „Dein Herz ist bei mir in guten Händen, Mylord.“

Er beugte sich über sie, um sie zu küssen. In diesem Augenblick hörte es auf zu regnen, die Wolkendecke riss auf, und ein Bündel Sonnenstrahlen traf das Paar. Die Soldaten, die den Hügel heraufgekommen waren, brachen in Jubel aus. Ja, dachte Radulf, das ist ein gutes Zeichen.

Lily blinzelte aus dem Schutz seiner Umarmung in die Runde

der großen Schar verschwitzter, verdreckter und erschöpfter Krieger, die sie anstarrten. „Radulf", flüsterte sie, „können wir uns irgendwie zurückziehen, wo wir ungestört sind?"

Lachend hob Radulf sie hoch. „Entschuldigt, Männer! Meine Gemahlin wünscht sich zurückzuziehen, um mir zu danken – in geziemender Form." Lily barg ihr vor Scham rot übergossenes Gesicht an seinem Herzen, und unter den Zurufen und Ermunterungen seiner Soldaten trug Radulf seine Gemahlin vom Schlachtfeld.

EPILOG

Im darauf folgenden Jahr

Im sonst so heiter beschwingten Crevitch Castle herrschte ungewöhnliche, ja, bange Stille. Radulf stand allein in der großen Halle und starrte ins Feuer, zwei Jagdhunde lagen ihm zu Füßen. Seit dem Frühmahl hatte niemand gewagt, sich ihm zu nähern, nachdem er Jervois beinahe an die Gurgel gegangen war, der ihm einen Krug Bier anbieten wollte.

Radulf hatte seinen aufbrausenden Unmut sogleich bereut und sich bei Jervois entschuldigt. Der erschrockene Hauptmann hatte genickt und seinem Herrn sein tief empfundenes Mitgefühl ausgedrückt. Er konnte nachempfinden, was Radulf durchmachte – auch Alice war schwanger.

Radulf biss die Zähne aufeinander. Mitgefühl machte alles nur schlimmer. Dabei sollte er sich freuen: Seine Frau brachte ihr erstes Kind zur Welt. Warum aber war er nur so gereizt?

Weil er krank war vor Sorge, deshalb.

Radulf seufzte tief. Er liebte seine Frau zu sehr. Sie war sein Glück, sie bedeutete ihm alles im Leben. Wenn ihr etwas zustoßen, wenn sie ihm entrissen werden sollte …

Darauf hatte er keinen Einfluss. Radulf war daran gewöhnt, Befehle zu erteilen, die umgehend befolgt wurden, aber einem Ungeborenen konnte er nicht befehlen, seiner Mutter nicht wehzutun. Er konnte Lily nicht befehlen, nicht zu schreien. In ohnmächtiger Hilflosigkeit konnte Radulf nichts tun.

Er konnte nur warten.

Es war dieses Warten, was ihn zur Verzweiflung brachte, ihn in den Wahnsinn trieb.

Plötzlich hörte er ein Rascheln, ein Tuscheln hinter sich. Radulf krallte die Hände um den Sims des mannshohen Kamins. Angst fuhr ihm wie ein Lanzenstich ins Herz. Schlechte Nachrichten? Zogen die Frauen Strohhalme, wer ihm die tragische Botschaft überbringen sollte? Sein Magen drohte sich umzudrehen. Die vergangenen Monate auf Crevitch mit Lily waren ein einziges Glück gewesen. War das alles, was ihm mit ihr vergönnt war?

„Mylord? Lord Radulf!“

Radulf fuhr herum, kreidebleich im Gesicht. Alice of Rennoc war lautlos hinter ihn getreten. Ihre rundliche Gestalt war in den letzten Monaten noch rundlicher geworden, da Jervois’ Kind in ihr heranwuchs. Dunkle Ringe der Erschöpfung lagen unter ihren blauen Augen. Radulf suchte darin vergeblich nach einem Zeichen, das ihm den Zustand seiner Frau verriet.

Alice lächelte nicht. Was hatte das zu bedeuten? Andererseits war Radulf sich wohl bewusst, dass er Alice immer nervös machte und auch mutigeren Menschen bei seinem Anblick in diesem Zustand das Lächeln verging. Er hatte die Nacht kein Auge zugetan, war rastlos vor dem Schlafgemach hin und her gewandert und hatte angstvoll auf Lilys qualvolle Schreie gehorcht. Bis er es nicht mehr ertragen konnte und sich in die Halle zurückgezogen hatte, um allein mit seinen Qualen zu sein.

„Lady Lily ist bereit für Euch, Lord Radulf.“

Was sollte das heißen? Es klang irgendwie unheilvoll.

Doch ehe er fragen konnte, was sie damit meinte, hatte Alice sich abgewandt, und Radulf folgte ihr mit weichen Knien und klopfendem Herzen. Ein Schauder durchfuhr ihn. Wenn sie tot war … Weiter ließ er den Gedanken nicht zu. Danach gab es nichts mehr. Für ihn wäre das Leben ganz einfach ausgelöscht.

Alice war lautlos ins Schlafzimmer gehuscht. Radulf zögerte. War er tapfer genug, um zu ertragen, was ihn erwartete? Er straffte die breiten Schultern und holte tief Atem, um Mut zu fassen.

Im Gemach wurde er von wohliger Wärme und Kräuterdüften empfangen. Es war der hellste, freundlichste Raum in der Burg. Radulf wankte, fühlte sich orientierungslos, als befinde er sich unvermutet in einem Traum.

Lily saß mit Kissen gestützt im Bett, ihr gekämmtes Haar lag wie ein silbrig glänzendes Seidentuch um ihre Schultern drapiert. Gudren saß schmunzelnd wie eine wohlgenährte Katze vor dem Feuer. Alice lächelte selig in ein Bündel, das sie auf den Armen trug. Bei seinem Eintreten wandte Lily sich ihm zu. Ihr Gesicht war blass, doch sie lächelte ihn strahlend an. Ihre grauen Augen schwammen in Tränen. Ihre Stimme bebte vor Glück.

„Ach, Radulf, du hast eine Tochter."

Radulf stutzte, starrte sie ungläubig an, verwirrt von ihrem glücklichen Gesicht, da er sie kalt und tot geglaubt hatte. Dann kam wieder Leben in ihn, mit drei Sätzen war er an ihrem Bett und sank auf die Knie. Er barg sein Gesicht an ihrer Brust und atmete ihren vertrauten weiblichen Duft tief ein, und ein Schauer des Glücks durchlief ihn.

Lily wimmerte leise, als er ihren geschundenen Körper an sich drückte, doch dann spürte sie sein Zittern, vergaß ihre Schmerzen und schlang die Arme um ihn. „Radulf? Mein Liebster, was ist dir? Fühlst du dich nicht wohl?" Bei jedem Wort hauchte sie zarte Küsse in sein Gesicht, ihre Hände streichelten ihn, um sein Leiden zu lindern.

Radulf schüttelte den Kopf, nahm ihre Hand und presste sie an seine Lippen. Sie lebte. Er spürte ihren Herzschlag, sah, wie ihr Busen sich mit jedem Atemzug hob und senkte. Seine Lily war am Leben. Plötzlich verzogen sich die schwarzen Wolken wie damals nach der Schlacht gegen Hew, und die Sonne schien warm und heiter.

Radulf hob den Kopf, und seine tief umschatteten Augen

suchten ihren besorgten Blick. Mit zitternden Fingern berührte er ihr schönes Gesicht. Seine Stimme war kaum hörbar.

„Wenn du gestorben wärst, Lily, hätte mein Leben jeden Sinn verloren."

Ihre grauen Augen weiteten sich, eine Träne löste sich von ihren Wimpern, als er sich vorbeugte und seine Lippen unendlich zärtlich auf die ihren legte.

„Ich bin das Schwert des Königs", fuhr er mit fester Stimme fort. „Gib mir eine Schlacht, und ich werde kämpfen. Schick mich fort, um einen Krieg zu gewinnen, und ich werde gewinnen. Aber, Liebste, deine Schmerzen ertrage ich nicht. Lieber sterbe ich, als hilflos zuschauen zu müssen, wie du leidest. Das ist für mich unerträglich."

Lilys Gesichtszüge wurden weich. Sanft strich sie ihm das schwarze Haar aus der Stirn. „Radulf, ich zerbreche nicht daran. Ich bin stark. Und der Schmerz ist vorüber. Komm, guck dir deine Tochter an. Sonst denkt sie, du magst sie nicht, wenn du ihr keine Beachtung schenkst."

Alice trat ans Bett und reichte Lily das Bündel. Radulf beugte sich vor und betrachtete bang den schlafenden Säugling, sein rundes rosiges Gesicht mit dunklen Wimpern, seinen winzigen Schmollmund und den hellen Flaum auf dem runden Köpfchen. Ein Blick genügte, und jeder Groll in Radulfs Herzen schmolz. Vorsichtig streckte er den Finger aus und warf Lily einen unschlüssigen Blick zu.

„Nur zu", drängte sie ihn. „Die Kleine zerbricht nicht, wenn du sie anfasst."

Radulf streichelte zaghaft die seidige Wange seiner Tochter. Sie bewegte sich, streckte die Ärmchen aus und klammerte ihre winzigen Händchen um seinen großen Finger.

„Siehst du", flüsterte Lily und blinzelte die Tränen zurück

beim Anblick von Radulf, dem großen Krieger und seinem Kind. „Du hast eine Tochter, Liebster."

Seine Tochter … Lilys Tochter. Dieses Kind machte ihre Liebe noch wirklicher, noch dauerhafter. Wie sollte diese Liebe je sterben, wenn ihre gemeinsame Tochter da war, um sie weiter zu tragen?

Radulf beugte sich vor und suchte die Lippen seiner Ehefrau. „Nein, Lily, meine Liebste – *wir* haben eine Tochter."

– ENDE –

Gaelen Foley

Die Lady mit der Maske

Stets ist sie bei ihren Kutschenüberfällen maskiert, und niemand hat ihr Gesicht jemals gesehen. Auch Kronprinz Rafael nicht. Er ahnt nichts von dem gefährlichen Geheimnis Lady Danielas, die ihm auf einem Ball das Herz raubt ...

Band-Nr. 25164
5,95 € (D)
ISBN: 3-89941-203-6

Jo Goodman
Schätze der Leidenschaft
Band-Nr. 25111
5,95 € (D)
ISBN: 3-89941-147-1

Jo Goodman
Küsse der Leidenschaft
Band-Nr. 25156
5,95 € (D)
ISBN: 3-89941-195-1

Lynsay Sands
Zärtliches Spiel mit dem Feuer
Band-Nr. 25157
5,95 € (D)
ISBN: 3-89941-196-X

Heather Graham
Der Mann mit der dunklen Maske
Band-Nr. 25147
5,95 € (D)
ISBN: 3-89941-186-2

Julia Justiss
Die schöne Mätresse
Band-Nr. 25148
5,95 € (D)
ISBN: 3-89941-187-0

Lauren Royal
Das geraubte Herz
Band-Nr. 25139
5,95 € (D)
ISBN: 3-89941-178-1

Betina Krahn
Der Liebesfluch
Band-Nr. 25138
5,95 € (D)
ISBN: 3-89941-177-3

Pamela Clare
Die Schöne und
der Sklave
Band-Nr. 25128
5,95 € (D)
ISBN: 3-89941-167-6